Über den Autor

Rolf Hochhuth, geboren am 1. April 1931 in Eschwege, war Verlagslektor, als er 1959 während eines Rom-Aufenthalts sein erstes Drama «Der Stellvertreter» (rororo Nr. 997) konzipierte, das 1963 in Berlin von Erwin Piscator uraufgeführt wurde und weltweites Aufsehen erregte.

Weitere Veröffentlichungen im Rowohlt und Rowohlt Taschenbuch Verlag: «Soldaten» (1967/1995; rororo Nr. 13594), «Guerillas» (1970), «Die Hebamme. Komödie, Erzählungen, Gedichte, Essays» (1971), «Krieg und Klassenkrieg. Studien» (1971), «Dramen» («Der Stellvertreter»/«Soldaten»/«Guerillas»; 1972), «Inselkomödie» (1973/1993; rororo 13230, Neufassung von «Lysistrate und die NATO»), «Zwischenspiel in Baden-Baden» (1974), «Tod eines Jägers» (1976; das neue buch Bd. 68), «Juristen» (1979; rororo Nr. 5192), «Tell 38» (1979), «Eine Liebe in Deutschland» (1980; rororo Nr. 5090), «Ärztinnen» (1980; rororo Nr. 5703), «Räuber-Rede. Drei deutsche Vorwürfe. Schiller/Lessing/Geschwister Scholl» (1982), «Spitze des Eisbergs. Notizen eines Zeitgenossen» (1982/1994; rororo Nr. 13334), «Judith» (1984, rororo Nr. 5866), «Atlantik-Novelle. Erzählungen» (1985), «Schwarze Segel. Essays und Gedichte» (1986; rororo Nr. 5776), «Alan Turing. Erzählung» (1987), «Unbefleckte Empfängnis. Ein Kreidekreis» (1988), «Täter und Denker» (1990; rororo Nr. 8547), «Panik im Mai. Sämtliche Gedichte und Erzählungen» (1991; rororo Nr. 13001), «Alle Dramen» (Kassette mit 2 Bänden, 1991), «Sommer 14. Ein Totentanz» (1991; rororo Nr. 13069).

Ferner erschien 1981 der von Walter Hinck edierte Band mit Essays zum Werk «Rolf Hochhuth – Eingriff in die Zeitgeschichte». In der Reihe «Literatur für KopfHörer» liegen, gelesen von Donata Höffer, «Die Berliner Antigone/Grüninger-Novelle» vor. Außerdem veröffentlichte Rolf Hochhuth «Wessis in Weimar» (1993), die Erzählung «Julia oder der Weg zur Macht» (1994), «Tell gegen Hitler», Historische Studien (1992) und die Monographie «Menzel, Maler des Lichts» (1990).

Rolf Hochhuth lebt als freier Schriftsteller in Basel.

Rolf Hochhuth

Von Syrakus aus

gesehen
gedacht
erzählt

Mit Beiträgen von
Günther Rühle,
Toni Meissner, Alfons Kaiser
und Dietrich Simon

Rowohlt

Redaktion Ursula Euler und Dietrich Simon

Überarbeitete Ausgabe
Veröffentlicht im Rowohlt Taschenbuch Verlag GmbH,
Reinbek bei Hamburg, September 1995
Lizenzausgabe mit Genehmigung des Verlags Volk und Welt

Umschlaggestaltung Werner Rebhuhn unter Verwendung
eines Gemäldes von Cornelis Cornelisz van Harlem
Satz Garamond (Linotronic 500)
Gesamtherstellung Clausen & Bosse, Leck
Printed in Germany
1490-ISBN 3 499 13365 2

Inhalt

Fehler und Söhne

Fehler und Söhne I

I

Als ich an meinem 55. Geburtstag zwei Söhnen erzählte – ein dritter war meiner Einladung nicht gefolgt: «ich komme erst zu deiner Beerdigung» –, daß eine Frauenzeitschrift mir viel Honorar anbiete für einen Aufsatz: ‹Väter und Söhne› — sagte mein Ältester: «Väter und Söhne – *du*? Schreib du lieber über Fehler und Söhne!» (Er hat sein ratioaktives Maul nicht von mir, sondern von meiner Mutter und seinem Großvater Heinemann geerbt.)

Daß wir lachten – sprach mich noch nicht frei von dem Vorwurf, der in dieser «Korrektur» der Titelzeile enthalten ist: Fehler macht man ja noch leichtfertiger als Söhne, und ich muß sagen: ich habe keinen großen Fehler in meinem Leben ausgelassen, gerade auch was diese Jungen betrifft. Daß zum Beispiel dieser Älteste aufs Internat mußte – «interniert wurde», wie er selbst das ausdrückt –, war allein meine Schuld, weil sein Elternhaus damals durch meinen Ehebruch entzweiging. Was den Zweiten betrifft: ich habe ihm – und habe doch selber als «weißer» Jahrgang 1931 niemals gedient – mit sehr ethischen Argumenten zugeredet, Wehrdienst zu leisten, was er nicht wollte; ich sagte ihm: «Diese Schweiz ist ein anständiger Staat, denn...»

Er unterbrach: «Wann kann ein Staat anständig sein?» Ich: «Nicht ein ganzer Staat – aber doch sein Militär, wenn er garantiert niemals seine Nachbarn überfällt: diese Garantie ist hier gegeben, die Schweizer schießen, um Aggressoren abzuwehren, sonst nie!» Er gab das zu und geht jetzt sogar überzeugt, keineswegs nur, weil neulich ein Schulkamerad von ihm neun Monate Gefängnis unbedingt bekam, da er sich weigerte. Ich verurteilte auch, daß der

Junge sich weigerte, ich sagte: «Sein Vater ist doch Jude aus Deutschland, wurde also vor Auschwitz gerettet allein deshalb, weil er unmittelbar vor Kriegsbeginn in die Schweiz entkam: wie kann jetzt sein Sohn sich weigern, diesen Staat, der seinem Alten zur Rettungs-Insel wurde, mitzuverteidigen?» Das war meine aufrichtige Meinung und ist es noch. Dennoch muß ich mir vorhalten, aus Schwäche nicht sabotiert zu haben, daß die Mutter meines zweiten Sohnes allein deshalb, weil *sie* Schweizerin werden wollte, den damals noch kindlichen Jungen ebenfalls einschweizern ließ: so muß er jetzt zum Militär, statt endlich – er ist nicht mehr jung – sein Studium beginnen zu können. Als Deutscher müßte er mit Wohnsitz im Ausland *nicht* dienen! Schwäche einerseits, die ich vor mir selber zu Liberalität umfälsche – Eigensinn andererseits bestimmen meine «Haltung», die oft nur Enthaltung ist, gegenüber dem Nachwuchs: ich erziehe überhaupt nicht, weil ich weiß, daß meine Erziehung auch zu nichts geführt hat – rede aber dann doch zu oft mit und hinein. Wenn man – mit Recht – den Frauen nachsagt: «Wenn Frauen Hunger haben, sagen sie: die Kinder müssen essen!», so kann man generell uns Männern nachsagen, daß wir endlich in den Kindern zu erreichen wünschen, was uns selber mißglückt ist. Da ich es weder zum Abiturienten noch zum Studium brachte, verbreite ich die These – übrigens nicht zynisch, sondern weil ich aufrichtig von ihr überzeugt bin –, daß aus meinen Kindern nichts werden könne, wenn sie nicht studieren. (Ihre handwerklichen oder wirtschaftlichen Fähigkeiten, sofern sie vorhanden, haben sie nämlich noch nie gezeigt: ich kaufte zweien auf ihren Wunsch eine Hobelbank; sie benutzten sie nie, insofern ist mein Rat zu studieren vermutlich nicht falsch.) Es geht aber jetzt hier nicht um Recht haben – wobei ich jedoch, so unpopulär das heute ist, die «Herren» Väter ein wenig in Schutz nehmen will. Denn was heißt Autorität? «Wer zahlt, bestimmt.» Das ist usus – ich darf aber doch sagen und rede auch gar nicht nur für mich, sondern für Freunde, die ich beobachte: diesen alten Brauch, zu bestimmen, weil man zahlt – habe ich nie praktiziert: ich finde ihn lächerlich, und ich habe auch bei anderen Männern, bei sehr vielen, *nicht* feststellen müssen, daß sie ihren Kindern vorschreiben, was die werden sollen oder mit wem – die Töchter – auf Reisen gehen. Mit einem Wort: wenn schon Stendhal 1825 schrieb: «In Paris sind die Väter nicht sehr in Mode», so war das *immer* so – und immer *auch* ungerecht! Denn Väter leiden unter den Söhnen nicht weniger als umgekehrt die Söhne unter den Vätern; und mit dem Glück, das beide ja immerhin doch *auch* dank ihrer Existenz miteinander haben – und nicht zu knapp – verhält es sich ebenso. Die «Schuld», wenn man so will, der Väter ist nur deshalb größer, *von Natur*, weil sie den Zustand: Väter und Söhne *geschaffen* haben, also die Verantwortlichen sind als die Erzeuger, daß es überhaupt zu Spannungen kommt. Aber ohne Spannungen kann ein Zusammenhausen nicht möglich sein, in keiner Ehe, in keiner Kinder-Eltern-Beziehung. Und wenn man wie hier einen Aufsatz zu diesem – wahrhaft unausschöpfbaren – Thema versucht, so ist man abgebrüht und skeptisch geneigt, negative Aspekte herauszustellen, die positiven aber als zu selbstverständlich außer acht zu lassen. Ich habe zum Beispiel den dreien dafür zu danken, daß ihrer keiner mir bisher damit in den Ohren lag, er wolle einen «Führerschein» machen; auch Basler Dialekt, den sie natürlich seit ihrer Schülerzeit perfekt sprechen, reden sie nicht, wenn ich dabei bin: eine Rücksichtnahme, die ich ihnen sehr hoch anrechne. Und abgesehen davon höre ich die lustigsten Geschichten, wie alle drei – wenn ich nicht dabei bin, versteht sich – bis zur Peinlichkeit den Autor H. verteidigen, wobei sie betonen, ihn nicht persönlich zu kennen oder gar mit ihm verwandt zu sein... Kein Wunder, daß mein Aufsätzchen – denn mir war ausdrücklich abverlangt worden, ich müsse autobiographisch schreiben – dann von der Redaktion als «zu herzlos» zurückgewiesen wurde: sogar das versprochene Honorar zahlten die gestrengen Damen in München (die keinen einzigen männlichen Kollegen zulassen in ihrer Redaktion) mir erst, als ich mit einem Anwalt anrückte...

II

Besinnt man sich auf die ältesten Söhne-und-Väter-Geschichten, so kommt man nicht umhin, darüber zu grübeln, warum sie Mord- oder Verfluchungs-Legenden sind: Ödipus erschlägt seinen Vater; um das erträglich zu machen – wird überliefert, er habe weder den Vater in seinem Opfer erkannt noch dann seine Mutter in seiner Braut, als er die heiratete...

Thomas Mann war ehrlicher: als er in seinem Roman ‹Der Erwählte› die Ödipus-Legende ins christliche Mittelalter verlegte, ließ er den Sohn der Mutter bekennen, dort «wo die Seele keine Faxen mehr macht», also im Moment des «Erkennens», wie Luther stets das Ficken übersetzt hat – sie «erkannten einander» –, habe er ja doch durchschaut, daß sie seine Mutter sei – so wie sie auch ihn als ihren Sohn «erkannt» habe! Doch die Griechen motivierten nicht einmal, wieso Ödipus nicht gewußt habe – sehr unglaubhaft –, als er nun über Theben regierte, daß es sein Vorgänger dort auf dem Thron und im Bett der Königin war, den er am Wege erschlagen hat! Und ebenso schlicht-grotesk «erspart» die Bibel es sich, es einigermaßen glaubhaft zu machen, warum Noah den jüngsten seiner drei Söhne verflucht – das heißt: weggejagt hat in die Wüste. Das erste Buch Moses muß natürlich Feindbilder aufbauen, um die barbarischen Abschlachtungen der frühen Stämme untereinander damit zu «erklären», daß es eben Gerechte und Ungerechte gebe, also Kinder des «auserwählten» Volkes und der aussortierten Völker; denn Rassismus fängt mit den ersten Texten der «heiligen» Schrift an, die ein sehr böses Buch ist. Und warum verjagt Noah seinen dritten Sohn Ham und verflucht dessen Nachkommen? Weil dieser Ham den schlafenden Vater nackt sah! Er sah dessen «Blöße», holte seine zwei Brüder, damit auch die Noah nackt sähen – doch die Brüder gingen rückwärts in dessen Schlafgemach, um ihn nicht anzusehen und deckten ihn zu. Freud hätte deuten können, warum das unsagbare «Verbrechen», das zur Vertreibung des jüngsten und aller seiner Nachkommen führte, ausgerechnet darin bestand, den Vater ohne Hose angeschaut zu haben; doch Freud war ein großer Dichter, ein glanzvoller Schriftsteller – und wer je Söhne im Umgang mit ihrer Mutter beobachtet hat, der hegt Zweifel an Freuds Behauptung, es sei keineswegs nur das *Weib* an sich – sondern es sei die *Mutter*, die kleine Jungen veranlasse, sich – da sie nicht höher sind – an Mutters Rock zu schmiegen, das heißt: Stirn oder Mund ungefähr dorthin zu drükken, wo deren Zentrum ist. Ich habe das nie geglaubt; ich habe *gesehen*, daß meine Söhne *ebenso* ihrer Mutter wie der Großmutter oder *irgendeiner* geliebten weiblichen «Bezugsperson» sonst ihr Gesicht zwischen die Schenkel schmiegen. Ranke-Graves, der die für mich maßgebenden Deutungen der Mythologie schrieb, vermutet, daß «die Theorie Freuds, daß der ‹Ödipus-Komplex› ein allen Menschen eigener Instinkt ist», sich auf eine mißverständlich überlieferte Erzählung gründe. Und er fügt hinzu: obwohl Plutarch von einem Flußpferd berichtete, das «seinen Vater tötete und seine Mutter vergewaltigte», so hat er doch niemals angedeutet, «jeder Mensch habe einen Hippopotamus-Komplex».

Der Zuneigung der Söhne zu ihren Müttern – das sollte bedenken, wer allzuviel in den Mythologien zu finden vermeint – entspricht bekanntlich in unserer Realität die fast überall zutage tretende Zuneigung der Töchter zu ihren Vätern. Und die überall unübersehbare Problematik des Verhältnisses Vater–Sohn wird ja keineswegs durch den Tod der Mutter oder durch die Scheidung des Vaters von ihr beendet; was beweisen dürfte, daß sie *nicht* sexueller Natur ist...

Was ist sie denn?

Sie ist ein so unerfreulicher wie heilsam-positiver Prozeß, der allein den Söhnen ermöglicht, durch einen beide schmerzenden Willensakt sich ebenso vom Vater abzunabeln, wie es bei der Geburt die Natur durch Abnabelung von der Mutter schon unmerklich bewerkstelligt hat. Es kann keine Familie geben, in der nicht Tränen vergossen werden, wenn der Sohn sich losmacht vom Vater, was schmerzhafter ist als nur das Abreißen eines festsitzenden Verbandes von einer großen Wunde; sich losreißen vom Alten, räumlich, gedanklich, politisch, auch seelisch und, wenn der Alte Glück hat, endlich auch wirtschaftlich, dürfte übrigens der natürliche – das Verstoßenwerden durch den Vater dagegen eher der ungewöhnliche, ja widernatürliche Vorgang sein. (Denn wer macht schon Kinder, Frau oder Mann, um sie loszuwerden?) Aber ein Sohn, der nie seinem Alten durchgegangen ist, wie ein Pferd durchgeht, dabei riskierend, daß er den Wagen des Vaters umwirft – wird kaum ein Erwachsener werden können; schöner als jeder andere hat das André Gide am Ende seiner knappen Geschichte vom verlorenen Sohn verdeutlicht: kaum ist der Sohn wieder zu Hause – veranlaßt er seinen jüngeren Bruder, ebenfalls heimlich abzuhauen! Und daß es furchtbare Tragödien auch dort gibt, wo der Sohn zu früh ins Vaterhaus zurückkehrt, das hat schockierend wie kein anderer Gottfried Benn durch seine Beobachtung verdeutlicht, daß während der Kriege gar nicht so selten auf Bauernhöfen die Nachricht, der Sohn sei gefallen, auch mit Erleichterung aufgenommen wurde: er verdrängte dann nämlich nicht seine Alten ins «Austragsstüberl», wie man auf bayerischen Höfen den Altenteil nennt; dorthin verstoßen zu werden, sobald der Sohn heiratet, das muß mindestens früher, bevor es Renten auch für Bauern gab, mörderisch gewesen sein: oft entschied dann die Schwiegertochter, was den Alten an «Deputat» zum Leben oder Sterben noch «gewährt» würde... Und wie es keine Familie geben kann, in der nicht die Sohn-Vater-Beziehung eine problematische ist, so auch keine Berufsgruppe, in der nicht das Nachstoßen der folgenden Generation problemgeladen ist. Am schlimmsten in den künstlerischen Berufen. Und warum?

Weil vom Elektriker, vom Arzt, vom Juristen, vom Gärtner, von der Röntgenschwester, der Redakteurin, die nachrücken in die frei gewordene Vorgänger/Vorgängerinnen-Position, nicht verlangt wird, sie müßten erst einmal alles *ganz anders* machen, als es bisher praktiziert wurde. Im Gegenteil: der junge Bäcker, der genauso gute Pasteten bäckt wie sein Großvater, der Arzt, der seine Patienten behandelt, wie sein Vater sie schon in dieser Praxis behandelt hatte: sie werden ausdrücklich *deshalb* belobigt! Während man den jungen Maler oder Dramatiker *gar nicht wahrnimmt*, bevor er einen Stil kreiert hat, den es nicht gab, bevor es *ihn* gab! Brecht hat ja nicht deshalb als Junge in Augsburg unzitierbar blöde, hämische Niederträchtigkeiten über die lebenden Klassiker seiner Jugend in Druck gegeben, weil er später ein größerer Dramatiker geworden wäre als Schnitzler und Hauptmann, die ja Brecht beide an Niveau niemals erreicht hat. Sondern Brecht und alle seine deutschen Generationsgenossen, die Expressionisten, konnten überhaupt nur Dramatiker werden, die man kennt, wenn sie sich zunächst einmal von diesen zwei Meistern *radikal unterschieden*! Denn das Vollkommene – das psychologisch-realistische Drama wurde unter den Händen Schnitzlers und Hauptmanns vollkommen –, das Absolute kann ja keiner «fortschreiben», ohne nur ein belächelter Epigone zu werden! Anderes Beispiel: wie viele hundert Familienromane wurden, seit 1901 ‹Buddenbrooks› erschienen ist, in Deutschland geschrieben!

Doch niemand kennt sie – eben *deshalb*, weil sie einfach diesem Muster- und Meisterstück ‹Buddenbrooks› nachgeschrieben worden sind! Aber das dem Vater oder der Vatergeneration in der Kunst nur Nachgemachte lohnt die Mühe nicht! Und da also in der Kunst der Nachfolger *nicht* – wie überall sonst in den Berufen – die Machart, die Mode des Vorgängers übernehmen kann, sondern ihn sozusagen erst für tot erklären muß oder jedenfalls für überholt: so ist in der Kunst-Arena der Generationenkonflikt nicht nur schlimm wie überall, sondern *mörderisch*! Buchstäblich...

III

Während ich dies tippte, hörte ich zufällig einen meiner Söhne ins Telefon sagen: «Dann tun wir den Alten in den Eisschrank!» Als er aufgelegt hatte und durch mein Zimmer ging, sagte «der Alte» zu ihm: «Freud läßt grüßen!» – und ich fragte, warum es dem Jungen nicht genügt habe, seinen Freund oder sein Mädchen zu beruhigen, wenn er oder sie heute abend komme, dann sei ich nicht zu Hause! Sondern, warum er gesagt habe, ich käme ins Eis – wohin wir ja unseren Vater, das habe auch ich getan, erst bringen, wenn er im Spital gestorben ist? Der Sohn versicherte – völlig glaubhaft –, so sei das nicht gemeint gewesen. Doch als ich einige Stunden später wiederum eine ironische Bemerkung daran knüpfte, daß er mich ausgerechnet in den Eisschrank habe tun wollen, sagte er ebenso ironisch und ebenso ernst gemeint: «Du hast mich immerhin schon vor meiner Geburt beseitigen wollen – durch Abtreibung!» Ich sagte: «Du wirst auch Kinder abtreiben, fast jeder tut das oder hat es getan...»

Wie immer nur dann, wenn beide recht haben, sind die Konflikte so scharf wie möglich; doch bin ich sicher, daß sie den Zusammenhalt nicht nur nicht auflösen, sondern vertiefen: In der Familie ist nicht nur «der Brei dicker», sondern sind Auseinandersetzungen radikaler, das heißt: ehrlicher. Wenn ich bedauere, daß heute der Respekt voreinander nicht mehr ausreicht, Rücksichtslosigkeiten zu meiden – meine Söhne reden so offen mit mir und auch *gegen* mich, wie ich nie im Leben zu meinem Vater gesprochen hätte –, so deshalb, weil das Leben «draußen», also außerhalb der Familie, schon friedlos genug und der heimische Wigwam zur seelischen Regeneration da ist; andererseits kann niemand sich wünschen, in die Windstille zu geraten, die nur dort ist, wo keine Berührung mit der nachdrängenden Generation Konflikte ins Haus trägt, die einen im Gegensatz zu dem allabendlichen Gequatsche der Tagesschau, das vorübergeht, existentiell berühren: welcher Krach mit Kindern, welche Sorge um sie – können das Glück aufwiegen, Kinder zu haben? Oder die Tragödie, sie zu verlieren? Ich habe zuweilen einen Mathematiklehrer vor Augen, dessen zwei Söhne – Töchter hatte er nicht – Hitlers Krieg vernichtet hat, bevor die Jungen sich fortgepflanzt hatten: einsamer als dieser Mann konnte – später – nur seine Witwe noch sein. Und ich sehe meinen Vater, der das Glück, 86 zu werden bei völliger geistiger Frische, damit bezahlt hat – denn ungestraft wird keiner alt –, daß er noch hinter dem Sarg meines Bruders gehen mußte... Das Schlimmste, das Kinder ihren Eltern zufügen können, ist der Selbstmord. Jakob Wassermann beendete 1932 seinen Nekrolog auf Schnitzler: «Welche merkwürdige Analogie der Schicksale bei Hofmannsthal und ihm! Dort der Selbstmord des Sohns, der den Tod des Vaters unmittelbar nach sich zieht, hier der Selbstmord der über alles geliebten Tochter, der ein schleichendes seelisches Siechtum im Gefolge hat und eine kraftvolle Natur zerbricht. Wie weit die Wesenheit beider Männer mit diesen Katastrophen verknüpft ist, läßt sich nicht untersuchen...» Auch Fontanes Tochter hat sich erschossen. Auch Fontane mußte hinter dem Sarg eines seiner Söhne gehen... Und als Thomas Mann die Nachricht erhielt, das älteste von seinen sechs Kindern habe sich in Cannes vergiftet – überwand er den zusätzlichen Schock, daß der Junge nicht einmal seiner Mutter noch einen Brief geschrieben hatte, indem er seinen Nekrolog auf Klaus Mann mit dem Satz schloß: «Es fehlte noch, daß man von Undank spräche für ein so schuldhaftes Geschenk wie das Leben!»

IV

Schuldhaft, in der Tat, werden die Alten an den Kindern schon dadurch – unschuldig schuldhaft, denn wie können sie es ändern! –, daß sie den Kindern «im Wege» sind, überall; abgesehen davon, daß niemand Kinder macht um der Kinder willen: Wer behauptet, Kinder der Welt ausgesetzt zu haben, um *ihnen* das Leben zu «schenken»: der ist ein Heuchler! Denn in Wahrheit hat er *sich* das Geschenk gemacht, Kinder zu haben, vermutlich aus Todesangst: wo Kinder, wo Enkel sind, da lebt die Illusion, das Leben gehe weiter. Das sollten wir Alten uns ebenso ehrlich eingestehen, wie wir von Kindern die Ehrlichkeit fordern dürfen, einzugestehen, daß wir ihnen zunächst die Wege einmal ebneten – auf denen wir ihnen dann im Wege sind.

Noch immer das aufschlußreichste Buch zu diesem Thema, das ja ein unergründlich tiefer, dunkler Sack voller Giftschlangen ist – wer hineinfaßt, ist selber schuld –, bleibt Turgenjews Roman ‹Väter und Söhne›, der 1862 erschienen ist, in jenem deutschen Schicksalsjahr, als Bismarck preußischer Ministerpräsident wurde. Der allzufrüh an Kehlkopfkrebs verstorbene Walter Schmieding hat in ‹Aufstand der Töchter›, seiner Geschichte der russischen Revolutionärinnen des 19. Jahrhunderts, eindrucksvoll den gewaltigen Einfluß geschildert, den ‹Väter und Söhne› auf die Generation der russischen Bombenleger und Zar- und Gouverneurs-Mörder gehabt hat; unter ihnen der 1887 gehängte Bruder Lenins, vor allem aber auch Mädchen aus der Aristokratie, so die 1881 aufgehängte Lehrerin Gräfin Perowskaja, die ausdrücklich deshalb – wie sie sagte – die «Hinrichtung» des Zaren Alexander II. anordnete, weil man die sittliche Verpflichtung habe, «die Schuld der Väter» zu sühnen... Sie war eine Tochter des Generalgouverneurs von Petersburg.

«Schuld der Väter»: auch Turgenjew bekam sie heftig und haßerfüllt vorgehalten von den Studenten, für die er doch – in Liebe – seinen großen Roman geschrieben hatte; es ist eben letztlich, machen wir uns gar nichts vor, *überhaupt keine Verständigung* möglich zwischen den Generationen! Thomas Mann verstand nicht, daß die jungen Expressionisten nach dem Ersten Weltkrieg seinesgleichen für – heute würde man sagen: liberale Scheißer hielten; er sagte verächtlich: «Diese Jugend ist ja nicht revolutionär, sondern laut.» So ähnlich sprach 1968 in einem Buch ‹Rebellen ohne Programm› der amerikanische Diplomat und Harvard-Professor George F. Kennan über die Studentenbewegung – die historisch in der Tat ebenso folgenlos geblieben ist wie der «Garstige Feuerstank», als den Goethe 1817 das Wartburgfest der Burschenschaft bezeichnet hat. Goethe hatte es als regierender Premierminister des Großherzogtums Sachsen-Weimar-Eisenach gut gemeint, als er die Polizei anwies, seinen «lieben, jungen Brauseköpfen doch um Gottes willen nichts zu tun», wenn sie denn seinen Vorschlag akzeptierten, *nicht* Luthers Thesenanschlag vor dreihundert Jahren in Wittenberg zum Anlaß der Wartburgfeier zu machen – denn Goethe wollte keine Stänkerei der von ihm verachteten, sehr machtvollen protestantischen Geistlichkeit gegen die katholische Minderheit im Lande! Sondern Goethe öffnete das Ventil der studentischen Begeisterung, indem er den Studenten vorschlug – was die auch akzeptierten –, sich zum Gedenken an die vor vier Jahren siegreich geschlagene Völkerschlacht bei Leipzig zu versammeln! Studenten sind Aktivisten um der Aktivität willen: keinen geistigen, sondern einen hormonalen Ursprung haben ihre zu «Revolutionen» aufgebauschten Gassenkrawalle; so war es in jedem Jahrhundert. Man lese in Golo Manns ‹Wallenstein› über dessen «purschikose» Studentenzeit; wie zum Beispiel im 17. Jahrhundert der Überfall der Studierenden auf ein Pfarrhaus, in dem man alles kurz und klein schlug und dann auch die Frau Pastor vergewaltigte, durchaus als Auflehnung gegen die immer «natürlich» verhaßte Obrigkeit, *gleichviel wer die ist*, von den Studenten selbstberauscht gefeiert wurde – Kristall-Nacht- und Bücherverbrennungs-Mentalität; wie denn ja auch aus dem Kreise der halbidiotischen Terroristen des Wartburgfestes 1817 zwei Jahre später der Mörder Kotzebues hervorging; ein Student stach den vielfachen Vater wie ein Schwein in seinem Treppenhaus ab, weil er gelesen hatte, Deutschlands einziger genialer Komödien-Dichter vor Sternheim, überhaupt Deutschlands berühmtester Autor – international – neben Goethe, sei ein «russischer Spion»; Kotzebue schrieb – wie Heine für Pariser Zeitungen – als Korrespondent auch für Petersburger Blätter... Goethe resümierte: «...hab ich seit fünfzig Jahren junge Professoren herankommen sehen und immer jüngere strebende, die lehrend lernten und in den letzten Zeiten sich gar der Jugend gleich stellten, Gesinnungen, nicht Wissenschaft überlieferten, mit revolutionärem Geiste alles nivellierten, ohne zu bemerken, daß sie sich selbst, mit der übrigen Gesellschaft, auf die Wasserebene herunterbrachten. In den letzten hoffnungs- und tatenreichen Jahren erschienen Lehrer und Schüler als Zelt- und Spießgesellen, selbst ältere wollten dafür gelten. Wo soll nun Disziplin herkommen, wenn sich alles für gleich erklärt, und die sämtliche studierende Jugend sich als Masse konsolidiert hat...

Dieser Zustand wird noch verschlimmert dadurch, daß die akademischen Körper, wie alle übrigen nach und nach entstandenen Vereine, einen Staat im Staate zu bilden und sich vom Gouvernement unabhängig zu machen gesucht haben. Kaum erlangten sie dies auf einen gewissen Grad, so zeigt sich, daß sie dadurch selbst innerlich ohnmächtig geworden und weder Kollegen noch Untergebene zu bändigen imstande sind.»

Man vermeint den alten Horkheimer oder den – sogar körperlich – von Studenten bedroht gewesenen Adorno zu lesen, sofern die Rückblicke ins Jahr 1968 geschrieben haben. Als Turgenjew bald nach Erscheinen von ‹Väter und Söhne› in Petersburg eintraf und dort mysteriös gebliebene Brandstiftungen grassierten – nie aufgeklärt –, sagten ihm «Freunde», diese Brände hätten «seine» Nihilisten gelegt! Denn Turgenjew hat die überzeugendste Gestalt seines Buches, einen jungen Mediziner namens Basarow, der auf Umsturz der Gesellschaft aus ist, dann aber vorbildlich in deren Diensten stirbt: er zieht sich, Kranke heilend, eine tödliche Blutvergiftung zu –, als «Nihilisten» bezeichnet. (Undankbar wie deutschen Epikern gegenüber deutsche Philologen sind, priesen die eine Generation später, Turgenjew habe das Wort: *Nihilist* «erfunden»; so rasch hatten diese Deutschen vergessen, daß der total unterschätzte Karl Gutzkow 1853 sogar den Titel eines Romans auf dieses Wort gestellt hatte: ‹Die Nihilisten›.) Turgenjew litt bis zum Lebensende unter dem Vorwurf, die russischen revolutionär gesinnten Studenten nicht verstanden, sondern als «Nihilisten» denunziert zu haben. In Wahrheit hatte der unbestechliche Dichter die Studenten als kopflose Idealisten so gezeichnet, wie sie sich in der Gesellschaft noch immer aufgeführt haben und stets aufführen werden: anständig, idealistisch – jedoch noch richtungslos. Männer in einem Alter, wo in Kriegszeiten bereits Höchstleistungen von ihnen gefordert werden – wie jung waren die Geschwister Scholl, als sie zum Verzweiflungskampf gegen Hitler aufriefen; und sogar Stauffenberg und Elser, die zwei Schwaben, die versuchten, Hitler zu töten, waren erst Mitte Dreißig –, werden durch den Universitäts-Betrieb und die allzu lange Studienzeit daran gehindert, Taten zu tun, die ihnen von Natur bereits angemessen wären: so suchen sie den Tatendrang abzuleiten, den gleichaltrige Männer in Handel und Handwerk und gleichaltrige Mädchen in vielen Berufen oder als Mütter bereits ausleben dürfen. Eine unzureichende Erklärung, ich weiß, für die Problematik, die immer Väter und Söhne seelisch zerpflügt, zerfetzt. Und dennoch alles, was zu sagen ist anläßlich eines jener Probleme ersten Ranges, die zeitlos sind – nämlich unlösbar: als Aufgabe also jeder Generation erneut auferlegt. Kein nur gesellschaftliches Problem; sonst wäre es ja lösbar. Sondern ein natürliches, ein ewiges. Und ein tragisches.

Fehler und Söhne II

1888 – das Jahr mit den drei Achten war ja auch das Jahr mit drei Kaisern: Der einundneunzigjährige Wilhelm starb im März, nach 99 Tagen starb an Kehlkopfkrebs sein siebenundfünfzigjähriger Sohn, dann bestieg Wilhelm der Letzte mit Neunundzwanzig den Thron. Sind die politischen Probleme nach hundert Jahren meist – nicht immer – abgetan, die menschlichen faszinieren dann um so stärker, weil man erst aus Distanz überblickt, *was* sie ausgelöst haben und *warum* sie ausgelöst wurden… Denn erst nach hundert Jahren oder jedenfalls nach Jahrzehnten sind auch die menschlich-allzumenschlichen Beweggründe offengelegt, die so wesentlich alle unsere Entscheidungen mitbestimmen… Dieser letzte Wilhelm, der 1918 den Thron mit dem Ersten Weltkrieg verloren hat – wurde zu einer Figur, die aber Millionen Europäern das «Schicksal» bestimmte. Ist es Vereinfachung zu sagen: Elternhaß – der sich nicht immer gegen den *leiblichen* Vater richten muß – habe Kaiser Wilhelm den Letzten zum – letzten gemacht? Der (durch einen bei Geburt verkrüppelten Arm) siedend Ehrgeizige hört als Junge einen Unverantwortlichen quatschen, auch der achtundzwanzigjährige Friedrich würde niemals der Große geworden sein, hätte er – wie der neunundzwanzigjährige Wilhelm – bei seiner Thronbesteigung einen Bismarck an seiner Seite vorgefunden: So wirft der junge Mann – vierzehn Tage vor Bismarcks 75. Geburtstag, achtundzwanzig Jahre nachdem Bismarck Wilhelms Familie Hohenzollern vor der Abdankung gerettet, dann ihr die drei Kriege gewonnen, sie zu Kaisern gemacht hat –, so wirft er Bismarck unter nichtigen Vorwänden hinaus. Und zerstört, wenige *Tage* nach der Entlassung seiner erdrückend großen Vaterfigur, Bismarcks – vor der Welt geheimes – Hauptkunststück: den Rückversicherungsvertrag mit Rußland. Und er zwingt die Russen ganz gegen deren Willen, den (wegen 1870/71) revanchelüsternen Franzosen das von Paris ersehnte Bündnis zu schenken. So hatte Wilhelm «den Vater» beseitigt.

Mindestens ebenso stark aber war sein Haß gegen sein Mutterland: sein rechter Arm wurde irreparabel beschädigt, als die Prinzessin von England unter barbarischen Qualen den Prinzen in Potsdam geboren hat. Ohne jeden rationalen Zweck läßt ab 1895 der junge Kaiser gegen England die stärkste Bedrohung aufbauen, die je die Insel umzingelte, seit Nelson die Schiffe Napoleons vernichtet hat: eine deutsche Schlachtflotte, die – ohne Krieg, bei wahnwitzigem Bautempo – bereits 1920 stärker gewesen wäre als die britische.

Nie hatte die Insel einen Konflikt gehabt mit dem Reich, im Gegenteil: zweimal hatte sie mit den Deutschen Europa vor der französischen Allmacht gerettet: 1815 bei Waterloo gegen die Napoleons, 1709 bei Blenheim-Würzburg gegen die Ludwigs XIV. Die furchtbare Belehrung noch heute für jeden einzelnen von uns in der unseligen Person Wilhelms II. ist die Tatsache, daß sein Intellekt beträchtlich genug war, diese zwei Fehler, die das Reich vernichtet, weil sie den Ersten Weltkrieg entfesselt haben – *einzusehen*. Jedoch der Intellekt, laut Schopenhauer nichts als «Die Magd des Willens», das heißt: unserer *Triebe*, ist ohnmächtig gegen das Gefühl, das diese Triebe, diesen Willen so sehr regiert, daß es identisch ist mit ihnen. Je mehr Geist der Mensch hat – Wilhelm hatte Geist –, je klüger sind keineswegs seine Entscheidungen. Denn es ist ja *nicht* der Geist, der sie dem Menschen eingibt. Sondern seine *Gefühle* befehlen dem Menschen seine Wege. Und je geistreicher ein Mensch ist – je geistreicher lediglich die Formulierungen, mit denen er sich selber «begründet», warum er die Warnungen seiner Vernunft in den Wind schlägt, um den Einflüsterungen seines Gefühls, seiner Triebe zu gehorchen, wie Dostojewski im ‹Raskolnikow› bilanziert: «Die Vernunft fügt sich doch der Leidenschaft.»

Wilhelms Gefühle haben ihm befohlen, sich nicht von «Vater» Bismarck vorschreiben zu lassen, wie er Bündnisse pflegen müsse. Und sich von «Mutter» England nicht verbieten zu lassen, als gleichstarker «Admiral» die Weltmeere zu bedrohen... Ergänzung: Der Kaiser hatte zwar nie mehr die Macht, den ersten Fehler zu korrigieren, der den Franzosen das Bündnis mit den Russen geschenkt hat. Den zweiten aber zu korrigieren, gaben die Briten immer wieder, immer friedenswilliger Gelegenheiten genug, noch zwanzig Jahre lang, bis 1912. Wilhelms Verstand nahm sie wahr. Doch sein Gefühl verbot ihm, der Vernunft zu folgen. So ver«fahrlässigte» er Europa in den Ersten Weltkrieg... Ändern sich auch politische Konstellationen: die Natur des Menschen ändert sich nie.

Nachzutragen bleibt: Es gibt Gegenbeispiele zum Klischee, Söhne haßten ihre Väter – das freilich *deshalb* zum Klischee wurde, weil es sich jeder Generation erneut als nur zu wahr aufdrängt, daher diese immer wieder gemachte Erfahrung so oft beredet wird, bis sie zum Klischee wurde; und daß es bedeutende Gegenbeispiele gibt, widerlegt dieses Klischee nicht. Das menschlich anrührendste Gegenbeispiel haben wir in dieser Familie Bismarck: Sohn Herbert, Staatssekretär des Auswärtigen, Liebling des Vaters, der ihn grotesk protegierte – der alte Wilhelm spottete über den unerhörtesten Fall von Nepotismus, weil Bismarck seinen Sohn als noch ganz jungen Mann (mit 37 Jahren!) zum Außenminister (Staatssekretär des Auswärtigen, denn einen Außenminister kannte das Reich nicht) ernannt hat –, Herbert Bismarck liebte seinen Vater so abgöttisch, daß er eine Frau sitzenließ, die sich seinetwegen hatte scheiden lassen, nur weil sein Vater sie nicht zur Schwiegertochter wollte. Und daß er sich deshalb den Spott der europäischen Gesellschaft zuzog. Und daß er mitging, als der junge Kaiser seinen Vater hinauswarf. Herbert von Bismarck wurde dann auch niemals ins Amt zurückberufen, so heftig er das ersehnte und dafür auf Hofbällen antichambrierte. So daß er – hochbegabt, doch als Frührentner arbeitslos – schon wenige Jahre nach dem Tode seines Vaters resigniert einging... Als sein Vater gestorben war, beobachtete eine Freundin, die zur Beerdigung angereist war: «Herbert ist wie vernichtet» (Hildegard von Spitzemberg). Aus Treue zu seinem Vater arbeitslos geworden, war Bismarcks Ältester von allen Opfern Bismarcks – er hatte viele – das tragischste...

Marx & Flick

Glaubte Marx im Ernst – Ödipus habe unterwegs nach Theben in *Unwissenheit*, wer ihm da begegne, seinen Vater erschlagen? Marx sagt: «Unwissenheit ist ein Dämon... die größten griechischen Dichter haben sie in den furchtbaren Dramen der Königshäuser von Mykene und Theben als das tragische Geschick dargestellt.» Nein, natürlich hat Ödipus seinen Erzeuger aus der berechtigten Wut erschlagen, daß der ihn nach der Geburt beseitigen wollte. Und die Liebe zu seiner Mutter, die ja für Ödipus, der sie nie gesehen hatte, eine völlig fremde Frau war? Daß Erotik aufflammt, wenn Nächstverwandte, die Jahrzehnte getrennt waren, sich erstmals sehen, ist nicht ungewöhnlich: nicht Natur distanziert Gleichblütige voneinander, sondern allzu große Nähe. Doch dürfte Ödipus natürlich in der Königin-Witwe seine Mutter *erkannt* und sie geschwängert haben, um seine verständliche Rache am Vater auf die Spitze zu treiben. Jedenfalls ist der Zwang in Söhnen, im Vater den Vordermann zu morden, ganz offensichtlich noch triebstärker als in dem der Töchter, sich der Mutter zu entledigen... Wie in unseren Tagen «Könige» ihren

Vater umbrachten, belegt das Beispiel Flick: Die Söhne erben mit Mercedes die lukrativste Autofabrik der Welt – und *das* können sie dem Alten nicht verzeihen: man hüte sich vor jedem, der einem dankbar sein muß! Deshalb ziehen sich die Flick-Söhne schwerste finanzielle Nachteile und den übelsten Ruf durch Korruption und Bestechung zu – nur um sich zu *befreien* von ihrer Dankesschuld gegenüber dem Vater, der das alles für sie geschaffen hat: sie verschleudern sein Werk, weil der Mensch Schulden am schwersten erträgt, wenn es erstens Dankesschulden sind und er sie – zweitens – seinem Erzeuger schuldet! Mir erzählte neulich ein Berühmter, sein Vater habe alle siebzehn (!) Gemälde von Cézanne und van Gogh, die sein Großvater gesammelt hatte, nach dessen Tod verschleudert, um Dutzendware dafür zu kaufen: Negerplastik. Und als dies der Mann erzählte: wie da sein Vater den Großvater «ermordet» hat durch Verschleuderung der ungeheuerlich wertvollen Sammlung – merkte dieser Erzähler durchaus nicht, daß er, indem er ihn vor mir so lächerlich machte, jetzt ebenso seinen Vater mordete...

Zu den Narreteien...

– d. h. zu den speziellen Vorlieben *meiner* Generation, die schon von unseren Kindern, bestimmt aber dann von unseren Enkeln nur noch bespöttelt werden, gehören garantiert *drei* Neigungen und Gewohnheiten, die unsere Jahrzehnte mit charakterisieren: Erstens die fast uneingeschränkt unsere Ästhetik beherrschende Meinung – inzwischen wird ihr immerhin schon widersprochen –, ausgerechnet die *gegenstandslose* Malerei könne unsere Epoche am überzeugendsten «ins Bild setzen», ausdrücken, überliefern. Zweitens: Es sei vernünftig, Milliarden für Raketen und künstliche Satelliten auszugeben, die angeblich den «Weltraum», wie die Großschnauzen sagen – denn wir gelangen ja niemals in den Weltraum, sondern nur in den Raum unseres Sonnensystems –, erforschen sollen, während sogar die Fanatiker der «Weltraum»-

Fahrt zugeben müssen, daß diese so gigantischen wie unnützen Anstrengungen auf Räume gerichtet sind, in denen niemals etwas wachsen und leben kann, weil dort kein Sauerstoff ist. Drittens unsere Gewohnheit, im Hochsommer *freiwillig* in den Süden zu reisen, um sich angeblich zu «erholen»: kein Mensch, der nördlich der Alpen geboren und aufgewachsen ist, wird gesünder, wenn er im August dorthin fährt, wo 44 Grad Hitze ihn für die längste Zeit des Tages ins Hotelzimmer verbannen. Unsre Großeltern waren klüger: sie reisten im Oktober oder März nach Italien – im Juli aber in das, was sie mit voller Berechtigung die Sommer-*Frische* genannt haben, in die *bewaldeten* Gebirge. Jede Zeit ist – wie jeder Mensch – *anders* albern, damit muß man sich abfinden. Ob aber nicht unsere doch noch ein bißchen *alberner* ist als frühere? Vermutlich, weil sie mehr Geld und eine kürzere Arbeitszeit hat: beides bringt weder auf Gedanken noch auf gute Gedanken...

Heiligabend

«Also dies Jahr, damit du's weißt, will ich Heiligabend deinen Vadder nicht wieder hier 'rumsitzen haben, den ganzen Abend!» Sie hatte die Lockenwickler im Haar und wischte zum drittenmal, Beschäftigungstherapie, über die makellose Glasplatte des Couchtisches. Er sagte demütig: «Auch voriges Jahr hab ich ihn doch bald nach der Bescherung schon wieder heimfahren sollen, den ganzen Abend wird er schon nicht bleiben!» Sie richtete sich auf, deutete an, daß ihr vom Bücken das Kreuz wieder weh tue – woran *er* schuld sei: «Voriges Jahr, da fühlte er sich krank – nur deshalb sind wir ihn so rasch losgeworden!»

Er dachte: Sie ist zum Kotzen, am liebsten schickte sie ihm die Buben ins Altersheim, Geschenke einkassieren – aber zu sagen traute er sich nur: «Es ist ja nicht nur Weihnachten, es ist ja diesmal auch der vierzigste Jahrestag, daß mein Bruder umgekommen ist – und es gibt nicht mal ein Grab, wo der Papa hingehen könnte, das hat er neulich...» Sie fiel ihm in den Satz, nicht angerührter von dem, was er sagen wollte, als ihre Kühlschranktüre: «Jajaja – ich war dabei, als er das sagte, und das ist auch furchtbar traurig, aber unsre Schuld ist das ja nicht.» Der Kurzarbeiter, wie er sich seit dem Fünften dieses Monats nannte, hatte die Zeitung schon zweimal durchgeblättert und überlegte, womit er begründen könne, daß er hier herauskäme und angeblich in die Stadt fahren müsse; es fiel ihm nichts ein. Sein Blick streifte den Jungen auf dem Foto, einen siebzehnjährigen Matrosen, der vor vierzig Jahren einer der über hundert Seekadetten gewesen war, die Großadmiral Dönitz auf Schlachtschiff ‹Scharnhorst› mit hinausgejagt hatte, ins Eismeer, wo die Briten am zweiten Weihnachtstag mit ihrem schwersten Flaggschiff und dessen überlegener Artillerie den leichten Schlachtkreuzer verschrotteten: 36 Überlebende von 1800 Mann! Er dachte: Die Nation der Wichtigtuer: fünfhundert Matrosen mehr als auf einem fast doppelt so großen britischen Schiff! Auf ‹Hood›, dem größten Schlachtschiff, als ‹Bismarck› es versenkte, waren vierzehnhundert, auf ‹Scharnhorst› fast neunzehnhundert Seemänner, als Dönitz – und dieser Bursche starb mit fast neunzig im Bett! – sie hinaustrieb, nur weil er zu dumm war und zu arrogant, alle Warnungen zu überhören, daß die Briten sie abfangen und vernichten würden: selbst Hitler wollte nicht, daß dieses Schiff aufs Spiel gesetzt wurde... selbst Hitler wußte, es habe gegen die Briten keine Chance. Wut stieg in ihm auf, wie immer... Er hatte, da selber «weißer Jahrgang» als einer, der nicht mehr hatte dienen müssen, alle erreichbaren Bücher über die Eismeer-Katastrophe in der zweiten Weihnachtsnacht verschlungen und die Bücher sorgfältig vor seinem Vater versteckt, weil sie dem immer seelisch das Unterste nach oben gepflügt hatten. Aber natürlich *wußte* sein Vater, hatte auch schon zweimal davon gesprochen, daß dieses Jahr der vierzigste Jahrestag sei, an dem der Bruder umgekommen war – hoffentlich ein rascher Tod im Eiswasser, doch lange genug hatte er an Bord noch diesen Tod mit Sicherheit vor Augen gehabt, denn es gab kein Begleitschiff, von dem sie hätten Rettung erhoffen können, während die Briten sie kaputtschossen, ohne daß der Deutsche auch nur hätte antworten können: die Briten sahen mit Radar die ‹Scharnhorst› klar wie am Tage, die Deutschen *sahen* nicht einmal ‹Duke of York›! Und hätten sie dieses Flaggschiff der ‹Home Fleet› gesehen: sie hätten dennoch sich nicht wehren können, weil ihre Artillerie gar nicht hinreichte bis zu dem, der sie in aller Ruhe zu Schrott schoß... Furchtbar! Er hatte plötzlich einen unzähmbaren Spaß zur Herausforderung, stand auf und sagte: «Du, ich hol' den Papa schon heute her, die Jungen nehme ich mit – er freut sich, wenn wir ihn überfallen und einfach einladen und herholen! Er kann hier schlafen.» Sie war sprachlos, so schlecht hatte er ihr noch nie gehorcht. Aber das dauernde Zusammensein auch während jener Stunden, die früher Arbeitszeit für ihn gewesen waren, hatte ihre Ehe stärker unterminiert als die vorangegangenen siebzehn Jahre. Er dachte: den Gefallen tu ich ihr nicht, den Alten allein zu lassen dieses Jahr; und er verdrängte, daß er keineswegs nur seinem Vater zuliebe Streit... nicht gerade suchte, aber doch in Kauf nahm, sondern weil er auf dem Arbeitsamt kürzlich jemanden kennengelernt hatte, der er willkommen wäre, bestimmt, könnte er ausgerechnet Weihnachten daheim wegen Krachs verschwinden. Sie hatte sich, als er schon im Mantel war, so weit «gefangen», daß sie drohen konnte: «Bringst du ihn her und auch noch über Nacht, fahre ich zu meiner Mutter!» Er wußte: eine leere Drohung, sie würde die Kinder Weihnachten nicht mit ihm allein lassen und auch die beiden nicht mitnehmen, das wäre ihrer Mutter, mit den Enkeln, die die im Haus hatte, zu viel Unruhe... Er sagte: «Die wird sich freuen – allen Ernstes!» Und er rief seine Kinder und war schon an der Garage. Sie hatte das Küchenfenster geöffnet – sie wohnten parterre –, und sie wußte, sie würde ihn kleinkriegen, als sie androhte: «Silvester hast du ja deinen Chef eingeladen – viel Vergnügen, wenn du ihm erklären mußt, warum ihr dann vor leeren Tellern sitzt...»

Mutter Courage

Warum sind wir Leser geneigt, soviel Sympathie für eine Frau aufzubringen, die zwei Jahre lang als Kreditabteilungsleiterin einer Münchner Großbank Zinsen für Geldbeträge, die nur auf dem Papier ausgeliehen worden waren, auf ihr eigenes Konto überwies: mehr als zwei Millionen Mark? Weil sich hier eine Achtundfünfzigjährige für einen Tunichtgut von Sohn ins Gefängnis begeben wird? Sicher liegt unserer Sympathie für die Frau nicht das Verständnis für ihre Sohnesliebe zugrunde, sondern unser Unverständnis für Geldgeschäfte, die ohne Personen abgewickelt werden, nämlich nur abstrakte Buchungsbewegungen bleiben. Niemandem borgte die Bank das Geld, sie zahlte daher auch die Zinsen selber – zahlte sie zwar nicht *sich*, sondern der Angestellten –, aber dennoch bleibt bei uns Lesern das Gefühl, «eigentlich» sei der einzige Geschädigte diese Mutter, die doch die Diebin war. Eine Frau, die nur Unglück gehabt hat: Ihr Vater tötete vor ihren Augen ihren ersten Mann. Ihr zweiter Mann habe die Kinder – vier – derart mißhandelt, daß jenem Sohn, für den dann die Mutter zur Diebin wurde, «buchstäblich das Selbstbewußtsein zerschlagen worden ist... Ich habe bei dem Jungen versagt.» Was hält eine Frau, die so berufstüchtig ist, bei einem Sadisten, der ihre Kinder derart mißhandelt? Man fragt sich, wie Psychologie und Psychiatrie sich selber als «Wissenschaften» ausgeben können – da doch Wissenschaft *nur sein kann*, per definitionem, was allgemein verbindlich ist. Doch die menschliche Natur – das zeigt auch diese Geschichte und zeigt jeder Mensch in seinem Verhalten jeden Tag – kann wissenschaftlich überhaupt nicht erfaßt werden, einfach deshalb nicht, weil es in ihr nichts gibt, was nicht möglich ist. Wieso dann sollte eine Naturgeschichte des Menschen – also das schlechthin Uferloseste, was es gibt – eine exakte Wissenschaft sein können? Daß zwei mal zwei vier gibt, das ist sicher. Aber wie ein Mensch reagiert?

Das Glas Milch

Als der Soziologe Max Weber schon auf dem Sterbebett lag – Karl Jaspers nannte ihn wiederholt: «den größten Deutschen unserer Zeit» –, sah er ein Glas Milch auf dem Nachttisch. Der Fiebernde griff danach: «Gebt's mir rasch, sonst wird Alfred es trinken!»

Alfred war der jüngere, im Zimmer gar nicht anwesende Bruder, der – ebenfalls Soziologieprofessor – den Berühmteren stets glühend beneidet und deshalb auch dessen Geliebte beschlafen hat. Sie war eine Schwester jener Frieda von Richthofen, die für Lawrence – dessen Geliebte sie war – das Urbild seiner «Lady Chatterley» abgab. Diese beiden Richthofen-Schwestern waren die erotisch interessantesten Frauen des geistigen Deutschlands um 1910: beide mit Professoren verheiratet, lebten beide doch immer auch geheim mit Hochberühmten. – Die Frage drängt sich da auf: warum Bruderhaß, genauer, Haß überhaupt zwischen Nächstverwandten, wenn er erst einmal an die Stelle des *Natürlichen*, der Liebe, getreten ist, eine Tiefe, eine Letztgültigkeit erreicht wie nie der Haß zwischen sonstigen Gegnern? Todfeinde wurden Engländer und Deutsche erstmals in ihrer langen Geschichte, als ein Enkel der Queen Victoria: Wilhelm der Letzte Kaiser wurde in Berlin ...

Lebensmittel – lebensgefährlich

Fleete nennen Hamburger jene Wasserstraßen, die sich weit in die Altstadt hinein erstrecken, beinahe wie in Venedig oder wie in Zürich die Limmat. Glaubhaft wird versichert, daß jener Student, der da im vorigen November einen Kommilitonen vor dem Ertrinken rettete – die Fleete sind tief und kalt, der dem Ertrinken Nahe war betrunken hineingestürzt, nachts –, sehr früh am anderen Morgen vom Vater des Geretteten noch im Bett überrascht worden war: «Ich hab' Ihnen hunderttausend Mark mitgebracht, steuerfrei, gleich hier im Kuvert, als sehr bescheidenen Dank, denn immerhin haben Sie meinen einzigen Sohn gerettet!» Der genierte Retter winkte ab: Er würde doch jede Freude an seiner Tat verlieren, wenn er sich lebenslänglich sagen müsse, *dafür* Geld genommen zu haben! Der Konzernherr – «Bei meinen Lebensmittel- und Fleischfabriken ist das kein Betrag, der erwähnenswert ist, bitte nehmen Sie ihn!» – drängte endlich dem Retter seine schwere, goldene Armbanduhr auf, «wenigstens ein Andenken!» Im Weggehen fragte er noch einmal: «Sie wollen tatsächlich das Kuvert nicht annehmen?» Wiederum verneinte der Student. Da sagte der gerührte Vater: «Also, wenn Sie schon keine hunderttausend Mark von mir annehmen – einen Rat fürs Leben werden Sie nicht zurückweisen: Essen Sie niemals Kochwurst, junger Freund!»

«Wie ein General seinen Sohn tötete»

– hat der Zürcher Felix Müller seine Chronik einer amerikanischen Familie schweizerischer Herkunft überschrieben; das Selbstbewußtsein, ja die Eitelkeit dieser sich als «Dynastie» fühlenden Sippe gehen so weit, dem jeweils Ältesten jeder Generation – wie die Auto-Fords – den gleichen Vornamen: Elmo – zu geben; was es dann nötig macht, vom Großvater zum Enkel wie einst regierende Fürsten dem Vornamen die römische Zahl hinzuzufügen: der Admiral, einst der höchste Marine-Offizier der USA, dank der «Erfolge» in Vietnam und Kambodscha, nennt sich schon Elmo II., weil offenbar sein Vater oder Großvater Elmo I. war. Seinen Sohn, den er in Vietnam – wie zwölftausend noch heute hinvegetierende GI-Veteranen, zwölftausend, die noch *leben*; wie viele es insgesamt waren, das hat kein Mensch gezählt –, seinen Sohn, den der Vater mit Agent Orange besprühen ließ, was den Jungen verkrüppelt und schließlich getötet hat, nannte Elmo II. folglich Elmo III. Und dessen nun – wegen Agent Orange – blödes Söhnchen taufte die stolze Sippe: Elmo IV.

Diese Eitelkeit zu erwähnen, so furchtbar die Familie auch heimgesucht wurde vom Schicksal – von Schuld kann man nicht sprechen, da dem Admiral geglaubt werden muß, er habe Agent Orange für harmlos gehalten, habe gedacht, es entlaube nur die Wälder Vietnams, vernichte «nur» die Ernten, verwunde aber nicht die Menschen –, diese Eitelkeit mag den Vorzug haben, dem jetzt alten Admiral überleben zu helfen und sich vormachen zu können, er selber sei gänzlich schuldlos an der Tatsache, daß sein

Sohn durch Agent Orange an Krebs erkrankte und starb, nachdem er den – durch Agent Orange blöden – Enkel gezeugt hat: Wer über gewissen Wahrheiten, hat Lessing geschrieben, den Verstand nicht verlieret, der *hat* keinen zu verlieren. Und die Wahrheit, die dieser Elmo Zumwalt II. sich eingestehen müßte – schützte ihn davor diese Eitelkeit nicht –, ist in der Tat entsetzlich. Und tötend...

Er gesteht sie sich *nicht* ein: Chronist Felix Müller ist ein sehr zuverlässiger Mann, und da er mit Tonband sein Gespräch beim Admiral a. D. aufnahm, so ist das die Garantie, daß Elmo II. die Opfer seines Befehls unter der vietnamesischen Zivilbevölkerung – das können Hunderttausende, ja gar Millionen sein, die da in ihren Dörfern zwischen den entlaubten Wäldern Krüppel wurden – nicht ein einziges Mal erwähnt hat; nicht ein einziges Mal!

Im Gegenteil: er versichert sogar, heute *wieder* die Wälder entlauben zu lassen, müßte er noch einmal dort kämpfen. Er hat nie davon gehört, daß ein Genie wie Churchill, als man ihm nahelegte, im Krieg gegen Japan auch im Dschungel zu kämpfen, nur sagte: «Bin ich ein Idiot? – man steigt doch nicht ins Wasser, um einen Hai zu töten!»

Also keine Silbe der Einsicht, gar der Reue bei Elmo II. So wenig ein Wort über seine Lippen kam, daß er im Pentagon oder im Weißen Haus eintreten werde für die – wie gesagt – mindestens zwölftausend noch lebenden amerikanischen GIs, die ebenso wie sein leiblicher Sohn «dank» seines Befehls ruiniert worden sind, zuerst körperlich; und nunmehr, dank der Gesellschafts-«Ordnung» in Gottes eigenem Lande, auch noch materiell ruiniert werden: denn der Staat zahlt ihnen *nicht* die Arztkosten, um die Folgen von Agent Orange behandeln zu lassen: «Vater» Staat weigert sich anzuerkennen, daß diese seine ausgedienten Krieger Agent-Orange-Opfer sind... und obgleich Elmo II. selber überhaupt nicht bezweifelt – wie könnte er auch –, daß diese GIs ebenso wie sein Sohn an Agent Orange sterben: tut er nichts für sie. *Er* hat ja seine enorme Admirals-Pension... Mit einem Satz: Er ist ein Schwein.

Zwar Zeitgenosse der Nürnberger Prozesse, in denen doch immerhin – wenn auch viel zu wenige – Militärs aufgehängt worden sind, die verbrecherische Befehle gegeben haben: kommt diesem Elmo II. überhaupt nicht der Gedanke – er hätte ihn sonst doch geäußert in dem sehr gründlichen Gespräch –, daß auch er zum Kriegsverbrecher wurde, keineswegs «nur» an den Vietnamesen, sondern auch an zwölf Bataillonen eigener, amerikanischer Soldaten.

Interessant: Elmo II. scheint der erste hohe Offizier zu sein, der lieber als ausgemachter Dummkopf in die Nachwelt abgeht, als sich nachsagen zu lassen und sich selber einzugestehen, daß er ein Krimineller ist.

Meist ist es umgekehrt: die weitaus meisten, die zum Beispiel dem Hitler nachgelaufen sind und deshalb Befehle widerspruchslos ausgeführt haben, lassen sich lieber kriminell nennen als dumm. Wer nicht als einzelner, sondern im Schutzverband mit anderen, zum Beispiel in einer Armee: Verbrechen begeht –, hat offenbar das Gefühl, die seien keine, sondern nur Kavaliers-Delikte. Tatsächlich läßt sich jeder Kriegsverbrecher von seinem Sohn lieber so nennen als – Dummkopf.

Bei Elmo II. ist das vermutlich nur deshalb umgekehrt, weil auch *sein* Sohn und *sein* Enkel Opfer seines Befehls sind: das erlaubt ihm nicht, daheim noch stolz zu sein und sich kriminell nennen zu lassen wie andere Kriegsverbrecher. Das *kann* er nur mit Dummheit «entschuldigen»...

Der Tod – keine Niederlage

Che Guevaras nun sechsundachtzigjähriger Vater hat Briefe, Tagebücher – diese aber leider ausgesiebt, vermutlich speziell um das Erotische gekürzt –, Meinungen der Freunde und Gegner seines Sohnes zu einem Buch zusammengetragen, das deutsch im Verlag Am Galgenberg erschienen ist.

Jean-Paul Sartres Ehrenbezeugung: Che sei der «vollständigste Mann seines Zeitalters gewesen», läßt sich aus diesem Buch nicht begründen, sondern ist ablesbar aus der Wirkungsgeschichte des Argentiniers, der ja besonders auf die Jugend Europas in der Tat Eindruck gemacht hat wie vielleicht seit dem Zweiten Weltkrieg kein anderer – wie mindestens kein Krieger. Was der Vater mit seinem Buch für den Sohn getan hat, ist ihm zu danken. Es zeichnet ihn menschlicher als alles, was bisher über ihn in Druck ging. Und das ist keinesfalls nur dem liebevollen Blick des Alten zuzuschreiben, sondern den Bekundungen Che Guevaras selber, seinen Briefen, seinen Tagebüchern, die belegen, daß dieser Arzt keineswegs «nur» zum Guerillakrieger hätte werden können, sondern auch zum Schriftsteller: temperamentvoll und mit Anschauungskraft geschrieben – die Form des Journals ist sehr oft die literarische Form der Anfänger –, enthalten die Tagebücher das Versprechen, daß hier ein bedeutender Autor herangewachsen wäre, würde er nicht am 9.10.1967 auf Befehl des bolivianischen Präsidenten im Dorf Higuera als Gefangener erschossen worden sein.

Unmöglich, trotz seines zuweilen «ruchlosen» Zukunftsglaubens, sowohl an sein Überleben wie an das seiner Idee, daß Che Guevara *nicht* mit seinem frühen Tod gerechnet haben sollte. Früh schon schrieb er einen Abschiedsbrief an die Familie, den er schloß: «...werde ich meinen Tod nicht als eine Niederlage betrachten, sondern wie Hikmet sagen: ‹In mein Grab nehme ich nur den Kummer über ein unvollendetes Lied mit.›»

Nun, das ist Schönrednerei, um Angehörige über den letzten Ernst der Lage hinwegzutäuschen. Ehrlich aber, und hier hören wir einen Menschenkenner und geborenen Revolutionär, sind Zeilen im Tagebuch schon des Jahres 1952: «Die Anpassung an die Umgebung erzeugt bei den Armen eine nur schlecht verdeckte Aggressivität denen gegenüber, die sich ihren Lebensunterhalt nicht mehr verdienen können. In diesem Moment ist man nicht mehr Vater, Mutter oder Bruder, man ist nur ein negativer Faktor im Kampf um das Überleben. Man ist damit ein feindliches Objekt geworden, das der Gemeinschaft der Gesunden gegenübersteht. Man wirft ihm unausgesprochen die Krankheit vor, so als ob diese eine Beleidigung der Gesunden sei, weil diese den Kranken ernähren müssen. Dort, in den letzten Augenblicken von Menschen, deren weitester Horizont nur der nächste Tag war, dort erfährt man die Tragödie der Werktätigen der ganzen Welt... Bis wann wird ein solcher Zustand andauern, der sich begründet in einer absurden Kastenvorstellung?»

Geschrieben von einem Fünfundzwanzigjährigen, der wie nahezu alle Revolutionäre der Geschichte keineswegs der Klasse entstammte, für die er kämpfte und fiel, sondern der Besitz-Aristokratie seines Landes. Wenige Revolutionäre kamen von unten, die meisten, von den römischen Gracchen bis zum Italiener Berlinguer, aus dem Adel.

Notiz der Mutter

Mein Sohn «nervt» mich durch seine Forderung – in jedem unserer Telefonate –, ich solle mein Leben aufschreiben; «nerven» ist ein Verb, das ich neulich von meinem ältesten Enkel aufschnappte. Doch weiß mein Sohn, daß ich nicht einmal Briefe aufbewahre und aus meiner Abneigung zu schreiben – die Folgerung ziehe, daß ich es nicht kann. Wer kann – der will. Doch meine (mir unbewußte) Freude, in Gesellschaft themenweisend zu sein und zu oft von früher zu erzählen, und zwar, wie mein Sohn ironisch sagt: «Geschichten», womit er andeutet, meine Neigung, dramatisch zuzuspitzen, übertreibe – diese Freude zeige, daß ich Memoiren schreiben könnte, gerade deshalb, weil in meinen Gesprächen «die Realität überholt wird, interessanter, als sie vermutlich war». Da mein Sohn Schriftsteller ist, Verbal-Täter, wie seine Frau ihn nannte, sieht er darin einen Vorzug. Und auch mein Enkel Martin, der seine radikale Schnauze vielleicht von mir geerbt hat, verhöhnt mein «kreatives Gedächtnis», wenn ich erzähle – doch mindert diese Bosheit nicht seine starke, mich rührende Anhänglichkeit, im Gegenteil! Mein Sohn sagt sogar vorwurfsvoll, da er nicht einsam lebt, aber oft so viele Monate konzentriert für *ein* Manuskript nur «da» ist und dann nicht einmal fähig, Zeitung zu lesen: daß es meine verdammte Schuldigkeit sei – und auch die seiner Frau und seiner Kinder –, ihm vom Leben «draußen» zu berichten; sogar Maupassant habe seine Mutter angestellt, ihm Geschichten zu liefern – «und da ich kein Maupassant bin, brauche ich viel dringender als der die Phantasie der Mutter!» Er sagt: die *Phantasie* –

nicht: die Rapporte... Ich habe ihm angedeutet, was er ja wußte, daß es gewisse Vorzüge hat, wenn ich nicht aus meinem Leben berichte, wie übrigens bei jedem Menschen. Andererseits hat der Junge – der «Junge» ist fünfzig; und daß ich das vergesse oder verdränge, um mein eigenes Alter zu verdrängen, ich bin 76, spricht auch nicht dafür, daß ich eine gewissenhafte Chronistin sein könnte –, mein Sohn hat natürlich recht, wenn er hinweist auf meine einsamen Nachmittage; abends kommt die Freundin und sitzt mit mir vor dem Fernseher, ich trinke Roten, sie Weißen; oft schläft sie auch hier, weil sie Angst hat, noch heimzugehen; vielleicht auch, weil sie weiß, daß es mir – nach vierundfünfzigjähriger Ehe – graust, in meiner ausgestorbenen Wohnung völlig allein zu sein, wenn schon mannlos, was schlimm genug ist. Also will ich jetzt die Nachmittage benutzen, Notizen für meinen Sohn zu machen; oder aus Zeitungen auszureißen und aus Büchern zu kopieren. Ob er das verwenden kann, ob diese Notizen von ihm nur verlangt werden, als Beschäftigungs-Therapie *für mich*, ich gehe dieser Frage nicht nach. Über mich selber werde ich nichts schreiben oder so verklauselt, daß man höchstens vermuten kann, ich zöge Schlüsse von mir auf andere. Denn wenn ich auch sein Versprechen habe, keinem Menschen zu sagen, woher er diese oder jene Geschichte hat, so weiß ich doch, daß er mit seinem Tick, «dokumentarisch» abzusichern, was er seinen Lesern vorsetzt, sogar seine Mutter verraten würde. Zwar gäbe er nie einen Informanten preis, weil er sonst nichts mehr erfährt. Und an sich kann er Wort halten und auch den Mund. Aber wie alle Männer ist er stolz auf Frauen in seiner Umgebung, die das sind, was er «interessant» nennt; er verkörpert geradezu den Gegenbeweis gegen die These der Emanzipations-Süchtigen, daß die Männer ihre Frauen (oder Mütter) daran hinderten, sich geistig selbständig zu entwickeln. Er sagt, schon vor zweihundert Jahren habe Lichtenberg geschrieben, «heutzutage» würden die Vorzüge der Frauen ihren Männern «zugelegt»; da mein Sohn nach seinen miserablen Schüler-Jahren selber nicht studieren durfte – türmte er doch aus dem Gymnasium, bevor er Abitur gemacht hatte –, habe er zur «Aufforstung», sagt er, seiner eigenen geistigen Unzulänglichkeit immer Umgang mit studierten Mädchen gesucht. Das ist wahr...

Ich bin nicht einmal sicher, ob ich Nachrichten von Ereignissen unterscheiden kann; ich halte als Leserin nicht mehr durch: schon gibt es Nachmittage, an denen ich statt zu lesen, Briefe zu schreiben, mich zu unterhalten – spazieren gehe ich niemals –, den Fernseher anmache, obgleich mich oft nur das Werbefernsehen erfreut: weil ich da sehe, was ich alles nicht mehr brauche...

Ja, es kommt vor, daß ich aus Gedankenlosigkeit die Tagesschau zweimal ansehe, obwohl sie nicht einmal – *einmal* interessiert hat! Schwimmen zu gehen, wie noch voriges Jahr, riskiere ich nicht mehr – seit jene Freundin starb, die noch mitging, wenn auch nicht mehr mit ins Wasser. Da mir Schreibtrieb fehlt, sehe ich auch nicht ein, warum ich eine Notiz aus der Zeitung, die meinen Sohn interessieren könnte, aufschreiben, umschreiben sollte – anstatt ihr mit Schere und Klebstreifen zu Leibe zu rücken oder sie einfach zu datieren (er hat mir eingeschärft, alles zu datieren, was ich ihm aufhebe) und in ein Kuvert zu schieben. Mein Schreibwarenhändler, bei dem ich täglich die Zeitungen kaufe – als einzige Kundin auch die Münchner AZ –, hat einen Fotokopierer: auf dem werde ich aus Büchern jene Seiten festhalten, die den Jungen anregen könnten. Auch warne ich ihn, von dem wenigen, was mich noch beschäftigt – doch er behauptet, das sei im Gegenteil sehr vieles; mag sein, doch einseitig ist es gewiß, vergangenheitsbezogen –, Rückschlüsse zu ziehen auf das, was überhaupt Zeitgenossen interessieren dürfte; oder sollte; und was ich, nicht weit von achtzig, ja gar nicht beurteilen kann, obgleich immerhin die nicht seltenen Besuche meiner Enkel (sie könnten und sollten öfter kommen!) mir partiell eine Vorstellung von dem geben, was Fünfzehnjährige, was Dreißigjährige unterhält, problematisiert, erfreut, anwidert...

Daß mir mein Sohn zu Weihnachten den von mir nie gelesenen Romantiker E. T. A. Hoffmann geschenkt hat – zwei Drittel der Bände habe ich ungelesen Enkeln weitergegeben –, hatte auch nur den Zweck, mich doch noch zum Schreiben zu verleiten. Denn er zeigte mir, was Hoffmann über seine Mutter notiert hat: «Man sagt, daß der Hysterismus der Mütter sich zwar nicht auf die Söhne vererbe, in ihnen aber eine vorzüglich lebendige, ja ganz exzentrische Phantasie erzeuge, und es ist einer unter uns, glaube ich, an dem sich die Richtigkeit dieses Satzes bewährt hat...» Mein Sohn schlug mir diese Seite mit den Worten auf: «Ich weiß zwar, daß du nicht hysterisch bist...»; jedoch wollte er in Wahrheit damit sagen: weil du ja auch hysterisch bist – hast du also einen Autor geboren und wirst auch selber schreiben können, wenn du nur willst! (Was Unfug ist: mein Sohn weiß, wie viele Männer, die man kennt, hysterische Mütter hatten, Grillparzer, Meyer, Bismarck, Hemingway, um einige zu nennen: keine dieser Mütter hat geschrieben; eher verübten sie Selbstmord.)

Ich versuche gar nicht zu schreiben: mit einem Fuß in der Grube – erlernt man nicht mehr einen neuen Beruf! Schreiben soll *er*, anhand jener meiner Notizen, die mein Interesse wecken und seine Lust, aus diesen Nachrichten – Texte zu machen! Ich habe nie geschrieben, habe nur – durch Vermittlung meines Sohnes – jahrelang für eine Buchgemeinschaft Aphorismen-Bändchen zusammengelesen, indem ich etwa die Gesamtausgaben von Jean Paul und Bernard Shaw nach Bonmots absuchte...

Übrigens halte ich noch einmal fest, daß mein Sohn den Fehler macht, nicht einige Monate zu mir in sein halbverwaistes Elternhaus zu kommen, um endlich seinen hier noch als Fragment in einer Aktentasche liegenden Jugendroman ‹Victoria Straße 4› zu schreiben, solange – das heißt: so kurz – ich noch lebe. Bin ich erst weg – wird auch sehr viel weg sein von dem, was ich dem Jungen aus seiner Jugend überliefern könnte. Immerhin wird er dann noch den Henner haben, der ja auch heute neben meinen zwei hier im Städtchen wohnenden Enkeln – zweien von sieben – mein eigentlicher Botschafter zur Außenwelt ist. Denn Henner ist mein Arzt, wie sein Vater der Arzt meiner drei Söhne und meines Mannes war; und er ist der früheste Gefährte meines mittleren Sohnes. Seit sie drei waren, sind sie unzertrennlich, obgleich sie in der Schule bald getrennt wurden, da mein Sohn schon in der ersten Klasse des Realgymnasiums sitzenblieb. Heute bedrängt er Henner noch heftiger als mich, zu schreiben, «erstens, weil die Deutschen früher immer Autoren hatten, die Ärzte waren; zweitens, weil Ärzte viel mehr vom Leben wissen als Autoren». So wahr das ist: warum sollte einer Autor werden – der Arzt werden konnte?

Überlese ich diese ersten Seiten, so weiß ich, sie würden dann auch bald schon die letzten sein, wenn ich ein zusammenhängendes Buch schreiben wollte, wie mein Sohn forderte, bis er sich endlich damit zufriedengab, daß ich ihm zusagte, nur kurze Notizen zu machen. Denn ich komme – das merke ich jetzt erneut – vom Hundertsten ins Tausendste. Aber, wie heißt das bei Goethe oder Schiller, «die Form ist ein Geheimnis den meisten»!

Richtig. Erzählen kann jeder, es formen können nur wenige. Was immer ich hinschreiben werde, es wird keine Architektur haben. Es wird nur ein Sammelsurium von Assoziations-Schüben sein, die meinem Sohn Stichworte werden können. Übrigens mußte sogar, sagt mein Sohn, der große Bach immer mit Kompositionen *anderer* Musiker beginnen an seiner Orgel – bis er aus ihnen den Aufschwung zu eigenen fand: «Lies etwas – und schon wirst du daran anknüpfen und selber notieren.»

Barbara Tuchman denn also zunächst, deren historische Werke mir längst zu dick und zu anstrengend sind. Doch schrieb sie auch kurze Aufsätze, Momentaufnahmen aus der Geschichte. Und darin einen Satz, den ich notiere, weil er mich vielleicht ermutigt, der Aufgabe doch gerecht zu werden – es zu versuchen –, die mein Sohn mir stellt als seine Leseblüten-, Nachrichten- und Geschichten-Sammlerin, als eine unter anderen. Die Tuchman schreibt: «Da das Leben nur Spaß macht, wenn man etwas unternimmt, was eigentlich die eigenen Fähigkeiten übersteigt, will ich mich dieser Aufgabe stellen...»

Das Buch fürs Jahr

Kalender-Notizen einer 365-Tage-Tournee

«...insofern ein Mensch im druckpapiernen Weltalter, wo der Schreibtisch so nah am Bücherschrank steht, das Wort *mein* von einem Gedanken aussprechen darf.»

Jean Paul

I

«*Wie* lange wirst du unterwegs sein! – ein ganzes Jahr?»

Tiefer als die Mitteilung selber schockierte mich, daß sie noch dazu lachte! Die Musikerin hatte mir soeben angekündigt, sie gehe mit ihrem Orchester auf eine Tournee um die Welt. Sie hatte geübt, nun legte sie doch Geige und Bogen beiseite, weil sie sah, mit Worten allein könne sie mich nicht trösten; sie nahm mich in die Arme, um zu sagen: «Mehrmals – immer wieder kommen wir zwischendurch doch zurück nach Basel!»

Trostlos entgegnete ich: «Mehrmals – wird selten genug sein; wer fährt schon von Melbourne oder São Paulo ‹zwischendurch› mal in die Schweiz!» Und während ich das noch sagte – stand mein Entschluß fest, sie zu begleiten, obgleich ich doch kein Musiker bin: Ich würde meiner Redaktion nahelegen – wie sonst sollte ich meine Mitfahrt finanzieren! –, mich bei diesem sehr berühmten Orchester sozusagen als Korrespondent zu akkreditieren. Nicht um über die Konzerte zu schreiben – wie rasch würde das stereotyp, welcher Leser in Hamburg will wissen, wie Beethovens Fünfte am Donnerstag in Peking ankam –, sondern um über Großstädte in fünf Kontinenten zu berichten... Wie aber brachte ich die *Freundin* dazu, diesen Vorschlag zu machen? Denn lieber würde ich mir die Zunge abbeißen, als ihn selber vorzubringen: Sie durfte nicht das Gefühl haben – Gefühl? Es war ja ein Faktum! –, ich käme als ihre Aufsichtsperson mit... «Bin beruhigt», sagte ich so sarkastisch wie möglich, «daß dir's überhaupt nichts ausmacht, ein volles Jahr von mir getrennt zu sein!»

Und ich zitierte: «Hast ein Reh du lieb vor andern, laß es nicht *alleine* grasen!» Und betonte, sie anblickend wie ein Mörder: *alleine*! Sie lächelte, nicht mehr wie die Freundin, sondern wie eine (nicht ganz verläßliche) Komplizin. Und begann die Eichendorff-Verse aufzusagen, die Thomas Mann zu seinen fünf Lieblingsgedichten gezählt hatte. Sie waren – noch nicht lange her – von zentraler Bedeutung in unserer... sagen wir nicht: Liebesgeschichte, sondern in der Geschichte unseres Zusammenlebens. ‹Zwielicht› heißt das Gedicht: sehr passend wieder einmal, es war achtzehn Uhr, Ende Mai... in einer Stunde würde sie in die Oper fahren, wo vermutlich nicht nur der Dirigent sie erwartete... ‹Zwielicht›:

Dämmrung will die Flügel spreiten,
Schaurig rühren sich die Bäume,
Wolken ziehn wie schwere Träume –
Was will dieses Graun bedeuten?

Hast ein Reh du lieb vor andern,
Laß es nicht alleine grasen,
Jäger ziehn im Wald und blasen,
Stimmen hin und wider wandern.

Auch sie hatte *alleine* betont; auch sie mich dabei angesehen, als stehe ich vor dem Offenbarungseid. Und sie fuhr fort:

Hast du einen Freund hinieden,
Trau ihm nicht zu dieser Stunde,
Freundlich wohl mit Aug' und Munde,
Sinnt er Krieg im tück'schen Frieden.

Nun küßte sie mich, sagte mit Blick zur Uhr: «Noch Zeit!» Und streifte mir den Rock ab und lockerte meinen Schlips – und zog sich aus und beendete den Eichendorff:

Was heut müde gehet unter,
Hebt sich morgen neugeboren.
Manches bleibt in Nacht verloren –
Hüte dich, bleib wach und munter!

«Hüte *mich*!» murmelte sie. Und schwieg. Und drängte uns, nun in Angst, zum Liegen. Sie hatte meinen Entschluß erraten, sie wiederholte: «Hüte *mich*!» Ich küßte ihre Augen und sagte nur: «*Wie*? – aus dreitausend Meilen Entferntsein?» Endlich seufzte sie: «Dann fahr mit – du *mußt* mitfahren!» Jetzt erst recht vergaß ich nicht, daß so viel Schönheit immer auch «zwielichtig» ist. Nie sollte sie mir vorhalten können, ich hätte mich aufgenötigt. So gab ich mich ganz und gar überrascht: «*Du* kommst auf Ideen! – wie könnte ich mitkommen?»

Doch hatte sie immer gewußt, wie Geschäft und Liebe zu vereinbaren sind – ja, hatte das eine fast zur Voraussetzung des anderen gemacht, zuweilen. Jetzt auch. Gebieterisch, wie sie mich nahm, sagte sie: «Freizügigsein war immer die einzige positive Kehrseite deines häufigen Fortseins… Reisen *ist* bei Journalisten, die keine Redakteure sind, der Beruf, bei anderen nur das Vergnügen.»

Ja, da berührte sie eine der Absurditäten meiner Existenz: Daß ich nie gern gereist und doch Journalist geworden war, denn, wie Bismarck richtig formulierte: «Ein Zeitungsschreiber ist ein Mann, der seinen Beruf verfehlt hat!» Fast jeder, wahrhaftig, hat «eigentlich», wie wir alle sagen, etwas anderes werden wollen. Ich klagte noch, dann ging die Liebe über uns hin: «Du weißt, ich hasse Reisen, ich bin doch immer lieber schon dort *gewesen*, wo ich erst hin sollte!»

Doch natürlich würde ich – der Schwächere, der Ältere gibt nach – ihr folgen, wohin immer sie wollte. Ich spürte, sie über mir, ihr dankbar: so intensiv lebt nur, wen die dunklen Wogen in der flutharten Brandung vor Sylt umwerfen, wenn er im Norden der Insel, am Kliff, noch im Abendlicht badet; elementar, also nie ganz ungefährlich… Und ich dachte *nicht*, weil das zu selbstverständlich ist: Ein Jahr – sehr, sehr lang, ein Jahr – dürfen sich nicht trennen, die sich lieben. Eine Tournee… nein, das wollte ich mir denn doch nicht ausmalen… im gleichen Hotel da, im Bus, im

Flugzeug, in der Bahn, auf Schiffen mit... Unmöglich! Und wie ehrlich war's von ihr, nun zum drittenmal und in Panik und Lust zu sagen: «Hüte *mich*!» Sie hatte es ja genau *so* viel schwerer als andere, wie sie schöner war: kupferschimmernd, mir fiel ein, irgendwo in den ‹Blumen des Bösen› wird der Leib der Geliebten so genannt. Ja. Und wie sooft dachte ich hinterher: Könnte ich sie zeichnen. Wo Sexualität nicht von ihr ablenkt – lenkt sie stärker zur Kunst hin als alles andere.

«Du mußt auch *mich* hüten», gab ich zu: «Je älter, je schlechter kann man allein sein!» Sie lachte. «Je älter – je schlechter überhaupt! Keineswegs nur, was das Alleinsein betrifft. Natürlich nehme ich dich mit – schon seinetwegen!» sagte sie mit zärtlichem Griff so lustig wie lasziv.

Denn notgedrungen – Partner, die sich lange haben, sind das immer nur notgedrungen – waren wir ziemlich ehrlich miteinander. Beflügeln tut das ja nie, aber nötig ist es, wenn es trotzdem weitergehen soll. Obwohl «es» passiert ist. Und man den Abschiedsbrief geschickt hat, der dann doch keiner wurde. Ihm – meinem Brief, nachdem ich ihren erhalten – hatte ich diese Eichendorff-Mahnung beigelegt, die seither «unser» Gedicht war: Laß es nicht alleine grasen... Mein Vorschlag war gewesen, endlich einmal Tacheles zu reden... Sie wies ihn zurück – auch in Gedichtform; das Motto hatte sie beschrieben als eine Naturnotwendigkeit, der sich *grundsätzlich* entziehen zu wollen bedeute, daß man aufs Leben selber verzichte: «Es kommt doch darauf an, was die zweie *machen* aus der Dazwischenkunft des/der Dritten!»

Sie schrieb:

Tacheles reden? – lieber nicht!

«Nichts ist bedeutender in jedem Zustande
als die Dazwischenkunft eines Dritten.»
Goethe

Bist mir ja trotzdem treu
– ich trotzdem dir!
Zärtliche Scheu
verwehrt, daß wir,
die nicht gleich Schwänen
eine / einen nur lieben,
frühmorgens erwähnen,
wo wir abends geblieben.

Auskunft nicht erbeten:
Worte – Dynamit!
Wozu Tacheles reden,
ob wir zu viert, zu dritt?

Nimmst du dich ihm
– nimmst du auch *mich*?
Kann denn im Team
nicht Treue sich
realisieren wie zu zweit?

Liebe wird Lüge – monogam.
Treu aus Zwang nur, unter Eid?
Liebe, die so unduldsam,
wäre *sie* denn ideal?
Gradlinig statt zu mäandern?
Selbst der Kelch beim Abendmahl
muß durch die Gemeinde wandern.

Aus dem «Paradies» befreien,
glückt nur, spielt die Schlange mit.
Und sie tut es! Weil zu zweien
immer der / die Dritte – tritt.

II

Basel, das Dreiländereck Schweiz, Frankreich, Deutschland, wird halbiert durch den Rhein, der von dort – entsprungen am Sankt Gotthard – die langen, breiten, schweren Lastkähne noch 999 Kilometer weit bis Rotterdam trägt. Das hat jeder in der Schule gelernt. Doch daß die einstige Römerresidenz Basilea, später Hochburg der Humanisten, dann der Bankiers und Pharmazeuten, kürzlich zum zweitenmal durch ein Erdbeben untergegangen – man baut wieder auf –, um die Mitte des 20. Jahrhunderts eines der gesuchtesten Orchester der Welt besaß, das ist rasch vergessen worden, obgleich diese Musiker in beinahe allen Metropolen des Planeten zu Gastspielen eingeladen waren. Da ich also mit mußte, ist en passant dieses Reise-Journal entstanden: 365 Kalendernotizen, für jeden Tag des Jahres eine; nur wenige Dutzend sind hier schon verbucht – meist ohne daß sie bereits an einem Datum, das ihnen entspricht, verankert sind...

Als noch die Berliner Philharmoniker ihrem Dirigenten Karajan verwehren wollten – doch vergebens –, auch nur *eine* Frau mitspielen zu lassen, eine heute nicht mehr begreifliche Intoleranz, da waren längst im Basler Orchestergraben die Damen in der Mehrzahl. Zum Glück dieses Buches! Hielt doch Stendhal fest, es sei stets vorteilhaft für einen Roman, wenn dessen Handlung eine Frau bestimme. Dies ist kein Roman. Diese hier versammelten Texte haben fast so viele Urheber, wie das Jahr Tage hat; fast. Keineswegs haben nur die Mitglieder des Orchesters beigetragen. Und die 365 Kalendernotizen, von denen wir hier erst einige zurechtgefeilt haben für die Verbuchung, diese Notizen sind auch nicht nur – doch fast nur – an jenen Orten geschrieben oder auf Band gesprochen worden, in denen die Basler musiziert haben. Diese Philharmoniker waren übrigens bei weitem nicht alle gebürtige Schweizer; das dreisprachige Ländchen hat in seinen guten Zeiten immer auch Fremde mitwirken lassen. Sagte früher der Volksmund: «Mit dem ist es nicht weit her», so meinte er selbstkritisch: Der ist auch nur von hier! Dagegen helfen Reisen und Ausländer; und Ausländer sind wir alle – fast überall.

Einige dieser Kalendernotizen sind Jahrtausende, viele sind Jahrhunderte alt; neu ist an ihnen, daß sie hier versammelt wurden.

Daß Frauen mehr als Männer dabei mitgewirkt haben, war vielleicht unbewußt eine Vorsichtsmaßnahme: Männer allein als Beiträger hätten womöglich das Buch entarten lassen zu einem für Gelehrte: Man erinnere sich des Mißtrauens der Königin Margarete von Navarra, die anfangs des fünfzehnten Jahrhunderts bei der Zusammenstellung ihres ‹Heptameron› ausdrücklich untersagt hat, daß auch Gelehrte unter den Beiträgern sein dürften... Frauen, hatte sie vermutlich beobachtet, und beobachtete auch ich, spezialisieren sich selten so ausschließlich – nämlich das Leben ausschließend – und bleiben ihm daher in Alltag und Allnacht viel enger verbunden sogar dann, wenn sie Männer übertreffen an Gelehrsamkeit.

Auf Reisen sind Frauen in ihrem Element; Männer meist nur in Geschäften. Frauen sind «wunderfizzig», wie die Alemannen statt «neugierig» sagen, durchweg – Männer nur im Hinblick auf ihr immer eingeschränktes Spezialgebiet. Der weiblichen Reiselust, die sogar (merke ich an mir) grauhaarige Seßhafte ansteckt, kommt entgegen die immer neue Umgebung – selten nur gastieren die Symphoniker mehrere Tage im gleichen Konzertsaal. Jeden Vormittag im Bus oder Flugzeug, auf dem Schiff oder im Zug verlangen einige Orchestermitglieder zu hören (und heftig zu kritisieren), was am gestrigen Spätnachmittag zwischen 16 Uhr 30 und 19 Uhr aufgeschrieben wurde oder auf Band gesprochen; sehr oft habe ich nur weitererzählt, ja wörtlich zitiert, was sie, meine Mitreisenden, mir zutrugen an Kalendernotizen. Und nicht allein die Musikerinnen und Musiker, auch ein Kapitän, ein Konsul, ein Zimmermädchen und Telefonistinnen in unseren Hotels, eine Botschafterin, ein «Jäger», der offenbar auch Menschen schoß, die Verkäuferin in Los Angeles, bei der ich einen neuen Koffer erstanden habe.

Übrigens ergreift der Wille eines Buches, zu entstehen – ein durchaus eigener, nicht nur an den Autor gebundener Wille –, über auf die ganze Umgebung und zieht jene an, die dazu helfen können. Gemeinsame Arbeit ist die inspirierteste: von wem inspiriert, fragen wir uns oft! (Und ist auch die Intimität schaffende schlechthin. Welche Partner zu Hause, fragte neulich jemand resigniert, haben eine Chance gegen Partner im Beruf?) So sind es die langweiligsten Geschichten gewiß nicht, die ich von Kolleginnen und Kollegen nur deshalb zu hören bekam, weil ich versicherte, sie so aufzuschreiben, daß nie ein Leser jene Menschen herausfände, die sie mir anvertraut haben. Verschwiegener als Beichtvater und Arzt zusammen muß sein, wer schreibt: sonst erfährt er nur, was kaum des Nacherzählens wert ist...

Also ist auch dieses Buch «das eines Kollektivwesens», wie sogar Goethe sein Gesamtwerk gegenüber Soret nennen mußte: «Was bin ich selbst? Was habe ich getan? Ich habe alles, was ich gesehen, gehört, beobachtet habe, gesammelt und verwertet. Meine Werke haben von tausend verschiedenen Personen Nahrung gezogen; Unwissende und Weise, geistvolle Männer und Dummköpfe, die Kindheit, das Reifealter, das Greisenalter, alle kamen und boten mir ihre Gedanken und Fähigkeiten an, ihre Hoffnungen, ihre Art zu sein; ich habe oft geerntet, wo andere gesät hatten. Mein Werk ist das eines Kollektivwesens.» Dem entspricht ja auch unser Motto, der Satz Jean Pauls.

III

Da ich an einem 6. August – Jahrestag der Hiroshima-Tragödie – diese Reinschrift beginne, so setze ich an den Anfang die Liebesgeschichte, genauer: das Ende der Liebesgeschichte einer Engländerin, die als schon betagte Greisin diese Tournee benutzt hat, noch einmal die Welt zu umreisen. Warum eine Liebesgeschichte anläßlich des Abwurfs der ersten Atombombe?

Ich mache mit ihrem Bericht, wie sie ihn mir auf meine Bitte teils aus ihrem Kriegstagebuch gab, teils unterwegs aufschrieb, jetzt hier, ohne Zusatz, ohne Streichung, den Anfang:

Zum 6. August: Ende einer Liebe

«Das Feuer war die erste Entdeckung der Menschheit; dies ist die zweite!» So charakterisierte vorgestern Winston Churchill den ersten Atombombenversuch der Amerikaner, als er – 23. 7. 1945 – meinem Chef davon berichtete. Dann komplimentierten die beiden mich aus dem Zimmer, weil sie offensichtlich noch Geheimeres besprechen wollten als Einzelheiten über die soeben entwickelte Atombombe.

Was kann es geben an noch Geheimerem?

Nur eines: ob man diese apokalyptische Waffe den schon besiegten Japanern tatsächlich noch antun soll oder nicht... Denn wir wissen seit vierzehn Tagen durch abgefangene und entschlüsselte Telegramme: Japan will sich ergeben. So reichte der Feldmarschall mir seinen Schlüsselbund: «Leutnant, bitte – holen Sie aus dem Safe jetzt gleich für den Premierminister die Kopien der Telegramme – mit denen die Amerikaner ihren Präsidenten hier von den japanischen Friedensfühlern informiert haben! Danke –.»

Ich war schon an der Türe, da rief Lord Alanbrooke: «Drei sind es, höchstens fünf.» Ich sagte: «Es sind fünf, Sir – sofort!»

Damit ließ ich sie allein, den Premierminister und seinen Empire-Generalstabschef, den ranghöchsten Soldaten Großbritanniens, dessen einziger – weiblicher – Ordonnanz-Offizier ich bin, jedenfalls hier auf der Potsdamer Konferenz. Ich bin schon vier Kriegsjahre lang Sir, dann Lord Alanbrookes Sekretärin in der Uniform des weiblichen Heereshilfskorps.

Diesen Safe nehmen wir aus London zu jeder Konferenz mit, weil wir nie wissen, ob wir im Ausland – sei's in der Festung Quebec, sei's in Jalta auf der Krim – eine sichere Ablage zur Verfügung haben. Der jetzige Tagungsort ist Schloß Cäcilienhof bei Potsdam: bis vor vier Monaten – als er vor den Russen flüchtete, die dann Berlin stürmten – der Wohnsitz des deutschen Kronprinzen, der 1918 wie sein Vater hat abdanken müssen... Neben dem Feldmarschall Lord Alanbrooke haben nur Oberst Boyle und ich je einen Schlüssel zu diesem Safe, der nicht größer ist als ein kleiner Eisschrank; keiner von uns dreien kann ohne den Schlüssel des anderen öffnen. Das allein schon bedingt eine Intimität des Zusammenseins, wie sie noch enger nur bei siamesischen Zwillingen nötig ist. Mich störte das nie. Denn zu märchenhaft interessant ist als Beobachtungsposten die Stellung, in die vor fünf Jahren der Kriegsbeginn mich zwangsverpflichtet hat. Aber ebendeshalb geschieht es so sensationell *selten*, daß ich noch aus dem Raum geschickt werde, wenn *top secret*-Sachen beredet werden. Hat doch Churchill so sehr das Gefühl, ich gehörte dazu – schon weil mein Chef oft verlangt, daß ich mitstenografiere, was ihm der Premierminister aufträgt –, daß ich das kaum je erlebte. Churchill, wenn er zu meinem Chef kommt oder der mich mitnahm zu ihm, gibt auch mir stets die Hand. (Generale tun das nie; monströs arrogant ist Montgomery, der auch niemals mit einem der ihm unterstellten Generale essen würde.)

Heute aber ging es nicht um eine taktische Frage wie sonst fast immer. Heute geht es um eine moralische ersten Ranges: Darf man einem geschlagenen Volk, das sich bemüht, zu kapitulieren, noch eine Bombe antun, die angeblich schon ausreicht, allein eine ganze Großstadt auszulöschen? Und von der man weiß: Sie ist nicht mehr nötig, eingesetzt zu werden gegen *die*, die von ihr massakriert werden. Sondern nötig könnte sie werden, um unseren Verbündeten, den Russen, zu demonstrieren, daß wir mit der neuen – eine Bombe auch gegen *sie* haben; auch sie in Schach zu halten!

Mit ihrem Marschall Stalin, der noch vor einer halben Stunde mit dem Präsidenten der USA und unserem Premierminister seine Nachtischzigarre dreißig Meter vor meinem Fenster geraucht hat – denn der Zigarettenraucher Stalin, der mir gestern auf eine Menükarte sein Autogramm gab, hat sich hier von Churchill einige Riesenzigarren schenken lassen, und er raucht einen ganzen Abend lang an einer einzigen dieser Zigarren –, mit Stalin also sind die Russen jetzt zur Bedrohung des Kontinents geworden: Wo immer die Rote Armee einmarschiert – Polen, Rumänien, Bulgarien, Ungarn, Tschechoslowakei, Österreich –, verbieten sie freie Wahlen, um die kommunistische Diktatur zu errichten.

Die Japaner sind am Ende. Ihr Botschafter in Schweden sagte vor vierzehn Tagen bereits dem Grafen Bernadotte, sein Kaiser verlange von seiner Regierung, zu kapitulieren. Auch der japanische Botschafter in Moskau ist angewiesen, den Kreml um Vermittlung der Kapitulation zu bitten: denn mit Russen und Schweden haben die Japaner noch keinen Krieg. Im März, in einer einzigen Nacht, haben die Amerikaner über hunderttausend Tokioer verbrannt: Die Phosphorbomben verwandeln die Holzhäuserstadtteile in Krematorien, deren Temperaturen die Hitze bei üblichen Verbrennungsprozessen weit übertreffen... Und Großbritannien gab vor vier Jahren den Amerikanern die Anregung zum Bau der Atombombe und hat volles Mitspracherecht bei der Entscheidung, ob sie noch eingesetzt werden solle. Denn wir wissen ja nun: Eine Invasion der japanischen Mutterinseln, die grausam viel britisches und amerikanisches Blut gekostet hätte, ist nicht mehr nötig – Tokio *ist* bereits auf die Knie gezwungen!

Das Entscheidende: Diese neue Waffe kann eingesetzt werden nur dann, wenn man sie zur *Mord*-Waffe macht; eine Bombe, die gänzlich ungeeignet ist, auf eine Panzerdivision, eine Rüstungsfabrik oder ein Schlachtschiff geworfen zu werden – dafür ist sie zu gigantisch! Sie kann nur eingesetzt werden gegen Großstädter, also gegen Unbewaffnete, vorwiegend gegen Frauen, Kinder, Greise – denn wehrfähige Japaner leben nicht in den Städten: Die wehrfähigen sind an den Fronten!... Ebendeshalb hoffe ich noch, das Gewissen verwehrt es uns, sie abzuwerfen.

Fünfundvierzig Jahre später, fast siebzig Jahre alt, beende ich diesen Bericht, den ich damals nicht abschließen konnte: Hätte jemand gelesen in Potsdam, was ich da getan habe, ich wäre nicht «nur» unehrenhaft aus der Armee entlassen, sondern vermutlich für dreißig Jahre wegen Geheimnisverrats und Sabotage eingelocht worden; möglicherweise sogar hingerichtet...

Ich informierte nämlich meinen Geliebten, einen der damals profiliertesten Journalisten, der für ‹New York Times› mitgereist war auf die Potsdamer Konferenz, und wollte ihn zwingen, an die große Glocke zu hängen, an die Weltöffentlichkeit, erstens, daß Japan bereits kapitulationsbereit sei; zweitens, daß dennoch England und die USA sich entschließen würden, ihm die Atombombe anzutun, nur um sie auch noch an Lebenden auszuprobieren; und vor allem: um die Russen einzuschüchtern!

Daß sogar *zwei* Bomben noch auf Japan abgeworfen würden,

denn Nagasaki wurde ja – und *das* war nazihaft – ebenso weggemacht wie einige Tage vorher Hiroshima: hätte ich selbst uns nicht zugetraut!

Daß ich erst nach Jahrzehnten diesen Bericht fortsetze – hat immerhin den Vorteil, daß jedermann sich überzeugen kann, ich sei nicht hysterisch gewesen: Denn längst liegen nun gedruckt die Tagebücher meines Chefs vor, des Feldmarschalls Viscount Alanbrooke. Im zweiten Band ‹Triumph In The West, 1943–1946› – kann man nachlesen, notiert von ihm in Potsdam am 23. Juli 45: «Um 13.30 Uhr zum Mittagessen beim PM [Premierminister]. Er hatte die amerikanischen Berichte über die Ergebnisse der soeben in den Staaten mit dem neuen Sprengkörper angestellten geheimen Versuche gelesen und alle die kleinen amerikanischen Übertreibungen mit eingesogen. Infolgedessen war er ganz hingerissen. Es sei nun nicht mehr notwendig, daß die Russen in den Krieg gegen Japan einträten; der neue Sprengkörper allein würde genügen, die Sache zu schaffen. Außerdem hätten wir jetzt etwas in der Hand, das das Gleichgewicht mit den Russen wiederherstelle. Das Geheimnis dieses Sprengkörpers und die Macht, ihn zu benutzen, werde auch das seit der deutschen Niederlage ins Treiben geratene diplomatische Kräfteverhältnis völlig verändern. Jetzt hätten wir eine neue Geltung, die unsere Position wiederherstellen werde. (Das Kinn vorgereckt und mit finsterm Blick:) Jetzt könnten wir sagen: ‹Wenn Ihr darauf beharrt, dieses oder jenes zu tun, nun gut... Und wo bleiben dann die Russen!›»

Noch furchtbarer, daß Alanbrooke später ergänzte: «Es ist interessant, Winstons Reaktion und meine Gegenreaktion auf die Nachricht über die Atombombe zu vergleichen. Winston hatte ihre künftige Bedeutung für das internationale Kräfteverhältnis viel richtiger erkannt als ich. Was mich aber beunruhigte, war, daß er sich mit seiner üblichen Begeisterung für jedes Neue durch die allerersten und ziemlich dürftigen Berichte über die erste Atomexplosion hinreißen ließ. Er sah sich bereits in der Lage, alle russischen Industrie- und Bevölkerungszentren austilgen zu können, ohne eines der damit verbundenen Probleme, wie die Lieferung der Bombe, die Produktion der Bomben, die Möglichkeit, daß die Russen ebenfalls solche Bomben besaßen, usw. in Betracht zu ziehen. Sofort hatte er sich selbst als den alleinigen Besitzer dieser

Bomben vorgestellt, der sie abwerfen konnte, wo er wollte, und somit allmächtig und imstande war, Stalin zu diktieren!»

Also während sie täglich-nächtlich mit den Russen tafelten, die soeben mit vierzigmal mehr Todesopfern als Großbritannien «der faschistischen Bestie das Rückgrat gebrochen» hatten, wie Stalin das ausdrückte – erwägen bereits Churchill und auch Alanbrooke, sie mit Atombomben zu überfallen! Daß Stalin angesichts solcher «Freunde» es für gut hielt, einen Cordon sanitaire aus lauter kommunistischen Pufferstaaten zwischen sich und den Alleinbesitzern der Atombombe zu errichten: Wer könnte ihm das übelnehmen?

Daß die Tagebücher Alanbrookes keine Silbe enthalten über die japanischen Geheimversuche, sich uns zu ergeben: ist «logisch»! Denn alles, was nicht genehm ist, wird gestrichen; sogar Churchill hatte nicht das Privileg, seine Geschichte des Zweiten Weltkrieges zu veröffentlichen, bevor er Ihrer Majestät Geheimem Kabinetts-Amt die Manuskripte zur Zensur eingereicht hatte. Ausländer ahnen nicht, wie scharf bei uns die Geschichte-Schreibung gefilzt wird: Im Grunde war alles über den Zweiten Weltkrieg bis dreißig Jahre nach Kriegsende nur gefälscht bis halbwahr, bevor der französische Oberst Bertrand, den sie nicht an die Kette der Zensur legen konnten, die Wahrheit über Turings Geniestreich in London veröffentlichte: Daß dieses achtundzwanzigjährige Genie der Mathematik und Physik die ‹Enigma› geknackt hat, die supergeheime Chiffriermaschine von Hitlers Wehrmacht, was natürlich den Verlauf aller Schlachten des Hitlerkrieges wesentlich zum Schaden der Deutschen mitbestimmt hat.

Auch ich hatte das, was hier vorging, dokumentieren wollen, schon während es passierte und während ich vergebens versuchte, meinen Freund zu überreden, es der Weltöffentlichkeit zu sagen! Doch erst an Toms Reaktion: «Glatter Landesverrat, wozu du mich da anstiften willst!» – merkte ich, wie töricht es sei, Schriftliches darüber festzuhalten, was mich ja ausliefern würde, käme es zu einer Untersuchung.

Es kam nie dazu, weil Tom – kniff! Aber nicht nur aus Geheimhaltungsgründen hatte ich 1945 nichts aufschreiben können über diesen von mir verlorenen Kampf mit dem Mann, den ich liebte –

und nicht mehr lieben konnte, als ich entdecken mußte, er sei ein Feigling. Sondern auch, weil ich vermutlich überm Schreiben nachgiebig geworden wäre: Schreiben objektiviert, rückt von uns ab, was uns aufregt und erschüttert hat. Wer darstellt, der kann schon wieder mit Gelassenheit sprechen von dem, was ihn noch kurz zuvor zum Schreien oder Schweigen gebracht hat. Das wollte ich nicht: nachgeben. Ich mußte mir ein bißchen künstlich die *Verachtung* für meinen Freund bewahren – weil ich sonst *mich* verachtet hätte, weiterhin mit ihm zu schlafen; er hatte sich als Feigling und – noch weniger zu entschuldigen – als zynischer Egoist erwiesen! (Denn wer kann dafür, daß er feige ist!)

Diesen Augenblick der Wahrheit vergesse ich nie, Ende Juli, stehende, stechende Hitze, windlos, im parkgroßen Garten jener Villa in Babelsberg, aus der wir Nazis hinausgeworfen hatten, um dort unsere Wohnquartiere aufzumachen. «Gehen wir spazieren», sagte ich, amtlich wie wir alle davon informiert, daß die Russen natürlich unsre sämtlichen Räume mit Wanzen bestückt hatten, von denen gewiß unser Sicherheitsdienst nur einige hundert hatte entfernen können... Selbstverständlich gaben unsre Verbündeten an, nicht sie, sondern die Deutschen hätten das noch getan: die müßten also ihre eigenen Villen mit Abhörgeräten verunsichert haben... absurd! Ein Teich war da, von Soldaten, die vor uns hier gehaust hatten, längst mit Handgranaten leer-«gefischt»! Eine Gartenrotschwänzchen-Familie nistete, bedroht von Katzen, an einer Balkonmauer, die in meiner Lieblingsfarbe leuchtete: Clematis, dunkelblau-lila wie Königskerzen. Eifrig wie unsre Versorgungsbomber, die tief Tempelhof anflogen, um unseren Truppen Proviant zu bringen, flogen die Rotschwänzchen-Eltern zu einem Holunderbusch und brachten ihren eben Ausgeschlüpften Nahrung... «So paradiesisch also haben wir's!» sagte ich zu Tom. «Kein einziger Alliierter hat mehr irgendeinen Zweifel, daß die Japaner ganz bald, vielleicht diese Woche noch, die Waffen strekken: Du *mußt* es tun!» Wieder sagte er zärtlich und heftig zugleich: «Du bist verrückt: wir würden beide wegen Landesverrat für den Rest unsrer Tage eingebuchtet!»

Und abermals, wie schon gestern abend, erklärte ich überzeugend – doch er tat, als überzeuge ihn das keineswegs –, daß niemand *mir* beweisen könne, ihn unterrichtet zu haben. Er aber, keine Militärperson, erfülle doch nur seine Journalistenpflicht, wenn er öffentlich mache, wozu kein Militär aufgrund seines Eides die Berechtigung habe: daß aus einem grauenvoll inhumanen Automatismus heraus diese Bombe zwecklos noch eingesetzt werden solle, obgleich der Krieg gewonnen war! Und daß sie eingesetzt werde gegen ein Volk, das immerhin kein einziges englisches oder amerikanisches Bevölkerungszentrum je gebombt hatte! «Ja, weil sie's nicht *konnten*!» rief Tom höhnisch: «Weil die Japaner weder Raketen noch Bomber haben, mit denen sie auch nur Australien – geschweige denn England oder Amerika verwüsten könnten: hör auf, Lis!» Er schrie jetzt fast, wir waren ja auch allein im Park: «Hör auf mit deinen Wehklagen über ein verdammt blutrünstiges Pack, das Zehntausende unsrer armen Gefangenen ermordet hat, sofern es überhaupt Gefangene machte! Und das schon 1937 – so wie Hitler Guernica – Shanghai bombardiert hat!»

So ruhig mir's noch möglich war, antwortete ich: «Hängt die auf, die Verbrechen angeordnet haben! Aber verbrennt nicht ein Volk, das so unschuldig an diesen Verbrechen ist wie unseres am Einsatz der Atombombe! Die Städter Japans – weiß Gott – haben hundertfach ‹bezahlt›, durch die amerikanischen Bombenangriffe, für das, was seine Generale angestellt haben – aber immerhin auch nicht angestellt haben mit amerikanischen *Zivilisten*! Wozu Krieg führen, wenn man moralisch ebenso verwerflich dabei wird wie der, der ihn angezettelt hat?» Lakonisch, schulterzuckend zitierte Tom aus der Antike: «‹Gegner tauschen Eigenschaften aus›: ist unvermeidbar!»

Ich: «Gegner – ja. Doch Zivilisten sind keine! Ihr Amerikaner wollt die Bombe sogar auf solche Städter werfen, die selber gar nicht gemeint sind – sondern nur euer Mittel zu dem Zweck, die Russen einzuschüchtern! Eine Bombe, die mit Recht gebaut wurde gegen ein Volk, das ein ganzes Volk in Europa vergast hat: gegen die Deutschen. Die selber auch an dieser Bombe so lange gebaut haben, bis sie dachten, sie sei nicht zu bauen. Nun aber wollt ihr sie, da die Deutschen kapituliert haben, abwerfen auf Menschen, deren keiner – kein einziger – irgendwie mitschuldig ist an den ausschweifenden Mordorgien, die in einem anderen Kontinent begangen wurden... Du mußt das verhindern, Tom, weil du das kannst! Morgen auf der Titelseite der ‹New York Times› deine

Meldung, obgleich nachweislich Tokio bereit sei, die Waffen niederzulegen, bereite man den Abwurf der Atombombe vor – und der Aufschrei der Empörung aller Zivilisten verhindert, daß man sie wirklich abwerfen kann! Du hast nicht viel Zeit: in der ersten Augustwoche soll's passieren! Und deine sehr faule Ausrede, *meinetwegen* schweigen zu müssen, weil man auf mich als deine Informantin komme: glaubst du selber keine Minute! Mindestens schon fünfundzwanzig Personen hier in Potsdam wissen bereits davon, ein Dutzend Amerikaner, ein halbes Dutzend oder zehn Briten und natürlich auch Russen... die jeden Rülpser von uns abhören, wenn sie auch so tun, als ahnten sie gar nicht, was wir im Schilde führen: Niemand kann beweisen, woher du weißt, was du schreibst. Aber *schreib's*: Du rettest hunderttausend Zivilisten vor dem sicheren Tod! Vermutlich viel mehr als hunderttausend...»

Er reagierte wie der Steingarten um uns: überhaupt nicht. Feigheit verhärtet – hatte ich bisher nicht gewußt. Ich sagte: «Wer sich – du mußt hier Schicksal spielen, *einmal* in deinem Leben: wer sich einem solchen Auftrag entzieht, kann sich selbst nie mehr achten! Wie lebt man, wie lebst du, Tom, ohne Selbstachtung – wenn schon an meiner Achtung dir gar nichts gelegen ist?» Ich schlug noch vor: «Flieg heim über Paris, geh auch dort zu den Botschaftern, sprich auch mit Franzosen, die zum grenzenlosen Haß von de Gaulle – ein Haß, den ich gut verstehe – nicht eingeladen wurden, an der Potsdamer Siegerkonferenz teilzunehmen: vielleicht gibt de Gaulle dir im Zorn ein Interview... beweise irgendwer, daß nicht sogar *er* in seiner verständlichen Wut bei dir ausgepackt hat. Die Franzosen haben einen erstklassigen Geheimdienst!» Kläglich hatte er sich ein neues «Argument», das keins war, einfallen lassen: Kluge sind ja nie einfallsreicher, als wenn sie Unrecht verteidigen: «Ist dir denn kein Problem, ob ein Journalist – ich bin schließlich nur ein Journalist – buchstäblich übern Kopf seines Präsidenten hinweg: Geschichte machen darf? Denn um nichts weniger geht es ja hier: um Weltgeschichte!»

Verächtlich – mehr schon gegen ihn als Menschen als gegen das, was er noch vorbrachte, sagte ich: «Städter eines geschlagenen Volkes massakrieren – ist nicht Geschichte. Die Bombe entscheidet ja nicht mehr, ob die Japaner kapitulieren. Aber wer hindert dich, noch in diesem Augenblick wieder in den Cäcilienhof zu fahren, in einer Konferenzpinkelpause den Präsidenten abzufangen und zu fragen? Truman kennt dich doch seit acht Jahren ... der kann ja nicht einfach an dir vorbeigehen, du bist ja nicht nur hier als Tom Soundso, sondern als Repräsentant der ‹New York Times›?» Er sah mich, weil überzeugt, an wie ertappt. Also aggressiv. Und murmelte: «Ich tu's nicht!» Ich sagte: «Oh – Tom: dann laß dich bei mir nie mehr blicken, du bist ja feige. Das hatte ich nicht gewußt!»

Aber er kam wie jede Nacht.

Es war leicht gewesen, es so einzurichten – wir hatten Übung, denn er reiste seit anderthalb Jahren mit zu den entscheidenden Konferenzen –, daß wir im gleichen Haus unsere Zimmer bekamen. Immer kam er. Bei mir zu schlafen war ihm sicher schon wichtiger als mit mir zu schlafen; ich liebte ihn, wir würden heiraten, sobald er geschieden sei: nach dem Krieg, wenn seine beiden Söhne – wenigstens sie – zu ihrer Mutter, die er dann verlassen würde, heimkehren könnten. «Ich sagte doch, laß dich nicht mehr blicken!» rief ich, kaum daß er angeklopft hatte.

«Wenn das dein Ernst war», rief er, so laut das möglich war, auf dem Flur, «dann mach' auf, weil ich zur Sache was zu sagen habe, das dich heilen wird von deinem Irrsinn!»

Auch heute hatte ich mich nackt hingelegt, Potsdam glühte. Das mißverstand er – aber so widerwillig versteifte ich mich, daß er doch gleich begriff, es sei sinnlos, «beilegen» – im Wortsinn – zu wollen, was uns trennte seit heute spätnachmittag. «Du weißt von unserem Ultimatum?» fragte er.

«Hier kein Wort, ich ziehe mich an», sagte ich. Und wieder gingen wir in den Park, in dem man hätte lesen können: Vollmond. Wir gingen schnell bis außerhalb des Hauses, ja der Bäume, denn auch sie würden wanzenbestückt sein ... In England jedenfalls hatten wir wunderbare Resultate damit erzielt, daß wir Abhörgeräte in den Blumenrabatten versteckt hatten, die unsere Camps mit hohen gefangenen Offizieren der Deutschen verschönten: Nur so hatten wir davon erfahren, daß Wernher von Braun auf der Insel Usedom seine Peenemünder Raketen gegen uns baute; deutsche Generale hatten im Garten ihren Kummer darüber ausgetauscht, daß noch immer Hitlers Raketen nicht London vandalisierten! ... Wir hatten nichts, überhaupt nichts davon gewußt. Unsre Bomber haben dann um fast ein Jahr die Fertigstellung der ersten Hunnen-Raketen verzögert, wodurch allein noch die Invasion in der Normandie am 6. Juni vorigen Jahres möglich geworden war ...

Aus dem Park hinauszugehen in das von Russen besetzte Potsdam, das schien uns bei Nacht ein bißchen zu riskant, vielleicht würden betrunkene Soldaten auf uns schießen. So gingen wir – ich zog die Schuhe wieder aus – über den noch warmen, fellweich gepflegten Rasen der einstigen Nazi-Residenz. Tom sagte: «Das mag deinen moralischen Hochmut gegenüber dem ‹Feigling› dämpfen: Es kam sogar schon um elf durchs Radio – daß unsre und deine Regierung das japanische Volk ultimativ aufgefordert haben, sich zu ergeben! Und Hunderttausende von Flugblättern informieren die Japaner über ein Dutzend Städte, die weggebombt werden in den nächsten zehn Tagen, wenn sie weiterkämpfen: also muß ich nicht ...»

«Mußt du doch!» schrie ich. «Du weißt wie ich: dieses Ultimatum – sie wollen es in den nächsten Tagen wiederholen! – ist ebenso wie die Flugblätter Heuchelei, ihr Alibi vor der Nachwelt; sie werden beide, Truman wie Churchill, es in ihren Memoiren abdrucken, aber: Mit keiner Silbe wird erwähnt auf diesen durchaus irreführenden Flugblättern, daß wir eine *neue* Waffe ohne Vergleich haben. Man führt die Japaner irre: man redet so, als gehe der bisher übliche Bombenkrieg weiter. Man spricht mit keinem Wort von der neuen Bombe. Und noch schlimmer die Aufforderung, sie sollten die Waffen strecken: jeder einzelne Japaner, der das täte, würde umgelegt von seinen eigenen Leuten! Wie soll denn einer ...» Und ich beschwor ihn, er müsse *handeln*!

Aber er tat nur, was Männer stets versuchen, wenn eine Frau sie moralisch an die Wand stellt – sie versuchen, uns weich zu ficken. Das ist ihre Antwort, die einzige meist, die sie finden, wenn wir sie ethisch und seelisch depotenziert haben, was allerdings sehr leicht ist, weil sie ja fast immer Angst haben und deshalb Betrüger werden: Angst, einzubüßen an den Bequemlichkeiten, die sie ihren Frauen, Geliebten, Karrieren, Chefs, Untergebenen verdanken! Ich hatte ihn lange geliebt, berauscht erst, befreundet dann, ja die Freundschaft war mir sogar mehr wert als anfangs der Rausch. Und sie hatte ja – so ist das bei allen, vermute ich – auch «das» perfektioniert: mit ihm schlafen, war das vollkommene Glück, sofern's das gibt auf Erden. Und hier nun war ein Garten Eden: mochte ringsum Europa vom Hitlerkrieg zerschlagen sein und hungern und flüchten – *wir* waren die Sieger! Wir hatten Schutz und Freiheit und zu essen und keine Angst mehr um Angehörige, denn der Krieg war aus. Und ich wußte auch, wie ungerecht ich gewesen war, ihn gestern abend und mehrfach heute einen Feigling zu nennen: immerhin hatte er doch Journalist erst werden dürfen, seit er am Strand von Nordafrika mit seinem Panzer auf eine deutsche Mine gefahren und schwer verwundet worden war... einziger Überlebender aus dem Tank! Ich fragte ihn nun, statt einfach und einfallslos «Feigling» zu wiederholen: «Männer: wie kommt's, daß ihr als Zivilisten nichts riskiert, aber in Uniform todesmutig ins Gefecht geht?» Er lächelte schief: «Todesmutig? – wieso? Der Soldat *muß* – der Journalist aber keineswegs. Hätte ich aus meinem Panzer aussteigen und weglaufen sollen: um als Deserteur erschossen zu werden? Mutig ist man freiwillig, *wenn* man's ist. Ich war es nie.»

Noch einmal versuchte ich, ihn bei seiner Menschlichkeit zu «packen». Ich sagte, was ich da eben an paradiesischen Empfindungen gehabt hatte: «Wir zwei kamen so gut weg... und auch zwei meiner Brüder überlebten wie du Verwundungen. Keiner deiner beiden Söhne, weil sie noch zu jung waren, kam lange genug an die Front, um zu fallen. Mein Vater kam heim. *Ich* habe überhaupt nie einen Schuß gehört... und nun sind wir in diesem Schloß, beinahe ist das ein Schloß, und können jede Nacht im gleichen Bett sein... denk mal, wie dir, wie mir zumute sein wird, wenn nächste Woche die Nachricht kommt, wir hätten hunderttausend Nonkombattanten umgebracht – du aber und ich: wir müssen uns dann sagen, vielleicht hätten wir eine solche Niedertracht abwenden können... nicht nur von den Opfern, auch von *unseren* Völkern: Wozu werden sie jetzt noch beschmutzt mit einer solchen Untat! Wie ruhmreich war ihr Krieg: denn was wäre Ruhm, wenn nicht das Verdienst, *die* k. o. geschlagen zu haben, die Auschwitz angestellt hatten! Nun aber am Ende dann doch diese gigantische Vivisektion an Zivilisten einer ganzen großen Stadt! Tom: das verpflichtet uns doch, was wir wissen!»

Wenn je ein Mensch mit Engelszungen hat reden können – so

ich in dieser Nacht da auf dem nun angenehm morgenfeucht werdenden Rasen in Babelsberg. Wir lagen. Es wurde rot am Himmel. Er sagte unwillig: «Mach' nicht ein Gesicht wie eine Todesanzeige!» Ich sagte und dann eine Stunde lang kein Wort mehr: «Wieso *nicht*? Es ist ja der Tod, ich kann dich nicht mehr lieben!»

Längst hatte er sich ausgezogen, mir seine Kleider als Kissen unter den Kopf gelegt – und auch ich, was hatte ich schon an da im Gras: Slip und Rock und Bluse. Und war auch wieder, sogar heftiger als üblich, weil ich ja nun *wußte*, für uns beide könne nichts mehr sein wie vorher, wenn er sich so verächtlich entzöge – war wieder ganz eins mit ihm, eben weil ich spürte, wie er für immer von mir weggedriftet war in dieser Nacht, da ich ihm so unverzeihlich meine Verachtung gezeigt hatte. Ein Ziehen, ein Stechen in Bauch und Brust – nie hatte ich so sehr gespürt, daß Liebe körperlich weh tun kann, Liebe, wenn sie wegebbt. Er versuchte mich zu nehmen – doch wie ich mich entzog, das konnte nur endgültig sein. Auch wie ich ihn dann nackt einfach da liegen ließ und ging – ihm weit voraus – nicht abwartend, bis er angezogen war. Ich hatte noch gesagt, nach dem sehr langen Verstummen: «Wissen, was da kommt, zufällig zwei zu sein von höchstens hundert Menschen, die *das* wissen, aber doch gar nichts anzufangen mit diesem Wissen, das eine furchtbare Verpflichtung ist... fahrlässig zugucken, wie ein völlig zweckloser Massenmord an hunderttausend Zivilisten vorbereitet wird... die schlimmste Sorte von Mord: einer ohne jeden Affekt! Wie willst du damit leben, Tom, daß du so versagt hast? Leb, wie du kannst – nicht mit mir...» Reden konnte ich nicht weiter, geschlafen hätte ich zuletzt dann doch mit ihm – hätte er's noch versucht. Geschlafen, um die mich zerreißende Trostlosigkeit zu überrennen. Aber *das* hätte sogar noch rückwirkend alles kaputtgemacht, wenn's uns zuletzt grade gut genug gewesen wäre, zu verdrängen, wie feige wir sind, wie egoistisch. Wir haben's nie mehr miteinander gemacht.

Als wir in Toronto musizierten, brachte jemand David Irvings Bericht im ‹Observer›, den Nachweis, daß seit dem 13. Juli 1945 die Briten und Amerikaner bereits gewußt haben – und Stalin am Konferenztisch zu Potsdam hat dem Präsidenten Truman und dem Premierminister Attlee das ausdrücklich bestätigt –, daß die Japaner über Rußland, über Schweden, über Spanien – Länder, die mit ihnen keinen Krieg hatten – sich verzweifelt bemüht haben, zu kapitulieren. Doch die unbarmherzigen Sieger in London und Washington stellten sich taub: sie wollten zuerst die Atombombe, die sie soeben fertig konstruiert hatten, noch an zwei Großstädten «ausprobieren». An dieser Vivisektion der Zivilisten von Hiroshima und Nagasaki verendeten nicht «nur» – samt atomar Verstrahlten – mehr als dreihunderttausend Zivilisten, sondern auch noch die Liebe dieser Geigerin zu einem der berühmten Journalisten der Kriegszeit.

Zum 30. Januar: Der weiße Hirsch

«Der Kaiser will nicht, daß Du mitfährst, aus dem Süden in die Kälte von Berlin; dann werden dort sehr viele Herrschaften und kein Platz, große Konfusion und keine rechte Frau von Haus sein... mit mir wird wahrscheinlich Nicola Pejacsevich reisen, dann die zwei Adjutanten und die Deputationen seiner zwei Regimenter.

Von gestern auf heute war hier eine große Hetz. Um sieben Uhr kam die Todesnachricht aus Berlin... Stimmung im Publikum war kostbar, wie immer. Gestern abends große Hetz, nicht teilnahmsvoll gerührt, sondern eben nur Hetz. Wie die Nachricht kam, er ist nicht tot, hieß es allgemein: Das ist fad; wie die Telegramme kamen, er hat in der Nacht noch gegessen und Champagner getrunken, war hier Heiterkeit; die richtige Todesnachricht nahm man indifferent auf, eher in der Stimmung: Gott sei Dank, jetzt hat man Ruh mit diesen ewigen Nachrichten... noch mehr hat dem Interesse an dem Tod des Kaisers Wilhelm der große Brand am Bauernmarkt geschadet, der so merkwürdig war, da die Stiege einstürzte und die Damen im Hemd in das Sprungtuch springen mußten, die Pintscher, Möpse und andere Verreckerln aber durch den Rettungsschlauch gerettet wurden, als ob sie die wichtigsten Persönlichkeiten wären. Das ist halt weanerisch, weanerisch, weanerisch und hat an Schan, aber an eigenen Schan! Das Lied ist wahr und richtig, das habe ich in den letzten zwei Tagen wieder gesehen.»

Kronprinz Rudolf aus Wien am 9.3.1888 nach Abbazia an die Kronprinzessin von Österreich-Ungarn

Der weiße Hirsch, ein Zehnender, den am 6. März 1878 der neunzehnjährige Kronprinz Rudolf von Österreich-Ungarn, auf Staatsbesuch in Berlin, geschossen hat, wurde «gerächt», als dieser einzige Sohn des Kaisers Franz Joseph und der Elisabeth von Bayern am 30. Januar 1889 *gewaltsam* umkam: *wie*, das weiß kein Mensch, der heute noch lebt. Alle Biographen des Kronprinzen, der nie aufgehört hat, die Gemüter südlich des Mains zu beschäftigen, erwähnen dieses weiße Wild, auch jene, die keine Waidmänner sind und sich's verbitten, für abergläubisch gehalten zu werden. Oskar Freiherr von Mitis schreibt: «Rudolf aber hat mit seinem Untergang für den Aberglauben der Grünen Gilde, wonach der Schütze die Erlegung eines *weißen* Wildes mit einem gewaltsamen Tod büßt, ein neues, düsteres Kapitel geliefert.» Tatsächlich haben ja Aberglaube und Klischees den gleichen Ursprung: was sich den Menschen immer erneut als Erfahrung aufdrängt, das wird schließlich geglaubt, wird Klischee... muß deshalb aber keineswegs falsch sein. Daß der Erbe der damaligen Großmacht genau in jener Osterwoche 1889, in der Samstag, den 20. April, des Kaisers dämonischer Untertan Adolf Hitler als Sohn eines Zöllners in Braunau geboren wurde – aus seinem Holzsarg umgebettet wurde in den erst jetzt modellierten und gegossenen Zinnsarg in der Kapuzinergruft: ist auch ein Gleichnis. Denn ohne die Beseitigung der Monarchien in Berlin und Wien 1918 hätte ja Hitler 1933 und 1938 die leerstehenden Throne nicht erklettern und seinen Triumphzug ohne Beispiel durch Österreich, das dessen jubelnde Bevölkerung ihm geschenkt hat, nie erleben können...

Und 99 Jahre vor seiner Geburt also der «Einzug» des Kaiser-Sohnes in die Gruft seiner Mutter – Maria Theresia – und seiner Väter, bei den Kapuzinern. Erlebt man aber das Zentenarium eines historisch bedeutsamen Ereignisses, so hat man die Pflicht, aufzuschreiben, was Zeugen ersten Ranges – die selber nicht schrieben – einem darüber erzählt haben. 1983 hat Zita, die letzte Kaiserin Österreichs, die als dogmenstarre Katholikin mit einundneunzig am Rande des Grabes nicht lügen wird, erstmals zugegeben, der Kronprinz habe sich *nicht selber* getötet, wie die offizielle Verlautbarung besagt, sondern sei erschossen worden. Schon Prinz Reuß, Bismarcks Botschafter in Wien, hatte amtlich berichtet, der päpstliche Nuntius habe ihm anvertraut, dem Kronprinzen dürfe eine kirchliche Beisetzung gewährt werden, da er kein Selbstmörder sei, wie alle Zeitungen auf Anweisung des Hofes berichtet hatten.

Zwar hatte der Schwiegervater des Toten, der König von Belgien (laut Lernet-Holenia) gemahnt, die Wahrheit dürfe nicht an den Tag kommen, sie «war noch viel schlimmer als sogar die Selbstmordversion»! Und Lernet-Holenia setzt – leider *immer ohne Quellen*! – hinzu: «...wie auch der Kaiser selber später eingestand.» Wie starb aber Rudolf von Österreich-Ungarn nun tatsächlich? Nie mehr wird das herauszufinden sein. Doch ist in aller Literatur die erst 1960 publizierte Autobiographie Otto Flakes ‹Es wird Abend› noch nie herangezogen worden, obgleich sie vermutlich die einzige *Erklärung* liefert für die in vielen Rudolf-Büchern behauptete Tatsache – wenn es denn eine ist? –, daß er seine sechzehnjährige Geliebte Mary Baronesse von Vetsera bereits «gegen halb elf am Abend dieses 29. Januar» erschossen hat, aber danach, so bei Lernet-Holenia, «freilich noch immer nicht, oder wenigstens nicht sogleich, den Mut... fand, auch sich selbst zu erschießen». (Das kommt der durch Flake festgehaltenen Wahrheit schon nahe.)

Vielmehr habe – so die Literatur, das heißt immer nur: die *Vermutungen* – der Kronprinz selber sich «erst morgens am 30. gegen halb acht erschossen, nachdem er die ganze Nacht neben der Toten verbracht hatte», wie Lernet-Holenia und andere schreiben, das heißt: konstruieren. Otto Flake nun, dessen absolute Zuverlässigkeit als Historiker vor wenigen Jahren Golo Mann bestätigt hat, als er ein Nachwort zu Flakes damals schon über fünfzig Jahre alter, gleichwohl keineswegs verjährter Hutten-Biographie schrieb, bringt in seinen Lebenserinnerungen eine Erklärung für die Merkwürdigkeit, daß erstens der Kronprinz die von ihm erschossene Geliebte so lange überlebt – und daß zweitens sein Vater, der Kaiser, gesagt haben soll, was alle Biographen (und auch alle ohne Quelle) zitieren: «Mein Sohn ist gestorben wie ein Schneider.» Denn Flake erzählt, wie die russische Fürstin Trubetzkoi ihn 1914 in Berlin-Grunewald mitnahm zu «ihrer mütterlichen Freundin, einer Frau von P., ... sie war entweder die Gattin oder die Witwe eines Diplomaten. Was aber die Tragödie von

Mayerling betraf, so war einer ihrer Verwandten der Onkel des jungen Mädchens und sein Rächer gewesen; der Kronprinz habe nicht den Mut gehabt, der Geliebten in den Tod zu folgen... Ich wurde gebeten, keinen Gebrauch von unserem Gespräch zu machen, die Zeitungen stürzten sich auf jede Mitteilung... Die alte Frau war keine Frömmlerin, sie hatte viel gesehen. Die Welt mit den Augen des Menschen von Welt betrachten können führte zu einem Standpunkt, der nicht der weltliche war – ein starker Eindruck blieb.» Die Aussage dieser Frau von P., die dank der ja noch vorhandenen Adreßbücher des Grunewald-Viertels zu identifizieren sein wird, kann allein erklären, was bisher so mysteriös war: wieso die Kirche sich zur Beisetzung, die sie einem Selbstmörder nicht gewährt haben würde, bereit erklärte; wieso der Kronprinz die von ihm Erschossene so viele Stunden überlebt hat; wieso sein Vater das ungeheuer verächtliche Wort «Schneider» aus der Jägersprache wählte, um seines Sohnes Sterben zu charakterisieren. Denn ein Schneider – darunter verstehen Jäger, und der Kaiser bediente sich häufig der Sprache der Jäger, da er leidenschaftlich der Jagd ergeben war –, ein Schneider ist ein feiger Hirsch, der «kneift». Oder, wie die Rudolf-Biographin Brigitte Hamann schreibt: «Schneider bedeutet einen schwachen, feigen Hirsch, der sich furchtsam im Unterholz verkriecht und einem offenen Kampf mit dem Stärkeren ausweicht... Das Wort ‹Schneider› hätte demnach, auf einen Menschen angewendet, die Bedeutung von ‹Schwächling› oder ‹Feigling›. Es wäre eine verächtliche Färbung des noch harmlosen Wortes ‹Krepierl›, mit dem der Kaiser den Kronprinzen als Kind bedacht hatte.» ... Wenn wahr ist, daß der Kaiser seinen Sohn einen «Schneider» nannte – dann ist auch wahr, was Frau von P. Flake anvertraut hat. Denn ganz und gar unmöglich kann der Kaiser, hätte sein Sohn sich erschossen, so verächtlich von ihm gesprochen haben. Nötigt doch Selbstmord, mag man ihn aus christlichen Motiven auch verurteilen, allemal Hochachtung ab mindestens für die Energie, ja das *Höchstmaß* an Energie, das einer aufbringen muß, der sich selbst erschießt! Kein Vater nennt seinen Sohn «Schneider», der das konnte. Doch ein General – der dreißigjährige Kronprinz war General, der seine sechzehnjährige Geliebte tötet, dann aber den Energieschub nicht mehr aufbringt, ihr in den Tod zu folgen: kann schon, so ungerecht das auch ist, Verachtung auslösen bei allen jenen, die nie davon gehört haben, daß der Mord den Mörder *verändert*! Nämlich schwächt: weil dieser Mord gar nicht selten das letzte Aufgebot, ja die *restlose* Ejakulation an Kraft war; und *den* total geschwächt zurückläßt, der ihn beging, weil er, von Natur kein Mörder, alles, was in ihm war an Todesverachtung und Entschlossenheit, «verschossen» hat in sein Opfer. So konnte auch das Ehepaar Goebbels, nachdem es in Hitlers Reichskanzlei seine sechs Kinder mit vergiftetem Pudding getötet hatte, sich selbst nicht mehr erschießen, sondern mußte SS-Männer bitten, ihm diesen «Liebesdienst» zu tun... Der Kronprinz konnte einem österreichischen Offizier befehlen, ihm in der furchtbarsten Not diesen letzten Dienst zu erweisen... Auch schießt ja ein Selbstmörder sich nicht in die Hand... doch ein sehr Geschwächter wird reflexartig die Hand gegen den Kopf hochwerfen (jeder Arzt kann auch erklären, warum), ganz unbewußt, wenn er weiß, daß jemand auf ihn schießt: der Grund, warum man armen Hunden an der Erschießungsmauer stets die Hände bindet. Und der Kronprinz galt als entnervt, ja hypersensibel. Seine Witwe scheut sich nicht, als sie ihn in ihren Memoiren charakterisiert, von seiner «nervösen Furchtsamkeit» zu schreiben, als Gegensatz zu Rudolfs «Lebensverachtung»...

Er kann nicht mehr er selber gewesen sein – wer wirft auf ihn den ersten Stein –, als er der Sechzehnjährigen in ihrer Launenhaftigkeit nachgegeben und sie in ihrer und seiner Verrücktheit erschossen – und *begriffen* hatte, neben der Toten, was ihm da «passiert» war! Der Kaiser überlebte seinen Sohn bis 1916, also 27 Jahre: nie mehr durfte der Sohn vor ihm erwähnt werden... Warum?

Was *ich* anläßlich des Gedenktages: 30. Januar 1889–30. Januar 1989, zur Todesnacht von Mayerling als Zeuge beibringen kann, würde ich beeiden, wäre das nicht überflüssig, da ein noch lebender Mitzeuge da ist: die Urenkelin des Kronprinzen, die heute in Brüssel als Fotografin lebende und mit einem Lord verheiratete geborene Prinzessin von Windischgraetz, in deren Gegenwart ihr Vater: Fürst von Windischgraetz, mir in seinem Palais in der Wiener Strohgasse 6 erzählt hat, was ich hier kommentarlos überliefere:

Bevor ihr Vater dazukam, fragte mich die Kaiserliche Hoheit, diese Cousine, ich weiß nicht, wievielten Grades, des jetzt regierenden Königs der Belgier, bevor die Fürstin – sie ging barfuß, immer, zu Hause – mich zu ihrem Vater führte, fragte sie mich: «Haben Sie das Foto des Kronprinzen von seiner Aufbahrung gesehen?» Ich: «Natürlich, Sie meinen den stark bandagierten Schädel!» Aber die Kaiserliche Hoheit, eine der schönsten Frauen, die ich je traf, meinte keineswegs den Verband um den Kopf, sie sagte: «Nein – ich frage: Warum sind die Hände des Toten unter der Decke? Kein Katholik sonst wurde je so in den Sarg gelegt, sondern mit gefalteten Händen – warum versteckte man die Hände des Kronprinzen unter Blumen oder der Decke? Das ist ja auch geschickterweise so fotografiert, daß man's nicht erkennen kann: Nun, weil sie offenbar verwundet waren, die Hände, aber kein Selbstmörder schießt sich in die Hände: das heißt, er hat sich gewehrt, sie haben seine Hände verletzt in dem Kampf, in dem sie ihn ermordet haben!»

Denn die Prinzessin kannte Flakes Autobiographie nicht. Und ich brachte es nicht übers Herz, ihr oder ihrem Vater zu widersprechen. Beide lebten in der festen Überzeugung, der Kronprinz sei ermordet worden, weil er mit der ungarischen Aristokratie einen Kaisersturz, einen Staatsstreich gegen seinen Vater, gegen Wien geplant habe... wie auch Lernet-Holenia es vermutet. Als die Fürstin mich zu ihrem Vater führte – er hatte meist als Großwildjäger auf seinen afrikanischen Besitzungen gelebt, nachdem er 1944 durch den Einzug der Roten Armee in Ungarn sein Gut verloren hatte, das so maßlos gewesen war, von beiden Donau-Ufern je neun Kilometer lang begrenzt zu werden –, sprachen wir natürlich erst über die offizielle Version, der Kronprinz sei «aus Liebe», wie Kitschromane «überliefern», gestorben. Beide waren, Enkel wie Urenkelin, erbittert belustigt anläßlich dieser Operetten-Albernheiten, ja sie waren *wütend* amüsiert: «Mein Großvater hatte nachweislich über dreißig uneheliche Kinder: was für eine Chuzpe, diesem Erben eines der stärksten Reiche der Erde anzuhängen, er habe sich wegen einer Affäre mit einem Teenager erschossen!» Die Urenkelin erzählte von ihrer Lektüre der aufwiegelnd liberalen Zeitungsartikel, die der Kronprinz – natürlich unter anderem Namen – für die Wiener Presse geschrieben habe, um das altersmorsche Staatsgebilde schon zu Lebzeiten seines reformfeindlichen Vaters zu modernisieren. Endlich berichtete der Fürst: «Gern sagt man das ja nicht als Enkel, aber mein Großvater hat geschossen auf den Kaiser! Auf der Jagd hat er's versucht, ihn umzubringen, aber der Schuß ging in den Arm des Büchsenspanners; in dem Moment, als der dem Kaiser ein neugeladenes Gewehr hinhielt, bekam er hier» – das zeigte der Fürst an seinem linken erhobenen Unterarm – «den Schuß. Der Kaiser, kreidebleich, kam von seinem Anstand herab und hat vor der versammelten Gesellschaft seinen Sohn aufgefordert, sofort die Jagd zu verlassen. Schon daß der Kronprinz dort seinen Stand hatte aufbauen lassen, läßt auf ein Attentat schließen: so postiert man sich nicht, daß man so leicht den Nachbarn treffen kann...»

Beide, Fürst und Fürstin, waren überzeugt, der berüchtigte Jagd-«Unfall» sei durchaus – Rudolf war ein Meisterschütze – *keiner* gewesen, sondern ein Attentat. Das wollte ich überliefern, weil der solide, schon erwähnte Biograph von Mitis 1928 schrieb: «Nur um Haaresbreite fehlte es damals, daß der Thronfolger seinen... Vater erschoß. ‹Es dürfte in den Jahren 1885 oder 1886 gewesen sein, als im Höllgraben bei Mürzsteg auf Kahlwild gejagt wurde... Der Trieb ging, nachdem sowohl der Kaiser wie der Kronprinz ziemlich viel geschossen hatten, bereits dem Ende zu, als dem Kronprinzen noch ein Rudel Hochwild kam. Er beschoß das Wild, und als es, immer weiter flüchtend, für ihn immer weniger erreichbar wurde, vergaß er die alte Regel, verließ seinen Stand und schoß nochmals, als das Wild schon gegen den Stand des Kaisers zog. Die Kugel traf den hinter dem Stand des Kaisers sitzenden Träger Martin Veitschegger aus Mürzsteg beim Ellenbogen in den Ärmel. Dieser erhielt vom Kaiser fünfzig Gulden, und der Kronprinz durfte an dem Trieb am nächsten Tag nicht teilnehmen.› So war durch das völlig regelwidrige Verhalten des Thronfolgers die Gefahr einer unerhörten Katastrophe, die mit unabsehbaren Folgen verknüpft gewesen wäre, heraufbeschworen worden...»

Kannte der Fürst aus der Familien-Überlieferung den Verlauf auch ein wenig anders: er ist freizusprechen von der Verdächtigung, leichtfertig und unbewiesen seinen Großvater eines Mordanschlags gegen den Urgroßvater bezichtigt zu haben! Wie noch heute seine Tochter, sah der Fürst in seinem Großvater einen bedeutenden Politiker, der verzweifelt war, an seinem starrsinnigen Vater vorbei keine Reform zur Rettung der Monarchie durchsetzen zu können, und deshalb in die gewaltsame Opposition, ja bis zum Mordversuch gedrängt worden sei... Nie mehr wird aufgeklärt werden können – durch wen sollte das geschehen? –, ob das Haus Habsburg, wie einst Philipp II. und Don Carlos in Madrid, auch noch an seinem Ende einen Vater-Sohn-Konflikt ausgetragen hat bis zur letzten, das heißt tödlichen Konsequenz: so daß einer, natürlich der Schwächere – wie stets – an ihm zerbrochen ist...

Über den General und Erben eines machtvollen Reiches anläßlich seines hundertsten Todestages aber nichts anderes zu erzählen als sein – Ende: ist unfair! Dieser Mann hat verdient, auch eine Momentaufnahme miteinzublenden, die aus der Feder einer der gescheitesten Frauen seiner Zeit stammt, aus der «Vickys», wie die Berliner Kronprinzessin, die spätere Kaiserin Friedrich und Mutter Kaiser Wilhelms des Letzten in der Familie genannt wurde. Sie schrieb am 17. 3. 1888 ihrer Mutter, der Queen Victoria, über den Neunundzwanzigjährigen, der neun Monate vor seinem Ende zu heikelsten Verhandlungen mit Bismarck nach Berlin entsandt worden war; offizieller Anlaß der Reise war die Silberne Hochzeit des Kronprinzen Friedrich mit Victoria von England; in Wahrheit war Kronprinz Rudolf vom österreichischen Außenminister ersucht worden, den Fürsten Bismarck zum Verzicht auf dessen Verlangen zu bewegen – das gelang nicht –, das Bündnis Berlin-Wien, das verfassungsmäßig festgelegt werden sollte, als einen Beistandspakt zu deklarieren, der sich gegen *alle* Angreifer, nicht nur, wie Österreich wollte, gegen Rußland allein richte. Vor hundert Jahren, das ist diesem Brief der britischen Königstochter abzulesen, war die Konstellation, wie Kronprinz Rudolf sie sah, schon ähnlich jener, die ein Vierteljahrhundert später, 1914, die Fronten bei Anzettelung des Ersten Weltkrieges markierte – allerdings mit dem wesentlichen Unterschied, daß Großbritannien noch in keiner Weise in Deutschland einen Gegner sah: das hat ja erst der deutsche Enkel der Queen, der letzte Kaiser, mit seinem wahnwitzigen und zwecklosen Schlachtflotten-Bau provoziert... Die deutsche Kronprinzessin britischer Abkunft schreibt über Rudolf: «Er meinte vernünftigerweise, daß man in einem Kriege Rußland nicht ernstlich zu schädigen vermöge – man könne ihm keine Provinzen nehmen usw.; der einzige positive Nutzen, den man zu erreichen imstande sei, wäre, Rußland von der Gewinnung seiner Ziele und der freien Betätigung seines Willens abzuhalten. Er scheint zu glauben, daß Rußland Österreich in Galizien angreifen will... Rudolph glaubt» – sie schrieb den Namen mit ph –, «England könne von außerordentlichem Nutzen sein, wenn es dafür sorge, daß Italien ruhig bleibt... Rudolph meint, daß, wenn Deutschland Österreich gegen Rußland hilft, die Franzosen sofort Deutschland angreifen... Er hält Frankreich für stärker, besser bewaffnet, besser vorbereitet und patriotischer als früher – auch Rußland für kampfbereiter als im Russisch-Türkischen Krieg... man könne nicht leugnen, daß gegenwärtig Rußland die erste Geige in Europa spiele, die stärkste Macht sei und den übrigen ihren Willen aufzwänge... jederzeit imstande, Frankreich auf seine Seite zu ziehen... Er sprach mit wundervoller Klarheit, Klugheit und gesundem Menschenverstand, ist vollkommen au fait über alles und mit verschiedenen schwierigen Botschaften an den Fürsten Bismarck betraut worden...»

Auch diese Züge an dem – wie immer – «Verewigten» sind zu erwähnen. Der das seriöseste Buch über ihn schrieb, Werner Richter, Zürich 1941, zitiert auch die wahrhaft erstaunlichen Einsichten, ja Prophetien, die der erst *fünfzehnjährige* Rudolf, dessen Gesichtszüge schon Resignation prägen, aufgeschrieben hat: «Die Regierung... nähert sich um einen Schritt der Republik... Eine alte Herrscherfamilie hält sich noch eher... doch ein neuer Emporkömmling kann nur kurze Zeit seine Macht erhalten, denn der ganze Herrscherbegriff gehört nicht mehr in unsere Tage... Das Königtum steht da, eine mächtige Ruine, die von heute auf morgen bleibt, doch endlich sinken wird. Jahrhunderte hat es gehalten... doch jetzt ist seine Aufgabe zu Ende, frei sind alle Menschen, und beim nächsten Sturm sinkt diese Ruine...» Mit fünfzehn geschrieben! Auch dieser Biograph berichtet Einzelheiten, die den Kronprinzen als entnervt, ja angstvoll charakterisieren – doch seine Furcht zum Beispiel vor Attentaten war ja nur zu berechtigt, bedenkt man, daß Herrscher damals keineswegs ihre Leibbullen hatten wie heute jeder Minister; und daß die Mutter Rudolfs alsbald von einem italienischen Idioten in Genf einfach abgestochen wurde, weil auch sie völlig ungeschützt spazierenging...

Seine Witwe schreibt über Rudolfs Stellung zu seinem Vater: «Er achtete den Kaiser überaus hoch – vermochte das aber sogleich zu vergessen, wenn ihm andere vorspiegelten, wie bald er selbst Kaiser sein könne. Sein Glaube, daß er berufen sei, eine neue Zeit heraufzuführen – und die Nonchalance, mit der er bereit war, alles zu verspielen...» Wer fähig war, eine geliebte Sechzehnjährige zu erschießen aus dem abgründig inhumanen Egoismus, nicht allein in den Tod gehen zu wollen, wenn er des Lebens überdrüssig geworden – ein für Rudolf schon passendes Wort: der war auch fähig, wenn schon nicht sich selber, so doch einen als Bedrückung empfundenen Vater zu erschießen, den er bezichtigte, dieses Leben überhaupt verschuldet zu haben... Tierliebende, die Briefe Rudolfs gelesen haben, könnten versucht sein, zu sagen: es sei diesem Waidmann am Ende beschieden gewesen, was er selber mit ruchloser Beiläufigkeit – wie er das in Briefen am Rande berichtet – vielen Tieren zugefügt hat: sie nicht zu schießen, sondern «nur» anzuschießen: «Gestern erlegte ich vier Rehböcke in Eckartsau und schoß noch einen stark an.» Oder: «...galoppierte wieder in unsere Donauauen, wo ich drei Böcke erlegte und drei anschoß...» Wie muß diesem Mann «zumute» gewesen sein, wenn wahr ist, was die alte Dame in Berlin Flake berichtet hat: daß er der von ihm Getöteten, einem *Kinde* – nicht folgen konnte? Nachzutragen bleibt, daß die Rudolf-Biographin Hamann festhält, wie dem Liebespaar zwei Monate vor der entsetzlichen Nacht als Menetekel – das die beiden freilich nicht erkannten – dieses Ende des einen und die Unfähigkeit des anderen, auch *mit sich* ein Ende zu machen, an die Wand gemalt worden war: «Marys Hauslehrer erzählte, Mary habe sich im November auffällig für den Fall Chambige interessiert: Dieser Fall eines geplanten Doppelselbstmordes eines Liebespaars, der mit dem Tod der Frau endete, den der Mann aber durch einen Fehlschuß überlebte... später machte sie die bezeichnende Äußerung, ein Freund... habe ihr erklärt, dafür einzustehen, mit dem Spiegel in der Hand sein Ziel nicht verfehlen zu können.» Doch das Ziel nicht treffen: ist eines. Ein anderes: gar nicht mehr schießen zu können...

Zum 29. März: Der unsterbliche Widder

I

Seit 1955 Thomas Mann, der Epiker, gestorben ist und in den beiden folgenden Jahren Benn, der Lyriker, und Brecht, der Dramatiker – ist Ernst Jünger *der* Repräsentant der deutschen Gegenwarts-Literatur! Wie zu Jüngers neunzigstem Geburtstag 1985 der französische Staatspräsident François Mitterrand im Helikopter seiner Armee nach Wilflingen flog, dem Dichter zu huldigen, so besuchte ihn zum *fünfundneunzigsten*(!), geleitet vom Bundeskanzler, der spanische Ministerpräsident Felipe Gonzalez: Man darf bezweifeln, daß der Franzose, daß der Spanier einen *anderen* deutschen Künstler, der heute lebt, auch nur dem Namen nach kennen!

So hoch geehrt wurde Jünger zeitlebens, wenn auch in früheren Jahren die Ehrungen im direkten Verhältnis zu den Lebensgefahren standen, denen Jünger sie abgetrotzt hatte. Als der Einundzwanzigjährige, Dezember 16, in der «heimlichen Erwartung irgendeines Anpfiffes dem Befehl nachgekommen war, in das Stabsquartier General Sonntags zu kommen, wo mir der General jedoch das Eiserne Kreuz Erster Klasse überreichte, begrüßte er mich: ‹Sie pflegen öfters verwundet zu werden, ich habe daher an ein Pflaster für Sie gedacht.›» Als Jünger dann zum letztenmal im Lazarett lag, 1918, «vertrieb ich mir während der Langeweile des Liegens einmal die Zeit, indem ich meine Verwundungen zusammenzählte. Von Kleinigkeiten wie von Prellschüssen und Rissen abgesehen, hatte ich im ganzen mindestens vierzehn Treffer aufgefangen, nämlich fünf Gewehrgeschosse, zwei Granatsplitter, eine Schrapnellkugel, vier Handgranaten- und zwei Gewehrgeschoßsplitter, die mit Ein- und Ausschüssen gerade zwanzig Narben zurückließen. In diesem Kriege, in dem bereits mehr Räume als einzelne Menschen unter Feuer genommen wurden, hatte ich es immerhin erreicht, daß elf von diesen Geschossen auf mich persönlich gezielt waren...» Am 22.9.18 erhielt der Dreiundzwanzigjährige ans Verwundetenbett ein Telegramm: «Seine Majestät der Kaiser hat Ihnen den Orden Pour le mérite verliehen.» Der Feldmarschall von Hindenburg verurteilte das: Es müsse doch einen so jungen Mann verderben, wenn man ihm schon den höchsten Orden Preußens verleihe!

II

Die Lust, sich in Gefahren zu begeben – der Widder Ernst Jünger ging schon als hannoverscher Pennäler durch, um in der französischen Fremdenlegion Dienst zu suchen –, und die Nähe zum Tode haben ihn ebenso wie seine Generations-Genossen Hemingway, Lawrence of Arabia und Saint-Exupéry zum Dichter gemacht. Über seine letzte und schwerste Verwundung notierte er in jenen ‹Stahlgewittern›, die André Gide «vollständig gutgläubig, wahrheitsgemäß und ehrlich... das schönste Kriegsbuch, das ich kenne», genannt hat: «Nun hatte es mich endlich erwischt. Gleichzeitig mit der Wahrnehmung des Treffers fühlte ich, wie das Geschoß ins Leben schnitt. Schon an der Straße von Mory hatte ich die Hand des Todes gespürt – diesmal griff er fester und deutlicher zu. Als ich schwer auf die Sohle des Grabens schlug, hatte ich die Überzeugung, daß es unwiderruflich zu Ende war. Und seltsamerweise gehört dieser Augenblick zu den ganz wenigen, von denen ich sagen kann, daß sie wirklich glücklich gewesen sind. In ihm begriff ich, wie durch einen Blitz erleuchtet, mein Leben in seiner innersten Gestalt. Ich spürte ein ungläubiges Erstaunen darüber, daß es gerade hier zu Ende sein sollte, aber dieses Erstaunen war von einer sehr heiteren Art...» Als er das Bewußtsein wieder erlangt, bevor er lazarettwärts geschleppt wird, wobei der Träger unter ihm durch Kopfschuß fällt, nimmt er wieder wahr: «Der große Blutverlust gab mir die Freiheit und Leichtigkeit eines Rausches, mich beunruhigte nur der Gedanke, zu früh zusammenzubrechen...» Doch kann man Jünger nicht vorhalten, er sei einer jener Deutschen, über die abfällig als Kenner unserer Literatur der französische Ministerpräsident Clemenceau – der «Tiger» – gesagt hat: «Sehen Sie ihre Bücher an: Die Deutschen lieben den Tod, sie lieben im Grunde nur den Tod.» Liebte man den Tod, man schriebe nicht mit Fünfundneunzig noch ein Vademecum, das zwar auf weiten Strecken (‹Die Schere›) der gedanklichen Einkreisung des Todes, der Faszination auch durch ihn gewidmet ist und mit dem Satz schließt: «Hippokrates bestimmte den Tod ‹als den Zeitpunkt, an welchem die Seele den Körper verläßt›... dicht vorher und dicht nachher wird unheimlich viel geschehen» – das aber doch so zukunftgerichtet ist, als hoffe sein Autor auf seinen Erkundungsgängen noch selber Zeuge der titanischen Geschehnisse zu werden, die er uns darin ankündigt fürs nächste Jahrtausend! Jünger liebt den Tod so wenig, daß er immer wieder hinweist auf die Tatsache, ein sehr vorsichtiger Soldat gewesen zu sein – ja, sogar riskiert zu haben, wer hätte das schon mit zweiundzwanzig gewagt, gegen einen Befehl vorzugehen, der ihn und die ihm anvertraute Kompanie «zu Versuchskaninchen» hatte degradieren sollen: «Ich sollte mit der Kompanie um sechs Uhr morgens... so weit wie möglich die Siegfriedlinie aufrollen. Die beiden Bataillone... würden um sieben rechts von uns angreifen. Dieser Zeitunterschied weckte in mir den Verdacht, daß man oben dem Braten nicht recht traute und uns die Rolle von Versuchskaninchen zumutete. Ich erhob Einspruch... und erreichte, daß auch wir erst um sieben antreten sollten. Der nächste Morgen zeigte, daß die Änderung von großer Bedeutung war...»

Glück hält sich zuweilen nur mit Nachhilfe: Sonst wäre Jünger nicht durch zwei Weltkriege und auch vor allem nicht durch die Nazi-Zeit gekommen. Er hatte 1933 seinem Freund Ernst Niekisch «geraten, zu emigrieren, und meine noch heute, daß uns das besser gedient hätte. Wir hatten große Hoffnungen auf ihn gesetzt. Man könnte sagen, daß er zuviel Charakter hatte – das wäre paradox gesprochen, doch ein Politiker darf nicht starr sein; das Wagnis muß kalkuliert werden.»

Jünger selbst hat das oft, doch nicht *immer* getan: Wer heute ‹Auf den Marmorklippen› liest – der weiß genauer, als Jünger es 1939 wußte, daß der Dichter damit geradezu Wahnwitziges riskiert hat; logisch, daß Himmler wie Goebbels befanden, er dürfe lebend nie mehr aus dem KZ heraus! Doch Hitler persönlich, der ihm ja auch einen Sitz im Reichstag angeboten hatte, schützte ihn wie fünf Jahre später vor Freislers «Volks»-Gerichtshof. Vermutlich hat weniger die Sympathie mit dem Frontkämpfer Hitler veranlaßt, Freisler zu befehlen, Jünger nicht weiter zu verfolgen, als die Scheu des Tyrannen, sich an Hochberühmten *öffentlich* zu vergreifen: so hat Hitler den Mutigsten unter seinen namhaften innenpolitischen Widersachern, den Bischof von Münster – «Galen wird *nach* dem Kriege vor die Gewehre kommen», sagte Hitler –, keine Stunde in Haft genommen und den Marschall Rommel heimlich vergiftet, um ihn nicht vor Freisler stellen zu müssen...

Verwechsele man Jüngers Intimität mit dem Tode nicht mit Zuneigung für ihn – «der Tod in wahrer Gestalt: klein und verächtlich», nennt er ihn in ‹Kampf als inneres Erlebnis›: «...jede der unzähligen Umschlingungen, in die zwei Menschen im Gewitterausbruch der Weltenwende zueinander flüchteten, war ein Sieg des Lebens in seiner ewigen Kraft. Dumpf fühlte das wohl jeder, auch der Verzagteste: Wenn sein Atem im Wirbel der Liebe erstarb, war er so vom Ich gelöst, so in das kreisende Leben versponnen, so eingegossen ins ewige All, daß für diesen Augenblick ihm der Tod in wahrer Gestalt: klein und verächtlich, erschien.» So schreibt nicht, wer ihn liebt oder gar sucht.

III

Jünger: Der Denker und Soziologe, der ‹Über die Linie› und ‹An der Zeitmauer› schrieb und früh schon ‹Der Arbeiter›; Jünger: der Naturwissenschaftler und Insel-Besucher, der ‹Subtile Jagden› oder ‹Am Sarazenenturm› (Sardinien) von seinen Reisen, auch Weltreisen, mitbrachte; er ist wie der prägende Stilist, der knappe Aphoristiker vielen Zeitgenossen deutlicher vor Augen als der Erzähler Jünger, dem mit ‹Afrikanische Spiele› sein liebenswürdigstes Erinnerungsbuch glückte: Seine Flucht aus der Penne in die Fremdenlegion, aus der sein Vater ihn mühsam mit Hilfe des Auswärtigen Amtes befreite, nicht ohne dem Jungen noch in dem Telegramm, das ihm die Rückkehr ankündigte, aufzutragen: «Laß dich fotografieren!» Anregenderes als die immer nur handbreit kurze erzählende Prosa ‹Das abenteuerliche Herz› gibt es schlechterdings nicht zu lesen. Aber daß einem Neunzigjährigen – um nur diese eine spektakuläre Neuerscheinung aus dem Jahre 1985 noch zu nennen – eine Kriminal-Novelle: ‹Eine gefährliche Begegnung› – noch gelang, das ist überhaupt als Vorkommnis in aller Weltliteratur einzigartig. Wer hätte je mit neunzig eine long short story, wie Thomas Mann sie genannt hätte, zu Ende gedichtet, ohne daß irgendein Bruch sichtbar würde, deren erste Teile, genauer: 97 von insgesamt 169 Seiten – er in den Jahren 1954, 1960 und 1973 in Festschriften für Freunde als einzelne Kapitel vorabdrucken ließ? Dreißig Jahre später als das erste Kapitel, das an Felix Krulls Fahrt nach Paris erinnert, liegt endlich eine – im doppelten Sinne – vollendete Novelle vor, die unter anderem beweist, daß Jünger zwischen seinem sechzigsten und neunzigsten Jahr als Erzähler nicht älter geworden ist, sondern philosophischen Ballast abgeworfen hat und leichter, lustiger, lebendiger schreibt als je zuvor! Sogar den Zugriff in ein Genre hat er riskiert, das er bisher ebenso strikt gemieden hat wie absurderweise fast alle seriösen deutschen Autoren – oder jene, die sich dafür halten: er schrieb einen Kriminal-Roman!

So konnte ‹L'express› schwärmen – denn Jünger veröffentlicht zuweilen seine Bücher früher in Frankreich als in Deutschland –, über diese von Jünger ohne den Untertitel: Roman oder Erzählung – veröffentlichte Prosa schwärmte in Paris ‹L'express›: «Man verschlingt ‹Eine gefährliche Begegnung› wie einen sehr guten Simenon, der Maupassant gelesen hat»; richtiger, meine ich, da ja Simenon und Maupassant ohnehin geistig und geographisch so weit entfernt nicht voneinander behaust sind, stimmiger wäre es gewesen, zu sagen: Simenon, der Dostojewskij gelesen hat! Jünger verlegte seine Liebes-, Mord-, Duell- und Recherchier-Geschichte ins Jahr 1888 und in den Umkreis der kaiserlich deutschen Botschaft zu Paris. Die Intellektuellen in Paris, an ihrer Spitze Maupassant, erklärten damals in ziemlicher Einmütigkeit, nicht länger in einer Stadt wohnen zu können, die etwas derart Scheußliches wie den Eiffelturm erbaue... Was schön ist, darüber, heißt es, könne man nicht streiten: in Wahrheit ist das eine der tiefstgehenden Streitfragen jeder Generation, auch eine erhellende.

Was in der Prosa Maupassants sich nicht findet, aber geradezu ausschweifend bei Dostojewskij – und ebenso ausschweifend, den Rahmen zuweilen sprengend, auch in dieser Jünger-Novelle –, das sind die Erkundungsgänge des Charakterologen: Mit diesen schürfenden Bildnissen der Akteure verhindert Jünger – und natürlich auch mit dem Glanz seines Stils –, daß jemand seine so strenge wie zugleich spielerisch-schwebende Prosa nur deshalb mit einem sogenannten «Krimi» verwechseln könnte, weil auch sie, hier noch auf der Höhe, auf der seit je Jüngers zahllose Liebeserklärungen an Paris gewesen sind, nun an eine Mord- und Selbstmord-Geschichte sich verschwendet...

Jack the Ripper beschäftigte die Kriminalisten in allen europäischen Hauptstädten, jener Mörder, der in London auf eine unverwechselbar scheußliche Weise mit dem Messer Straßenmädchen aufschlitzte. Und mit der Möglichkeit, dieser Täter (der bis heute nicht entlarvt wurde; viele meinen, er sei der älteste – britische – Enkelsohn der Queen Victoria gewesen, also der Vetter des deutschen Kaisers), Jack the Ripper habe nunmehr sein Wirkungsfeld aus London nach Paris verlegt: rechnet zuerst die Pariser Polizei, als sie in jenes teure Absteigequartier gerufen wird, in dem – so sagt Jünger: mit einem Schrei, wie «nur Ermordung mit dem Messer» ihn auslöst – eine aufgeschlitzte Frau in der Flur-Tür vor ihrem Hotelzimmer zusammenbrach...

François Bondy, der Jünger auch als Autor dieser Novelle bewundert, hielt ihm doch ein wenig vor, die einzige völlig integre Gestalt des Buches sei jener sehr junge deutsche Gesandtschaftsattaché Gerhard zum Busche, der dort in Paris – ein tumber Parzifal in einer höchst komfortablen Lasterhöhle – von einem «mehr in Mode als in Ansehen» stehenden, körperlich abgewrackten und daher aggressiven Lebemann dazu verlockt wird, der schönen Gräfin Kargané Blumen zu senden: was dem Jungen eine Duell-Forderung des Ehemannes einträgt. Obgleich die – «Beziehung» kann man gar nicht sagen, denn dazu kommt es nicht –, obgleich das Stelldichein zwischen der Gräfin und Gerhard im wahrsten Wortsinne «unschuldig» geblieben ist. Beim Versuch, seiner Frau aufzulauern im Viertel hinter der Madeleine, in jenem – allerdings dieser Gräfin bestens bekannten – Etablissement der Madame Stephanie, tötet der Graf aus Versehen nicht *die* Person, auf die er es abgesehen hat...

Wie das dem jungen Deutschen vom unerkannten Mörder angedrohte Duell in allerletzter Sekunde verhindert wird, durch einen von Jünger wie mit Röntgen-Augen gesehenen und gezeichneten jüdischen Polizeichef: das bleibe hier offen.

Auf den Vorwurf, Jünger, der Deutsche, habe den deutschen «Helden» – ich sage das in Anführungsstrichen – seiner Novelle idealisiert oder wenigstens charakterlich weniger defekt gezeichnet als alle anderen, kann ich nur sagen, ich empfand das nicht so, weil Jünger expressis verbis den hübschen deutschen Esel als nahezu idiotisch bezeichnet: so naiv-stadtfremd darf ein immerhin schon Fünfundzwanzigjähriger nicht mehr sein! Seine Tante, die Gattin des deutschen Botschafters, sagt vom Neffen ihres Mannes: «Es ist weniger das Naive, das mich an Gerhard stört, wenngleich es oft die Grenzen übersteigt... Zuweilen kommt er mir vor wie eine Puppe, wie ein in fremden Reichen erdachtes Wesen, das aus Versehen in diese Welt verschlagen wurde, deren Regeln und Fallen es nicht kennt...» Nun, Gerhard hat – bevor unwahrscheinliches *Glück* sein Leben rettet – auch Pech: Nicht jeder Anfänger im Reiche des Eros erhält die Aufforderung, sich zu schießen mit dem Ehemann, dessen Frau er eingeladen hat, ohne sie auch nur zu verführen! Und Franzosen selber haben – die Kritiken liegen vor – offenbar als Leser auch nicht die Empfindung gehabt, Jünger habe in seinem Buch den Deutschen auf Kosten der Ausländer geschont: die Offiziere, Lebemänner, Kriminalkommissare, die Pariserinnen vom Stubenmädchen bis zur Gräfin werden gewiß von Lesern auch in Paris als ihresgleichen erlebt worden sein; als Menschen *wie sie*, aber aus der Generation ihrer Großeltern.

Wer dem Reiz dieser Erzählung ebenso erlegen ist wie ich: der nehme noch die Empfehlung an, dem Autor Jünger ein wenig genauer zuzuschauen, nämlich dort, wo er nicht spannend ist wie hier, sondern wo man ihm mit Gelassenheit in die Werkstatt blikken kann: man lese noch ‹Autor und Autorschaft› – auch ein Spätwerk, das «die Voraussetzungen, Konsequenzen, auch Abgrenzungen des musischen Schaffens» dieses Höchsterfahrenen reflektiert. Ernst Jünger war, als er ‹Autor und Autorschaft› herausgab, seit *zweiundsiebzig* Jahren Schriftsteller: Mit achtzehn hatte er ‹In Stahlgewittern› begonnen, sein Journal 1914–18. Wenn Ortega y Gassets Definition des Klassikers zutrifft: daß ein

Künstler genau so lange lebt, wie er uns *problematisch* bleibt, dann hat Ernst Jünger die solidesten Aussichten, gelesen zu werden, solange man deutsch liest oder länger: so wie jedermann noch den Mark Aurel – doch kein Mensch mehr Latein liest. Daß Jünger es fertigbrachte, unter Deutschen über hundert zu werden, auch produktiv zu bleiben, obgleich die wesentlichen Ermutigungen zum Schaffen ihm seit Ende des Zweiten Weltkrieges nicht diesseits, sondern jenseits des Rheines zuteil wurden, ist eine keineswegs nur biologische und geistig-künstlerische – es ist eine *moralische* Leistung, vor der wir heute in Ehrfurcht und Zuneigung den Hut ziehen.

IV

Man hört zuweilen als Einwand, Jünger arbeite «nur» die Vergangenheit auf. Keineswegs. Wo immer – in *jedem* seiner dreißig Bücher – man ihn aufschlägt, ist Lebenshilfe (ohne Zeigestock; Jünger ist nie Schulmeister, sondern auch in ernstesten Momenten der Homo ludens), ja sogar praktische Politik. *Ein* Beispiel – weil für mehr als eines (von Tausenden!) ja hier kein Raum ist: Die Problematik, die uns augenblicklich stärker als jede andere auf den Nägeln brennt: Die Lage Deutschlands inmitten Europas. Welcher Dichter sonst hat so früh und gültig für *jetzt* Profundes dazu gesagt wie Ernst Jünger in ‹Der Friede›, konzipiert auf dem Siedepunkt der sogenannten Umfassungs-Schlachten des Braunauers in Rußland, 1941. Noch kurz vor dem Attentat vom 20.7.44 las Rommel den Essay und sagte: «Damit läßt sich arbeiten!» Auch ‹Der Weltstaat›, vor dreißig Jahren, 1960 erschienen, auch ‹Ansprache vor Verdun›, *das* Hohelied der Völkerversöhnung, 1979 an der Seite Mitterrands gehalten, ist Dienst an der politischen Situation der Gegenwart. Die Verdun-Rede basiert auf der Einsicht des alten «Gegners» der Franzosen: «Wir sehen heute die Schlacht... anders, als wir sie 1916 sehen konnten... Es ändern sich mit den Generationen die Ideen; im Rückblick gewinnen die Tatsachen einen neuen und oft bestürzenden Aspekt. Offenbar neigte schon damals das Zeitalter der Nationalkriege dem Ende zu... Der Douaumont ist eher ein Symbol des Leides, eher ein Kalvarienberg als ein Ort, an dem eine Entscheidung fiel, wie etwa bei Austerlitz oder bei Sedan...»

Im Januar 1979 hielt Jünger – seine vier Tagebücher ‹Siebzig verweht› sind noch ganz unausgebeutete Schatzkammern – Rückschau auf die Unfähigkeit der Deutschen, sich zu einigen. Er betrachtete die – wie viele – mißglückten Versuche oder nur vorübergehend geglückten: «Schon auf dem Wiener Kongreß wurde viel verdorben; Talleyrands Einführung des ‹Prinzips der Legitimität› war ein hochmachiavellistischer Trick. Zu bedenken ist auch die Tendenz der Mitte, sich aufzuspalten, wie jetzt wieder in Ost und West...» So ist Jünger, der erst Hebbel als Zeitgenossen von 1848, dann Grillparzer als Mitleidenden der deutschen Teilung 1866 – «bin ich noch Deutscher?» – ins Verhör nimmt, ständig im Zwiegespräch mit der Geschichte *dort*, wo sie aufschlußreich ist für die unmittelbar den Staatsmann betreffende Aktualität – nicht etwa, wo Geschichte nur noch museal ist... Thomas Mann, auf der Suche nach einem Wort, das Hamsun «umfassen» würde, als der achtzig wurde, sagte lapidar: «Der größte Lebende.» Über Ernst Jünger, den Hundertjährigen, würde ich 1995 sagen: «Der Lesenswerteste der Gegenwart!»

Zum 1. April: Bismarck an den Ku'damm

Reisezeit ist Lesezeit, man kann ja nicht den ganzen Tag im Wasser sein oder gar am Steuer! Da hatten wir Deutschen ein Buch – denn wir haben es schmachvollerweise gar nicht mehr: seine Neuauflage 1964, in drei Paperbacks bei Schünemann in Bremen, mußte aus Mangel an Interessenten verramscht werden, aber in jeder öffentlichen Bibliothek kann man es ausleihen –, ein Buch, das zuerst 1926 der Heidelberger Historiker Willy Andreas herausgegeben hatte: ‹Bismarcks Gespräche›! Ein sehr großes Geschenk an unsre undankbare Nation, die es denn auch gar nicht haben wollte! Es war Adenauer-Zeit, Bismarck war nicht gefragt, als das Werk neu aufgelegt wurde, wodurch sein Verlag fast Konkurs machte: Sein Verleger hat sich erschossen. Ich schrieb damals in einem Essayband und nehme auch heute, da ich der Vereinigung der Deutschen wegen seit Wochen diese drei Bände auf dem Nachttisch habe, den Mund wieder ebenso voll:

Hans im Glück wollte an seinen Goldklumpen nicht mehr erinnert werden, als er ihn endlich gegen einen Schleifstein eingetauscht hatte, den er dann – *auch noch* hinwarf und zerbrach; und auch, wer etwas kann, was wir nicht können, sosehr wir uns darum bemühen – ist nicht der Mann, an den wir erinnert werden mögen; sprechen wir notgedrungen von Bismarck – weil etwa ein Gedenktag sich gar nicht totschweigen läßt –, so nur wie der Fuchs von den Trauben: Dies allein erklärt, daß kaum mehr ein Deutscher heute die gesammelten Gespräche Bismarcks aufschlägt, obgleich diese drei Bände die einzigen deutschsprachigen Bücher sind, deren menschlicher *und* politischer Rang (die seltenste Verbindung, die es gibt) sie auf die Höhe der Königsdramen Shakespeares hebt. Nietzsche konnte diese Gespräche noch nicht lesen – *deshalb* vermochte er jene Goethes mit Eckermann als das ‹beste deutsche Buch, das es gibt›, zu bezeichnen. Zwischen Heine und den Brüdern Mann hat kein Deutscher unsere Prosa originaler und witziger gehandhabt als Bismarck, und wenn er als Mensch und Künstler in seinen Gesprächen dem Autor des ‹Faust› an Blickschärfe, Formulierungskraft, an Witterung für die Gefährdung der menschlichen Existenz und europäischen Zivilisation nichts nachgab – so hat er ihm *voraus* die Erfahrungssumme eines kontinentbewegenden *Täters* von leninschen Maßen und Folgen. Die Reden Bismarcks freilich hat Nietzsche gekannt, sie wurden früh gedruckt, und er bewunderte sie neidvoll. Als die Mutter sie ihm 1885 schenken wollte – sie erschienen in Fortsetzungen –, schrieb er ihr: «Der Gedanke der ‹Bismarckreden› kommt in der angenehmsten Weise einem Wunsche entgegen, den ich den ganzen Winter über schon gegen Lanzky ausgesprochen habe. B. nämlich läßt sich im Reichstag gehen und bringt seine innewendigsten Dinge heraus, wie Goethe vor Eckermann. Der erste Fall, daß ein Staatsmann einen Reichstag nötig hat, um über alles und jedes sein Herz auszuschütten. Offenbar kann er vor seiner Frau es nicht tun. Schließlich beneide ich ihn selbst um einen solchen Reichstag...» Ist dieser Mann uns Deutschen, denen ein Wesen, wie er es ist, «im Grunde ein ständiger Vorwurf ist», auch kaum mehr erträglich – ein Brite kann ganz unbefangen wie 1954 der Oxforder Historiker Gooch resümieren: «Das zwanzigste Jahrhundert ist kaum berechtigt, über das neunzehnte zu Gericht zu sitzen, ehe nicht alle Großmächte zur Verwirklichung eines Systems bereit sind, das der menschlichen Wohlfahrt besser dient als dasjenige, welches der ‹Eiserne› Kanzler schuf und verkündete», dessen «Autobiographie als Handbuch der Staatskunst unübertroffen ist... die eigentlich maßgebliche Äußerung über die Kunst des Regierens, die seit Machiavellis ‹Il principe› erschienen ist.»

Aufschlußreich, daß jener Franzose, der von allen Zeitgenossen Bismarcks als Dichter den intimsten Zugang zur Weltgeschichte hatte, daß Prosper Mérimée bereits in dem Pariser preußischen Botschafter von Bismarck das Genie vorausschaute, als der noch «höflich, aber ziemlich kühl» von Napoleon III. und der Kaiserin Eugenie an deren Ferienort Biarritz empfangen wurde:

«Ein hochgewachsener Deutscher, sehr höflich und nichts weniger als naiv. Er scheint keine Spur von ‹Gemüt› zu haben, dafür aber sehr viel Geist. Er erschien mir als anständiger Mensch, so eine Art diplomatischer Humboldt. Er allein ist ein wahrhaft großer Mann!»

Das einzige Zeugnis nicht, daß Menschen mit Phantasie exakter als sogenannte Tatsachen-Vertreter die Realität einschätzen...

Die drittletzte Aufzeichnung, die der Botschafter Ulrich von Hassell in sein Geheimjournal schrieb, bevor – nach dem Attentat vom 20. Juli 1944 – die Gestapo ihn holte und seinen Erwürgern in Plötzensee überlieferte, reflektiert einen Besuch in Friedrichsruh: «Kaum zu ertragen, ich war dauernd nahe an Tränen beim Gedanken an das zerstörte Werk. Deutschland, in Europas Mitte gelegen, ist das Herz Europas. Europa kann nicht ‹leben› ohne ein gesundes, kräftiges Herz. Ich habe mich in den letzten Jahren viel mit Bismarck beschäftigt, und er wächst als Außenpolitiker dauernd bei mir. Es ist bedauerlich, welch falsches Bild wir selbst in der Welt von ihm erzeugt haben, als dem Gewaltpolitiker mit Kürassierstiefeln, in der kindlichen Freude darüber, daß jemand

Deutschland endlich wieder zur Geltung brachte. Er hat es verstanden, in einziger Weise in der Welt Vertrauen zu erwecken, genau umgekehrt wie heute. In Wahrheit waren die höchste Diplomatie und das Maßhalten seine große Gabe. Ein Bild, wohl von Werner (?), das Bismarck gewaltig und gewaltsam neben dem zusammengesunkenen Thiers und Favre darstellt, ist ein rechtes Beispiel der törichten Auffassung, die wir selbst verbreitet haben. Gerade diese Szene ist ganz falsch dargestellt (vergleiche den über Thiers gedeckten Mantel). Ich riet Bismarck [dem Enkel des Kanzlers], das Bild wegzunehmen.» Das dumme Bild war nicht von Werner...

Blutig-dümmer ist nie ein Volk mit seiner Überlieferung umgesprungen als jene deutschen Kommunisten mit Bismarck, die 1946 dessen Geburts-Schloß Schönhausen, das den Krieg wohlbehalten überstanden hatte, abtragen ließen bis zur Türschwelle: sie hatten nicht gewußt, daß die Pflege der russischen Freundschaft zeitlebens Bismarcks oberste Maxime gewesen war! Nicht, weil er die Russen idealisiert hätte, im Gegenteil: «Ich habe in das Auge des Bären gesehen», sagte Bismarck, rückblickend auf seine Botschafter-Jahre in Petersburg. Aber er wußte, wie auch alle Könige von Preußen, außer Wilhelm dem Letzten, daß Friedrich II. im Testament verboten hatte, jemals mit den «Barbaren im Osten», wie er sie nannte, Händel anzufangen. Der große König hatte Karl XII. «den Hanswurst im Furchtbaren» genannt, weil der Schwedenkönig sich durch seinen Marsch in die Ukraine ruiniert hatte... Wie die Beziehungen zu Rußland in Berlin zu pflegen seien, auch das findet sich in Bismarcks Gesprächen, und zwar so, wie er auf allen Stufen seines langen Wirkens und noch als Gestürzter ab 1890 dieses Problem – denn ein Problem war das immer! – gesehen hat. Dies nur *ein* Aspekt, wenn auch vielleicht der bedeutsamste, in diesen drei Bänden, deren Themen-Fülle nicht einmal anzudeuten ist. Wenn ich sagte, Gespräche seien ergiebiger als Romane: so schränke ich das ein, indem ich hinzusetze: ergiebiger dann, wenn wie hier *viele* sie aufgeschrieben haben. Das in erster Linie macht diesen unbekannten deutschen Klassiker interessanter als sogar den ‹Eckermann›: über hundert Angehörige ganz verschiedener Nationen, Berufe und Generationen schrieben Bismarcks immer faszinierende Monologe und Gespräche auf. Auch sogenannte «kleine» Leute – nicht so von Bismarck genannt! – waren ja zur

Tafel geladen, wenn sie etwa eine Hagelversicherung mit ihm abschließen oder Korrekturen zu seinem Testament anbringen oder Juwelen aus ihm verliehenen Orden herausnehmen sollten, um Schmuckstücke für Tochter und Schwiegertöchter aus ihnen anzufertigen. Menschlich erheiternd und tief auch die Lässigkeit, mit der Bismarck die ganz feinen Leute an seinem Tisch gern spüren ließ, daß er nur zur Hälfte einer der Ihren sei; denn «schmachvollerweise» hatte ja Bismarck eine «nur» bürgerliche Mutter. Und so sagte er im siebziger Krieg zu Generalen und Diplomaten beim Essen, die hervorragende Intelligenz einiger «unsrer besten Familien» sei zweifellos zurückzuführen «auf die Kreuzung eines adligen Hengstes mit einer jüdischen Stute... und ich weiß noch nicht, ob ich das nicht auch meinen Söhnen empfehlen soll, wenn sie einmal heiraten.»

So war denn auch Disraeli sein intelligentester Bewunderer: «Ich lauschte seinen Monologen im Stil von Rabelais... Er spricht, wie Montaigne schreibt.» Bismarck erwiderte diese Sympathie. «Der alte Jude, *der* ist der Mann!» sagte er über den Premierminister während des Berliner Kongresses. Und mit furchtbarer Selbstkritik: «Da habe ich Politik wie ein Stadtverordneter gemacht» – er bereute zeitlebens, die Russen um einige ihrer Eroberungen auf dem Balkan gebracht und mit den Briten versöhnt zu haben. Allein seine Haltung zu Juden und Russen – stellt jene als närrisch hin, die behauptet haben, es gebe «eine Linie von Bismarck zu Hitler». Hitler, *der* Ruinierer des Bismarck-Erbes, verabscheute ihn so sehr, daß er das Bismarck-Denkmal von Begas tief im Walde an der Siegessäule verstecken ließ, wegräumen aus der Stadt, damit noch heute niemand es findet. Wann endlich wird der Senat es dorthin stellen, wo es wahrgenommen werden kann, an den Kurfürstendamm? Denn Bismarck sagte, als er von einem Denkmal hörte: wenn schon, dann müßten die Berliner es an den Ku'damm stellen. Habe doch zeitlebens kein anderer Kampf ihn derart viel Nerven gekostet wie der, «den blöden Behörden diesen herrlichen Corso aufzuzwingen»!

Zum 9. Mai: Schillers Todestag

Tag der Befreiung auch für seinen von Hitler verbotenen Tell

Schiller starb am 9. Mai 1805, auf den Tag genau einhundertvierzig Jahre vor der Befreiung Europas von Hitler-Deutschland, das Schlag Mitternacht vom 8. auf den 9. 5. total kapitulierte: Null Uhr fünfzehn also war die Stunde der Befreiung auch für ‹Wilhelm Tell›, das einzige Drama, das Hitler persönlich verboten hatte, am 3. Juni 1941.

Vermutlich an diesem Tag hatte der Tyrann aus einer der sogenannten geheimen «Führerinformationen» – sie wurden zeitweise sogar gedruckt, jedenfalls aber auch maschinenschriftlich in so großen Buchstaben getippt, daß Hitler sie ohne Brille lesen konnte – ersehen, daß der fünfundzwanzigjährige Schweizer Maurice Bavaud in Plötzensee enthauptet worden war, weil er mehrfach vom 9. November 1938 an versucht hatte – als einziger Mensch des Zeitalters –, Hitler mit der Pistole umzubringen, die er am 20. 10. 38 in Basel beim Büchsenmacher Bürgin gekauft hatte. Der Auschwitzer, über den geheimen Bavaud-Prozeß täglich von seinem Reichsjustizminister unterrichtet, dürfte besonders beeindruckt gewesen sein durch die Aussage dieses Tells des Jahres 38 – siehe Anklageschrift, Seite 35 –, «daß er bei seinen Handlungen die Möglichkeit jeder Strafe in Kauf genommen und auch damit gerechnet habe, daß er, wenn es am 9. November zur Ausführung der Tat von der Tribüne gekommen wäre, möglicherweise von der empörten Bevölkerung ohne weiteres getötet worden wäre». Denn Hitler hat sich vier Jahre später darüber lustig gemacht, daß am 20. 7. mitverschworene Offiziere ihn nicht niedergeschossen, sondern zur Rettung vor Stauffenbergs Bombe sogar beglückwünscht hatten, z. B. der Chef der Nachrichtenzentrale im Hauptquartier, General Fellgiebel, als er dem mit einer zerrissenen Hose und einem zerrissenen Trommelfell in den Garten geschleuderten Braunauer wieder auf die Beine half, dann aber doch aufgehängt wurde...

Balzacs Einsicht, die Gottfried Benn mehrfach zitierte: «Es gibt Existenzen, in die greift der Zufall *nicht* ein», sie drängt sich auf, wenn man den Todestag des Dichters der Freiheit und die Wiederauferstehung seines «Dramas der Widerstandsbewegung» (Theodor Heuss) mit der Wiederherstellung der Freiheit auf dem europäischen Kontinent, genau einhundertvierzig Jahre später, im Zusammenhang sieht.

Denn Hitler hat sich über «den Schweizer Heckenschützen», wie er fortan Schillers Tell wegen dieses Eidgenossen aus Neuchâtel nannte, nie mehr beruhigen können: Bavaud, so Hitler am 7. September 41, «habe sich eine Ehrenkarte für die Tribüne im Tal zu verschaffen gewußt, sei aber nicht zum Schuß gekommen, da ihn die zum Gruß erhobenen Hände an einem sicheren Zielen gehindert hätten... Der Führer erwog, ob man in Zukunft überhaupt den Marsch des 9. 11. stattfinden lassen solle. Auf engstem Raum sei hier die ganze Führung des Reiches zusammen, noch dazu auf einem langen Marsch durch enge und unübersichtliche Straßen»... Der mörderische Feigling, der sich auch niemals in eine zerbombte deutsche Stadt getraut hat, sprach immer erneut von diesem «Schweizer Kellner» – Bavaud war niemals Kellner, doch Hitler wagte selbst seiner engsten Umgebung nicht zu gestehen, ein Student, gar ein Theologe habe sich zum Mordanschlag durchgerungen – und hat schon im nächsten Jahr, als dann Johann Georg Elser 1939 seinen Zeitzünder in einer Säule des Bürgerbräukellers zur Explosion gebracht hat, am «Gedenkmarsch» nicht mehr teilgenommen... Und noch in jenen Tagen, als Hitler vielleicht erstmals erkannte, er habe seinen Krieg verloren, da seine Panzer vor Moskau eingefroren oder durch die Russen verschrottet worden waren, hat er (am 12. 12. 41) daran gedacht, seinem Verbot des Bühnenstückes noch das Verbot hinzuzufügen, auch nur in Schullesebüchern Schillers ‹Tell› noch zu zitieren: Denn ‹Tell› war das einzige literarische Werk, das den Liquidator der Freiheit überhaupt beschäftigt, das heißt existentiell stets beunruhigt hat: Hitler erörterte, wie unverständlich es ihm sei, daß Schiller «diesen Schweizer Heckenschützen» zum Helden eines Stückes gemacht habe, anstatt «würdige Stoffe aus der Kaisergeschichte des deutschen Mittelalters» zu gestalten.

Der historisch einzigartige Satanismus des Auschwitzers macht ja erst der Menschheit die drei einzelnen: Bavaud, Elser, Stauffenberg so ehrwürdig, die einer Gesamtheit – den Alliierten und auch, was wir undankbar wenig zur Kenntnis nehmen: uns Deutschen – die furchtbaren Blutopfer, Hitler endlich *loszuwerden*, hatten ersparen wollen. So urteilte der «Volks»-Gerichtshof über Bavaud am 18. 12. 39, der Angeklagte habe «eingeräumt, daß er den... verbrecherischen Plan, den deutschen Führer zu töten, allein aus sich selbst heraus gefaßt habe... halte er die Persönlichkeit des Führers und Reichskanzlers für eine Gefahr für die Menschheit... und er habe daher geglaubt, mit seiner geplanten Tat der Menschheit und der gesamten Christenheit einen Dienst zu erweisen»... Was für ein Epitaph! Nur dies noch: Einsamer als Bavaud ist keiner zum Schafott gegangen, weniger getröstet selbst durch den katholischen Pfarrer nicht – dessen unüberbietbar ekelhafter Nazibrief an den Vater Bavaud grußlos mit der Versicherung schließt, Maurice habe «Schande» über seine Eltern gebracht! Maurice ging nach 28 Monaten Haft zur Guillotine, siebzehn Monate lang hatte er täglich auf jenen Pferdeschlächter Röttger zu warten gehabt, der – neben anderen – in Plötzensee köpfte oder erhängte... Obgleich es Präzedenzfälle gab für Besuche inhaftierter Schweizer durch Angehörige der Schweizer Gesandtschaft zu Berlin, die zuweilen auch Prozeßbeobachter schicken konnte, sandte Herr Frölicher, Berns Gesandter bei Hitler, niemals einen Landsmann zu Bavaud und begründete das, als Bavaud noch lebte, am 2. April 1940 gegenüber seinen Berner Vorgesetzten mit den «verabscheuungswürdigen Absichten des Verurteilten»... Auch die Schweizer schämten sich derartig dieses Mitbürgers aus Neuenburg, daß sie «gehorsamst» die Bitte der Reichsregierung erfüllten, keine Silbe über diesen Tell zu drucken. Ja, sie lehnten zuletzt ein Angebot der Deutschen ab, Bavaud laufen zu lassen im Austausch gegen zwei Deutsche, die wegen Spionageversuchs in der Schweiz nur wenige Monate Gefängnis absaßen: Den Schweizern war die Rettung eines zur Guillotine verurteilten Landsmannes nichts wert...

Als man siebzehn Monate nach dem Todesurteil die Zelle des immer Isolierten aufschloß – Bavaud sprach nicht Deutsch –, um ihm zu sagen, er werde im Morgengrauen geköpft, las er gerade Descartes. «Ich habe kaltes Blut bewahrt und werde es bewahren bis um sechs, in dem Moment, wo mein Kopf fallen wird», heißt der zweite Satz seines mit fester Schrift verfaßten Abschiedsbriefes, den ich bei der Schwester fand, weil die Eltern noch heute nicht ertragen, ihn aufzubewahren. «Kaltes Blut» – und zielsichere Intelligenz zeichneten auch seine immer erneut, wochenlang, versuchten Bemühungen aus, zum Schuß zu kommen. Der Volksgerichtshof urteilte, zweimal, am 9. und am 12. November, habe Bevaud Hitler in «akute» Lebensgefahr gebracht – der Diktator fürchtete den Schweizer als Vorbild: Ausdrücklich wurde die Geheimhaltung angeordnet, weil «ein Bekanntwerden ... geeignet wäre, bei anderen Individuen ähnliche Vorhaben zur Reife zu bringen»...

Zeittypisch, wie hier «Individuum» denunzierend als Berufsschelte verwendet wird! Hitler hatte ja auch verboten, jemals zu drucken, daß Johann Georg Elser, der mit Bavaud am gleichen Tage in München den Aufmarsch der Nazibonzen beobachtet hatte, um Studien für seine ein Jahr später erfolgte Tat im Bürgerbräukeller zu machen, Arbeiter oder Handwerker sei – und Elser war ein genialer Tischler, der als Autodidakt gelernt hatte, Uhren und Bomben zu basteln! Elser war den Zeitungen zufolge nur ein «Subjekt» – und auch dies gehört zum Haß unsrer Zeit auf den Einzelgänger: daß niemand glaubte, Elser könnte als einzelner gehandelt haben! Und dies erfuhr die Öffentlichkeit auch dann nicht, als die Gestapo längst nicht mehr daran zweifeln konnte; denn da die Häscher ihn zum Blutklumpen gefoltert hatten, damit er die ihm von der Polizei unterstellten «Hintermänner» herausschreie – kam einer der Folterknechte auf die simple Idee, doch den Gequälten zu zwingen, in der Haft die Höllenmaschine noch einmal zu basteln. Und siehe da, sie wurde ein solches Paradestück, daß sie bis Kriegsende in Berlin auszubildenden Beamten der Nazipolizei im geheimen zur Abschreckung gezeigt wurde! Für die Öffentlichkeit aber blieb dem Attentäter der Ehrentitel des Einzelgängers «natürlich» vorenthalten; immer hießen die Lügen, er sei «Werkzeug des britischen Geheimdienstes»...

Wie tief in Hitlers Mörderseele die Tat Bavauds Wurzel gefaßt hat – und Rachegier hat Golo Mann einmal als den eigentümlichsten Beweggrund Hitlers erkannt –, wird unverschlüsselt deutlich als Hitlers Verbot des ‹Tell›. Ein wenig verschlüsselt wird es dann deutlich an seinen wiederholten Auslassungen über Schillers angeblichen Mißgriff, den «Schweizer Heckenschützen» zur Titelfigur eines Dramas gemacht zu haben. Doch am furchtbarsten –

daher am tiefsten verschlüsselt – drückt Hitlers Rachesucht wegen dieses Schweizer Studenten sich aus in der Bemerkung zu Goebbels am 8. Mai 1943: niemand könne wissen, ob nicht auch einmal er, Hitler, als «Schweizer-Schlächter» so zu Unrecht von der Nachwelt angeschwärzt werde wie heute die Dummen einen Karl den Großen als Sachsen-Schlächter mißverständen! Warum sagte Hitler nicht «Juden-Schlächter», der er doch war; oder «Polen-Schlächter»? Noch hatte er ja keine Schweizer abgeschlachtet. Noch hatte ja kein Schweizer außer Bavaud ihm Widerstand geleistet, wohl aber hatten andere Völker, ebenfalls «arische», die er ebenso nach seinem Sieg «einzudeutschen» gedachte wie die Schweizer, ihm seit Jahr und Tag Unterdrückungsschwierigkeiten bereitet, ihm widerstanden, wenn auch als besetzte – die Dänen etwa, die Holländer, die Norweger. Doch Hitler – wie verräterisch – sagte nicht das Nächstliegende im Zusammenhang mit dem Sachsen-Schlächter Karl zu seiner wortgewandtesten Kreatur; sagte nicht, vielleicht kenne auch ihn die Nachwelt einmal als «Dänen-Schlächter». Nein. Hitler sagte: als «Schweizer-Schlächter» – vermutlich, weil er nie vergessen konnte, wie sehr dieser eine Schweizer Maurice Bavaud ihn die Eidgenossen überhaupt wieder fürchten gelehrt hatte als potentielle Tell-Nachkommen.

Als nach dem 10. 6. 42 die Berliner regierenden Raubmörder der Welt bekanntmachten, daß wir Deutschen jenes Dorf Lidice dem Erdboden gleichgemacht haben, das angeblich die Tschechen beherbergte, die, per Fallschirm aus London kommend, auf Befehl Churchills, Hitlers Prager Satrapen Reinhard Heydrich umgelegt hatten –, griff Thomas Mann spontan wieder zu jenem «Drama der Widerstandsbewegung», das unser einziges ist. Und notierte über ‹Wilhelm Tell›: «Politisch stark, poetisch sehr veraltet.» Wie jedermann außerhalb des europäischen Zuchthauses deutscher Nation, das die angeblich ach so ehrenhafte alte Armee Preußens und Österreichs für Hitler aus dem Kontinent gemacht hatte, wußte auch Thomas Mann in Kalifornien noch nicht, daß an jenem 10. Juli alle männlichen Bewohner ab sechzehn Jahren in Lidice erschossen, alle weiblichen ab sechzehn ins KZ abgeführt und alle Kinder des Dorfes unter Tilgung ihrer Namen in staatliche Erziehungsheime in Deutschland deportiert worden waren; eine perfekte Generalprobe dessen, was alsbald die SS in Oradour verbrochen hat, wo sie die meisten Einwohner lebendig in der Kirche des Dorfes verbrannte: Lidice und Oradour, um nur die zwei namhaften von Hunderten – von *Hunderten* europäischer Ortschaften zu nennen, in denen ähnliche sogenannte Strafexpeditionen im Partisanenkrieg die Massenhinrichtung von Geiseln auslösten. Thomas Mann konnte auch noch nicht wissen, daß er ein Drama wieder las, dem der Ruhm ohne Beispiel zukommt, das einzige der Weltliteratur zu sein, das der mit bestialischer Instinktsicherheit gegen Gefahren gefeite Hitler persönlich im Jahre zuvor – geheim, weil er sich denn doch genierte – verboten hatte.

Es ist dies der Moment, endlich die prägendste – unsere Nachkriegsgeschichte prägendste – Lebenslüge als solche kenntlich zu machen: Das Märchen von den ach so bösen Nazis und der – angeblich ehrenhaft gebliebenen – Armee! Zuckmayers Drama ‹Des Teufels General› sprach den sehnlichsten Wunsch der geschlagenen Nation aus: Jene Organisation freizusprechen, in die ausnahmslos *jede* deutsche Familie verwickelt gewesen war. Doch die Wahrheit ist: Nicht die Nazis haben unsere Väter, Brüder, Vettern verheizt; die Nazis konnten nicht einmal Wien besetzen, konnten auch kein Judenkind aus Marseilles nach Auschwitz deportieren, sondern die *Armee* hat das getan oder ermöglicht! Als der Minister Norbert Blüm anläßlich des Prozesses, den der furchtbare Jurist und abgefeimte Lügner Dr. Filbinger gegen mich angestrengt hat – er verklagte mich auf «Ordnungsgeld in Höhe bis zu DM 500000,–, ersatzweise Haft» –, im Fernsehen gesagt hat, eine unbestreitbare Wahrheit: «Schließlich arbeiteten die KZs nur so lange wie die Front hielt», da wäre Blüms Gattin beim Einkaufen fast gelyncht woren! Denn keine Wahrheit sonst trifft uns Deutsche – und so ist das heute noch – derart ins Zentrum ... Mit sehr wenigen Ausnahmen – Hammerstein, Beck – raffte die Generalität, die für Hitler ganz Europa kurz und klein geschlagen hat, sich zum 20. Juli 44 erst auf, als sie – sogar *sie*! – endlich gemerkt hatte, der «böhmische Gefreite», wie sie nun hohndumm den Mann schimpfte, dessen Ritterkreuze sie jahrelang leidenschaftlich gesammelt hatte, bringe die Rote Armee auf ihre Güter ...

Und es ist dies auch der Moment, einmal feierlich zu versichern, daß die Amerikaner als Sieger 1945 die anständigsten Okkupanten der gesamten Weltgeschichte waren: Sie «durchschauten» uns in

Buchenwald wie die Briten uns in Bergen-Belsen – doch wie «rächten» sie das? Sie schenkten uns den Marshall-Plan!

Auch sollten wir Deutsche allesamt uns einmal der Frage aussetzen – da ja *wir* für die Befreiung auch anderer Völker zum letztenmal 1813/15 gekämpft haben –, was eigentlich der amerikanische Multimillionär Joseph Kennedy und der ärmste seiner Hausmeister davon gehabt haben, daß ihnen Söhne totgeschossen wurden, die nur deshalb nach Europa gekommen waren, um fremde Länder freizukämpfen von uns Deutschen, die gar nicht fähig gewesen wären, die USA zu bedrohen! Sich vorzustellen, *wir* sollten heute Söhne durch Saddam Hussein verlieren, um Kuweit zu befreien...

Das ist die notwendigste Aufgabe der Deutschen, eine Aufgabe, die nicht schon hinter – die noch vor uns liegt: Endlich diesen neunten Mai als den ersten Tag auch *unserer* Befreiung anzuerkennen! Ich sage nicht, ausgerechnet wir Deutsche hätten das Recht, ihn zu *feiern* – feiern sollen ihn unsere Befreier, nicht wir Geschlagenen, die wir uns fünf Jahre opfervoll abgemüht haben, die Freiheit im Solde des Auschwitzers in uns und in Europa zu unterdrücken und so viele unserer alliierten Befreier, wie uns nur möglich, totzumachen. Ein «Licht in der Nacht» (Golo Mann), daß auch auf einige tausend Deutsche zutrifft, was der Generalstabchef der Heeresgruppe Mitte, Henning von Tresckow, der Vetter der dann hingerichteten zwei Brüder Stauffenberg, gesagt hat, bevor er sich als ihr Mitverschworener tötete mit einer Handgranate – in der Illusion, seine Angehörigen würden deshalb nicht verfolgt, weil man seinen Tod einem Überfall durch Partisanen zuschreibe –, was Tresckow zuletzt hoffte nach dem gescheiterten 20. Juli: «Wenn Gott einst Abraham verheißen hat, er werde Sodom nicht verderben, wenn auch nur sechs Gerechte darin wohnten, dann hoffe ich, daß er auch Deutschland um unseretwillen nicht ganz zugrunde richten wird.»

Diese Hoffnung Tresckows hat sich erfüllt: Wir «Wessi»-Deutschen jedenfalls sind für Verbrechen ohne Beispiel mit dem Wirtschaftswunder belohnt worden – während die Ossis allein für uns vierzig Jahre lang Hitlers Rußlandfeldzug abgebüßt haben.

(Zuletzt hatte der niemals zahlende Kreml vierunddreißig Milliarden [!] Mark Schulden bei der auch deshalb ruinierten DDR.)

Daß mit dem Tag der Befreiung am 9. Mai vor fünfzig Jahren auch über sehr viele – total unschuldige – Deutsche der Terror hereingebrochen ist, auch weil man sie aus ihrer Heimat vertrieben hat, daran ist in diesen Tagen zu Recht erinnert worden: Opfer nur einseitig zu beklagen, das ist pharisäerhaft, ja unglaubwürdig. Der ‹Mannheimer Morgen› zitierte, wie viele andere Zeitungen, auf dem gleichen Blatt, auf dem er die Strangulierung der Widerstandskämpfer um Admiral Canaris und Dietrich Bonhoeffer am 9. April 1945 in Erinnerung rief, was jetzt russische Militärs an die Öffentlichkeit gebracht haben: Ungezählte der 36201 Kinder, die noch 1947 mit ihren Eltern in Königsberg lebten, sind verhungert. Die Russen als Okkupanten registrierten über die von ihnen systematisch sogar dem Kannibalismus ausgelieferten Deutschen: Der führe zuweilen auch dazu, daß «Eltern ihre eigenen Kinder töten»... Wer an diese Opfer denkt – und sie haben ein Recht darauf, daß ihrer gedacht wird –, der vergesse nie, daß zwar im Kriege ausnahmslos *jede* Seite verbrecherisch wird, daß aber der wahre Schuft der Mann des *ersten* Schusses ist! Der Verhungerten in Königsberg gedenken – ohne mitzudenken, daß zuvor im belagerten Leningrad sechshunderttausend russische Zivilisten von 1941 bis 44 durch uns Deutsche dem Hungertod ausgeliefert worden sind, ist amoralisch! Bereits im Spätherbst 1941 sagte Göring vergnügt, unsere russischen Gefangenen würden sich jetzt in den deutschen Lagern «gegenseitig auffressen»!

Und wenn in Dresden, so Grosse, Oberst der Schutzpolizei, bereits bis «zum 20.3.45 abends 202040 Tote, überwiegend Frauen und Kinder, geborgen wurden. Es ist damit zu rechnen, daß die Zahl auf 250000 Tote ansteigen wird. Von den Toten konnten nur annähernd 30% identifiziert werden... Da die Gerüchte die Wirklichkeit weit übertreffen, kann von den tatsächlichen Zahlen offen Gebrauch gemacht werden» – wenn also in Dresden vermutlich dreimal mehr Menschen umkamen als in Hiroshima, keineswegs «nur» fünfundzwanzigtausend, wie neulich, zum 50. Jahrestag, die gesamte deutsche Presse in verlogener Absprache behauptet hat –, dann soll doch jeder mitdenken, der dieser meist Verbrannten gedenkt, daß wir Deutsche allein in Dresdens Nachbar-Städtchen Auschwitz – allein dort! – *zehnmal* mehr Menschen, fast zweieinhalb Millionen verbrannt haben, bereits ab Februar 1942.

‹Keine Kameraden› heißt Christian Streits entsetzliches Buch über die Wehrmacht und ihre russischen Kriegsgefangenen, von denen 5,7 Millionen gezählt wurden; und 3,3 Millionen kamen um in deutschen Lagern. Daß von den in Stalingrad gefangenen Deutschen – etwa 104 Tausend Soldaten –, auch höchstens vier Prozent die Heimat wiedersahen, ist ebenfalls unentschuldbar. Doch Rußland griff nicht Deutschland an, sondern umgekehrt. Und wer Wind sät...

Es wird oft gesagt, solche Aufrechnereien seien unverantwortlich; ich bin anderer Auffassung. Das ewig wahre Auge um Auge, Zahn um Zahn ist unserem Denken so eingefleischt, daß wir eine vernünftige Haltung – nämlich ihre Anerkennung als nur zu wahr – zu den deutschen Schandtaten erst finden, wenn wir nicht einäugig nur *sie* betrachten. Betrachten wir auch die der anderen, wird uns erst bewußt, wie einmalig der Einfall des Auschwitzers war – den er übrigens sehr ehrlich bereits am 30. Januar 1939 der Welt angekündigt hat, der Welt, die weghörte –, ein ganzes Volk deshalb zu vergasen – «auszurotten», sagte Hitler öffentlich –, weil es geboren war...

Zum 12. September: Beim großen Pan: Mit Jünger in Lascaux

> «In unserer Unterhaltung ist einiges aufgetaucht... u. a. ‹Verfeinerung› – lebt darin nicht auch der alte Entwicklungs- u. Fortschrittsgedanke, der doch eigentlich etwas Unreales in sich trägt, waren nicht die Hersteller der Höhlenzeichnungen in Altamira auch schon verfeinert – sind wir verfeinerter? Taucht das nicht alles nur immer wieder auf unabhängig von der geschichtlichen Lage?»
>
> *Benn an Rychner, Zürich 29. III. 53*

Ende Januar 1995 bejubelte die Weltpresse, am 18. Dezember 1994 hätten drei französische Archäologen bei Vallon-Pont-d'Arc die bisher reichste steinzeitliche Tierbilder-Galerie – siebzehn- bis zwanzigtausend Jahre alt – in einem Kalkhöhlen-System von mehreren hundert Metern Länge entdeckt: Dreihundert Tiere «von großer Frische, wenngleich nicht ganz so voluminös und schwungvoll wie die 1940 in Lascaux in der Dordogne aufgefundenen». Ich suchte die Notizen meiner Reise mit Ernst Jünger nach Lascaux hervor, weil ich mich nicht erinnern konnte, 1990 unter den dortigen Wandbildern auch Löwen gesehen zu haben... Ja, ich hatte, damals erstaunt, weder Menschen noch andere *Raub*tiere in Lascaux zu erblicken, das sogar in einem Gedicht zu deuten versucht, für das mir Jünger am 30.6.1990 aus Wilflingen dankte: offenbar, wie ich jetzt seinem neuen Tagebuch entnehme, mit meinen ketzerischen Gedanken einverstanden. Auf den vielen, oft auch farbig reproduzierten Abbildern in Zeitungen und Fernsehen der nunmehr an der Ardèche entdeckten Spätsteinzeit-Malerei habe ich auch noch keinen Löwen gesehen. Doch werden Höhlenlöwen mit aufgezählt; so in der NZZ:

«Zu sehen sind neben teilweise komplexen abstrakten Zeichen und Handabdrücken naturalistisch dargestellte Mammuts, Pferde, Rentiere, zahlreiche Höhlenbären, Riesenhirsche (Megaceros), Wollnashörner, Höhlenlöwen, Steinböcke, Auerstiere, Wisente, eine Eule sowie noch unidentifizierte Tiere. Besonders auffallend sind dabei ein Bär und ein Katzentier, beide teilweise gefleckt, was neue Aufschlüsse über das Aussehen von Tieren geben könnte, die bisher nur durch ihre Knochenreste bekannt waren. Alle Darstellungen sind hervorragend erhalten, abgesehen von gelegentlichen Kalkablagerungen durch Sickerwasser. Gefunden wurden auch zahlreiche Spuren menschlicher Aktivitäten.»

Ich hatte damals, vor fünf Jahren, die schriftlosen, menschenleeren, keine Raubtiere zeigenden Wandmalereien vor Augen, polemisch geschrieben: «Am Anfang war das *Bild*!»

Wenn heute doch auf diesen angeblich fünf Jahrtausende älteren Malereien, in der Höhle Combe d'Arc, etwa dreißig Kilometer von Montélimar entfernt, nun doch Panther und Höhlenlöwen, also Raubtiere sichtbar wurden, so bleibt dennoch beunruhigend die Frage: Wieso keine Menschen? Künstler von Rang haben diese

Tiere in rotem Ocker oder Schwarz an die Wände gemalt; es verbietet sich also der Gedanke, dieser oder diese Meister der Malerei seien nicht auch fähig gewesen, ihresgleichen zu malen: *Menschen*. Warum haben sie ebenso wie in Lascaux darauf verzichtet, Menschen oder ihre Gottesvorstellung ins Bild zu setzen? Also bleiben auch hier die *Fragen*, die ich in Lascaux gestellt hatte; und die dann auch Ernst Jünger in seinem Journal umkreist, das im Februar 1995, vier Wochen vor dem hundertsten Geburtstag Jüngers am 29. März erschienen ist...

Am Anfang war das Bild: Fragen in Lascaux

«Hier muß doch ein Schatz sein!»
Vier Kinder entdeckten 1940 die Höhle,
nach fünfzehn Jahrtausenden:
Die Wiege der Weltkunst!

Doch Krieg tobt, Hitler zerstiefelt,
zerpanzert Europa, besetzte Paris:
auch Kinder verbrennen durch Phosphor,
werden in Polen vergast.

Weil Menschen *das* tun: Ist deshalb
auf den ersten Bildern kein – Mensch?
Kein Tier, das Fleisch frißt?
Keine Spur einer Gott-Vorstellung?

Trotzdem vereinnahmt der Dorf-Abbé
sogleich die Stätte gottfreier Schönheit
als Kultraum: «Cappella Sixtina
der Archäologen»! – Als habe der Eros

Des frühesten genialen homo ludens,
verachtend Menschen wie Götter
– er hätte auch sie sonst gestaltet:
anderem gehuldigt als – Tieren!

«Höherem», so der Abbé, als der Natur?
Brauchten Menschen in der Natur – Gott?
Spät erst, Verbrecher geworden, erfanden
sie aus Angst Sündenböcke – die Götter!

II

Übrigens ist nur ziemlich umwegig ins Departement Dordogne-Périgord Noir zu gelangen: Wir fliegen bis Bordeaux, dort werden wir von Jüngers Verleger in einem Siebensitzer-Renault abgeholt; noch zweieinhalb Autostunden südöstlich bis Montignac, dem Städtchen mit Mammutbäumen, das seit dem so sensationellen wie ergreifenden Fund 1940 einen Bindestrich hinter den Ortsnamen schreibt und sich stolz Montignac-Lascaux nennt.

Täglich finden tausend Besucher, in Hochsommer-Monaten sogar zweitausend an jedem Tag den langen Weg zur Wiege der Weltkunst, die hier am 12. September 1940 von vier spielenden Knaben entdeckt worden ist. Die Jungen wußten nur von einer Sage: In dieser Höhle beginne ein Gang, der zur sechs Kilometer entfernten Burg über Montignac führe, ja ein «Schatz» sogar sei hier zu heben.

Zu «heben» war nicht, was die Kinder fanden, jedoch freizulegen: die schönsten, die künstlerisch geglücktesten Tiergemälde, fünfzehntausend Jahre alt, wohlkonserviert, die jemals an Steinwände gemalt worden sind. Aufregender noch als an den Ursprung aller Kunst rühren sie an das Selbst- und Weltverständnis der Urzeitmenschen: Warum hat dieser geniale Künstler, durchaus schon im Besitze der zeichnerischen Fähigkeiten Franc Marcs – denn an keinen anderen Meister erinnern die Tiere auf den Felswänden in ihrer radikalen «Modernität» so eindrücklich wie an die des 1916 in Frankreich Gefallenen –, warum hat dieser erste, uns nun «bekannte» Schöpfer großer Malerei keinen einzigen *Menschen* dargestellt? (Das eine, vergleichsweise so naive, vor einem Wisent am Boden liegende «Strich-Männchen» mit erigiertem Glied kann nicht von dem Meister sein, der diese Tiere malte!) Doch vor allem: Warum hat der höchst bedeutende Maler nicht die geringste Spur einer Gottes-Vorstellung an den Wänden hinterlassen, wenn denn diese Felsenhöhle ein Kultraum gewesen sein soll, wie sofort nach der Entdeckung behauptet worden war? Der Dorf-Abbé hatte sogleich geschwärmt: «Sixtinische Kapelle der Archäologie.» Vielleicht war aber nicht am Anfang Gott oder das Wort – sondern das Bild?

Jedenfalls: Bis Archäologen einen anderen «Anfang» jener menschlichen Schöpfungskraft, die hinausgeht über die Befriedigung der Notdurft Essen und Trinken, nachweisen, bezeichnet dieses Wunderwerk von Lascaux den Anbeginn des Geistes. Und dieses früheste uns bekannte Schöpfertum war offenbar – tatsächlich: eine Offenbarung – nicht kultisch interessiert, sondern künstlerisch bemüht.

Doch «bemüht» klingt nach Anstrengung, während diese Zeichnungen Souveränität, ja Leichtigkeit beweisen; sogar den Grundsatz der «modernen» Ästhetik bereits: Zeichnen heißt – Weglassen!

Unvorstellbar, daß die Persönlichkeit, die diese Tierkompositionen erschaffen hat (die hier einander sogar jagenden Tiere sind ja keineswegs «nur» abgemalt, was schon erstaunlich genug wäre, fünfzehn Jahrtausende vor der Erfindung der fotografischen «Moment»-Aufnahme), unvorstellbar, daß dieser Maler nicht auch fähig gewesen wäre, Menschen und Götter ins Bild zu setzen, hätten die ihn und seine Mitmenschen beschäftigt. Und wäre tatsächlich diese Kunst-Halle auch als Kirche geschaffen worden, als «Haus des Herrn»: es machte doch die Frage unabweisbar, gerade deswegen, weil wir sie uns nie mehr stellen: ob tatsächlich der homo religiosus älter ist als der humo ludens.

Nun aber wird entgegnet: Diese Wisente, die Büffel und Hirsche *waren* ja Gottheiten für die, die sie jagten und aßen!

Doch erstens können wir das nicht wissen. Vielleicht waren Bäume ihre Götter oder Flüsse oder Blitze? *Essen* denn Menschen ihre Götter? Wir wissen *nichts*! Und warum fehlen Raubtiere, wären Tiere *doch*, da allein sie hier gemalt wurden, Götter gewesen? Hier in diesem Land gibt es auch Wölfe, doch auf keinem der Bilder! Unser Freund Albert Hofmann trug ins Gästebuch ein: «Sie brauchten kein LSD, um ihre Visionen zu realisieren!» Ja, deshalb nicht, weil es keine Visionen *sind*!

Eher denkt man vor diesen Tier-Friesen an Fontanes so auftrumpfende wie starre Behauptung: «Der Realismus *ist* die Kunst!» Was denkt der – hier ziemlich schweigsame – Ernst Jünger, der vom französischen Kulturminister persönlich den Einlaß-Brief in die Höhle als Geschenk zu seinem 95. Geburtstag bekam? (Die tausend anderen Besucher pro Tag dürfen seit 1963 nur in das nebenan liegende Museum: in eine von Japanern vollendet nachgeformte, fotografisch exakte Kopie dieser Wiege der Kunst.)

Wird nicht tatsächlich vor diesen frühesten Malereien, die schon so meisterlich die Tiere, soweit die Pflanzenfresser sind – doch nur sie! –, darstellen, höchst fragwürdig, ob Menschen Götter schon gekannt haben, bevor sie auch für Raubtiere einen Blick erübrigten, weil sie selber vielleicht in der Frühzeit noch keine geworden waren? Wo der Mensch nicht böser ist als die Pflanzenfresser: Wozu bräuchte er da – Gott? Wir fahren durch rote Mohnfelder, wie ich sie in so überschwenglicher Fülle erstmals hier in Lascaux sehe. Jünger bittet zu halten. Leicht, ja behende wie ein Jüngling über den Wiesenweg gehend, nimmt er, der ja noch keine Brille besitzt, rasch die Lupe aus dem Revers-Täschchen, betrachtet einen Käfer, ehe er ihn wegnimmt von dem weißen Wildrosenstrauch und in ein Fläschchen steckt.

Seine Frau sagt: «Der Kuckuck!» – tatsächlich ruft er lange vom Waldrand her, es ist bald zwölf Uhr mittags –, und so muß ich denken, denn das ist seine Stunde: *der große Pan!* Hofmann fragt Jünger, ob er schätzen könne, wie weit der Kuckuck entfernt sei. «Nein – aber weit: der hat eine kräftige Stimme!» Mich beruhigt, daß er noch lange ruft...

Seit ich kürzlich Jüngers neuestes Philosophikum: ‹Die Schere› las, weiß ich, daß er innerlich, als er es schrieb, schon unterwegs war nach Lascaux. Umkreist und vertieft er doch gleich in seinen zwei ersten Aphorismen, und dann noch oft, was seit dem Höhlenfund evident ist: «Die Bilder sind das Urgestein der Kulte; sie leben länger als die Götter.» Wenn Jünger hinzusetzt: «... zu deren Ehren sie errichtet worden sind», so zweifelt er selber, und das macht ihn so faszinierend: Immer erneut in Frage zu stellen, was er schreibt und denkt –, er zweifelt das selbst wieder an: «Religionen sind mehr oder weniger gelungene Kunstwerke...

Ob dieser Trieb zur Kunst dem religiösen vorausgeht oder ihm folgt, ist müßig zu fragen, beide sind untrennbar verbunden.»

Das glaube ich nicht!

In Lascaux jedenfalls hat ein großer Künstler geschaffen, was – vielleicht, doch wer weiß das! – sich später dann der religiöse Kult zunutze gemacht hat. Aber daß dieser früheste Maler auch religiös motiviert war, als er schuf: dafür fehlt jeder Beleg.

III

Doch auch Jünger spricht dann von der «Kathedrale» der Steinzeitkunst, obgleich er ebenso ironisch aufnimmt, wie ich ihm zitiere, daß der Dorf-Abbé sofort 1940 nach der Entdeckung – «die Kirche hat einen großen Magen» – diese Steinzeit-Galerie als «Cappella Sixtina der Archäologie» für seine römische Firma vereinnahmen wollte. «Muß ich aufschreiben!» antwortete mir Jünger. Und tat's. Doch Jünger schrieb diesen Abbé-Spruch nur als Kuriosität auf, wie jetzt im Tagebuch nachzulesen ist; denn wie zitiert, hatte er ja längst durchschaut, daß die Bilder älter sind als die Religion.

Albert Hofmann, der in seinem Buch: ‹LSD – mein Sorgenkind› seine Experimente auch mit Jünger beschreibt, der in ‹Annäherungen› ebenfalls davon berichtet; Hofmann, auch schon über achtzig, aber frisch und beweglich, wie einst als erstrangiger Chemiker, hält den Moment mit der Kamera fest, als Jünger sich amüsiert den Annexionsversuch des Abbé notiert... (Jünger sagte einmal: «Unbegreiflich, daß Hofmann den Nobelpreis nicht bekam!»)

Jetzt lesen wir im Tagebuch, Montignac, 22. Mai 1990, über Lascaux: «...wir wurden gebeten, möglichst wenig zu sprechen und die Wände nicht zu berühren – natürlich war auch Rauchen und Knipsen untersagt. Das Blitzlicht soll den Bildern besonders abträglich sein. Damit bestätigt sich die entmythisierende Kraft der Photographie bis in die Moleküle; jede Aufnahme ist auch eine Abnahme.

Als wir wieder ans Licht kamen, sagte Albert Hofmann – er muß es wissen: ‹Die brauchten kein LSD.› Rolf Hochhuth zitierte den Abbé Breuil: ‹Die Sixtinische Kapelle der Prähistorie›. Mein erster Blick fiel auf einen Schäferhund, der draußen angebunden war – er hatte ein Steinzeitprofil.»

Als dann Jünger im Winter 94/95 seine Notizbücher druckreif machte, also zum Tagebuch für die Öffentlichkeit stilisierte, das zum hundertsten Geburtstag erscheinen soll, weist er Deutungen der Höhlenbilder dann zurück, wenn die ebenfalls, wie der Abbé, Religion als Hintergrund dieser Malereien erfinden wollen; er zitiert Georges Bataille: «Was wissen wir von diesen Menschen, die uns nur diese ungreifbaren Schatten, diese Zeichen ohne Hintergrund überlieferten: Fast nichts.»

Und Jünger folgert: «Dem möchte ich zustimmen. Der Hintergrund, den wir vermissen, ist vor allem das Kultische. Wir fragen: wie hieltet ihrs mit der Religion? Wir würden keine Antwort darauf erhalten, weil ihnen Religion nicht nötig war. Die Welt war heilig, doch ohne Religion. Insofern vermissen wir einen Hintergrund, der nicht vorhanden war...

Das unterscheidet jene Bilder von anderen, die wir als Seefahrer entdeckt haben, so den aztekischen. Dort wimmelt es von Göttern, auch solchen, die in Tiergestalt auftreten...

In Lascaux war das überflüssig; das Tier war heiliger als der Mensch und präsent. Es stand sowohl dem Ursprung näher als auch der Ewigen Stadt.»

Jünger läßt den Deuter Bataille – «das Beste, was ich über Lascaux gelesen habe» – nur dort gelten, wo er in dieser Höhle die Wiege der Kunst sieht: «Ihr Ursprung ist mehr als (nur) sakralen Charakters.»

Das Wörtchen «nur» habe ich eingefügt. Jünger glaubt: «Es gab noch keine Entfernung zwischen dem Kunstwerk und dem Gebet. Daher auch oft der Eindruck, daß dem Maler die Hand geführt wurde. Brauchte er überhaupt Licht?»

Ich frage: betete er denn schon?

Ich bezweifle überhaupt, daß diese ungeheuer *als Kunst* beeindruckenden Malereien – Mythos sind. Sie sind Kunst! So daß auch Jüngers Folgerung beim Verbot, dort zu fotografieren, mir zu weit geht, zu gewollt tiefsinnig ist: «...die entmythisierende Kraft der Photographie.» Wieso? Jünger sagte selbst, da war keine Religion. Doch kann er, skeptisch gegen die Generation seines Vaters – wie

Söhne immer –, an Technik gar nicht denken, die für die Jahrgänger seines Vaters mindestens bis zum Untergang der ‹Titanic› identisch war mit Fortschrittsglaube, ohne auch die verhängnisvolle, ja katastrophale Kehrseite der Technik zu fürchten. Daher seine Schlußfolgerung gegen die Fotografie, die doch nun wirklich die harmloseste aller Techniken ist, die menschenfreundlichste sogar: «Jede Aufnahme ist auch eine Abnahme»...

Nein, ich propagiere da eher mit Jacob Burckhardt, als er während des siebziger Krieges die Falschmeldung vom Brand des Louvre entsetzt Nietzsche überbrachte: Es sei Pflicht, soviel wie möglich an Kunst wenigstens fotografiert festzuhalten, da die Kriege...

IV

Jünger wird hier in Frankreich gefeiert wie kein anderer Sterblicher seit de Gaulle. In Montpellier nennt der Bürgermeister am 26. Mai 1990, anläßlich eines Empfangs, den sein Verleger gibt, den deutschen Dichter «den Riesen des Jahrhunderts». Der Bürgermeister preist, wie sehr Jünger «das Französische auf eine wunderbare Weise beherrscht, obgleich es nicht die Sprache seines Landes ist». Jüngers Verleger Lagarde sagt in seiner Rede: «Es gibt Lektüren, die unser Verhalten verändern, die uns Zugang geben zu Dingen, die man nie vermuten würde. Es gibt Literaturen, die unser Blickfeld ausweiten, die geradezu eine physische Auswirkung haben»; weil Jünger ihn faszinierte, habe er ihn 1976 in einem «einfachen Brief» gebeten, ihn fotografieren zu dürfen. «Jünger unendlich gefeiert in der ganzen Welt, ich völlig unbekannt. Doch postwendend schlug er mir einen Termin vor»...

Ja, der Charme des bald Hundertjährigen, den man sich unmöglich mit einem Spazierstock vorstellen könnte, ist sogstark. Uns Männer, auch schon alt, *beschämt* es geradezu, einen Angehörigen der Generation unserer längst gestorbenen Väter derart präsent zu sehen! Und die Frauen, die ihn wenig lesen, abgeschreckt durch das Gerede derer, die ihn nicht kennen, Jünger sei vor allem Militär-Autor –, die Damen schmelzen einfach hin, wenn sie nur eine halbe Stunde mit ihm im gleichen Raum sind, wie oft habe ich das beobachtet! Zu sagen, er habe Charisma, ist zu unpräzise, auch zu wenig – es ist denen nicht zu vermitteln, die es nicht selber gesehen haben, daß der 1895 Geborene genau *das* noch hat, was man – ungern – Sex-Appeal nennt; und was in diesem Ausmaß, von allen Männern, die ich je erlebte, allein Curd Jürgens noch gehabt hat, der letzte deutsche Weltstar (Sohn einer französischen Mutter). Jünger, vom Vater Norddeutscher, hat eine Münchnerin, katholisch, als Mutter – das Süddeutsche ist ebenso stark in diesem homo ludens wie das Preußische; übrigens ist sein Humor, der sich in hohen Jahren steigerte und in vielen neuen Aphorismen manifestiert, ohne einen Hauch von Potsdamer Offizierskasino-Schnoddrigkeit... Nicht herauszufinden, worauf Jüngers Kraft gründet, spirituell wie in seiner Erscheinung – ein kürzlich pensionierter Ballettmeister –, alle Anwesenden in den Sog seines Fluidums zu ziehen. Nicht zuletzt auch in der Heiterkeit, die ihn so gern lachen macht. Und ohne Frage auch in der «Äußerlichkeit» – aber in Wahrheit ist das ja einmalig, ein Phänomen –, daß er noch mit hundert ohne Brille schreibt, mit achtundneunzig noch keine Brille je besessen hat... Sowenig wie einen Ersatzzahn. Auch kein Hörgerät noch mit achtundneunzig besaß; erst jetzt trägt er eins, doch unsichtbar unter seinem schönen vollen weißen Haarschopf.

Auch Jüngers Güte, sein Mitgefühl werden oft übersehen – noch jetzt im neuen Tagebuch sagt er, Armut sei eines der großen Themen, eine der großen Aufgaben des Dichters: Sie zu *zeigen*, wenn auch nicht «soziologisch» die Abhilfevorschläge mitzuliefern. Als wir Bundesdeutsche den Ossis vorrechneten, wie teuer sie uns Wessis kämen, sagte Jünger öffentlich: «Die Wiedervereinigung Deutschlands ist ein großer Fortschritt zum Vereinten Europa – vor allem, wenn sie in dieser Hinsicht begriffen wird. Enttäuschungen konnten nicht ausbleiben; doch wenn ein Bruder vor der Tür steht und anklopft, empfängt man ihn mit offenen Armen, ohne zu fragen, was es kostet, und rechnet nicht kleinlich mit ihm ab.» Und was den Umgang mit ihm als Person wie mit seinen Büchern so hoch über allen Alltagsquatsch hinaushebt, das ist Jüngers Maxime, die er sich selber ins Tagebuch als Vorschrift eintrug: «Im übrigen bloß Scherereien – Hauptsache, daß sich nichts auf die Prosa überträgt.» Am fernsten liegt ihm, Geld zu erwähnen.

Auf meine Frage, ob es – denn ein Bestseller war nur sein erstes Buch ‹In Stahlgewittern›, doch das ist vor fünfundsiebzig Jahren erschienen –, ob es zur Zeit der Ausbildung zweier Söhne bei Jüngers üppig oder karg zugegangen sei, sagte er: «Eher karg!» Nun hat aber doch die Familie noch Vater Dr. Jüngers Apotheke in Ostberlin, enteignet seit 1950, zurückerhalten... Noch in Jüngers Geburtsstadt Heidelberg – als Jünger vier war, zogen sie nach Hannover – hat Jüngers Vater als Assistent des damals führenden Chemikers Victor Meyer bei der Entdeckung von Cumarin mitgewirkt, dem Hemmstoff bei Blutgerinnung; und als pflanzlicher Duftstoff zur Parfümherstellung gesucht. Ernst Jüngers Preislied auf Süskinds Roman ‹Parfüm›, den er zu den bleibenden unserer Jahre zählt, ist von des Dichters Herkunft aus der Naturwissenschaft gar nicht zu trennen...

Was ihm die Herzen seiner Besucher, seiner Zuhörer zuträgt, ist vor allem das humorgesättigte Ambiente, das immer ist, wo er spricht. Oder notiert, so der Aphorismus: «Manche Weine behalten den Kellergeschmack und werden zudem sauer – so die Achtundsechziger.» Und der autobiographische: «Er entwickelt kein System, sondern geht durch Systeme hindurch bis ans versiegelte Tor.» Jüngers Fähigkeit zum Aphorismus – «keiner sollte länger sein als drei Zeilen», warnt er – hat sich mit den Jahren herauskristallisiert.

Natürlich ist er total bescheiden, kommt gar nicht auf die Idee, Ernst Jünger zu sein! Oder etwa eigenen Verdiensten zuzuschreiben, daß er so oft um Haaresbreite davonkam; so als er auf Sardinien wie in Liberia beinahe ertrunken wäre – in Afrika retteten ihn die hingestreckten Hände seines Sohnes Alexander und Albert Hofmanns, als ihn in der Brandung die Kraft verließ. Und er notierte in Parabat am 22. April 1986, also mit einundneunzig: «Unruhige Nacht. Gewitter – das Morgenbad im See war erfrischender. Gedanke: wie viele mögen hier schon ertrunken sein? Darüber gibt es keine Statistik, wohl aber eine Buchführung.

Nach Mitternacht weckte mich eine Dankeswelle für Eltern, Lehrer, Kameraden, Nachbarn, unbekannte Freunde, ohne deren Hilfe ich nie mein Alter erreicht hätte. Meine Knochen würden in der Sahara bleichen, in einem Granattrichter modern; ich würde in Lagern oder Zuchthäusern verschmachtet sein. Wer weiß, wer für mich eintrat, wo um Köpfe gehandelt wurde, wer für mich Akten fälschte oder verschwinden ließ. Man sagt: ‹Freunde in der Not gehen hundert auf ein Lot.› Aber einer genügt; ich habe gute Erfahrungen. Ob bei leichten Havarien, ob in schweren Katastrophen – es war immer einer da. Das kann kein Zufall sein.»

Daß er mit Balzac – wie Benn gern zitierte – der Meinung ist, ja in der Gewißheit lebt: «Es gibt Existenzen, in die greift der Zufall *nicht* ein», ließ den Hundertjährigen auf der Basler Käfermesse im Oktober 1994 auch zu mir sagen: «Daß im Schöpfer ein Künstler am Werke ist, steht außer Zweifel!» Ich hatte geschwärmt, wie unendlich viele Blaus in einem einzigen Schmetterlingsflügel vom Amazonas, bei wechselndem Licht, aufleuchten.

Am Tage nach seinem Besuch der überwältigenden Höhlenmalereien von Lascaux traf er in Toulouse noch Freunde, denen er sagte – was ja nunmehr im Dezember vorigen Jahres zum Ereignis wurde durch die Auffindung sensationell bedeutender Tierbilder-Friese in der Höhle Combe d'Arc bei Montélimar –:

«Das subterrane Netz im Umkreis der Pyrenäen ist nur zum Teil vermessen, und unter den bekannten Galerien befinden sich noch tiefere, in die sich nicht einmal unsere prähistorischen Vorfahren gewagt haben. In Rouffignac stieg eine Gruppe von zwölf Forschern in das Geäder ein, und einer fehlte, als sie herauskamen. Zum Glück fand man ihn nach drei Tagen wieder auf.

Auch die Zeiträume, mit denen wir seit kurzem die Vorgeschichte datieren, sind beängstigend. Wenn wir erfahren, daß in diesen Klüften längst vor den Menschen Höhlenbären sechzigtausend Jahr lang ihr Wesen trieben, erschreckt uns die Einsamkeit.»

In der Grotte von Niaux, als jeder eine Stablaterne in die Hand bekam, denn die Begehung war schwierig, empfand Jünger «die unterirdische Beängstigung»...

Schließen wir mit einer Anekdote, die das unwahrscheinliche *Autoren-Glück* abermals belegt, das diesen Dichter – und *keinen anderen*; oder wer wüßte von einem, dem dieses Glück seit nunmehr *einundachtzig* (!) Jahren schon die Treue hält –, seit seinem neunzehnten Lebensjahr begleitet, seit er 1914 die Notizen zu seinem ersten Buch begonnen hat. Kein Einzelereignis der Epoche, die literarisch für immer auch mit dem Namen Ernst Jünger identifiziert werden wird, hat ihn so oft, so nachhaltig beschäftigt wie der Untergang der *‹Titanic›*!

In dieser Katastrophe – nicht im Ersten Weltkrieg – sah Jünger immer das Signal zum Beginn des titanischen Zeitalters, in das wir nach seinen gründlichen Prognosen eingetreten sind; so wenn er am 20. Juli 1987 notiert:

«Noch zu Lilienthal. Der uralte Wunschtraum wurde erfüllt, sobald die titanische Energie ausreichte. Der Bogen wurde im Hirn als dem Instrument des Willens gespannt. Dem folgte das Flugzeug als Pfeil. Die reine Energie fächerte sich aus in Handel und Wandel, Krieg und Vergnügen, Sport und Wissenschaft, ohne Rücksicht auf Ökonomie und Unfälle – doch mit der Sucht nach stets wachsender Beschleunigung auf jedem Gebiet.»

Nun Jüngers Autoren-Glück. Er hatte noch mit achtundneunzig notiert: allein das Scheitern der ‹Titanic› an ihrem Eisberg sei in unserem Zeitalter «ein prophetisches Zeichen, wie es deren sonst nur im Mythos gibt». Und hatte das Glück – wer sonst –, noch am 25. Mai 1990 einen Überlebenden, vielleicht den letzten, wer weiß, der ‹Titanic› zu treffen! Einen Professor Navratil, der 1912 erst vier Jahre alt war, sich aber «genau des Augenblickes erinnert, in dem er am Rettungsboot von seinem Vater zum Abschied umarmt wurde.

Seine Geschichte fügt dem großen Unglück eine besondere Note ein. Seine Eltern lagen in Scheidung, und der Vater wollte sich nicht von den beiden Söhnen trennen – eben dem, der jetzt neben mir saß, und dessen jüngerem Bruder; daher entführte er sie und löste Billetts für die Passage nach Kanada.

Damals gab es, wie der ‹Fall Crippen› beweist, schon Funksprüche. Es lag daher nahe, daß der Vater, um nicht schon bei der Landung verhaftet zu werden, sich unter falschem Namen in die Passagierliste einschrieb. Hätte man nicht seine Leiche, die neben Hunderten im Meer trieb, aus dem Wasser geborgen, und mit ihr die echten Papiere, wären die Söhne wohl für immer anonym geblieben – so aber konnten sie zur Mutter zurückkehren.»

Daß Geschichten wie diese, deren man Tausende im Werk Jüngers findet, Menschen beschäftigen werden, solange Menschen lesen, nicht nur Deutsch, garantiert vielem, was Jünger schrieb, die unschätzbare Dauer.

Unter meinen Jünger-Papieren fand ich neulich auch noch eine seit dreizehn Jahren vergilbende Zeitung mit den Albernheiten, die ausgerechnet die *Grünen* als Partei losgelassen haben, als der siebenundachtzigjährige Jünger den Goethepreis erhielt. Seit dem Tode des Lyrikers Friedrich Schnack, in dessen Gesamtwerk so sehr die Natur das Zentrum bildet, daß der Leser vor lauter Bäumen fast keine Menschen mehr sieht –, *ist* kein anderer auf Erden so sehr *der* Dichter der Grünen wie Ernst Jünger! Daß aber die Grünen Purzelbäume der Raserei gegen die Preisverleihung an Jünger veranstalteten, bezeichnet einmal mehr, wie trostlos ungebildet die Meute unserer Parlamentarier ist, wie fern sie allem Kulturellen steht in so «gewaltiger» Mehrheit, daß niemand das Dutzend Leser unter ihnen überhaupt wahrnimmt: Noch nie ist es einem Untertan der Bonner geglückt – in fünfundvierzig Jahren nicht –, ein Foto zu entdecken, auf dem ein profilierter Bonner mit einem Buch in der Hand erwischt worden wäre! (Außer mit seinen Memoiren.) Die Grünen *gegen* Jünger: Das kennzeichnet sie als ebenso niveaulos wie die Ostzonen-Kommunisten, die 1947 das Geburtshaus Bismarcks bis zur Türschwelle abgerissen haben, jenes Politikers, dessen höchste Aufmerksamkeit zeitlebens der «Pflege unserer Freundschaft mit *Rußland*» galt!

Jünger liebt es, plötzlich vom Tisch aufzustehen und sich seitab einem Beet, einem langen, tief abfallenden Wiesenhang, einem Waldstück zuzuwenden, von wo er meist ein Blatt, eine Blüte oder einen Käfer mitbringt. Sieht man ihn sicher, rasch, elastisch dorthin weggehen, so fallen einem zwar nicht die Worte ein, die Gorki beim Anblick Tolstois, wenn der alleine stand, notierte: Er glaube ja keinesfalls an Gott, doch ungefähr wie Tolstoi müsse der Gott aussehen. Sondern man denkt, die Kunde aus Hellas, die das erste Jahrhundert unserer Zeitrechnung so betroffen gemacht hat, als ein Seemann sie nach Rom brachte: «Der große Pan ist *tot*!» –, müsse eine Falschmeldung gewesen sein.

Zum 22. November: Kennedy und Lincoln

«Wie gefällt dir meine Stadt?» fragte um 1900 ein New Yorker einen greisen Indianer, den er dazu verleitet hatte, Manhattan anzusehen.

«Wie gefällt dir mein Land?» war die Gegenfrage der um seine Wälder und Herden betrogenen Rothaut.

Es ist eine schon unerlaubte Verdrängung, daß keiner der so großen Dichter der USA je ein Buch schrieb über den Holocaust, den Amerika zur Ausrottung der Indianer veranstaltet hat! Ebenso verdrängen sie die nationale Verpflichtung, endlich die Ermordung der Brüder Kennedy aufzuklären. An den Warren-Report glauben weniger Erwachsene als an den Klapperstorch.

Im Econ-Verlag erschien eine Sammlung ‹Unglaubliches aus der Weltgeschichte› – so der Untertitel –, die Erwin Barth von Wehrenalp unter dem Haupttitel ‹Man sollte es nicht für möglich halten› zusammengetragen hat.

Liest man da, was sich am 22. November 1963 ereignet hat bei der Ermordung des ersten der Brüder Kennedy, so kann man diesem Autor Wehrenalp nur zustimmen, wenn er bilanziert: «Keine zwei bedeutenden politischen Ereignisse zeigen so viele Parallelen wie die Ermordungen der amerikanischen Präsidenten Abraham Lincoln und John F. Kennedy.»

Da gibt es zunächst Übereinstimmungen, die rein zufällig-familiärer Natur sind und nur kurios, aber nicht politisch relevant, zum Beispiel: Beide wurden ermordet an einem Freitag vor einem Feiertag, beide in Gegenwart ihrer Frauen, die unverletzt blieben, durch Schüsse in den Hinterkopf; beide hatten drei Kinder, von denen je ein Sohn während ihrer Präsidentschaft starb. Beiden starb eine Schwester, bevor sie Präsidenten wurden. Sie wurden beide in einem siebenundvierziger Jahr in den Kongreß gewählt und bewarben sich in einem sechsundfünfziger Jahr um die Vizepräsidentschaft ihrer Partei; beide machten die – teilweise – Befreiung der Schwarzen zu ihrem Anliegen: Lincoln gilt als der Sklavenbefreier, Kennedy verkündete die ‹Civil Rights Message›. Am kuriosesten: Das Theater, in dem Lincoln erschossen wurde, hieß

Ford-Theatre. Das Auto Kennedys, in dem er seinen Genickschuß bekam, war ein Ford Marke Lincoln. Der Sekretär Lincolns hieß Kennedy und riet dringend dem Präsidenten vom Theaterbesuch ab, aus Angst vor einem Attentat. Der Sekretär Kennedys hieß Lincoln und riet dringend ab von dem Besuch in Dallas – aus Angst vor einem Attentat. (Und vielleicht deshalb so eindringlich, weil der Vizepräsident Johnson, der dort in Texas zu Hause war, immer erneut sehr dringlich den Besuch empfohlen hat. «Wir sind unter die Verrückten geraten!» sagte morgens in Dallas beim Frühstück der Präsident zu seiner Frau, als er die Ortszeitung las, die den Präsidenten als Kommunisten verdächtigte, zu seinem Empfang!) Wie Kennedys Nachfolger hieß auch der Nachfolger und Vizepräsident Lincolns: Johnson... Booth, der Lincoln in einem Theater erschossen hat – sofern Booth der Schütze war –, lief anschließend in ein Lagerhaus. Oswald, der Kennedy aus dem Fenster eines Lagerhauses erschossen haben soll – was gänzlich unbewiesen ist –, lief nach dem Attentat zu einem Filmtheater.

Doch nun ist es Schluß mit jenen Parallelen, die nur komisch sind – jetzt beginnen jene, die den Verdacht unabweisbar machen, daß die Organisatoren des Mordes in Dallas – zweifellos eine personenreiche Verschwörung – die Ermordung Lincolns als *Anleitung* für ihr eigenes Vorhaben detailliert *studierten*: Anders ist die Übereinstimmung, die so entscheidend wurde, weil sie die Aufklärung der beiden Untaten bis heute verhindert, nicht zustande gekommen. Man muß unterscheiden zwischen jenen Parallelen, die für die Morde und ihre Folgen unerheblich sind – so unerheblich wie die, daß beide im sechziger Jahr Präsidenten wurden; daß Lincolns Vize 1808 und Kennedys Vize 1908 geboren wurden; daß die Namen Lincoln und Kennedy aus je sieben, die Namen ihrer Nachfolger auch samt ihrer Vornamen die gleiche Buchstabenzahl haben: Andrew Johnson hat wie Lyndon Johnson je 13. Das alles kann man abtun als nur zufällig. Nicht so abtun kann man jene Geschehnisse, die von *Menschen aus freiem Entschluß herbeigeführt* worden sind: daß beide Attentäter oder, vorsichtiger gesagt: daß beide des Attentats Bezichtigte ermordet wurden, bevor sie öffentlich aussagen konnten! Das ist kein Zufall, das ist gemacht worden, das ist hohe Strategie: Wie Zeugen fehlen, die den Schauspieler Booth unbehindert aussagen hörten – so hat die Polizei von

Dallas 98 Jahre später angeblich «vergessen», ein Tonband anzustellen, als sie eine Nacht lang jenen Oswald allein in ihren Klauen hatte, der dann – am anderen Morgen, als er weggeführt wurde aus dem Polizeigewahrsam – ebenso erschossen worden ist durch den stadtbekannt brutalen Jack Ruby, wie Booth vom stadtbekannt brutalen Bosten Corbett umgelegt wurde, das heißt: vor einem freien Gericht nicht mehr aussagen konnte! Präsident de Gaulle, der einen sehr guten Geheimdienst hatte, der ihn mehrfach vor Attentaten rettete, sagte laut Jean-Raymond Tournoux: ‹La Tragédie du Général›, nach seiner Rückkehr von der Beerdigung Kennedys: «Die Polizei hat die Tat ausgeführt, oder sie hat den Befehl dazu gegeben... Sie haben sich auf diesen Kommunisten (Oswald) gestürzt, der nicht daran beteiligt war... ein herrlicher Angeklagter... Sie wollten ihn auf der Stelle erschlagen, ohne daß die Justiz hätte eingreifen können...» Das ist der Polizei, die den Oswald dem Ruby vor seinen Colt trieb, auch meisterhaft geglückt, weil sie es bei Lincolns Ende studieren konnten! Man muß verallgemeinern: Die Polizei begeht niemals einen Mord, bevor sie den «Täter» hat.

Zum 7. Dezember: Cicero wird ermordet

Zeitgenosse Cicero – ist nicht zuviel gesagt, wenn wir diesen bestdokumentierten Lebenslauf aus der Antike an uns vorüberhasten sehen; denn obgleich Cicero sich immer eitel in der Rolle des Weltweisen gefiel, der angeblich lieber in seinem Tusculum bei Frascati weilte – nur Teile des Mosaikbodens sind heute noch übrig von der Villa – als in Rom: So war er doch ganz und gar ein Geschöpf der Reichshauptstadt. Auf dem Lande fühlte er sich immer nur isoliert – war das ja auch oft genug.

Dem Konstanzer Altphilologen Franz Fuhrmann verdanken wir – Mitte der achtziger Jahre lag der siebente Band vor – eine Neuübersetzung sämtlicher Reden Ciceros (bei Artemis); dazu

Kommentare, die uns – hintereinanderweg gelesen, ohne die Reden – diese Biographie eines Anwalts, Redners, Senators, Staatsmannes, Ermordeten ebenso faktenreich und lebensnah erzählen, wie einst Walter Görlitz das Leben des Kaisers Mark Aurel (bei Kohlhammer) dargestellt hat. Obgleich Wilamowitz in einem seiner letzten Vorträge – ‹Kaiser Marcus› – 1930 sagte, dieser Mark Aurel sei jener Mensch der Antike, den wir genauer kennten als jeden anderen: Noch mehr Glück mit der Nachwelt hatte Cicero – vermutlich deshalb, weil sein Dasein bedrohter, stürmischer in Aufstieg und Absturz und seine Mitlebenden Cäsar und Augustus uns interessanter waren als Mark Aurels Kämpfe und Leiden: War Mark Aurel auch Feldherr, so ist er für uns heute doch – anders als Friedrich der Große, der ihm sein Huldigungsgedicht ‹Le stoicien› schrieb – in erster Linie Philosoph: weil seine Schlachten vergessen sind. Nicht vergessen ist aber der Kaiser als Autor der ‹Selbstbetrachtungen›, die eigentlich ‹An mich selbst› heißen. Nicht vergessen auch als Reiter auf dem Kapitol – das einzige Standbild aus der Antike eines Herrschers zu Pferde (von Tausenden), das die Christen *nicht* vernichtet haben: nur deshalb nicht, weil sie sich irrten; sie dachten, als sie es ausgruben, eine Plastik jenes Konstantin vor sich zu haben, der als erster Kaiser sich hatte taufen lassen...

Cicero aber erleben wir als unseren *Zeitgenossen*, und zwar in jenem weitaus lebendigsten Buch überhaupt, das mir je über die Antike begegnet ist und das auch so heißt: ‹Zeitgenosse Cicero› – ausschließlich zusammengestückte Dokumente aus dem vorchristlichen Rom. Es ist der erste geglückte Versuch eines Wissenschaftlers: Georg Schoeck – der das sogar dankbar im Vorwort bekennt –, Thornton Wilders ‹Iden des März› zum Muster für ein streng historisches Buch zu nehmen: «Bei der Lektüre dieser (aus der Feder Thornton Wilders stammenden) fiktiven Dokumente, die sich in ihrer Gesamtheit zu einem Mosaik der Ereignisse von Cäsars Tod zusammenschließen, tauchte der Gedanke auf, etwas Ähnliches mit *wirklichen* antiken Texten zu versuchen... Da Cäsar als mögliches ideelles Zentrum», schreibt der Zürcher Schoeck, «durch Thornton Wilder bereits mit Beschlag belegt war, entschieden wir uns für Cicero.» Dieses Taschenbuch, schon vor siebzehn Jahren erschienen bei Artemis – ist denn auch die *leichte-*

ste, von krimihafter Spannung dramatisierte Einführung in die Alte Welt, so lebendig, als sei Shakespeare unser Fremdenführer...

Wie heißt es doch in den ‹Historischen Fragmenten›, die aus Jacob Burckhardts Nachlaß fünfundzwanzig Jahre nach dessen ‹Weltgeschichtlichen Betrachtungen› von 1905 publiziert worden sind: «Rom ist an allen Enden die bewußte oder stillschweigende Voraussetzung unseres Anschauens und Denkens.» Und Cicero, der vom 3. Januar 106 bis zum 7. Dezember 43 gelebt hat – zum Vergleich: Cäsar wurde 100 geboren und 44 ermordet –, mag deshalb von allen Römern am ehesten auch «unser» Zeitgenosse gewesen sein, weil er anders als Cäsar oder Ovid kein Genie war, sondern – eine Höchstbegabung nur als Redner –, Mitmacher, Mitläufer in oft bürgerkriegsähnlichen Wirren, denen er nur *zufällig* lebend hätte entkommen können. Eingreifer, an erster Stelle Handelnder war er nur einmal: Als er 63 die Verschwörung des Catilina aufdeckte und sich unbegreiflicherweise die Blöße gab, die Catilinarier *sofort* hinzurichten, obgleich Cäsar den Mut gehabt hat, ihrer Erdrosselung ohne Gerichtsverfahren zu widerraten, was fast *ihm* das Leben gekostet hätte: Er wird ja doch Mitwisser der Verschwörung gewesen sein... Die Meisterschaft, mit der Georg Schoeck die antiken Autoren ausbeutet und seine Beute komponiert, als habe er ein Bühnenstück zu bauen – Plutarch, Cicero selber, Cäsar, Sallust, Sueton, Cornelius Nepos –, nimmt den Leser so sehr hin, als läse er Zeitgeschichte. Nur *ein* Bild: Wie gleicht der Raum – Sallust beschreibt ihn –, in dem die Verschwörer durch den Scharfrichter am 5.12.63 stranguliert werden – dem Henkerschuppen in Plötzensee, wo am 8.8.1944 die ersten der Verschwörer des 20. Juli durch den Pferdemetzger Röttger in Klaviersaiten erdrosselt worden sind! Erstaunlich, wie scheinbar lükkenlos – das ist gewiß eine große Illusion, doch auch ein Triumph dieses Dokumentaristen Schoeck! –, das Leben Ciceros vor uns liegt, den 43 der erst zwanzigjährige Augustus den Schergen des Antonius zur Ermordung ausliefert: Man hüte sich vor jedem, der einem dankbar sein muß! Denn Cicero war es gewesen, der dem Jüngling den entscheidenden Rat gegeben hatte, auf Rom zu marschieren... Ciceros Leben, eben weil er *kein* Genie war, ist zeitlos-exemplarisch: nicht als der Normalverbraucher – dazu war er zu früh schon zu prominent, schon mit 26 Jahren! –, doch dann am Ende als der *Normalverbrauchte*. Er mochte sich endlich stellen, wie er wollte – und ganz natürlich, daß er oft nicht wissen *konnte*, was er wollte; und ob er nun innerhalb oder außerhalb des Kreises derer stand, auch das wechselte, notgedrungen, die von der Macht einen Fetzen oder alles an sich rissen: Er *mußte* endlich über die Klinge springen! Zahllose aufgeschriebene und mehr noch: ungezählte vergessene, nie dokumentierte Tragödien und Biographien von Zeitgenossen des Hitlerkrieges, der Besatzungs- oder auch der Vor- und Nachkriegszeiten haben Momente, in denen sie dem Leben Ciceros zum Verwechseln ähnlich sind. Golo Mann ist einmal der Frage nachgegangen, warum keiner der großen Dramatiker des 19. Jahrhunderts Napoleon behandelt hat, und Manns Antwort erklärt auch, warum wir keine bedeutende Cicero-Biographie, kein Cicero-Drama haben: «Er war wohl zu komplett in sich selber... nicht nur, daß Geschichte selber hier großes Schauspiel arrangiert hat, mit einer beispiellosen Fülle von Szenen und Charakteren... Sein letztes Gespräch mit Metternich liest sich wie eine Szene von Schiller. Ein Dichter hätte da nichts anderes tun können als abschreiben.» Das gilt auch für Cicero, weshalb die Verfahrensweise Georg Schoecks nicht nur so legitim, sondern die einzig mögliche ist.

Man liest denn auch diese nur 230 Seiten, die er auffand aus der Antike, wie einen jener immer raren Politthriller, die von einem Insider, also einem höhergestellt gewesenen Geheimdienstler, geschrieben wurden, was vorwiegend (oder nur!) Engländer waren und können... Aufschlußreich (für jene, die Ähnliches leisten wollen), wie Schoeck begründet, warum Briefe und Reden allein – und wie viele gibt es von Cicero – unzulänglich sind; nie *mehr* sein können als nur die Grundlage zu einer Lebensdarstellung: «Während sie dem Fachmann ein äußerst differenziertes Bild vermitteln, wirken sie auf den interessierten Liebhaber mehr verwirrend als informativ. Dem fehlt dann der historische Hintergrund, der das Erfassen der Überfülle von Details erst ermöglicht.» Schoeck stellt also jedem seiner Dokumente aus dem Alten Rom einige Zeilen voraus, die es einstücken in das Gesamtgeschehen – ein Mosaik entsteht so, das sich so faszinierend liest, als habe Schiller *doch* das Cicero-Stück geschrieben, das uns so lange gefehlt hat; bis Schoeck mit seinem Buch da war... Man hüte sich vor jedem, der einem dankbar sein muß – wir sagen das hier gleich zweimal, weil diese so uralte wie scheußliche Erfahrung sich bei der Abschlachtung Ciceros besonders kraß wieder als ewig wahr aufdrängt: Octavian, dem der Dreiundsechzigjährige zur Macht verholfen hat, war so sehr sein Schüler und Nutznießer gewesen, daß er ihn «Vater» anzureden pflegte: *Er* aber, schon als damals Zwanzigjähriger *der* Superopportunist der Weltgeschichte, gab dem Antonius, weil er sich mit dem und mit Lepidus die Macht dritteln wollte, den Cicero zur Ermordung frei; auch Ciceros Bruder und dessen Sohn wurden abgeschlachtet. Es heißt, immerhin habe Octavian zwei Tage für Ciceros Leben gekämpft, Antonius aber erklärt – alles bei Plutarch nachzulesen –, er werde dem Bündnis nicht beitreten, wenn nicht der Mann enthauptet werde, dessen Philippische Reden – vierzehn seit den Iden des März bis Frühjahr 43, vor dem Senat – die Verfolgung des Antonius propagiert hatten. Als der dann, von Octavian ermächtigt, die Mörder zur Jagd auf Cicero losließ, wählte er auch einen Kriegstribun Popilius aus, den einst Cicero gerettet – indem er ihn als Anwalt verteidigt hatte, als der junge Mann wegen nichts geringerem angeklagt worden war als wegen Vatermord! Cicero war kaum erst – fast mit Gewalt, da er sich buchstäblich zu Tode gezögert hat – von seinen Dienern aus dem Hause zum Meer hin weggetragen worden in der Sänfte, als die Häscher schon eindrangen – ihn aber nicht mehr fanden, nachdem sie die Türen eingeschlagen hatten. Wieder war es Dankes-«Schuld», die dann Cicero den Rest gab: ein Mann, dem Ciceros Bruder die Freiheit geschenkt hatte, zuvor war er Sklave gewesen! Plutarch schreibt: «...da kein Cicero zu sehen war und die Leute drinnen sagten, sie wüßten nichts, da soll ein junger Mensch, der von Cicero in den höheren Wissenschaften ausgebildet worden war, ein Freigelassener seines Bruders... mit Namen Philologos, dem Kriegstribun verraten haben, daß die Sänfte durch die dichtbewachsenen, schattigen Laubengänge zum Meer hinuntergetragen werde.» Wenige Minuten später hatte der Centurio Herennius, der Cicero am Halse abstach, dem Ausblutenden Kopf und Hände abgehackt, weil Antonius ausdrücklich befohlen hatte, diese drei «Wahrzeichen» nach Rom zu senden, wo er sie vor dem Volk auf Schiffschnäbel aufspießen ließ, die seine Wahlrednertribüne schmückten. Wie aber die Nazis den Film selber verbrennen mußten, der die Hinrichtung der Attentäter des 20. Juli 44 zeigte – der Film über die Verhandlung vor dem «Volks»-Gerichtshof ist schon schrecklich genug –, nachdem sie ihn einmal jungen Offizieren vorgeführt, jedoch nichts als deren Abscheu damit erregt hatten – so machte auch Antonius als Demagoge kein Glück mit diesen drei Zeugnissen seiner Unmenschlichkeit; denn die Römer, sagt Plutarch, glaubten nicht Ciceros Antlitz in dem abgeschnittenen Kopf zu sehen, sondern «ein Abbild der Seele des Antonius»... Octavianus war 63 geboren worden – im Jahr des *einen* politischen Triumphs, den Cicero zu verbuchen hatte in seinem Leben, im Jahr der Niederschlagung der Catilinarischen Verschwörung. Wie es im Sophokles heißt – «der Tag deines Sieges zeugt dein Ende schon»: Sein Mörder kam zur Welt, als Cicero – ohne ihnen ein Gerichtsverfahren zuzugestehen, was seine Schande bleibt – die Verschwörer erdrosseln ließ... Wir wollen den sonst anständigen Mann nicht vergleichen mit Augustus, der die Serie seiner Verbrechen begonnen hat mit Ciceros Ermordung und sie «krönte» mit der Ermordung des Sohnes, den Kleopatra dem Cäsar geboren hat: die monströseste Undankbarkeit in der Geschichte der Alten Welt! Da Cäsar keinen *erwachsenen* Sohn hat, setzt er seinen Großneffen als *Vorerben* ein, zweifellos nach Erhalt des Versprechens, daß dieser Octavian – Enkel von Cäsars Schwester – sich des Kleinkindes einst «annehmen» werde. Doch Octavian behauptet, er sei von Cäsar adoptiert worden – was juristisch in Rom *testamentarisch* gar nie möglich war, wie erst 1952 der Freiburger Historiker Schmidthenner aufgedeckt hat... Es kam dann, als habe des betrogenen Cäsars Geist an diesem Ungeheuer der Undankbarkeit noch gerächt, daß Augustus den einzigen Sohn dessen meuchelte, dem er den Thron verdankte: Augustus wurde so alt, daß er noch erleben mußte, wie alle seine männlichen Nachkommen «plötzlich» starben – ohne Frage von Livia, seiner Frau, aus dem Wege geräumt, die *ihren* Sohn auf den Thron setzte: Tiberius, der mit Augustus nicht verwandt, nur der verhaßte Stiefsohn war... Cicero entkam nur deshalb nicht mehr seinen Mördern, weil er zu lange nicht hatte glauben wollen, daß ausgerechnet sein Protegé Octavian seine Ermordung zulassen werde – ohne diese Illusion wäre Cicero, der während seiner tagelangen Flucht schon einmal auf einem Schiff gewesen, aber dann törichterweise wieder an Land gegangen war, zu Brutus in den «Mittleren Osten» noch entkommen. Dies alles war ihm klargeworden, er beklagte laut mit seinem Bruder, wie töricht sein Abwarten und die Kopflosigkeit seiner Entschlüsse und seines Fehlverhaltens gewesen waren. Aber zu *der* Frage aller Fragen drang er im Trubel des Gehetztwerdens zweifellos nicht mehr durch, zur Frage: Was soll das alles, worauf zielt es, gibt es einen *Sinn* in der wirrwarrhaften Sinnlosigkeit der Lebensabläufe, und zwar der individuellen ebenso wie der ganzer Völker und ihrer Staaten? – Fragen, die auch diesen Politiker zuweilen berührt haben müssen. Es gibt kein Zeugnis, daß er etwa in seinen Briefen an den Verleger und Philosophen Atticus sich *dieser* Frage gestellt hätte. Und doch ist Cicero jene Figur Roms, die hundertzwanzig Jahre vor Mark Aurel am ehesten – nach unsrer bruchstückhaften Kenntnis der damaligen Personen – über die Fragen der Politik hinaus zu einem archimedischen Punkt der Erkenntnis hätte gelangen und einmal wenigstens das *Bedürfnis* gehabt haben könnte, diese Fragen aller Fragen zu umkreisen. Er tat es nie; wir alle tun es nie: warum? Weil wir im Innersten scheuen, mit der einzigen Antwort zu leben, die es auf diese Frage geben kann: daß es keine Antwort gibt. Diese Scheu ist die gleiche, die uns davor schützt, fast immer, an das zu denken, was das uns Gewisseste ist: der Tod...

Und doch wollen wir uns jetzt einmal vorstellen, Cicero habe – ganz am Ende, wissend, binnen weniger Tage oder Stunden sei er zu Tode gehetzt – Notizen gemacht in der Sänfte und an Bord und auf dem unruhigen, vor Sterbeangst schlaflosen Nachtlager. Was würden seine Notizen für einen dann nie mehr kommenden ruhigen Tag, an dem er aus diesen Notizen einen Brief an Atticus hätte formulieren können, wohl enthalten haben?

Gesetzt, ehe sein enthaupteter, enthändeter Leichnam irgendwo weggeschmissen wurde, würden die Mörder seine Kleidung nach Papieren durchwühlt und diese Notizen aufbewahrt haben – was hätten sie da wohl entziffert?

Die Aussagen des Menander – er schrieb über hundert Komödien – und Bismarcks über das Leben als ‹Ganzes› betreffen nur das des Individuums. Menander: «Nun ist ja der Mensch an sich schon ein hinreichender Grund zur Traurigkeit.» Und Bismarck: «Das Leben ist wie das Zähneziehen – man wartet und wartet und denkt, das eigentliche müsse noch kommen, doch das war's dann schon!» Beide Aussagen und auch noch jene Goethes, es komme im Leben aufs Leben an, aber «nicht auf ein Resultat desselben», so wie man ja auch nicht reise, um anzukommen, sondern um zu reisen – müssen vermutlich auch dem Grundgefühl Ciceros am Ende entsprochen haben; war er doch ebensowenig ein Christ wie die drei Zitierten.

Wie aber mag er über die Geschichte gedacht haben, über die seines Volkes, anderer oder gar aller Völker? Untergegangene genug hatte er vor Augen, solche also, deren Geschichte – da sie abgeschlossen war – Folgerungen über ihren Sinn oder Nichtsinn ermöglicht hätten, wären sie – möglich. Vorausgesetzt – wir setzen das voraus –, der Mensch sei das Maß aller Dinge: So ist er gewiß auch das Maß dessen, was er schafft: seiner Geschichte. Und so ist selbstverständlich vom Individuum auch übertragbar auf alles das, was es machte: auf die Geschichte – das Gesetz der *Befristung*.

Cicero könnte zuletzt *erschüttert* gewesen sein – nicht allein aus dem persönlichen Grund: seine Ermordung vor Augen zu haben, sondern durch die resignierte Einsicht, in seinem ganzen langen Leben als aktiver Politiker wie als Homme de lettres und auch als geistiger Intimus jenes Menschen, der wie kein anderer seiner Zeit Tat und Geist in sich vereinigt hat: Julius Cäsars –, doch nur *zwei* historische Gesetze ausfindig gemacht zu haben. Erstens, daß Geschichte keinen Sinn habe, sondern nur einen einzigen Zweck: Energie-Verschleiß; jede Generation arbeitet sich – ohne Blick auf vorangegangene oder künftige Generationen – zu Tode an jenem Sisyphos-Felsbrocken, den sie Geschichte nennt. Zweitens: Nicht ein Ziel, ein Glaube, eine Religion oder Weltanschauung bestimmt das Verhalten einer Großmacht, sondern – ihre Größe. Denn – wie achtzehnhundert Jahre später der Basler Burckhardt es dem alten Schlosser nachformulieren wird – die Macht ist *an sich* böse, gleichviel, wer sie ausübt... Macht, die der Rede wert ist, soll heißen: die Übermacht.

Cicero hatte Karthagos Sein und Aufschwung und Vernichtung vor Augen; hatte miterlebt, ja teilweise mitgestaltet die welthistorischen Abenteuer Julius Cäsars. Abenteuer? – ja, zuletzt muß ihm das klargewesen sein, daß alle militärischen Veranstaltungen dieser schönen, mitreißenden, klugen Energie-Bestie Cäsar, der seiner Nation keineswegs nur das Blut ihrer Legionäre *abverlangt*, sondern sie auch *beglückt* hatte durch den *allen* miterlebbaren Eroberer-Rausch: ebenso sinnlose wie zweckvolle Abenteuer gewesen sind. Zweck? – ja: diesen Mann und seine Generation, das heißt: ihr Energie-Potential wieder abzubauen, zu Tode zu beschäftigen. Und wie freuen sich auch die Frauen der Siege ihres Volkes auf dem Schlachtfeld, sogar dann, wenn ihnen Mann, ja Mann *und* Söhne dabei draufgehen! Kein Diktator, kein König hätte irgendwo, irgendwann sein Volk zur Ader lassen können, ohne den Enthusiasmus auch der Frauen, das gutzuheißen! Nun hatten sie also Gallien und Spanien, die Römer, und Ägypten auch und Griechenland – und irgendeiner aus der kommenden oder übernächsten Generation würde Germanien noch verrömern: Wo aber war – fragte Cicero vielleicht zuletzt – ein *Sinn* des ganzen Umgetriebenseins? Der Zweck, ja – der war mit Händen zu greifen: seine Generation hatte ihr Leben damit verbracht, umgebracht... und was nun auch die Ermordung Ciceros noch nach sich ziehen würde, jene Cäsars – sie hatte für den Moment die Diktatur wenigstens *Cäsars*, aber was sonst, *wessen* sonst: verhindert. Was hing eigentlich davon ab, wie viele Ländereien fremder Völker denen Roms noch zugeschlagen würden wie in dieser Generation durch Cäsar Gallien und Britannien? Der große Baum zieht den Wind an, Gräser überleben Stürme leichter als alleinstehende Riesenbäume: was würde – von einzelnen gar nicht zu reden – denn auch nur das *Reich* davon haben, das größte geworden zu sein? Nichts.

Und die jetzt *ihn* abstechen würden wie ein Schwein – nein, viel sinnloser; ein Schwein abzustechen hat doch wenigstens einen Zweck –, unterschieden denn die sich von dem, den die Senatoren abgestochen hatten, von Cäsar? Ja, im Niveau. Aber doch nicht im moralischen... War der Kampf um die Macht, diese strahlendste, lockendste aller Huren, der nunmehr die jungen Leute da um Octavianus lange noch beschäftigen würde – war er angetrieben von *irgendeinem* anderen Beweggrund als dem: zur Macht zu kommen? Und sie zu halten, sie womöglich *allein* zu erlangen? Stand hinter dieser Treibjagd eine Idee? Erschöpfte sie sich nicht schon dadurch, daß sie bis zur Erschöpfung, bis zum Ende des Lebens derer, die sich in ihr, mit ihr, durch sie «aus»-leben würden, weiterginge, vielleicht mit drei Jagdherren wie eben jetzt, vermutlich aber dann doch mit zweien nur, die dann auch wieder gegeneinander antreten würden, womit das Spiel Cäsars um die Alleinherrschaft nur wiederholt werden würde? Wer fragte noch, wer *könnte* noch fragen: wozu?

Sterbebereit sein – wenn das endlich nichts anderes mehr wäre als der Verzicht, Fragen zu stellen. Nichts anderes als *die* Einsicht, daß diejenige Frage, die allein zuletzt noch beschäftigt: nämlich die Frage, *wozu* – daß sie jene ist, auf die es eine Antwort nicht geben *kann*, es sei denn, es habe je ein Mensch beantworten können, wozu er da ist. Da aber – Circulus vitiosus – der Mensch das Maß der Dinge ist, wie könnte man wissen, wozu die Dinge sind, wenn auch der Mensch nie erfahren kann, wozu *er* ist. Und war.

Fundsachen

«*Ich bin einverstanden* damit, daß meine Kunst Zwecke hat. Ich will wirken in dieser Zeit, in der die Menschen so ratlos und hilfsbedürftig sind», schrieb Deutschlands bedeutendste bildende Künstlerin, Käthe Kollwitz, 1922.

Würde ein junger Künstler von mir einen Rat haben wollen – diese Zeilen der großen (als Künstlerin wie als Mensch gleich großen) Frau schriebe ich ihm ins Stammbuch.

Nationalitäten-Wahn ist bei Kleinen und Großen gleich komisch, wenn auch nicht gleich bedrohlich; er wechselt mit der Zeit lediglich die Erscheinungsform. Bilden Riesenreiche sich etwas darauf ein, die größte Flotte zu besitzen oder zuerst auf Mond und Mars gelangt zu sein – bei Kleinen kann man ein Inserat lesen: «Schweizer Bienenhonig mit Heimatschein, direkt von 25 Imkern, 500 g Fr. 12.» In Schweizer Läden kostet ein Pfund erstklassigen Honigs – allerdings ohne «Stammbaum» – drei Franken!

«Der Verlust des Kurzzeitgedächtnisses» – klagte ich einem Mann, der noch fünf Jahre älter ist als ich, «ist doch die bisher schlimmste meiner Alterserscheinungen.» Darauf dieser Mann: «So? – also *davon* merke ich bei mir noch gar nichts!» Drauf seine Frau: «Ja – und *das* ist natürlich das Allerschlimmste!»

Der Pfarrer zu seinem Sohn, der auch Pfarrer werden will: «Predige, worüber du willst, nur niemals über zwanzig Minuten!» Guter Rat, auch an alle, die schreiben, ebenso wie der von Karl Kraus: «Journalisten schreiben besser, wenn sie keine Zeit haben!» Trifft auf *jeden* zu, der schreibt... auch inszeniert.

Jugend. Wem sie auf die Nerven fällt – und diese Erfahrung macht zuweilen jeder Erwachsene, schon deshalb, weil er nie die Erfahrung macht, wie *er* der Jugend auf die Nerven fällt –, der halte sich an Goethes Wort: «Wahrlich, die Jugend wäre unerträglich, wäre ich nicht auch einmal unerträglich gewesen.» 1821 hat er das gesagt, also mit 72 Jahren.

Asylrecht. Wo bleibt das Machtwort der Kirchen, die dem Staat jetzt ins Gedächtnis rufen müßten, was nirgendwo eindrucksvoller und schöner und so unbedingt wie nötig schon im 3. Buch Mose formuliert worden ist: «Und wenn bei dir weilet ein Fremdling in eurem Land, so sollt ihr ihn nicht drücken. Wie der Eingeborene unter euch sei auch der Fremdling, der bei euch weilet, und du sollst ihn lieben wie dich selbst.» Genügt schon, daran zu denken, daß *wir alle* «Fremdlinge» sind – fast überall.

Daß wir Deutsche auf deutsch keinen Reim finden, ist schon beunruhigend. Doch wir Deutsche finden sogar auf unser menschlichstes Wort: Mensch – keinen Reim.

Heinrich Manns Definition: «Kritik ist die Zuflucht der Nichtskönner» – ist eine Übertreibung; sie trifft nur auf neunhundertneunundneunzig Promille der Kritiker zu.

Glück, wenn man es hat – wie einen Schmetterling betrachten, der sich auf unsrer Hand niederließ: rasch vorüberfliegend, nicht zu halten, geschweige denn, einzufangen... Und Dankbarkeit dem Schicksal bezeugen, indem man das nicht eine Minute für selbstverständlich hält; sondern täglich für die «Dauer» einiger Momentaufnahmen derer gedenkt – oder doch an *einen* derer denkt –, die Glück nicht hatten oder denen es noch rascher genommen wurde: sie sind die schweigende, weil von uns totgeschwiegene Mehrheit...

«Ach, lieber bin ich immer schon dort gewesen, wo ich erst noch hin sollte!»: Die Empfindung eines einst Reiselustigen bei der Nachricht, neulich sei der Stau auf der Autobahn München–Salzburg einhundert Kilometer lang gewesen; an jenem Sonntag, als auf Mallorca zweihunderttausend Touristen erwartet wurden und die Flugzeuge bis fünf Stunden Verspätung hatten...

Empfehlung eines alten Arztes: «Ein bißchen über seinem Stand wohnen, so gekleidet sein, wie's dem Geldbeutel entspricht, ein bißchen unter seinem Stand essen.»

Eine Frau findet nicht heraus, was sie nicht interessiert; ein Mann nicht, was er nicht begreift.

Befleckt's die Sonne, daß sie auch schmutzige Orte bescheint?

Nicht um des Hauses willen bellt der Hund.

Die Biene. Ist denkbar, daß doch endlich die großen Waffen die Menschheit zu der Einsicht gebracht haben, daß sich ihr Geschick oder Ungeschick in diesem Insekt symbolisiert, das stirbt, wenn es gestochen hat, weil es mit dem Stachel im «Gegner» seine Eingeweide zurückläßt? Welcher Schöpfer sollte das sein, der als Allmächtiger, Allwissender auch den Menschen von Anbeginn so hätte erschaffen können wie die Biene, das aber bewußt nicht getan hätte, sondern den blutigen opferreichen Umweg über zahllose Jahrtausende – diesen Umweg nennen wir pathetisch «Geschichte» – den Menschen auferlegte, ehe er ihnen solche Waffen gab, die sie nicht mehr benutzen können, ohne sich selber damit umzubringen, wie es der Biene widerfährt?

1784 hat Kant das vorausgesagt!

«Schnitt»-Blumen, was für ein Wort! Verständlich, daß ich mehrfach ältere oder alte Leute sagen hörte, als ich meinen Besuch ankündigte: «Da Sie ja doch Blumen mitbringen, obwohl das gar nicht nötig ist – bitte etwas, das sich hält, Gepflanztes ist ja auch nicht teurer als Schnittblumen.»

Bäume, die nicht welken, sind unbefangen anzuschauen; ja, es erholt, ihre Dauer vor Augen, sie anzusehen. Blumen nicht, das Vergängliche schlechthin.

Elend sind die Toten – sollten sie weiterleben, weil sie dann merken, wie selten wir ihrer gedenken. Wenn nicht, weil sie dann nur noch ein Mundvoll Erde sind.

«*Reden tun die Leute ohnedies* – also besser nicht über mich, sondern nur über meinen Hund», das war die Meinung des Atheners Alkibiades, der sich *deshalb* den schönsten Hund im alten Athen hielt; eines Tages hatte er dem gepflegt langhaarigen Tier dessen «ausschweifend» schönen Schweif abschneiden lassen. «Warum tust du das?» fragte ein Freund. Alkibiades: «Weil die Leute schon anfingen, von *mir* zu reden, statt nur von meinem Hund – jetzt reden sie ein halbes Jahr über seinen Schwanz, den er nicht mehr hat.»

Zwar schreibt ‹Das Kapital› keiner, der noch hofft, selber welches bilden zu können. Doch ist seine Hoffnungslosigkeit eher eine Mitbegründung seiner Thesen, also nicht ohne Objektivität – die übrigens von keinem Buch verlangt werden darf, da sie nicht menschenmöglich ist: Anstöße geben – rechtfertigt bereits ein Buch; es tut das nicht jedes.

Alles hat zwei Seiten – das Schönste nur zwei Rückseiten.

Fortschritts-Wahn: Kinder, die sich einbilden, ihren Eltern erklären zu müssen, wie man Kinder macht.

Frühe Beschämung – stärkster Antrieb.

Tischrede: Der Sechzigjährige fragt seine Gäste, warum feiert ihr die sechzig Jahre, die ich nicht mehr habe?

Ewigen Bestand auf Erden haben nur die Aktienpakete des Heiligen Vaters und die Rachsucht einer gekränkten Frau.

Wer im Glashaus sitzt – soll nicht mit Steinen werfen: das ist eine Allerweltsweisheit. Ja. Doch wer *nicht* im Glashaus sitzt: sollte sich ehrlicherweise eingestehen, nur deshalb nicht drinzusitzen, weil er nicht hineinfand...

«*Eine geistvoll erhöhte Lebensfreude* schien ihm das eigentliche Gebot des Daseins, dessen dunkle Seiten ihm tabu waren und von denen er den Blick abwandte, nicht weil er sie geleugnet hätte, sondern weil auch er daran teilhatte und sie untenhielt, nicht zu allen Zeiten ungefährdet. Um so umfassender war er, gespannt und spannend, kriegerisch aus Anlage...»

So berichtete «der bestschreibende aller Eidgenossen», wie Thomas Mann den Zürcher Max Rychner genannt hat, einem Freund über Leben und Ableben des Romanisten Curtius: «Sein letztes Wort war ‹aufmachen› – es klingt, als habe der große Philologe noch einmal zitiert. Nichts von ‹Letztem Willen› usw., nichts über seine Lage, nichts von Abschied... großartig.»

So leben! So sterben!

Führerschein nannten ebenso wie zu Zeiten unseres Führers Hitler in gedankenloser «Neutralität», die wie meist moralische Impotenz ist, wir Bundesdeutschen das uns herznächste Papier – und zwangen diesen Schwachsinn auch noch jenen Deutschen auf, die von der BRD beim Eingehen der DDR – fünfundvierzig Jahre nach Hitlers Tod – okkupiert worden sind. Denn bis zur Liquidierung der DDR hatte dort der Fahrer-Ausweis: Fahrerlaubnis geheißen. Nun heißt er in den neuen Bundesländern ebenfalls: *Führer*schein! Dämlicher sind der Dünkel der BRD-Behörden und ihre oft terroristische Amtsanmaßung gegenüber den DDR-Deutschen nie zum Ausdruck gekommen! Noch fünfzig Jahre nach Hitlers Tod «Führerschein» amtlich zu verordnen, signalisiert, daß wir uns einfach nicht losreißen können von einem wie auch immer gearteten Führer; dieses meistbelastete deutsche Wort ist uns fast so unentbehrlich wie das Auto: Als während der Ölkrise zwei autolose Sonntage eingeplant wurden, verstörte das die meisten von uns elementarer als der Tod ihrer Mutter.

Glossen zur Ethologie der Geschichte

Päpste und Juden

Soeben hat ein Katholik: Rudolf Krämer-Badoni, Autor eines der wenigen bleibenden Kriegsbücher, die über die Erlebnisse eines deutschen Soldaten im Zweiten Weltkrieg erschienen sind und die Bewunderung des kritischen Gottfried Benn auslösten (‹In der großen Drift›), ein Buch herausgebracht: ‹Judenmord, Frauenmord, Heilige Kirche›, das auch eine Rede enthält, die Pius XII. ausgerechnet 1942 gehalten hat. Auf dem Höhepunkt von Holocaust, ein Jahr bevor sogar aus Rom die Juden in Auschwitz vergast wurden, ohne daß Pius XII. ein einziges Mal während des ganzen Krieges versucht hätte, seinen Konkordats-Partner Adolf Hitler auch nur anzusprechen auf diese umfassendste Menschen-Treibjagd, von der die Weltgeschichte Kenntnis hat, sagte der Papst in einer Ansprache vor der Kurie: «Jerusalem hat seine Einladung und seine Gnade mit jener starren Verblendung und jenem hartnäckigen Undank beantwortet, die es auf den Weg der Schuld bis zum Gottesmord geführt hat!» ... *Während* Hitler jedes Judenkind in Europa vom siebten Lebensjahr an gezwungen hat, den gelben Stern zu tragen, bis zu seiner Vergasung – hat das Oberhaupt der Christenheit diese Verfolgten noch als Gottesmörder verteufelt! Die Geschichte der Zivilisation kennt keine niederträchtigere Verleumdung unschuldig zum Tode Verurteilter als diesen Satz des verächtlichsten aller Päpste über die bedauernswertesten aller Menschen...

Wer die Ungeheuerlichkeit dieser Verteufelung eines ganzen Volkes durch den «heiligen» Vater als einmalige Entgleisung herabspielen will, der muß leider darüber belehrt werden, daß Judenhaß der Tradition des Vatikans entspricht. Nur noch *ein* Beispiel: Als 1913 in Wien der Generalstabchef der achten Armee (Standort Prag), Oberst Redl, als Spion der Russen entlarvt wurde – sie hatten Redl erpressen können, weil er homosexuell war –, sagte der oberste der Kurienkardinäle zum österreichischen Militärattaché in Rom, «daß man den Fall Redl gleichwie den Fall Dreyfus nur den internationalen Tendenzen der Juden zuschreiben kann, die kein patriotisches Gefühl je besessen haben und je besitzen werden. Er behauptete weiter, daß Redl sowohl von väterlicher wie von mütterlicher Seite ein Jude gewesen sei...» Daran ist kein wahres Wort: der katholische Offizier war als Kind von praktizierenden Katholiken aufgewachsen. Kein Zweifel, daß der Kardinal ein Lügner war: selbst wenn man unterstellt, er habe Redls Vergangenheit noch nicht genau gekannt – er *wußte* seit Jahren wie die ganze Welt, daß nicht der jüdische Hauptmann Dreyfus der Verräter im französischen Generalstab gewesen war, sondern «vollarische» Offiziere, ein Graf Esterhazy und ein Oberst Henry, der sich im Gefängnis den Hals durchgeschnitten hat, als aufgeflogen war, daß wegen seiner Falsch-Aussagen Hauptmann Dreyfus unschuldig jahrelang auf der Teufels-Insel geschmachtet hat. Es kann nicht sein, daß der Kardinal nicht gewußt hat, daß die Franzosen den einst degradierten Hauptmann voll rehabilitiert und zum Ritter der Ehrenlegion geschlagen hatten...

Journalistische Amtshilfe

Mit dieser ausgezeichneten Formulierung hat die ‹taz› die Charakterlosigkeit speziell der Tagesschau, aber ebenfalls vieler Zeitungsreporter gebrandmarkt, die bonnfromm die Zahl der Teilnehmer an Demonstrationen, zum Beispiel gegen die bayerische Plutoniumfabrik in Wackersdorf von 80000 auf 30000, «herunterspielen», um anzudeuten, es handele sich bei jenen, die demonstrieren, stets nur um «einige tausend Chaoten». Tatsächlich braucht der Staat keine Zensur, da er «seine» Journalisten hat! Wenn um 1960 der große konservative Publizist und Historiker Paul Sethe die berühmt gewordene Formel prägte, Pressefreiheit sei «die Freiheit von zweihundert Leuten, zu entscheiden, was sie drucken und was sie unterdrücken», so ist der «Fortschritt» seither, daß es heute allenfalls noch hundert sind, die allein darüber entscheiden. Denn wie viele Zeitungen sind seither eingegangen! Und zu dieser Hundertschaft zweibeiniger Polizeihunde gehören natürlich auch jene Staatsanwälte, die unsere im Grundgesetz garantierte Freiheit: «Eine Zensur findet nicht statt», unter dem Vorwand unterdrükken, *sittliche* Aufsichtsbeamte zu sein. Jetzt haben sie sich am Nachlaßroman Henry Millers vergangen und dessen Leseringausgabe beschlagnahmt.

Raucher und Juden

Ich habe niemals geraucht, sowenig wie meine beiden Brüder: vermutlich – unbewußt – aus Abneigung gegen das pausenlose Rauchen unserer Mutter, die an der Zigarette gestorben ist; sie rauchte sechzig Jahre lang sechzig Stück pro Tag. Aber gerade *deshalb*, weil ich also keineswegs das Rauchen rechtfertigen will, weil ich es heute als unangenehm empfinde, daß meine Frau so viel raucht wie früher meine Mutter; gerade deshalb, weil mich niemand verdächtigen kann, ich verteidigte das Rauchen aus egoistischen Motiven – will ich doch eine Beobachtung mitteilen: Unsere Gesellschaft ist im Begriff – merkt das aber keineswegs –, die Raucher ebenso zu verteufeln wie die Nazis die Juden. Man wird Raucher nicht ermorden. Ja, um das ein für allemal festzuhalten: Niemand darf *irgend etwas*, das Menschen anderen Menschen antun – und sogar angetan *haben* in der ganzen Weltgeschichte –, vergleichen mit *dem*, was Hitlers Banditen den jüdischen Familien zugefügt haben, schon Jahre bevor sie die ermordeten! Also: erst dies vorausgeschickt, erlaube ich mir, in der Überschrift Juden und Raucher in einem Atem zu nennen... Nein, man wird Raucher nie ermorden... Aber es gibt Zonen – zum Beispiel in New York –, wo man schon jetzt Lokale vor Rauchern zusperrt, ja ihnen auf öffentlichen Plätzen das Rauchen verbietet! Neulich fuhr ich in Deutschland in einem Raucher-Abteil, in das ich eingestiegen war, weil niemand rauchte und es weniger besetzt war als die Nichtraucher-Abteile. Plötzlich fragte einer der drei Mitfahrer: «Kann mir jemand eine Zigarette schenken – oder verkaufen?» Sofort bekam er die Antwort: «Aber wir sind ja froh, daß hier niemand raucht!» Der Frager lächelte und holte sich in einem Nebenabteil die ersehnte Zigarette. Er hatte sie noch nicht angezündet, als er mit wachsender Aggressivität belehrt, zuletzt beleidigt wurde: Von der Belehrung, wie schädlich doch sein Rauchen auch für ihn selber sei, keineswegs nur für uns Mitfahrer, verstieg der Streithammel sich rasch bis zu Drohungen: Man werde, ob auf dem Gesetzeswege oder nicht, dann aber doch durch Selbstjustiz, den Rauchern schon noch *zeigen*, daß sie eine Gefahr für die Menschheit, ja, daß sie Schädlinge seien, viel schädlicher für alle Mitmenschen als die relativ harmlosen Kartoffelkäfer! Auch daß die Eisenbahnen so überbesetzt seien – wer trage daran Schuld, wenn nicht, Verzeihung – immerhin sagte der Schimpfer noch: Verzeihung –, wenn nicht die verdammten *Raucher*, die stets die Hälfte aller Zugabteile für *sich* beanspruchten und damit für Nichtraucher, also für rücksichtsvolle Zeitgenossen, unzugänglich machten! Ich bin so alt, daß ich sofort wußte, wo ich diesen Ton schon gehört hatte: bei Nazis, die über Juden redeten. Ich habe nicht mehr erlebt, daß Nazis zu Juden selber so gesprochen haben, denn ich war erst zehn, als bereits aus meiner Heimat Nordhessen – Winter 1941 – die Juden zur Erschießung nach Riga «abgefahren» wurden (in Viehwaggons), wie Heinrich Himmler zu schreiben pflegte. (Gaskammern wurden ab Frühjahr 1942 eingeführt.) Aber ich habe diesen Ton noch im Ohr, ja mit Angst im Blut: Genauso sprach – sogar öffentlich – Hitlers Goebbels über Juden. Auch er verglich sie schriftlich im ‹Reich› mit Ungeziefer. Auch ihnen hatte man zunächst noch «fast nichts» angetan als etwa sie dem Verbot zu unterwerfen, sich auf eine Parkbank setzen oder einen Hund halten zu dürfen; alsbald ward ihnen dann vorgeschrieben, daß sie nur diesen oder jenen Laden noch betreten dürften; dem folgte die Anordnung, zu welchen Tagesstunden allein sie noch einkaufen dürften; dann, *wie* sie vom siebenten Lebensjahr an öffentlich sich nur noch blicken lassen dürften, nämlich nur mit einem gelben Stern auf der Kleidung! Dies alles wird niemand mit Rauchern tun. Und doch, mir wurde da erschreckend deutlich, daß nicht der Beschimpfte das Schimpfen auslöst – sondern daß *umgekehrt* der Schimpfer sich ein Objekt sucht, auf dessen Kosten er seine Wut artikulieren kann. Er hat wie jedermann zuzeiten viel Wut im Bauche – die will, ja die *muß* hinaus. Wohin? Gegen Frau und Kind? Die sind nicht immer verfügbar. Und eben deshalb, weil die nicht verfügbar waren auf dieser Reise, war offenbar dieser mörderische Stänkerer ins Raucherabteil eingestiegen, um ein Objekt für seine Hetzlust zu finden – denn er hätte ja auch in ein Nichtraucher-Abteil gehen können. Er *brauchte* hormonell in dieser Stunde einen Gegner; da keiner da war – baute er sich einen auf! Daher auch die unbeschreibliche, ja erotische Beliebtheit solcher Politiker, die einen Sündenbock dem Volke zum Beschimpfen, endlich zum Totmachen freigeben, wie eben die Nazis «ihrem» Volke die jüdischen Mitbürger; zuletzt sogar solche, die im Ersten Weltkrieg für Deutschland an der Front verwundet oder dekoriert worden waren. Auch die wurden zum Enteignen, endlich zum Ermorden ausgesucht, um abzulenken von allem, was an den Hitlerterroristen selber zu kritisieren gewesen wäre. Vor allem aber deshalb, um ihre Untertanen friedlich zu stimmen. Denn «allzu langer Friede führet zum Streit», sagt Shakespeare in ‹Troilus und Cressida›. Und also muß, um gehorsame, friedliche, zu allem verwendbare Untertanen zu haben, der Gesetzgeber, der sie benutzen will, ihnen von Gesetzes wegen eine Menschengruppe zeigen, an der die Nation ihre Wut ablassen kann. Im Kriege hat man dazu den äußeren Feind. Im Frieden aber bedarf man eines *inneren* Feindes: Immer Minderheiten – das können Angehörige einer mißliebigen Partei sein. Zum Beispiel Kommunisten oder Kapitalisten. Aber wenn man alle einst bedeutenden Kommunisten bereits in KZ gebracht hat – wie die Nazis das gleich 1933 getan haben –, kann man sie nicht mehr als Sündenböcke den Bürgern zum Lynchen freigeben. Also nimmt man Juden. Wenn Ende der zwanziger Jahre, vor Hitlers Kanzlerschaft «nichts los war» in Berlin, im Sinne der Hitler-Bewegung, so sandte Goebbels seine Schläger im biergelben Hemd auf den Kurfürstendamm, mit dem Befehl, «jüdisch aussehende» Passanten ins Gesicht zu schlagen. Denn das gab «Remmidemmi», wie man damals sagte, das ergab Fotos und Artikel in allen Zeitungen: Man sprach wieder über die Hitler-Partei! In unserer Gesellschaft geht es, seit mit der Währungsreform der Bauch gefüllt, dem Konsumstreben Genüge getan ist, gefährlich *friedlich* zu. Das machte sich 1968 mit der «Jungen Linken» Luft – Luft, die längst verpufft ist. Aber Raucher sind immerhin, wenn auch niemand sie jemals wird totschlagen dürfen, ganz brauchbar als eine gar nicht so kleine Gruppe von Sündenböcken. Kein Zufall, daß niemand in Gegenwart Adolf Hitlers gewagt hätte zu rauchen. Daß schon damals in allen Lokalen das Schild prangte: «Die deutsche Frau raucht nicht!»

Das Jahr 44...

– der 20.7.1944: der Versuch, Hitler zu ermorden. Unausweichlich mit Bitterkeit gegen das Schicksal, was immer das sein mag, auch darüber nachzudenken, warum zwar vier Umstehende und ein Stenograf an Hitlers Tisch durch Stauffenbergs Bombe getötet wurden, dem Tyrannen aber nur die Hose zerrissen wurde und ein Trommelfell, während 44 vor Christi Geburt die Ermordung Cäsars geglückt ist! Wer spricht von den *Tausenden* Namenloser, die der Hetzjagd nach den beiden Attentaten, dem in Rom, dem in Rastenburg, zum Opfer fielen? Zum Beispiel von jenem Berliner Architekten Erich Gloeden, der den steckbrieflich – Kopfprämie eine halbe Million Mark – gesuchten General Lindemann in seiner Wohnung versteckte, bis ein Ingenieur Schärer den verriet? Lindemann soll sich am 3. September, als die Bullen im Morgengrauen eindrangen, aus dem Fenster in den Hof gestürzt und immerhin so verletzt haben, daß er starb, bevor er gefoltert wurde und hätte aussagen müssen; nach anderer Version kam es zu einem Schußwechsel, und er wurde noch abgeführt und gehängt. Der Architekt brachte fertig – ebenfalls wie Frau und Schwiegermutter, geborene von Liliencron, aus der Familie des Dichters, gefoltert –, dem sogenannten «Gericht» weiszumachen, die beiden Frauen hätten gar nicht wissen *können*, daß Lindemann der von ihm unter falschem Namen nach Hause Gebrachte gewesen sei. Worauf die Frauen zu hohen Zuchthausstrafen verurteilt wurden, wegen «Nichtanzeige» eines offensichtlich ohne Lebensmittelkarten Untergetauchten – der Architekt jedoch zum Fallbeil. Kaum war das Urteil gesprochen, stand seine Frau auf, dem Terror-Tribunal zu sagen, sie wünsche den gleichen Weg zu gehen wie ihr Mann, sie habe *gewußt*, daß sie Lindemann versteckten; sie hatte noch nicht ausgesprochen, als ihre Mutter sich ebenfalls als Mitwisserin zur Haltung ihrer Kinder bekannte: In Zeitabständen von je zwei Minuten wurden Mann, Frau und Mutter am 30. XI. 44 in Plötzensee enthauptet. Aus der Antike ist eine gleiche Tragödie durch Plinius den Jüngeren überliefert: Arria, die Frau des Konsuls Paetus, der in eine (dann aufgedeckte) Verschwörung gegen Kaiser Claudius verwickelt war und auf seine Hinrichtung wartete, bohrte sich vor den Augen ihres Mannes einen Dolch in die Brust, um mit ihm zu sterben: sie zog den Dolch aus der Wunde, gab ihn ihrem Mann, sagte: «Paetus, es schmerzt nicht» – und starb.

Röhm und Berija

Der Hochbetagte zeigt Bilderalben, die er in den dreißiger Jahren von den Tabakkonzernen dafür bekam, daß er den Zigarettenschachteln Schecks entnahm, die man sammeln, dann einsenden mußte, um Adolf-Hitler- und Reichswehr- oder Kolonial-Bilderbücher dafür zu bekommen. In Antiquariaten werden sie schon hoch gehandelt. Natürlich spricht der alte Mann, wie sich das seit 1945 «gehört», erstens vernichtend von den Nazis, zweitens beteuert er – was ich ja gar nicht hören will, da die Antwort, ob *er* Nazi gewesen sei, ohnehin feststeht –, immer ein radikaler Gegner des Regimes gewesen zu sein. Aber dann, als er das Hitler-Album vor mir aufblättert, sehe ich, daß an manchen Stellen offenbar zwei Fotos übereinandergeklebt worden sind; denn in den dreißiger Jahren, da die Drucktechnik noch nicht da war, wo sie heute ist, lieferten die Konzerne die Bilder und die Alben getrennt: die Bezieher hatten die Fotos oder Gemälde selbst einzukleben. Auf meine Frage, wieso hier zwei – antwortet denn auch der Alte in naivster Unbefangenheit: «Ja, wissen Sie, als dann im Juni 1934 der Hitler seine engsten Kumpane aus der SA, die Homosexuellen um Röhm» – die meisten waren natürlich keineswegs homosexuell – «erschossen hat, 84 Personen, da sandte uns die Zigarettenfabrik die Ersatzfotos: wir sollten ja nun den Röhm und auch alle Hitler-Bilder, auf denen er mit Röhm zu sehen gewesen war, überkleben mit Fotos, die noch genehm waren. Und so auch später, 1938, als er den Generalstab durch Entlassung von Fritsch und Blomberg systemgetreu machte – da kamen auch neue Fotos von den neuen Größen!»

Er merkt natürlich keineswegs, was ich jetzt denke: dann waren Sie also ein hundertprozentig gehorsamer Nazi, wenn Sie sogar zu Hause noch die Fotos der Ermordeten oder Entlassenen durch «aktuelle» ausgetauscht haben. Ich sage ihm das nicht, aber er freut sich sehr, als mein britischer Freund MacDonald anfügt, die Enzyklopädie der Russen, die im Westen auf englisch verkauft werde, habe nach der Erschießung des Geheimdienstchefs Berija in der Chruschtschow-Epoche ebenfalls eine seitenlange Ergänzung ihres Lexikon-Artikels über die Beringstraße an alle Besitzer des Lexikons versandt, mit der Aufforderung, diese gänzlich überflüssige Ausweitung des Beringstraße-Artikels einzutauschen gegen den über Berija. Und kaum hat er das erzählt, gibt der Alte seiner Freude Ausdruck, pharisäerhaft, daß er «nicht so ist wie diese da», nämlich wie die Kommunisten: er spricht, der eben das Beispiel gab, wie Nazis waren und wie er selber war in der Nazi-Zeit, von dem sogenannten «beispiellosen» Zynismus der Kreml-Führung.

«Wer kann Memoiren schreiben!»

– fragte fast erschreckt ein Arzt, dem ich das empfohlen hatte, weil er zum Jahrgang 1921 gehört, den der Krieg fast ausgerottet hat: die Achtzehnjährigen kamen sofort an die Front, 1939; von der Schulklasse dieses Arztes überlebten außer ihm zwei. Memoiren hätte ich auch deshalb gern von ihm gelesen, weil er so abgründig wie witzig aus seiner Praxis erzählte. Doch seine heftige Ablehnung kam aus den Erfahrungen seines *Privat*lebens: «Wer ehrlich schreibt, kompromittiert zu viele andere; wer keine kompromittiert, schreibt nicht ehrlich: also kann man's nicht!»

Da Altbundeskanzler Kreisky an seinen Memoiren arbeitet, frage ich ihn, ob er Tagebücher zu Hilfe nehmen könne. Fast heftig verneint er: «Ich habe doch nie Tagebuch geführt – ich halte es mit Noel Coward, der sich rühmte, sein Elefantengedächtnis sei bedrohlich genug für die Leute, über die er in seinen Memoiren berichten wolle. Übrigens schreibe ich nicht eigentlich Memoiren, sondern bearbeite anhand meines Lebens Themen von allgemeinerem Interesse, zum Beispiel das Problem Antisemitismus.» Ich antworte, ein so erfolgreiches Leben wie seines – sei durchaus von allgemeinem Interesse. Kreisky gebietet über die Souveränität, mit der zwischen siebzig und achtzig auch Jacob Burckhardt seinen Texten gegenüberstand: er gestattet anderen Leuten – mir zum Beispiel – eine ohne Konzept gehaltene Burgtheater-Rede, die dann laut Tonband aufgeschrieben wurde, aufzuschneiden und mit Tesafilm und Schere in Tagebuchform neu zusammenzustükken und drucken zu lassen, ohne sie ihm auch nur vorzulegen. Natürlich werde ich keine Silbe ändern – sofern Kürzungen und Umstellungen nicht Änderungen sind. Was ich dem Mann der Tat nicht sage – denke ich aber: wie typisch es ist für ihn, der ja wirklich Geschichte mit*gemacht* hat, als 1955 Österreich dem Kreml und dem Weißen Haus seine Befreiung von Besatzungsmächten und Militärbündnissen abtrotzte, daß er kein Journal schrieb: Bismarck hat dem jungen Attaché Fritz von Holstein in Petersburg an seiner Gesandtschaft 1861 *verboten*, Tagebuch zu führen – als unvereinbar mit dem Beruf des Diplomaten. Und Churchill sagte 1943 in Algier dem Adjutanten Eisenhowers, als sich herausstellte, der führe Tagebuch: «Töricht, Tagebuch zu führen. Denn tagtägliche Aufzeichnungen würden lediglich den Wankelmut des Verfassers reflektieren, und wenn man sie veröffentlicht, sieht es aus, als sei man unentschlossen und albern gewesen. Er selbst werde lieber bis nach dem Kriege warten und dann seine Eindrücke niederschreiben, so daß er notfalls seine Irrtümer korrigieren und kaschieren könne!» Ungemein charakteristisch für den Mann der

Tat, der sogar dann, wenn er ein geborener, hochbedeutender Schriftsteller ist wie Churchill, wie es auch Bismarck war – den *Täter* in sich absolut den Sieg davontragen läßt über den Chronisten, den Autor. Bismarcks wie Churchills Memoiren: Beide wären *noch* wertvoller – würden sie auch freimütiger die Versäumnisse, die Fehler, die Lügen ihrer Autoren als Täter eingestehen! Doch das tun sie nie. Der Politiker bleibt immer, der er zur Tatzeit war: der Mensch, der sich unbedingt wie ein Wahlredner von seiner Sonnenseite ausstellen will. Hoffen wir, daß Kreisky... aber das ist absurd: eben weil er ein so bedeutender Staatsmann war, eben weil auch er kein Tagebuch führte, um sich nicht bloßzustellen – werden auch seine Memoiren zwar höchst interessant werden, aber doch, wie die des Kanzlers Schmidt, das im weitesten Sinne Private *nicht* mitliefern. Das Private ist das Menschlich-Allzumenschliche, von dem keiner frei war, Gott sei Dank nicht frei war. Jedoch kommen die zwei Intim-Zentren des Menschen: Sexuelles und Finanzielles derart zu kurz in fast allen Memoiren – keineswegs nur in denen der Tatmenschen –, daß man Aufrichtigkeit generell vergebens in ihnen sucht... Da hat der Arzt recht: lieber keine schreiben!

Welcher Roman von heute...

– dies ist ein ernstes Problem für die Literaten aller Länder – hätte noch die Lebenskraft, die Faszination und die den Lesern zugute kommende politische und auch menschliche Horizonterweiterung anzubieten wie zwei kürzlich publizierte Geheimdienstbücher: ‹Spycatcher› von Peter Wright (bei Ullstein) und ‹Der Greif›, die Biographie des Mannes, der Hitlers Atompläne «scheitern ließ», wie der Verlag (Kindler, München) ein bißchen übertreibend im Klappentext des hervorragenden Buches sagt! (Auch daß der Verlag vom amerikanischen Autor dieser Paul Rosbaud-Biographie, von Arnold Kramish, behauptet, der sei am Bau der Atombombe beteiligt gewesen: ist unglaubhaft, denn Kramish war 22, als die Bombe über Hiroshima abgeworfen wurde.) Aber die Biographie jenes Grazers Paul Rosbaud hat Kramish so gut recherchiert wie spannend erzählt. Rosbaud hatte eine märchenhafte Beobachtungsposition: er hat im Julius Springer-Verlag, Berlin, bis Kriegsende die bedeutendste deutsche Zeitschrift für Physik herausgegeben, war deshalb noch im Kriege berechtigt, ins neutrale Ausland zu reisen, und brachte den Briten die Unterlagen über die gefährlichsten Geheimwaffen Hitler-Deutschlands, so über die Raketen und über die *Vorbereitungen* (weiter kamen die Deutschen nie) zum Bau einer Atombombe. Daß die Engländer zum Beispiel Hitlers Vorarbeiten zur Entwicklung des schweren Wassers sabotieren konnten: ist direkt auf diesen Grazer zurückzuführen, von dem auch Otto Hahn, dem 1938 die Kernspaltung in Berlin geglückt ist, bestätigt, daß Paul Rosbaud ihm geholfen hat, seine engste Mitarbeiterin, Lise Meitner, der die Nazis die Ausreise verweigert hatten, weil diese Jüdin natürlich eine Geheimnisträgerin ersten Ranges war, noch in letzter Minute, 1939, illegal nach Holland entkommen zu lassen.

Die Memoiren des britischen Geheimdienstlers Peter Wright, gegen deren Veröffentlichung die Premierministerin Thatcher vergebens versucht hat, eine weltweit wirksame einstweilige Verfügung durchzusetzen – am Autor als Person kann sie sich nicht mehr vergreifen, weil der Australier wurde –, sind unter ihrem englischen Titel ‹Spycatcher› deutsch erschienen. Faszinierend, weil denn doch kein Mensch für möglich gehalten hat, was er nunmehr in diesem Insiderbericht liest: mit welcher totalen Skrupellosigkeit auch mitten im Frieden – Wright ist erst *nach* dem Krieg Mitarbeiter des Secret Service geworden – die Engländer ihre Geheimdienstarbeit tun. Zweifellos hat die Unterwanderung des britischen durch den russischen Geheimdienst ihren Anteil an der Gewissenlosigkeit Londons; immerhin haben ja die Russen es verstanden, ihren Meisterspion Kim Philby seit 1937 so hoch in die Hierarchie des britischen Geheimdienstes aufsteigen zu lassen, daß Philby fast ‹M.› geworden wäre – ‹M.› ist seit Generationen die Abkürzung für Chef. Wright, der nicht schlechter schreibt als sein Geheimdienst-Kollege Graham Greene, macht aus seiner ohne Frage authentischen Darstellung, wie er persönlich, nach der Flucht Philbys in den Osten, Arthur Hollis entlarven will – Hollis war der Chef, war zuletzt ‹M.› –, einen Reißer, der aus seiner fürchterlich kalten Sachlichkeit und Detailtreue seinen stärksten Reiz herausholt: ein «Sachbuch», das es verständlich macht, warum die Engländer es gewesen sind, die den Kriminalroman erfunden und zuweilen zur Weltliteratur gesteigert haben. Der Aufschrei des Londoner Establishments über die «ungesetzliche» Veröffentlichung der Memoiren: war gar nicht mehr nötig als Bestätigung, wie zentral der Nerv des Secret Service getroffen wurde durch dieses Buch, das auch für jeden Romancier eine Herausforderung ist: ob er will oder nicht, er *muß* darüber nachdenken, ob es noch glücken kann, eine erfundene poetische Welt und ihre Menschen ebenso faszinierend auszumalen, wie es hier einem Beamten des Geheimdienstes mit dem Rapport über seine Alltagsarbeit scheinbar mühelos gelungen ist...

Weh dem, der's weiß

Die erste Ermordung eines Kennedy 1963 belegte einmal mehr, daß von allen Sterblichen Zeugen die am *schnellsten* Sterblichen sind. Denn kaum zwei Jahre später mußte der ‹Spiegel› die Namen von vierzehn Zeugen nennen, die ihre Unvorsichtigkeit, sich für Aussagen zur Verfügung zu stellen, mit termingemäßem Tod bezahlt haben – zum Beispiel durch «Selbstmord» aus einem Hotelfenster. Detailgetreu zählte das Nachrichtenmagazin auf, wie die Aussagewilligen zum Verstummen gebracht worden waren. Wie viele mögen es gewesen sein, wenn man vierzehn kennt? Die Banalität: Wissen ist Macht – läßt vergessen, daß es eine Gefahr ist: mehr noch für den, der es hat, als für die, gegen die es sich richtet. So war das immer. Chamfort erzählte im 18. Jahrhundert, daß in der Woche vor dem Attentat auf Ludwig XV., durch das Damiens den König am 5. 1. 1757 nur unerheblich am Gesicht verletzt hat, ein Kaufmann aus Lyon in einem Gasthof hörte, wie im Nebenzimmer von diesem Vorhaben gesprochen wurde. Der Kaufmann reiste sofort nach Paris, versuchte vergebens den Polizeiminister zu erreichen, erreichte ihn dann doch und konnte ihm sogar in einem persönlichen Gespräch endlich mitteilen, was geplant sei. Als der Lyoner auf dem Heimweg war, erfüllte sich seine Voraussage, die keiner ernst genommen, obgleich er sogar den Namen Damiens mitgeliefert hatte... Der Minister ließ nun den Kaufmann abfangen und für achtzehn Jahre (!) ohne Verhöre in der Bastille verschwinden, aus Angst, er verliere sein Amt, wenn der Kaufmann erzählen könne, daß man seine Vorwarnung ignoriert habe... Jetzt hat im Londoner Unterhaus der verteidigungspolitische Sprecher der britischen Sozialdemokraten, John Cartwright, von der Regierung eine offizielle Untersuchung der Todesarten von acht (!) Wissenschaftlern in England gefordert, deren keiner in seinem Bett oder einem Klinikbett gestorben ist und von denen mindestens vier mit dem amerikanischen Weltraumforschungsprogramm SDI zu tun hatten. Die – meist – Computer- oder Atomforschungs-Wissenschaftler (der *bei weitem* Älteste war 52 Jahre) seien «normalen Todesursachen» erlegen, erklärte sofort eine Sprecherin des Verteidigungsministeriums. Kaum hatte sie das verlautbart, kam der neunte um... ein dreiundzwanzigjähriger Junior Assistant Scientific Officer in der Atomforschungsanlage Harwell bei Oxford: Spaziergänger fanden seine Leiche, er war von einem Felsen herabgestürzt. Niemand mehr glaubt, daß er Selbstmord verübte. Die neun starben binnen achtzehn Monaten. Wissende sollten weder allein wohnen noch reisen... Hitler, zuweilen mit dem Instinkt einer Bestie gesegnet, der ihn mehrfach gerettet hat – sagte bei Tisch, es gäbe überhaupt gegen Attentäter, die bereit seien, selber mit umzukommen, nur *zwei* Vorsichtsmaßnahmen: völlig unregelmäßig kommen und gehen. Und stets den Bullen streng verbieten, vor Ausfahrten die Polizei zu informieren, da die durch ihren Absperrungstick jeden schlafenden Hund wecke...

Nachtrag: Acht Tage nachdem ich diese Notiz geschrieben hatte, kam die Korrekturfahne – und ich mußte ergänzen, was in dieser Woche (15.2.88) die Presse berichtet hatte: nunmehr sei der zehnte britische Forscher tot gefunden worden! Professor Colin Fisher, erstochen in der Wohnung seiner Kollegin Georgina Stuart, die mit einer Medikamentenvergiftung, nicht vernehmungsfähig, ins Krankenhaus gebracht wurde. Der fünfzigjährige Fisher war seit zwanzig Jahren in leitender Position in den Atomforschungslaboratorien in Chilton; seine Arbeiten über Teilchenphysik sind international bekannt. Frau Stuart war Leiterin der Atomphysikabteilung dieser Firma. Begonnen hat die Todesserie im August 1986, als ein vierundzwanzigjähriger Computerfachmann tot in einer Schlucht lag: er hatte an der Lenkvorrichtung für Torpedos gearbeitet...

Offener Brief an Golo Mann

Todesurteile gegen Soldaten:
11 664 bis zum 30. 6. 1944

«Deshalb ist zu begrüßen, daß die deutschen Historiker im Begriff sind, Remedur zu schaffen...»

Filbinger, Memoiren, 1987

Berlin, August 1987

Sehr verehrter Herr Professor Mann,

ich behalte die Anrede aus unserem nun vierundzwanzigjährigen Briefwechsel bei, sosehr es mich auch enttäuscht, daß Sie kürzlich in ‹Welt am Sonntag› insinuierten, die Dokumente, mit denen ich mich 1978 der Anzeige durch Filbinger erwehrt habe, seien mir aus dem Osten zugespielt worden; das Stuttgarter Gericht weiß von jedem einzelnen, daß es nicht von östlich der Werra stammt und hat – auf Betreiben meiner Anwälte – eine überprüfbare eidesstattliche Erklärung von mir angenommen, daß sich alles in westlichen Archiven fand.

Nun spielt Filbinger Blinde Kuh auch mit Ihnen, und es erschüttert – ich kann das nicht weniger pathetisch sagen – meine Jahrgänger und mich, die in den Westzonen Deutschlands aufgewachsen sind und, vereinfacht gesagt, von Familie Mann und den Autoren des ‹Monat› und der ‹Neuen Zeitung› und den Amerikahaus-Bibliotheken aus ihrer Pimpfen-Verblödung erlöst wurden, daß nun Sie, Herr Professor, sich zur Galionsfigur der Großwäscherei Nolte & Hillgruber & Diwald machen, deren (schon nahezu erreichtes) Ziel es ist, die Geschichte des Auschwitzers und seiner Kriegs-«Richter» als «völlig normal» in den Ablauf der Weltgeschichte hineinzuorganisieren, also die Napoleonisierung Hitlers.

Wie sehr Filbinger das begrüßt: Deutsche Historiker, jubelt er, würden «jetzt Remedur schaffen», bringt er in den sogenannten Memoiren zum Ausdruck. Da höhnt er, die NZZ schreibe, das tausendjährige Reich habe nur zwölf Jahre gedauert, die deutschen Medien aber bräuchten tausend Jahre, es zu «bewältigen»; und «natürlich» zitiert er jemanden, der «die Bewältigung der Bewältigung» verlangt; es versteht sich, daß F. nur eine Seite später fordert, endlich – als sei das nicht längst in ausgezeichneten Büchern und Fernsehfilmen geschehen – die britischen Terrorangriffe und den gewaltsamen Exodus der Ostdeutschen darzustellen. Daß es im Lande der titelreichsten Buchproduktion der Welt kein einziges Buch über die nie exakt gezählten Hinrichtungen deutscher Soldaten durch Hitlers Terroristenclub Militär-«Richter» gibt, «beanstandet» F. indessen nicht. Wer hätte es erwähnt, daß Hitlers Krieg erst dreizehn *Monate* alt war, als schon sein Chef des Generalstabs, Halder, in sein Journal eintrug: «Strafrechtspflege... im ganzen jetzt 424 vollstreckte Todesurteile.» Und der Generaloberst war ja Stabschef nur des Heeres – während die «Richter» der Luftwaffe und besonders der Marine als noch viel schärfer berüchtigt waren. Also fast *zehnmal* mehr Todesurteile schon im ersten Kriegsjahr allein im Heer als während des ganzen Ersten Weltkrieges – 48 Hinrichtungen insgesamt – in der ehrenhaften kaiserlichen Armee samt Flotte!

Elementar der Unterschied, ob man wie Joachim Fest, dem ich beipflichte, verlangt, daß wir Deutschen ebenso wie die anderen uns «die Freiheit des Fragens» angesichts auch der Verbrechen der Alliierten bewahren, anstatt – wie viele das tun – gegenüber jedem Ausländer «Rituale einer falschen Unterwürfigkeit» zu heucheln, die «von einem Konformismus dekretiert werden, der jede Position... unter moralischen Verdacht stellt». Aus dieser Position haben Sie zum Beispiel, Golo Mann, 1965 in ‹Weltwoche› gesagt, mit Dresdens Verbrennung sei «Churchill auf Hitlers Niveau heruntergekommen»: was ja wahr ist! und übereinstimmt mit dem von Ihnen oft zitierten, aus der Antike stammenden Satz: «Gegner tauschen Eigenschaften aus.» Ich schrieb aus dieser Position meine ‹Soldaten›, in deren Zentrum die Phosphoreszierung von 44000 Hamburgern (Arbeiterviertel Hammerbrook: 361,5 Tote auf tausend Bewohner) und die Ermordung des polnischen Offizierskorps durch Stalin bei Katyn stehen: ein Drama, das allein schon Ihre Insinuation wegfegt, ich kritisierte ausschließlich den Westen. (Haben Sie meine ‹Weltwoche›-Seite über die Abschlachtung der Wlassow-Armee durch Stalin gelesen?)

Doch als Deutscher den Alliierten sagen, daß Schandtaten nicht unser nationales Monopol sind: ist eines. Ein anderes ist, wie Diwald fettgedruckt zu lügen, die Alliierten hätten uns «den aufrechten Gang» verboten, während sie doch aus Westen als Befreier kamen und aus Osten immerhin – das ist genug für die Geschichte – die Krematorien Treblinka, Maidanek und Auschwitz löschten. *Dem* Volk, das für den Auschwitzer die Heizer und «Juristen» stellte, dann die Demokratie aufgezwungen zu haben, die ja uns selber nie ein Bedürfnis war, auch 1918 kam sie erst durch den militärischen Zusammenbruch: ist samt Marshall-Plan ein Geschenk der Westmächte, so hochherzig, daß es in der gesamten Weltgeschichte ohne Vorbild ist. Was jedoch den Historiker Golo Mann nicht hindert, zu urteilen, eine nicht einmal von Nolte riskierte Verleumdung, nämlich: die Alliierten hätten «den Krieg gegen Hitler mit einem Frieden im Stile Hitlers beendet», treffe «den Nagel auf den Kopf».

Wo haben denn meinesgleichen gelernt, wenn nicht beim Historiker GM, daß Hitler plante, über Moskau und Leningrad «den Pflug gehen zu lassen»? Aus solchen Metropolen – weiß ich von Ihnen – sollten Wiesen werden! Im Stile Hitlers, der noch die Krim auf ewig «eindeutschen» wollte – dorthin sollten die Südtiroler gesiedelt werden – und der Norwegen, Dänemark und Benelux sowenig je wieder herausgeben wollte wie Burgund und die jugoslawische Adria: haben «die Alliierten den Krieg beendet»?

Was sind gemessen an Ihren, Golo Mann, F.'s notorisch berühmte «Gedächtnislücken»? (Daß einer, der sich anläßlich sogar seiner Todesurteile auf Gedächtnislücken berief, ausgerechnet Memoiren schreibt: ist von chaplinhafter Komik; es bleibt bei der ernsten Frage Egon Bahrs: «Wie viele Todesurteile muß einer gefällt haben, wenn er welche vergessen kann?»)

Das Neue ist, das tief Traurige für meine Generation an Ihrer Persilschein-Schreiberei für den Tartuffe der Solitude: Sie waren unser Lehrer, Golo Mann, tiefer greifend noch als Ihr Vater und Onkel, weil uns vom Jahrgang näher. Und weil Sie Geschichte lehren. Wenn jemand namens Hillgruber schon im Titel eines Buches avisiert, daß er mit der Chronologie die Wahrheit auf den Kopf stellt: ‹Die Zerschlagung des Deutschen Reiches und das Ende des europäischen Judentums› – dann weiß man, das muß man so wenig ansehen wie sonstige Propaganda; schon wegen des «Endes» der Juden, die bekanntlich alle ganz friedlich in ihren Betten entschlafen sind... Wenn Nolte nicht jenen Urgedanken des Braunauers in ‹Mein Kampf›, daß man im Ersten Weltkrieg versäumt habe, «einige tausend von diesen Hebräern unter Giftgas zu setzen», als Hitlers Genieblitz aufgreift, der ihn dann zum Installateur von Auschwitz werden ließ, sobald er die Macht (und die abgelegene Gegend) dazu hatte, sondern wenn Nolte darlegt, erst der «Rattenkäfig» in der Lubjanka und Archipel Gulag hätten endlich den Führer auf eine – so Nolte – «asiatische» Idee gebracht, zu vergasen: dann werden alle Ehrlichen Herrn Professor Nolte dem Schutze des Paragraphen für Unzurechnungsfähige empfehlen – und werden den Nolte-geschädigten Berliner Studenten raten, Golo Manns Essay über Antisemitismus und den seines Vaters über ‹Bruder Hitler› zu lesen. Mündet doch Noltes ganze «Geschichtsschreibung» in seiner wahrhaft originalen Entdekkung: nicht der Mörder Müller sei schuld, sondern jener Mörder Schulze, der während Müllers (für Morde so empfänglicher) Jugend einen Mord begangen hat, der «natürlich» Müller tief beeinflußte: Stalin mußte Hitler zeigen, wie man Auschwitz macht! Und doch, weder Diwald noch Hillgruber noch Nolte hätten gewagt, was jetzt *Sie* tun: den humanen Eisenhower und den *einen* – *einen* – Fahnenflüchtling, den er totschießen ließ während des ganzen Krieges, im gleichen Atemzug zu nennen mit dem, was jene Mörderbande deutscher Kriegsrichter angestellt hat, die allein bis zum 30.6.44 über 11664 deutsche Soldaten die Todesstrafe verhängte (Dr. L. Gruchmann: Institut für Zeitgeschichte). Der Bonner Verwaltungsjurist Dr. Ingo Müller ergänzt: «...(weiter reichen die überlieferten Statistiken nicht)... wobei die Zahl nach der ‹Wende› von Stalingrad steil anstieg und sich dann von Jahr zu Jahr fast verdoppelte (1940/41: 447... 1943/44: 4118). Es gilt als sicher, daß sich in der brutalsten Phase des Dritten Reichs, im ‹Kampf um den Endsieg› 1944/45, die Zahl noch einmal um das Doppelte erhöhte. Der Leiter des Militärhistorischen Instituts der Bundeswehr, Professor Manfred Messerschmidt, registrierte für einen einzigen Monat des Jahres 1945 fünfmal so viele Todesurteile wie während des gesamten Ersten Weltkriegs. Recherchen des Militärhistorikers Otto Hennicke haben ergeben, daß die deutschen Kriegsgerichte darüber hinaus 3500 Todesurteile gegen Angehörige des Wehrmachtsgefolges... sowie rund 6000 Todesurteile gegen Kriegsgefangene und Widerstandskämpfer verhängten. Man muß also von zirka 33000 Todesurteilen der NS-Kriegsgerichtsbarkeit ausgehen.» Von diesen Urteilen wurden 89 Prozent vollstreckt. Meine Frage an Sie: Was sind die SS-Killer, gemessen an Hitlers Militärrichtern, die im Gegensatz zu Himmlers Bullen fast alle noch in der anständigen Weimarer Republik *studiert* hatten, was Recht ist?

Wie viele deutsche Familien, die sich einbilden, ihr Vater, ihr Sohn, ihr Vetter sei gefallen oder vermißt, blieben bisher nur verschont von der Nachricht, daß Deutsche ihn erschossen oder gehängt oder enthauptet haben – in Konstanz zum Beispiel wurden zuletzt deutsche Soldaten mit dem Handbeil geköpft.

Auch die achtundsiebzigjährige Mutter jenes Matrosen Gröger, den Filbinger noch ganz rasch im Frühjahr 1945 in der Etappe in Norwegen totgemacht hat, erfuhr erst 1978 durch den Prozeß, den der Stuttgarter gegen mich angezettelt hat, daß ihr Sohn von Deutschen umgebracht worden ist; man hatte ihr mitgeteilt, er sei «gestorben»...

Nichts an Ihrem ‹Welt am Sonntag›-Pamphlet hat mich so erschüttert wie Ihr Unvermögen, zwischen Eisenhowers Unterschrift unter das Todesurteil gegen *einen* Fahnenflüchtigen – und den furchtbaren Filbingers zu unterscheiden! Sie schreiben: «Seine erbittertsten Feinde haben das später dem Präsidenten Eisenhower nicht zum Vorwurf gemacht. In Washington war dergleichen unvorstellbar. Warum wurde es Wirklichkeit in Stuttgart? – Der Krieg ist der Krieg und hat dieselben uralten Grundgesetze allenthalben.» So Golo Mann, der einst schrieb, *die gemeinste Seite* des Hitlerkrieges, des Braunauers Einsatzgruppen und Gaskammern, «bestimme aber den Charakter des Ganzen»! Wollen Sie Ihre ‹Deutsche Geschichte› und Ihre Meister-Essays jetzt neu schreiben, mit der uns allen – bei Ihnen ganz neuen – Einsicht: «Der Krieg ist der Krieg und hat dieselben uralten Gesetze allenthalben»? Dann war's wohl auch egal, wer siegte: ob derjenige, der Auschwitz machte und zwölftausend eigene Soldaten durch «Gerichte» totmachen ließ – oder derjenige, der Auschwitz und die Tätigkeit jener Militär-Büttel Hitlers beendete, die selber nicht mehr an die Front mußten, wenn sie eifrig genug in der Etappe Soldaten umlegten. Eisenhower mit diesen «Gerichtsherren» zu vergleichen ist eine Schuftigkeit. Ich erinnere, daß die erste alliierte Wochenschau, die ich als Vierzehnjähriger, soeben noch Pimpf gewesen, ansehen durfte – Pattons Panzer waren am 3.4.45 in mein Heimatstädtchen eingezogen –, uns Eisenhower zeigte, wie man diesen Oberbefehlshaber der machtvollsten Armeen der Geschichte durch das gerade aufgebrochene Buchenwald führte; wie der General mit den Tränen kämpfte, als er die Häftlings-Wracks ansprach, soweit die noch ansprechbar waren; wie er die Prügelböcke, den Galgen, das Krematorium sah – und diese Scham, die auch mich stumm machte, hält wie meine Sympathie für diesen Soldaten nun schon zweiundvierzig Jahre! Was hat Ihnen Eisenhower angetan, daß Sie den jetzt benutzen, dem F. das Blut von den Händen zu waschen?

Sie genieren sich nicht, sich heute bei den alten Nazis dafür zu entschuldigen, daß Sie 1933 – spät genug, wie ich Ihrem schönen Erinnerungsband entnahm – ins Ausland gingen, um nicht an Vaters Statt (Heydrichs Haftbefehl für Thomas Mann habe ich Ihnen vor drei Jahren zugeschickt) im KZ ermordet zu werden. Sie schreiben jetzt: «Selber kam ich im Jahre 1945 in amerikanischer Uniform in die alte Heimat. Damals und später gewann ich Freunde in Deutschland... sie trugen mir nichts nach!» Sie nennen ungerührt den von Filbinger totgemachten Matrosen Gröger, von dessen Existenz Sie offenbar nur wissen, was sein Töter F. von diesem armen Hund überliefert, kalten Herzens einen «vierzehnmal Vorbestraften»: wissen Sie, *wofür* Gröger, der *jahrelang* (und war mit siebzehn freiwillig eingerückt!) keinen Tag Urlaub bekam, «vorbestraft» wurde? Und zwar von Leuten, die wegen zu langer Haare oder einer selbständigen Bemerkung oder eines fehlenden Knopfes drakonische Strafen verhängten und Unschuldige oft genug wegen Bagatell-Vergehen ermordeten? Und deren keiner – keiner, ohne Ausnahme – nach 1945 wegen seiner Verbrechen auch nur vor Gericht oder zur Kürzung der Pension kam? Einfach deshalb nicht, weil die Alliierten, als sie in Bergen-Belsen die Leichenhaufen mit Bulldozern hatten in die Gräber schieben müssen, verständlicherweise froh waren für *jeden* Deutschen, den es nicht mehr gab – und sich daher niemals für Verbrechen Deutscher an Deutschen interessiert haben.

Wenn Sie über die Nachkriegszeit schreiben: «Der Schatten der ersten Jahre war die Justiz der Alliierten», so frage ich Sie: Wen hat die beschattet? Doch nur zwei oder drei Dutzend – ihr dann zumeist doch noch entkommener Nazi-Galgenvögel. Übrigens haben die Alliierten ausnahmslos nur solche verfolgt, die Verbrechen an Alliierten begangen hatten. Hatten Nazis Deutsche ermordet – also in erster Linie die deutschen Militär-Richter –, so interessierte sich niemals ein Alliierter für sie. Spätestens ab 1951 kamen diese furchtbaren Terroristen ohne Ausnahme wieder zu ihren Richterämtern oder in den Genuß von Pensionen, die zehn-, ja zwanzigmal höher waren als die der Angehörigen ihrer Opfer. Sofern überhaupt die Angehörigen von Erschossenen oder Enthaupteten oder Strangulierten eine Rente bekamen.

Die Mutter des von Filbinger umgelegten Gröger, die stets eine fleißige CDU-Wählerin gewesen ist, bekam erst nach dem Stuttgarter Prozeß, fast achtzig alt, infolge der Verfügung des Bundespräsidenten Scheel und des CDU-Ministers Schnipkoweit Kriegsopfer-Rente, weil, so der Minister, die Tötung ihres Sohnes durch F. Unrecht war.

«Geschmähte» Generation: nennt F., der Gedächtnislücken-Nutznießer, seine «Memoiren». Wer ist geschmäht? Der jetzt, seine Abgeordneten-Pension noch gar nicht mitgezählt, monatlich um zehntausend Mark als ehemaliger Ministerpräsident erhält – oder sein Opfer Gröger oder dessen Mutter? «Geschmäht» – *wer*? F. wird sicherlich noch ein Buch schreiben und wird sicherlich noch einen Prozeß machen, bis er's mit seiner Beharrlichkeit, dem Ergebnis seiner Unbelehrbarkeit, womöglich dorthin treibt, daß

Historiker im 21. Jahrhundert seinen Familiennamen oder daraus abgeleitete Worte wie «filbingern» oder «verfilbingern» als Synonym verwenden werden, wenn sie Büttel charakterisieren, die Soldaten der eigenen Armee terrorisierten; so wie bekanntlich das Verb «boykottieren» 1880 aus dem Familiennamen eines brutalen Gutsverwalters namens Mr. Boycott abgeleitet wurde... Geschmähte Generation: das sind die Totgeschwiegenen, wie Sie als Dichter, Golo Mann – Mommsen sagte in seiner Rektoratsrede 1874: «Der Geschichtsschreiber gehört vielleicht mehr zu den Künstlern als zu den Gelehrten» –, wie Sie auch wissen! Die Totgeschwiegenen: Das sind in Deutschland neben den Juden jene zwei Divisionen (!) durch die Filbingers hingerichteter Soldaten, über die es kein einziges Buch gibt! (Nur über deren Totmacher gibt es Bücher!)

Fast wage ich nicht, dem großen Biographen Wallensteins diese Frage zu stellen: haben Sie *außer* bei F. über «seine» Verurteilten nachgelesen, ehe Sie selber nun *auch* noch denen das Urteil sprechen? Das tun Sie anmaßenderweise, sprechen «im Sinne des Kriegsrechts, welches auf allen Seiten galt, immer gegolten hat, also mit ‹Nazismus› gar nichts zu tun hatte»: «Kriegsrecht», wie die Filbingers es praktizieren, mit Nazismus nichts zu tun? Als sei Kriegsrecht in einer anständigen Armee wie der amerikanischen dasselbe wie unter Dönitz! Wer nicht geholfen habe, schreiben Sie, Flüchtlinge über die Ostsee vor der Roten Armee zu retten, der sei «auch zum Verräter an seinen Mitbürgern» geworden: Das klingt ausgezeichnet, kein Mensch wird Ihnen da ins Wort fallen! Nur ist Ihnen entgangen, daß diese Tatsache *nichts*, überhaupt nichts mit Filbingers Opfern zu tun hat! Und schon gar nicht – aber Sie lesen nicht einmal die Daten der «Fälle», wenn Sie sogar kurzerhand Matrosen Verräter nennen –, schon gar nichts zu tun hatte mit dem Stuttgarter Prozeß: nie war dort davon die Rede, Filbinger habe einen einzigen Angeklagten gehabt, dem vorzuhalten gewesen wäre, er sei getürmt, als es galt, Flüchtlinge zu retten! Sie sind – erstaunlich – auf den *gemeinsten* Trick dieses Lebewesens hereingefallen! F. bringt eine große Menschheitsaufgabe pathetisch ins Spiel: Rettung von Zivilisten über See – um *abzulenken* von dem, was er seinen Opfern «vorzuwerfen» hatte: F. verleumdet mit diesem Trick die ganze deutsche Marine: aus der kein einziger Fall bekannt ist, daß sie mit Standgerichten drohen mußte, um Matrosen zu zwingen, was doch alle freiwillig getan haben, Flüchtlinge zu retten! «Verräter»: wissen Sie, Golo Mann, *wen heute*, wäre ihm nicht erspart geblieben, zu erleben, wie Sie Persilscheine für gemeingefährliche Nazis schreiben, wen Thomas Mann, der große Dichter der 55 Radio-Sendungen ‹Deutsche Hörer›, heute einen Verräter nennen würde? Was dächte dieser Redner, der wie keiner seit Luther mit feierlich alttestamentlicher Wucht und Wut die Nazi-Greuel bei Namen nannte, würde er lesen müssen, was *Sie* auf Kosten namenloser Hingerichteter zugunsten eines geradezu *mordlustig-unbelehrbaren*, verfolgungssüchtigen Nazis schreiben?

Sie behaupten: er sei gar keiner gewesen, weil er humane Professoren gehabt habe. Eben *deshalb* ist es ja so verächtlich, daß er pünktlich bei Erlaß der Nürnberger Rassegesetze umfiel und 1935 begrüßte, daß die Weimarer Reformvorschläge, Bismarcks Strafgesetzbuch zu erneuern, nicht Gesetz wurden, «und das war gut so», denn den Weimarern fehlte noch «die einheitliche weltanschauliche Grundlage». F. nennt dann so griffige neue Wendungen – «diese Denkweise war dem Liberalen unbekannt» – wie «Schädlinge am Volksganzen...». Er betont: «Volksgemeinschaft ist nach nationalsozialistischer Auffassung» – jetzt läßt er gesperrt drucken – «*in erster Linie Blutsgemeinschaft* (d.h. das Blutselement gilt als fundierender als das geschichtliche, völkische oder sprachlich-kulturelle Element). Diese Blutsgemeinschaft muß rein erhalten und die rassisch wertvollen Bestandteile des deutschen Volkes»... und so weiter bis zu so tüchtigen, soeben in Nürnberg geheiligten Vokabeln: «Gemeinschädlinge», «Entmannung», «Untersagung der Berufsausübung!» Und F. drückt seines und Roland Freislers Ideal in dem Bekenntnis aus: «Das Richterideal der Aufklärungszeit... besteht für mich nicht mehr.»

Also schon der Student ein «blutbewußter» rassistisch-idiotischer Nazi! Aber Sie werden einwenden, Golo Mann: er war doch so jung! Das ist wahr – kaum älter, als Matrose Gröger gewesen ist, als er den an die Wand stellte und persönlich «Feuer» rief.

Wer hat den katholischen Studenten 1935 gezwungen, dieses barbarische Rotwelsch der Rasse-Mörder schon in einem Zeitungsartikel zu propagieren, nur um sich den Nürnberger «Gesetzes»-Machern so eilfertig wie vermutlich kein zweiter deutscher Student anzudienern? Mochte ihm schnuppe sein, daß die «Gesetze» schon jetzt jedem Juden verboten, sich auf eine Parkbank zu setzen oder einen Hund zu halten, man hätte gedacht, dem Jurastudenten würde die Röhm-Nacht vom Vorjahr, als 84 Menschen ohne Gerichtsverfahren erschossen worden waren, keineswegs alles Nazis, sondern auch General von Schleicher und seine Frau und Erich Klausener, der Vorsitzende der Katholischen Aktion des Bistums Berlin, etwas Zurückhaltung gegenüber einer Regierungs-Gang auferlegt haben, statt in freiwilliger Eilfertigkeit den Banditen im biergelben Hemd Pfötchen zu geben! Niemand zwang ihn zu dieser Kriecherei vor den Terroristen als seine Überzeugung – die *gleiche*, die ihn das 1935 schon von ihm hingeschriebene Wort «Gesinnungsverfall» auch noch zehn Jahre später als «Delikt» deutscher Soldaten, die im Gegensatz zu ihm sich im Kriege abgewöhnt hatten, Nazis zu sein, bedrohlich aufbauschen ließ. Bismarcks Wort, *der* müsse ein Esel sein, der mit sechzig noch das gleiche dächte wie mit dreißig – prallt ab an F., für den Unbelehrbarkeit stets ein Synonym war für Charakterfestigkeit! Denn noch im September 1945 – da war Hitlers Leiche fünf Monate verkohlt – wandte er mit gleicher Schärfe die gleichen Maßstäbe gegen deutsche Soldaten an wie während des Krieges – nur daß jetzt, zum Glück für deutsche Gefangene, die fahrlässigen Briten den deutschen Richtern, die in ihren Camps saßen, die Vollstreckung der Todesstrafe untersagt hatten. Hören Sie an einem Beispiel, wie der Scherge F., jetzt selber ebenso Gefangener der Briten wie sein Opfer, aber doch noch dessen «Gerichtsherr» oder Büttel von deutschen Gerichts-«Herren», hören Sie, wie F. noch im September 45 ein Gnadengesuch beantwortete, das ein deutscher ehemaliger Frontkämpfer ihm eingereicht hat, der in F.'s Camp Monate nach Kriegsschluß von Deutschen zu sechs Monaten Gefängnis verurteilt worden war. F. lehnt dieses Gnadengesuch deshalb ab – ich wiederhole: im September –, weil «sechs Monate als ungewöhnlich milde Strafe zu betrachten» sind. Denn der nach Hitlers Tod aus Oslo zu seiner norwegischen Frau Zurückgegangene, der sich dann ordnungsgemäß britischen Behörden gestellt hatte, wäre – so Filbinger –, «wäre normalerweise mit dem Tode oder mit hoher Zuchthausstrafe» zu belegen gewesen. Perverse Verfolgungssucht gegen deutsche

Frontsoldaten durch einen Etappenkrieger – noch fünf Monate nach Hitlers Tod!

Sie werden sagen, davon steht nichts in F.'s Memoiren. Natürlich nicht. Aber Sie konnten das im Wortlaut durch den ‹Spiegel› haben, in dem ich das 1978 publiziert habe. F. schreibt am 19. Juli 45 – lesen Sie doch ausnahmsweise jetzt einmal das Datum, Herr Professor! –, schreibt zweieinhalb Monate nach Hitlers Tod in Oslo über einen Deutschen, der aus Filbingers Gefängnis einen Brief an die Briten herausgeschmuggelt und die Briten gebeten hat, ihn in ein britisches Lager zu überführen und die Zustände in F.'s Gefängnis zu untersuchen: «Der Verurteilte wurde am 15.6.1945 wegen unerlaubter Entfernung im Felde zu 6 Monaten Gefängnis verurteilt. Die Tat ist vor der Kapitulation begangen und daher an sich als Fahnenflucht mit einer hohen Zuchthaus-, wenn nicht mit der Todesstrafe bedroht.» Beachten Sie das Präsens: bedroht mit dem Tode. Und nehmen Sie zur Kenntnis, daß dies für deutsche Gefangene, sofern sie nicht in Händen der Briten, sondern in Händen von Filbingern waren, *durchaus eine Todesdrohung war*! Denn erst am 10. Mai, zwei Tage nach der Kapitulation, hatte in britischer Gefangenschaft in Norwegen Hitlers Eichenlaubträger Admiral Rogge den Matrosen Süß – Schlosser wie Gröger – wegen «Untergrabung der Manneszucht» durch «zersetzende Reden» zum Tode verurteilt. Und die Briten hatten diesem Mörder Rogge zehn Gewehre geliehen, damit der siebzehnjährige Süß am 11. Mai von zehn Deutschen in britischer Haft erschossen werden konnte: für solche Leute, G. M., treten Sie heute ein; die vergleichen Sie mit Eisenhower!

Es kommt noch schlimmer: F. schreibt, der Verurteilte habe sich unerlaubt «im Felde» entfernt. Wußte F. doch, daß sein Hitler die Tötung Grögers zum Beispiel *nicht* gebilligt hätte, da die *nicht* «im Felde» erfolgt war, sondern in der Etappe. Und Hitler hatte ausdrücklich angeordnet, wenn Jugendlichkeit zur Fahnenflucht und *nicht* zur Fahnenflucht von *der Front*, also nicht «im Felde» geführt habe, dann könne mit Zuchthaus oder Frontbewährung «geahndet» werden. F. hat also Gröger totgemacht gegen den Willen Hitlers! Deshalb hängt er jetzt – daher die Todesdrohung – einem seiner Häftlinge an, der habe sich «im Felde» entfernt: was nicht wahr ist! Denn geschehen ist das «Verbrechen» dieses mit dem Kriegsverdienstkreuz ausgezeichneten Obergefreiten in

Oslo. Und Oslo war nicht «im Felde», sondern allerfriedvollste Etappe – so sehr, daß Churchill nach Versenkung der ‹Tirpitz› im November 44 angeordnet hatte, Norwegen nicht mehr zu bekämpfen, denn die Deutschen dort seien seine «billigsten Gefangenen»! Der durch F. «an sich» mit dem Tod Bedrohte war mit einem «ordentlichen Marschbefehl» von der Ostfront in Norwegen eingetroffen, gleichzeitig mit der Nachricht, der Führer sei in Berlin gefallen. Darauf ging dieser Deutsche zu jener Osloerin, mit der er sich auf persönliche Erlaubnis Hitlers am 17.3.45 hatte verheiraten dürfen. Aber dann stellte er sich im Mai – weil das angeordnet war – den Briten, und die lieferten ihn dem Filbinger aus, d. h. brachten ihn in ein Lager, dessen «Gerichtsherr» dieser furchtbare Jurist war: nun wurde der «im Felde» geflohene Fahnenflüchtling degradiert und, «an sich» mit dem Tode bedroht, zu sechs Monaten verurteilt. Er hatte bis zuletzt im Osten gekämpft, ja war noch in Oslo von der deutschen Feldgendarmerie, die seinen Marschbefehl aus Hamburg überprüft hatte, angeherrscht worden, er solle eine neue Uniform suchen, die frontverschmutzte schädige das Ansehen der hier in der Etappe so hübsch gekleideten Deutschen: war doch dieser Obergefreite mit dem letzten Lazarettschiff aus dem Kessel Stettin herausgebracht worden, wo er als Infanterist der 1. Marineschützendivision gegen die Russen gekämpft hatte. Nun meine Frage, Herr Professor: War nicht ein Etappen-Nazi *«mordlustig»*, wenn der noch im Juli – ja im *September* noch – befand, «an sich» sei dieser Ostfrontkämpfer, der sich «im Felde» – eine Lüge – «entfernt» habe, zu töten? Deprimierend auch, Golo Mann, daß Sie nicht wahrhaben wollen, daß jeder von uns, hat er erst die Fünfzig hinter sich, seinen Sekretär braucht, der ihn davor bewahrt, Unüberprüftes hinzuschreiben – so, wenn Sie gegen mich loslegen: «Es war eben dieser Fall Gröger, den R. H. aufgriff.» Nein: der kam überhaupt erst zur Sprache, lange nachdem F. den Dr. Bucerius und mich angezeigt hatte – angezeigt mit der Bedrohung, ich solle widerrufen oder «Ordnungsgeld in Höhe bis DM 500000,– zahlen, ersatzweise Haft»; und mit einer beigefügten, vorgetippten Quittung seiner Anwälte, ich solle unterschreiben, niemals über diese Drohung F.'s öffentlich zu sprechen! Ich hatte nie von Gröger gesprochen, sondern davon – weil das ja für den Nazigeist F.'s viel relevanter ist als das Gröger-Urteil –, daß er *noch in Gefangen-*

schaft Deutsche mit Nazigesetzen verfolgt habe. Ich hatte an der Erzählung ‹Eine Liebe in Deutschland› geschrieben, aus der die ‹Zeit› jenes Kapitel vorabdruckte, das den F. erwähnt, eben weil diese Erzählung in Lörrach spielt, wo der Pole 1941 gehängt wurde – ein zwanzigjähriger Gefangener, der eine Deutsche geliebt hat. Und weil ich am Rande Lörrachs wohnte, in Riehen: war diese Tragödie mir seit Jahren bekannt. Daraus machen Sie eine Infamie: «Ich weiß z. B. nicht, ob Herr H. auf eigene Faust handelte, ob er die Liste deutscher Politiker durchging, biographische Fakten studierte und sich dann für die Akten eines Marinerichters entschloß» – ach, Golo Mann: wie arbeiten denn *Sie*, wenn Sie mir anhängen, *so* an meine Stoffe zu kommen?

Bevor ich jenes Kapitel der ‹Liebe in Deutschland› schrieb, das die Schwierigkeiten schildert, der historischen Wahrheit ausgerechnet in einem Ländchen nachzugehen, das F. regiert, hatte ich gar keine Ahnung, daß in dieses Manuskript sein Name hineingerate. Und ich hätte ihn auch wieder gestrichen, würde F. mich, nach Abdruck dieses Kapitels in der ‹Zeit› angerufen haben, um zu sagen: lassen Sie's draußen, sonst muß ich Sie verklagen, die Dinge sind komplizierter. Er wäre dann, weil ja Carstens Pg. gewesen ist, er aber nicht, wie fast alle Büttel Hitlers keine Pg.'s waren: Bundespräsident geworden, und ich hätte meine Ruhe gehabt; es fördert ja nicht die Produktivität, mehrmals aus Wien – dort wohnte ich – nach Stuttgart vor Gericht reisen zu müssen. Ich mußte es, weil F. mich materiell *vernichten* wollte.

Ihre Kunst des Insinuierens, G. M., die Sie zur Hohen Schule entwickelt haben, macht auch Ihrem Gedächtnis keine Ehre. Schrieben Sie doch einen Essay über ‹Stellvertreter›, der mich höher ehrt als der Lessingpreis. Nun aber Ihre infame Insinuation: «Mag sein, mag sein …», dort, wo Sie erzählen, ich hätte Ihnen vor Jahren gesagt, keines meiner Werke sei in der Sowjetunion je gedruckt worden: Was ja zutrifft bis heute, abgesehen von den 12 Seiten ‹Berliner Antigone›, die in einer Moskauer Zeitschrift gedruckt wurden. Warum insinuieren Sie nicht, Ihr Vater oder Böll oder Frisch oder Lenz seien Bolschewisten, weil die armlange Reihen ihrer gesammelten Werke auf Russisch haben? Ja, sollen die Russen mein Katyn-Stück drucken oder den ‹Stellvertreter›, in dem es heißt: ‹Die Ukrainer erschießen ihre Juden selbst›?

In dem allerdings *auch* steht, daß die allein, die Rote Armee, die Feuer löschen werde in den drei Krematorien Treblinka, Maidanek, Auschwitz. Insofern hatte ja der CDU-Minister Blüm ganz recht, als er während des Filbinger-Prozesses sagte, die KZ's «arbeiteten» nur, solange die Front hielt – wofür aber Blüms Gattin beim Einkaufen fast gelyncht worden wäre: so etwas darf man nicht sagen in dieser ach so «freiheitlich-demokratischen» BRD! Hier darf aber folgendes geschehen: Zu Baden-Baden dürfen Mädchen und Jungen – eine ganze Schulklasse in corpore – einer Schüler-Aufführung von ‹Andorra› fernbleiben, weil diese Siebzehn- oder Sechzehnjährigen, die das Frisch-Stück «natürlich» nicht gelesen haben, sich «nicht schon wieder so ein Judenstück ansehen» wollen. Das bezeichnet das Geisteskranken-Klima der Kohl-Republik. Und *Ihr* Eintreten, Golo Mann, für den gemeingefährlichen Nazi stärkt diesen Ungeist, weil Sie im Gegensatz zu den Diwald, Nolte, Hillgruber ein respektierter Historiker sind und ein großer Autor, der heute neben Ernst Jünger die beste Prosa deutscher Sprache schreibt.
Leben Sie wohl!
R. H.

Warum überzeugt nur der Pessimist

– aber gar nicht der Optimist Schopenhauer, wenn er nämlich die ganz und gar beweislose Behauptung hinschreibt, «wie die im Sande, von der Sonne bebrütete und aus dem Ei gekrochene Schildkröte, auch ohne das Wasser erblicken zu können, sogleich die gerade Richtung dahin einschlägt», ebenso sei zielgerichtete «Planmäßigkeit im Lebenslauf eines jeden»! Er will uns tröstlich mitteilen, «nicht in der Weltgeschichte … ist Plan und Ganzheit, sondern im Leben des Einzelnen. Die Völker existieren ja bloß in abstracto: die Einzelnen sind das Reale.» Wieso?

Einem Volke in Mitteleuropa anzugehören und 1914 oder 1939 in wehrpflichtigem Alter gewesen zu sein, brachte den weitaus meisten Männern die Einberufung auf Schlachtfelder ins Haus: ganz unvorstellbar einem Philosophen des 19. Jahrhunderts, sofern der – wie sie alle: Hegel, Schelling, Schopenhauer, Fichte – es verstanden hatte, sich dem Soldatenmörder Napoleon zu entziehen. Aber wieso wäre das Leben des Einzelnen vorbestimmt, also des Schreinergesellen Bünzli, der weder 1812 mit dem Korsen noch 1941 mit Hitler Richtung Moskau marschieren mußte, weil er – zufällig! – zwei Kilometer von der deutschen Grenze «entfernt» in Basel geboren war – während der gleichaltrige Stuttgarter Schreinergeselle Michel «selbstverständlich», da eben als Deutscher zur Welt gekommen, zwangsweise dem Erfrierungstod in Rußland ausgesetzt worden ist? Und Schopenhauer «folgert» – aber er folgert das mitnichten, er hat sich das nur ausgedacht –, Völker gäbe es gar nicht, sondern sie «existieren bloß in abstracto»... Für den Weltbürger Schopenhauer *schien* das so zu sein – und schon nahm er das für Wahrheit! Noch grotesker, wenn er aus der – ja unleugbar oft vorhandenen – Befähigung mancher mit dem Zweiten Gesicht Begabten, in die Zukunft blicken zu können, dem sehr häufigen Trugschluß erliegt, Voraus*geschautes* sei Voraus*bestimmtes*! Wieso denn? Daß jemand voraussieht und das auch voraussagt, ich käme dann und dann im Flugzeug um: beweist, wenn das eintreffen sollte, daß Prophezeiungen zuweilen möglich sind. Beweist aber durchaus nicht, diese Todesart sei mir vorbestimmt gewesen oder gar – wie Schopenhauer behauptet – das Ergebnis meines Charakters! Absurd: nichts, was mir angeboren war oder mich im Verlaufe meines Lebens formte, hat bewirkt, daß ich dieses Flugzeug nahm – anstatt das glücklich landende, das eine Stunde später gestartet ist. Auch wurde es Schopenhauer – der glückverdummt war wie alle materiell Versorgten in der zweiten Hälfte des 19. Jahrhunderts, die von Geschichte verschont geblieben sind – gar nicht *fragwürdig*, welche gottlose Anmaßung angesichts der ebenso zwecklos wie millionenfach durch Kriege «Hingemachten» es ist, aus dem glücklich verlaufenen Leben eines Neunzigjährigen, den Schopenhauer als «Beleg» zitiert, Plan, Einheit, Sinn, Vorbestimmtheit im Menschenleben *allgemein* auffinden, ja «nachweisen» zu wollen. Es ist eben nicht jeder ein gut davongekommener Herr Knebel gewesen, der mit neunzig zufrieden zurückschauen konnte! Doch vielleicht *mußte* Schopenhauer diesen Unsinn schreiben, weil er – sehr verständlich – mit der Hypothek des ihm angeborenen Pessimismus gar nicht zweiundsiebzig hätte werden können, ohne optimistische Momente, die ihm «Absichtlichkeit im Schicksale des Einzelnen» vorgaukelten, also einen Sinn...

Kinder: Kaspar Hauser, Anne Frank

Merkwürdig: Seit Napoleons Zeiten hat «die Geschichte» Hunderttausenden allein europäischer Kinder, wenn nicht Millionen, ein Ende mit Schrecken bereitet. Nur ein Beispiel: Als die Engländer militärisch dazu fähig geworden waren, im vierten Kriegsjahr 1943, Terrorangriffe heimzuzahlen, die Hitler gegen Warschau, Rotterdam, Coventry in den vorangegangenen Kriegsjahren hatte fliegen lassen, da mußte der Kasseler Kinderarzt Paul Melchior nach der Verbrennung der Brüder-Grimm-Altstadt Kassels im Oktober 1943 seine Patientenkartei wegwerfen, weil kein einziges Kind, das der Arzt früher behandelt hatte – diesen Feuersturm überlebte, den das Bombardement ausgelöst hatte. Die jahrhundertealten, lumpenbunten Fachwerkgehäuse in den engen Straßen und Gassen, von Feuer umzingelt, das die abertausend Brand- und Spreng- und Phosphorbomben entfesselt hatten, waren wie Zunder verbrannt und in ihnen – meist lebendig – mehrere tausend Familien; man hatte in Kassel versäumt, Luftschutzbunker zu bauen...

Wie viele Londoner Kinder ein Jahr später durch Brauns – für Hitler konstruierte – Raketen zerrissen wurden, wie viele japanische durch die zwei ersten Atombomben: Wer hätte sie gezählt? Und wenn: Wer kennte die Namen? Gar das Gesicht auch nur eines einzigen noch?

Doch merkwürdig: *Ein* Kind, das im Jahr des Erfrierens der Napoleonischen Armee in Rußland 1812 geboren wurde: Kaspar Hauser; *ein* Kind, das in einer der KZ genannten Todesfabriken Hitlers umkam: Anne Frank – diese zwei Kinder kennt jeder!

Kennt noch ein halbes Jahrhundert, noch anderthalb Jahrhunderte nach ihrer gewaltsamen Tötung mindestens in Mitteleuropa jeder Mensch, der zuweilen Bücher liest!

Den «Tatsachenbericht» Kaspar Hauser hat Otto Flake 1950 dem französischen Diplomaten Edmond Bapst nacherzählt, der zu Paris und im zaristischen Sankt Petersburg neue Quellen zu dieser Mordgeschichte an einem Karlsruher Prinzen aufgedeckt und sie 1930 und 1933 in zwei Bänden publiziert hatte: ‹A la conquête du trône de Bade› und ‹Une mère et son fils›.

Ernst Schnabels Anne-Frank-Chronik ‹Spur eines Kindes›: Für mich das ergreifendste Buch überhaupt, das Hitler-Jahre und einzelne in ihnen darstellt... Beide Bücher, Flakes ‹Kaspar Hauser› und Schnabels ‹Spur eines Kindes›, sind gänzlich ungeeignet, abends vorm Schlafengehen gelesen zu werden – so drücken sie aufs Gemüt. Wie kommt das? Man bedenke, daß doch diese zwei «beseitigten» Kinder schon unendlich bevorzugt insofern sind, als man sie wenigstens noch kennt! Während von Hunderttausenden ebenso grausam vom «Weltgeist» Zugrundegerichteten kein Mensch auch nur den Namen noch weiß! Sagt man Biedermeierzeit: so wird unsere durch Spitzweg und durch das bezaubernde Bild ‹Die Hochzeitsreise› von Moritz von Schwind geprägte Vorstellung dieser – sogenannten – «guten, alten Zeit», die auch keine gute war, nicht einmal durch die blutig niedergeschlagene 1848er Revolution so drastisch korrigiert wie durch dieses eine Kind Kaspar Hauser: Der Knabe «mußte» entführt, vertauscht, versteckt, ermordet werden, weil er der legitime Erbe des großherzoglichen badischen Thrones in Karlsruhe war – und somit den Kindern der zweiten Frau des schon betagten Großherzogs im Wege! Nun gierten nachweislich gar nicht die Kinder aus dieser späten Verbindung des alten Herrschers nach seinem Thron. Sondern ihre Mutter ließ den Enkelsohn aus erster Ehe ihres betagten Mannes ermorden. Dieser Enkel Kaspar Hauser war Thronerbe. Und so sind noch stets nicht die späten Kinder selber, sondern ihre Mütter als zweite Frauen es gewesen, die in der Geschichte (so wie heutige in mächtigen Firmen) ihren leiblichen Nachkommen zuschanzen wollten, was den Erstgeborenen oder ältesten Enkeln ihres alten Ehemannes zugestanden hätte. Golo Mann, der als Knabe durch Jakob Wassermanns Roman ‹Caspar Hauser› zu Tränen gerührt wurde, beschrieb noch mit zweiundsiebzig Jahren die Tragödie dieses Kindes als den «schönsten Krimi aller Zeiten». Nun, schön vermag ich ihn nicht zu nennen, aber herzlähmend, ob nun Wassermann ihn gedichtet hat oder ob Flake ihn als streng ausgenüchterter Essayist rapportiert: Die zweite Gattin des Großherzogs hatte seinen legitimen und ihrer verstorbenen Vorgängerin legitimen Enkelsohn heimlich gegen einen gleichzeitig geborenen und schwer erkrankten Sohn eines Arbeiters vertauschen lassen; erwartungsgemäß starb dieses Arbeiterkind als «Prinz von Baden» – und der legitime Prinz, nunmehr in den Händen dieser Proletarierfamilie, wurde in einem ränkereichen Hin und Her von Ort zu Ort, von verstecktem Unterschlupf zu einem noch entlegeneren Unterschlupf verschoben, bis er, Kaspar Hauser genannt, mit sechsundzwanzig Jahren ermordet wurde, ohne jemals selber erfahren zu haben, wer er in Wahrheit gewesen ist... Die nächtliche Kindesunterschiebung war leicht möglich gewesen, weil die Mütter aus sehr großen Häusern ihre Neugeborenen praktisch nie bei sich hatten – selbst gestillt wurden ja diese Säuglinge fast niemals von ihrer Mutter, sondern von Ammen, Frauen aus dem Volk. Welche Fürstin hätte auch nur genau wissen sollen, wie ihr Neugeborenes aussah? Otto Flake schließt seine Kindestragödie: «Kommen andere Potentaten und andere Nutznießer zur Macht, so wiederholt sich alles. Zwar ist es nicht dasselbe Schauspiel, doch dieselbe Regie. Der arme Hase, der sich in der Dorfmarkung verirrt, wird immer zu Tode gehetzt.»... Und Golo Mann erinnert daran, daß Wassermann seinem verschollenen Roman den Untertitel ‹Die Trägheit der Herzen› – nämlich der Zeitgenossen des zu Tode gehetzten Kindes – gegeben hat. Und zitiert: «... denn die öffentliche Meinung, ein Ding, ebenso feig wie ungreifbar, orakelt nur aus sicheren Hinterhalten. Und sie schwieg gar bald stille hier, wo Verleumdung, Bosheit, Lüge, Dummheit und Heuchelei ein schönes Menschenbild wie zwischen Mühlrädern zermalmten, bis daß nichts mehr übrigblieb als ein ärmliches Märchen, wovon sich das Volk dieser Gegenden an rauhen Winterabenden vor dem Ofen unterhält...» Beide großen Epiker, Flake, der intensiver durch Frauen, Golo Mann, der intensiver durch die Geschichte produktiv gemacht wurde, kannten noch nicht eine Quelle ersten Ranges, die historisch belegt, daß auch in den Dynastien Kaspar Hausers

Tragödie ebenso gesehen wurde wie durch sie. Marie von Bunsen, hochgeachtet als S.-Fischer-Autorin schon vor dem Ersten Weltkrieg, hat zwei höchst informative Memoirenbände geschrieben: ‹Die Welt, in der ich lebe, 1850-1930› und ‹Zeitgenossen, die ich erlebte›. Reisebegleiterin der Kaiserin Friedrich, also der Witwe des 99-Tage-Monarchen – später schrieb Marie von Bunsen ein Tagebuch über ihre Reisen mit Rilke –, notierte die Hofdame ihre Gespräche mit der so klugen wie verbitterten Mutter des letzten Kaisers, die sich deshalb «Kaiserin Friedrich» nennen ließ, weil sie den gleichen Vornamen hatte wie ihre englische Mutter: Victoria..., von der sie sich natürlich unterscheiden wollte. Marie von Bunsen also schreibt: «Sie und der Kaiser Friedrich waren von der Kaspar-Hauser-Hypothese überzeugt. Dies sei in den Fürstenhäusern der allgemeine Glaube gewesen. Als die Prinzessin Luise dem Badenser verlobt wurde, begriff die Queen nicht, so erzählte mir die Kaiserin, wie der Prinz von Preußen seine einzige Tochter in eine solche Familie geben könne.»

Wieso ist das eine Quelle ersten Ranges? Jüngeren Lesern muß das erläutert werden: Die das hier ausspricht, die Witwe des Kaisers Friedrich, ist eine engste Verwandte: Sie ist die Schwägerin der erwähnten Luise von Preußen, die zum Unwillen der Queen Victoria von England von ihrem Vater, dem späteren Kaiser Wilhelm I., «in eine solche Familie gegeben» wurde: nämlich in die badische Herrscherfamilie, die jetzt deshalb auf dem Thron saß, weil sie eine Generation zuvor ihren legitimen Kronprinzen ermordet hatte! Die Mutter jener bedeutenden Frau, die diese Aussage gemacht hat, die Queen Victoria von England, war jetzt auch aufs engste verwandt – und daher gekränkt in ihrem maßlosen Dynastienstolz – mit jener preußischen Prinzessin, die auf dem durch Mord erworbenen Thron in Karlsruhe saß; denn diese Prinzessin war die einzige Schwester des Schwiegersohns der Queen, des nachmaligen Kaisers Friedrich... Wer Geschichte liest, wird meine Erfahrung bestätigen, daß von so genannten «Allerhöchsten Herrschaften», nämlich den regierenden Fürsten, sonst niemals – nie sonst – eine so ehrlich-unverblümte Aussage, was die sehr schmutzige Wäsche dieser Familien betrifft, irgendwo zu lesen ist: Die Herrschaften achteten so klug wie streng darauf, daß möglichst «dem Volk» nicht gezeigt werde, daß es auch in ihren

Sippen nur menschlich-allzumenschlich zuging... Als Jakob Wassermann 1908 schrieb, war diese Aussage der «Vicky» von England noch nicht bekannt; Flake muß sie übersehen haben, sonst hätte er sie natürlich eingebaut in seinen unersetzlichen Essay.

Eine Frau, einen Greis barbarisch killen ist keine geringere Untat, als Kinder zu ermorden. Und doch rebelliert unser Gefühl heftiger gegen Kindesmißhandlung. Kinder morden mag deshalb das Ruchloseste sein, weil dem total wehrlosen Menschen ja jene Realisierung in der Welt abgeschnitten wurde, ohne die sozusagen ein Individuum gar nicht vorhanden war: wer – wenn nicht gerade Mozart – hätte sich schon als Kind verwirklichen können? Sich – im Wortsinn – aus-leben dürfen ist Glück und Bestimmung des einzelnen. Kein Mensch, der nur Kind war und dann umkam, hat *das* gedurft.

Um zur Weltgeschichte zurückzukehren, in der möglicherweise nicht weniger Kinder zugrunde gerichtet wurden als Väter von Kindern, die Soldaten hatten werden müssen, auf den Schlachtfeldern: So sah ich einen Stich (in der ‹Frankfurter Allgemeinen Zeitung›), auf dem das absolut Schauerlichste zu sehen war: Wie die ach so enthusiastischen Volksbeglücker, die wir zweihundert Jahre nach dem Sturm auf die Bastille 1989 wieder gefeiert haben – ein bißchen hirnlos hat die Welt sie gefeiert –, wie diese Geschichts-‹Heroen› sogar Kinder zur Guillotine, zu ihrer Enthauptung geführt haben! Kinder, deren alleinige «Schuld» es war, von Adeligen gezeugt worden zu sein! Bedenkt man *das*: so sollten doch diese schmutzigen Geschichtsbestien wie Robespierre wenigstens *moralisch*, wenn auch nicht faktisch-historisch, auf ewig erledigt sein. Sie sind es nicht. Es spricht gegen jeden einzelnen von uns, ja ohne Übertreibung gegen die ganze Menschheit, daß sie – die Mehrheit – den revolutionären Franzosen ihre Kinderenthauptungen schon vergessen hat. Ich jedenfalls hatte *das* nicht gewußt. Man sollte, man soll sie ihnen nicht vergessen! Im Gegenteil: man sollte sie messen an dieser Untat, da sie den Charakter aller ihrer anderen «Taten» mitbestimmt.

PS *Fortschritt*: Jede Inszenierung von Shakespeares ‹Richard III.› erinnert daran, welchen «Fort»-Schritt – fort Richtung Abgrund – die Weltgeschichte durchmacht. Denn als Richard im Tower seine zwei Neffen, Kinder, die in der Thronfolge ihm im Wege sind, im Schlaf erstechen läßt, sagt ein mitverantwortlicher Höfling: «Das schlimmste und abscheulichste Gemetzel, das jemals dieses Land verschuldet hat!» Zwei Kinder ermordet – heute drei Zeilen oder «bestenfalls» dreimal dreizehn Zeilen in der Zeitung. In Guernica brachten 1939, worüber die Welt immerhin noch aufschrie, Hitlers Flieger 98 Spanier um. Wie viele Zivilisten wurden nur sechs Jahre später (und nicht einmal von Hitler!) durch die ersten zwei Atombomben getötet? Heute aber ist zur gar nicht mehr geheimgehaltenen, sondern zur offen eingestandenen Strategie in beiden Militär-Lagern, im westlichen ebenso wie im östlichen, der sogenannte ‹Preemptive Strike› gegen Bevölkerungszentren geworden, der Vorsatz, bei Beginn des nächsten Krieges *zuerst* die Großstädte auszuradieren – dann erst die viel schwieriger zu treffenden Panzerdivisionen. Das ist der Fortschritt: In jeder Armee 1914/18 hätte ein Artillerie-Offizier es als *völlig ehrlos* angesehen, würde man ihm mit der Zumutung gekommen sein, Zivilisten im gegnerischen Hinterland vorsätzlich mit seinen Kanonen zu beschießen! Keiner wagte in ein unverteidigtes Häusermeer hineinzuschießen.

Ja, der ist lange tot

– der vorm Jahr starb! Diese Erfahrung wurde zum Grundgefühl, als neulich jemand fragte – ich glaube: anläßlich der Jahres-Rückschau des Fernsehens am 1. Januar –, wieso nicht das Staatsbegräbnis des bayerischen Ministerpräsidenten gezeigt worden sei. «Aber Strauß ist doch schon vorvoriges Jahr gestorben!» rief einer, was seine Frau heftig bestritt. Jedenfalls, keiner wußte mehr, wann dieser weitaus meistumlärmte Politiker der BRD als Toter sechsspännig auf einem königlichen Leichenwagen durch München gefahren worden war. Und nicht nur die Jahres-Ereignisse –

die sogenannten! – hat man vergessen, sondern sogar schon die der vorigen Woche... Wenn fraglos im Jahr 1989 nicht die Erinnerungen an den 75. Jahrestag des Ersten, an den 50. des Zweiten Weltkrieges im Zentrum standen, sondern die Befreiung der Osteuropäer vom Kommunismus als Diktatur, so schockierte doch, daß im rasenden Ablauf der Bilder – kaum eines wurde länger als nur eine Minute gezeigt – fast nur *die* Einsicht blieb, daß nichts blieb. Und auch heute, knapp siebenundzwanzig Stunden nachdem ich diese Jahres- oder Wochen-Rückschau sah, gelingt es nur mit Mühe, im Tohuwabohu einstiger spektakulärer Geschehnisse mich der einzelnen oder wenigstens einiger einzelner zu erinnern. Särge sind eigentlich die bleibenden Bilder: Da starb der Welt meistgefeierter Dirigent; nun im Bild sein schmaler Grabhügel bei Salzburg, ohne Kränze, nur eine einzige Tulpe auf der braunroten Erde... Da explodierte auf einem sechsundvierzig Jahre alten Schlachtschiff ein Geschützturm, anläßlich eines Übungsschießens, und zerriß fast vier Dutzend Matrosen. Wie ich das tippe, wird mir bewußt, daß es inhuman ist, von Menschen im Dutzend zu sprechen, denn jeder von ihnen war doch ein einzelner, als solcher beweint – sicher tiefer betrauert als *die* einzelne Tote des stromab gegangenen Jahres, als Österreichs letzte Kaiserin, die mit 96 Jahren in Wien beigesetzt wurde, in der Kapuziner-Gruft.

Sauerkirschen und Anstreicher

Im Super-Laden große Gläser (800 g) mit Sauerkirschen für eine ganze Mark und achtzehn Pfennige: aus Bulgarien, Rumänien, Polen importiert. Was werden jene Menschen verdienen, die diese Kirschen gepflückt haben, was ja noch keine Maschine kann? Und die neulich mein Haus in Basel angestrichen haben, sie erzählten, sie hätten keinen roten Rappen Weihnachtsgeld von ihrem Boß erhalten, obgleich der so warme Dezember ihm erlaubt hatte, bis Heiligabend-Mittag «seine» Leute draußen auf dem Baugerüst anstreichen zu lassen! Ich vergleiche mit diesem «Nichts» die Beträge, die *ich* von Redaktionen als Weihnachtsgeld erhielt. Und wieder wird mir bewußt: Das letzte Tabu der Industrie-Gesellschaft ist die groteske Absurdität, daß unzählige noch immer «nur als Mittel benutzt» werden – was laut Kant *die* Ursünde der Gesellschaft ist. «Kein Mensch darf nur als Mittel benutzt werden»; mit diesem Satz krönte Kant die Ethik schlechthin. Natürlich weiß man, von Arbeit ist noch keiner reich geworden, sondern von Arbeit*ern*! Und doch sollte auch bei uns nicht mehr erlaubt sein, Menschen noch ebenso wie vor viertausend Jahren beim Pyramidenbau in Ägypten «nur als Mittel» zu benutzen: ein Maurer, der vom fünfzehnten bis zum fünfundsechzigsten Jahr mauert, aber selber dann keinen Stein besitzt, ist zeitlebens nur als Mittel vernutzt worden! Früher wie heute. Wenn wir aber diese kapitalistische Gesellschaft bejahen – und das tue ich wie jeder, dem eine Gesellschaft genau so viel wert ist, wie sie dem einzelnen Konsumenten an Freiheit gewährt, und die Freiheit des Einzelnen, das können nur klinisch Verrückte leugnen, *ist* im kapitalistischen System größer als in dem der verstaatlichten Gesellschaften –, wenn ich diese Gesellschaft gutheiße, dann muß ich gutheißen, daß *jedermann* in ihr Privatvermögen bilden kann. Nicht nur ich und meinesgleichen. Wo Geld das Maß aller Dinge ist, muß Geld *für alle* da sein. Geld, das hinausreicht über die zeitlich wertlose Ansammlung bloßer Konsumgüter. Eigentum, also Aktien, eine Wohnung, Boden jedermann zu geben – ist *allein* die Moral, die den Westen berechtigt, auf das östliche System herabzusehen, weil dieses östliche jedermann das Eigentum raubt, um es allein dem Staat auszuhändigen. Doch bei uns wird noch immer den normalverbrauchten Zeitgenossen der Kauf von Konsumgütern, etwa eines Eisschranks, als «Vermögensbildung» vorgeschwindelt. Das ist auch Betrug. So schrieb ich und war fast überrascht, daß der sozialdemokratische ‹Vorwärts› – inzwischen eingegangen – dies zeitwidrige Gedicht noch gedruckt hat:

Sein Grundbesitz

So wollten das die Schwarzen stets in Bonn.
Die Roten dulden das dort auch – «Genossen»:
Wer schuftet, dem bleibt *nichts* davon!
Gleich einem Gottesurteil ward beschlossen,

Arbeit, die Hände und Gesicht beschmutzt,
bringt keinem *Eigentum:* Haus, Aktien, Boden.
Als Mittel nur im Berg, am Bau vernutzt,
am Fließband auch – wird in Regierungszoten

Der Proletarier verhöhnt: daß ihm Konsum
– Kleid, Essen, Hausrat – «Werte» gab!
Gewiß, auch *er* kriegt Land, postum:
auf zwanzig Jahre Grundbesitz – sein Grab.

Daß Weihnachten kommt

– berechtigt uns noch nicht, auf Gott abzuschieben, was der Mensch selber tun sollte: die Fürsorge für den sozial und körperlich verunglückten Mitmenschen! Basel, zwölf Uhr mittags an der Schifflände, bei der mittleren Rheinbrücke: Ein ungefähr dreißigjähriger Blinder, jedem als solcher kenntlich durch den langen weißen Stock, findet nicht den Mut, ganz offensichtlich, zur Tram-Haltestelle jenseits seines Bürgersteigs zu gehen, der Autos wegen – obgleich er jeden Tritt hier kennt. Ich stelle mein Rad an die Mauer und bringe ihn zur Haltestelle der Tram sechs – erlebe dann aber doch einen mittleren Schock! Denn der Blinde sagt: «Würden Sie mir bitte auch noch mein Billett entwerten?» Ein Blinder also ist gezwungen – und das ist für ihn sehr viel schwieriger, als über eine befahrene Straße zu gelangen –, den Fahrschein-Entwerter noch zu finden, zu bedienen! Und das muten ihm Beamte zu, von denen jeder weiß, daß sie die weitaus höchstbezahlten der Eidgenossenschaft sind, in einer der reichsten Städte der Welt, in der jedes bessere Eckhaus ein protzender Versicherungskonzern oder eine Bank ist: Sogar von Blinden lassen die sich die Benutzung des städtischen Verkehrsmittels noch bezahlen! Unfaßbar in einer sogenannten christlichen Gesellschaft... Oder wir Deutschen schleppen noch heute aus der Bismarck-Epoche den «Rückfall-Paragraphen 48» im Strafgesetzbuch mit: Viele anständige Richter werden gegen ihr Gewissen durch diesen Paragraphen fortgesetzt gezwungen, Bagatell-Vergehen *ohne Bewährung* mit Gefängnis zu bestrafen: So neulich in Essen zehn Monate Haft für eine Rentnerin, die «rückfällig» geworden war: sie war Tram gefahren, zum Arzt, ohne zu zahlen, und war schon neunmal – aber verteilt auf zwölf Jahre – beim Schwarzfahren erwischt worden! (Hätte die «Täterin» sofort am Tatort, in dem Tram, die Strafe zahlen können – aber vierzig Mark hat sie nie! –, so wäre sie gar nicht vor Gericht gekommen: sie kommt im Gegensatz zu Bessergestellten deshalb vor Gericht, weil sie arm ist, *nur* deshalb!)

Es war Monatsende, sie hatte von ihrem Taschengeld, das ihr das Obdachlosenheim auszahlt, in «Höhe» von monatlich DM 106,80, keine fünfzig Pfennige mehr. Denn sie raucht: unerhörter Luxus! Sie stieg die Treppe zur Heimleitung hinauf und «beantragte» Vorschuß auf das Taschengeld, der Vorschuß wurde «nicht gewährt», so fuhr sie schwarz. Zwischen diesem «Verbrechen» und der Gerichtsverhandlung wies das Sozialamt dieser Frau, die wegen eines Unfalls nicht mehr arbeiten kann, eine Ein-Zimmer-Wohnung zu. Auf die ist sie stolz. Aber das Sozialamt, das ihr jetzt nach Verlassen des Heims monatlich knapp 400 Mark zahlt – zahlt eine leerstehende Wohnung nur drei Monate lang; muß also diese Tram-«Verbrecherin» ins Gefängnis für zehn Monate – verliert sie auch noch ihre Wohnung! Denn während sie «sitzt» – setzt die Rente aus. Was für eine Nation! In jedem Amt noch ein Kriegsverbrecher aus der Hitler-Zeit, solange er nicht aus biologischen Gründen hochbezahlt pensioniert ist; kein Minister, ob in den zahllosen Länderregierungen oder in Bonn, der samt «Aufwandsentschädigungen» weniger als dreißigtausend Mark im Monat hat – aber «rückfällige» Rentner dürfen nicht auf Bewährung Gefängnis kriegen – sondern «unbedingt»! Die Gesellschaft – nicht der Einzelne ist schuld, daß zwei solche melancholisch stimmende Tram-Geschichten zu – Weihnachtsgeschichten ausarten konnten. Ausarten *mußten*!

Wie wird der Prozeß ausgehen

– den Auto-Ford jetzt nach zwölf Jahren in erster Instanz verloren hat: Der pensionierte Ingenieur Robert W. Kearn verlangt fünfzig Dollar von dem Automobil-Giganten für jeden Wagen, in den Ford seit nunmehr fast anderthalb Jahrzehnten Kearns Erfindung eingebaut hat, ohne ihm einen einzigen Dollar zu zahlen – einen elektronisch gesteuerten Intervall-Wischer, den sein Erfinder bereits anfangs der sechziger Jahre in einen Ford Galaxy eingebaut und der Autofirma – nachweislich – vorgeführt hat. Ford schlug das Angebot aus – baute dann aber doch Wischer in seine Wagen ein, die nach dem von Kearn entwickelten Prinzip arbeiten. Zuvor waren Fords Wischer in der Regel durch Vakuum-Pumpen gesteuert worden. Ford wehrte sich mit dem «Argument», die Kearn-Erfindung, die der sich immerhin glücklicherweise hatte patentieren lassen, enthalte nichts Neues und sei daher ungültig. Da Kearn auch gegen die meisten anderen bedeutenden Autofabriken von Porsche bis General Motors klagt wegen Patentdiebstahls, so könnte die Entscheidung der aus Laien zusammengesetzten Gerichts-Jury in Detroit Auswirkungen haben, die einen Milliardenbetrag betreffen – vor allem aber den nervus rerum selber des Hochkapitalismus, dessen ernstestes Problem überhaupt das der Mitbeteiligung ist: Will die kapitalistische Welt, die jetzt durch die Bankrott-Erklärung des Ostblocks ziemlich preiswert zu ihrem beispiellosen Triumph über die sozialistische gekommen ist, auf die Dauer ihre Wähler überzeugen und sich oben halten, so muß sie auf allen Sektoren die *Mitbeteiligung* einführen! Die Heere der Arbeiter und Angestellten können, wenn sie geholfen haben, die Firma Gebrüder Soundso von sechzig auf sechzehntausend Beteiligte hochzustocken, einen Anteil davon verlangen, in Form von Aktien, den sie selber aus ihrer Lohntüte *nicht* zu erwerben in der Lage sind. Kluge Arbeitgeber haben das übrigens seit einem Vierteljahrhundert begriffen und beteiligen schon längst jene, die ein Leben lang in ihren Betrieben schuften... Die sozialistische Welt wurde nicht «dank» ihrer Unfähigkeit besiegt, sondern wegen ihrer Dummheit: Sie hat niemals begriffen, daß nichts und niemand funktioniert, wenn das Konkurrenz-Prinzip ausgeschaltet wird. Warum soll Bäcker Müller gute Brötchen backen, wenn Bäcker Schulze, sein Nachbar, garantiert die gleichen backen muß und ebensowenig daran verdienen darf, weil der Staat das so will?

Daß Ford überhaupt so unklug sein konnte, den Erfinder Kearn und seine bescheidene Forderung rüde abzuschmettern, ist nur der Beleg – Fische sehen das Wasser nicht –, daß die wirtschaftliche Übermacht auch mit Ford getan hat, was Übermacht noch stets mit ihrem Inhaber anrichtete: Sie hat ihn umgebungsblind gemacht, verdummt...

Radetzkymarsch und Hauptmann von Köpenick

– also Musik, die der Vater des Walzerkönigs Strauß komponierte, und Zuckmayers Komödie, die bestgebaute aller deutschen, die auch für unseren Volkscharakter exemplarische: diese beiden bedeutenden Kunstwerke sind das letzte, ja das *einzige*, was übriggeblieben ist vom Ruhm, vom Glanz aller Armeen Österreichs und Deutschlands! Das Grab des «Hauptmann von Köpenick» genannten Schusters Vogt in Luxemburg wird dort noch heute auf Kosten der deutschen Botschaft gepflegt: als einziges Grab eines im Frieden gestorbenen preußischen «Offiziers» (und «Soldaten» überhaupt), das irgendwo noch bepflanzt, begossen wird... Und der noch immer mitreißende Marsch, den ein Sohn des aus Ungarn nach Wien übergesiedelten Juden Strauß komponierte: Er ist das letzte noch lebende Denkmal der kaiserlich-königlichen Armee Österreich-Ungarns... Hätte das vor 1918 jemand prophezeit, er wäre wegen der totalen «Weltfremdheit», sprich: Harmlosigkeit seines angeblichen Irrsinns nicht einmal eingesperrt worden! Abermillionen hochdekorierte Soldaten und Offiziere dieser einst machtvollsten Armeen der Welt – dahin, bachab bis zur völligen Namenlosigkeit! Doch der Schuster, der eine Hauptmanns-Uniform beim Trödler kaufte, um die Stadtkasse von Berlin-Köpenick zu klauen: *der* ist unsterblich wie die Musik der Familie Strauß, von der so konsequent wie borniert die (keineswegs mehr unsterbliche) Herrscher-Familie Habsburg in Wien niemals Kenntnis zu nehmen geruht hat... Die Letzten werden die Ersten sein: woran wäre die Wahrheit dieser Verheißung drastischer abzulesen? Und woran die Erfahrung, daß Kunst und Humor nicht die dauerhaftesten Werte sind, sondern die *einzigen*, die – zuweilen, freilich auch nur *zuweilen* – überdauern? Wer von Dauer zuviel verlangt: Sieben der vermutlich mehr als siebzig Dramen des Sophokles sind erhalten!

Den gangbarsten Weg

– sich dem Alltag, wozu auch die Langeweile zählt, und sogar den Altersängsten zu entziehen, sah der Sohn eines der Brüder Grimm im «geistigen Verkehr mit großen Männern: Wer den Dichter oder Künstler oder Staats- oder Kriegsmann gefunden hat, dessen Leben dem am meisten entspricht, das er selber am liebsten geführt haben möchte, hat den Punkt entdeckt, von dem aus die Welt ihm am reinsten als die Schöpfung der höchsten Weisheit vor Augen steht...»

Dieser Herman Grimm – er schrieb sich mit einem «n» – war im 19. Jahrhundert der in Deutschland markanteste Biograph Michelangelos, Raffaels und Goethes, zu dem er eine intimere Beziehung hatte als alle späteren; denn Grimm konnte noch Leute befragen, die Goethe gekannt haben.

Mit diesem Rat des Langerfahrenen – man fand Grimms Notiz im Nachlaß – ist gut leben, wie ich selber hinzufügen kann, seit ich mich zwanzig Jahre ins Dasein Winston Churchills vertieft habe. Auch liest man dieses Vergnügen schon aus dem ersten Satz der späten Aufzeichnungen Jacob Burckhardts, der ein halbes Jahrhundert als Dozent Rubens gefeiert und dann als Emeritus das Glück beschrieben hat, das ihm so lange die Bilder und Biographie des gewaltigen Malers geschenkt haben: «Es ist ein höchst angenehmes Gefühl, sich Persönlichkeit und Lebenslauf des Rubens zu vergegenwärtigen; man trifft schon an so vielen Stellen auf Glück und Güte wie kaum bei einem andern von den großen Meistern, und er ist genau genug bekannt, um ein sicheres Urteil zu ermöglichen... muß er einer der höchst bevorzugten Sterblichen gewesen sein. Unzulänglich ist alles Irdische, und Prüfungen sind auch über ihn ergangen; allein das große Gesamtergebnis seines Lebens strahlt derart auf alles Einzelne zurück, daß die Laufbahn wie eine völlig normale erscheint. Sie hat nicht frühe abgebrochen... und andererseits ist ihr das schwache Alter erspart geblieben, und einiges vom Allergrößten gehört gerade den letzten Jahren an.» Wenige Zeilen, mit denen Burckhardt schon greift, was überhaupt zu sagen ist von einem Leben, das gelohnt hat...

Wie vollends schöpferische Geister durch jahrelange intimste Auseinandersetzung mit einem Bedeutenden selber zu Höchstbedeutendem inspiriert werden, beweist der Auftrag eines Historikers an den Jüngling Menzel, ihm 400 Zeichnungen zur Geschichte Friedrichs von Preußen zu liefern. Menzel, der ja auch den Impressionismus vorwegnahm – er malte sein ‹Balkonzimmer›, als Manet dreizehn war –, wurde der populärste deutsche Maler seines Jahrhunderts, weil seine Bilder Friedrich den Großen zum populärsten Herrscher der deutschen Geschichte gemacht haben.

Wo Herman Grimms Empfehlung zeitgebunden, also ergänzungsbedürftig ist: daß er nur von großen Männern spricht, nicht auch von großen Frauen! Doch so dachte ein 1828 Geborener, obgleich Grimm nicht nur der Schwiegersohn einer bedeutenden Autorin war: Bettina von Arnims, sondern verheiratet mit einer als Schriftstellerin profilierten Tochter dieser geborenen Brentano. Ich vermute, daß ich wie jeder Mann einen höheren Genuß aus der Beschäftigung mit einer *Frau*, deren Leben detailliert belegt ist, ziehen würde – unabhängig davon, ob ich mich nur als Leser und Reisender (zu den Schauplätzen) oder auch als Biograph mit dieser Frau auseinandersetzte. Ich würde – ein Beispiel – das Leben der Zarin Katharina passionierter studieren als das Peter des Großen, dessen Enkel diese deutsche Katharina von Anhalt-Zerbst geheiratet hat, als Sechzehnjährige. Sie ließ ihn bekanntlich, um selber die Große zu werden, von ihren Liebhabern ermorden. Der Stolz dieser (auch) geistvollen Fürstin war es, mit Voltaire als dem humansten und mutigsten Intellektuellen des 18. Jahrhunderts zu korrespondieren. Und Katharinas Souveränität als Frau ist sogar abgebildet: sie war die erste überhaupt in der Geschichte, die das bis dahin ganz und gar «Unmögliche» riskiert hat: sich auf ihrem Schimmel im *Herren*-Sitz malen zu lassen! Ihre Memoiren sind als Quelle natürlich zu kontrollieren durch radikale Biographen; radikal heißt: an die Wurzeln gehende, ja zeitwidrige, im Sinne der Maxime Lichtenbergs: «Wenn eine Geschichte eines Königs nicht verbrannt worden ist, so mag ich sie nicht lesen!» Also alle nur offiziellen, staatlich oder gar familiär – denn Familien sind noch heuchlerischer und gehen noch schnöder mit unangenehmen Wahrheiten um als sogar der Staat –, «Quellen» sind trübe, jedenfalls zu «schön», um wahr zu sein...

Auch sind wir Zeitgenossen von Auschwitz und Hiroshima nicht mehr wie Grimm fähig, von der Welt als der «Schöpfung der höchsten Weisheit» zu schwärmen: absurd! Doch braucht's das auch gar nicht; empfehlenswert bleibt dennoch, sich dem Gerädertwerden durchs nur Alltägliche zu entziehen, indem man sich (ist sogar billig!) jahrelang Vergnügen holt aus dem Lebenslauf einer sich charaktervoll ausgelebten starken Natur...

Sollte ich dem Rat der Grimms folgen, ich würde das Leben des Bildhauers Houdon wählen, 1741 bis 1828, der in den Epochen Voltaires, der Revolution, Napoleons die lebendigsten Büsten schuf, die niemand in der Nachwelt höher bewundert hat als Rodin, der manchmal eigens in den Louvre ging, sie erneut zu studieren. Rodin fand heraus, wie es Houdon fertiggebracht hatte, seinen Porträts «die durchsichtig leutenden Augen, den schimmernden Glanz der Iris zu geben». Indem Houdon «am Rand der ausgebohrten Pupille kleine Erhöhungen anbrachte, die – je nachdem sie beleuchtet sind – den Widerschein des Tageslichts in der Pupille vollendet vortäuschen und dadurch auch die Verschiedenheit des Blicks verursachen – Verschmitztheit bei Voltaire, Autorität bei Mirabeau, Nachdenklichkeit bei Washington». Houdon reiste zur großen Katharina nach Petersburg und reiste bereits nach Washington, um dort das Denkmal des Gründers zu schaffen; die Sadisten der Revolution hätten ihn beinahe enthauptet, weil er auch zwei «Heilige» geschaffen hatte – er wurde vor der Guillotine gerettet, weil man die zwei als «Philosophen» ausgab! «Fait d'après nature» kratzte er seiner Napoleon-Büste ein, die sogar jene Schwermut ausdrückt, die auch Hegel im Gesicht des «Weltgeistes zu Pferde», als er Napoleon durch Jena reiten sah, wahrgenommen hat. Ein wahrhaft erfülltes urbanes Leben – und seine zweihundert Büsten sicherten dem geborenen Versailler ebenso die Unsterblichkeit wie seine einst so haarsträubend «anstößige», weil nackte, über zwei Meter hohe ‹Diana› von 1776.

Korrespondierende Todfeinde: Heidegger und Jaspers

I

Wer kennt nicht Paul Klees lustigste Radierung: ‹Zwei Männer, einander in höherer Stellung vermutend, begegnen sich›? An dieses Blatt aus dem Jahre 1903 denkt oft, wer Heideggers Briefwechsel mit Jaspers liest: wir nennen den sechs Jahre Jüngeren zuerst, weil den ersten dieser Briefe Heidegger aus Wiesbaden, «jetzt, nachdem ich meine lästigen Spenglervorträge hinter mir habe», nach Heidelberg an Jaspers schrieb, am 21.4.1920. Die gleichen Verbeugungen, eher schon Verbiegungen wie auf Klees sarkastischem Blatt; das gleiche Mienenspiel der einander eher ausweichenden, immer erneut Verabredungen treffenden, dann sie absagenden Männer – nur daß sie nicht nackt aneinander vorbeigehen wie bei Klee, sondern im Gegenteil sich so «bedeckt» halten wie nur möglich. Doch als Zeitdokument ein so deutsches wie interessantes und wie betrübliches Buch...

Der dritte Satz bereits in der ‹Vorbemerkung› der beiden Herausgeber Walter Biemel und Hans Saner charakterisiert nicht nur die Haltung der beiden Briefschreiber zueinander, sondern schon die große Mehrzahl auch der Briefe: «Von 1920 bis 1963 korrespondierten Jaspers und Heidegger miteinander. Erhalten sind insgesamt 155 Schriftstücke. 15 weitere nachweisliche Briefe von Jaspers an Heidegger... müssen als verloren gelten.» Ebenso aufschlußreich heißt es: «Der Briefwechsel wurde von 1936 bis 1949 unterbrochen...»

Heidegger wurde nie ausgebombt, nie zur Flucht gezwungen, sein riesiges Archiv ist wohlerhalten, man schätzt, der Umfang seiner noch nicht kompletten Gesamtausgabe wird endlich, jetzt sind «erst» etwa vierzig Bände erschienen, *einhundert* Bände betragen: Da ist es tatsächlich doch höchst *verdächtig*, daß von sechsundachtzig Jaspers-Briefen fünfzehn fehlen. Fünfzehn sind viel, wenn es wahr ist, was immer erneut in den Briefen der beiden Partner – aber eben «Partner» waren sie nicht, *konnten* sie nicht sein – beteuert wird: Daß sie einander für die einzigen nennenswerten Philosophen ihrer Epoche hielten. Das lag auch daran, daß sie zwar griechisch lesen konnten, doch moderne Fremdsprachen nur mühsam: Ortega y Gasset war immerhin übersetzt ins Deutsche, so auch Sartre und Russell, die aber im Briefwechsel alle drei – nur Beispiele – nicht zur Kenntnis genommen werden, abgesehen von einer Erwähnung Ortegas bei Heidegger, der ihm «naiv» habe sagen lassen, er meine niemals *ihn*, wenn er gegen den Existentialismus polemisiere... Von Deutschen wird immerhin Scheler zur Kenntnis genommen, nicht aber etwa Theodor Lessing und Keyserling. Über ‹Untergang des Abendlandes›, wir hörten das schon, hält Heidegger bereits vor Erscheinen des zweiten Bandes sogar Vorträge. Doch Baeumler – «Baeumler ist gefallen», schreibt einmal lustigerweise Heidegger, er meint: Ist als Kandidat für einen bestimmten Lehrstuhl ausgestrichen worden –, Windelband, Rickert werden nur hinsichtlich des vielfach erörterten «Geschiebes» erwähnt, wenn es um List und Tücke des Gerangels geht, diesem oder jenem, mit ministerieller Hilfe oder gegen ministeriellen Beschluß, einen Lehrstuhl zu gewähren oder zu verweigern. Dies «Geschiebe» nimmt weiten Raum ein, ist aber wie eine Satire zu lesen, in den frühen Briefen; zuweilen muß man vermuten, es habe die Korrespondenten intensiver beschäftigt als die Philosophie, was gewiß *nicht* der Fall war. Jaspers schreibt eisig am 24.11.22 über Scheler: «Immerhin, man liest es. Das ist viel, denn die meisten ‹Philosophen› der Zeit lese ich nur, wenn ich muß.» Hans Saner, sein Mitarbeiter in späten Jahren und heutiger Herausgeber der Werke, sagte mir, Jaspers habe prinzipiell keinen Zeitgenossen je zitiert. Höchstens dort, wo er ihm – so Freud,

Spengler, Heidegger, Golo Mann – Irrtümer oder Unzulänglichkeiten ankreiden wollte. Oder ihn, so Hannah Arendt, seine berühmteste Schülerin, enthusiastisch empfohlen hat. Zum Beispiel schreibt Jaspers am 17.8.49 über Lukács an Heidegger, während Bloch «natürlich» gar nicht vorkommt im Briefwechsel, ja nicht einmal der Basler Universitäts-Kollege Karl Barth, der in Vorlesungen, von «Jasperle-Theater» sprach, wenn im Hörsaal über ihm die Studenten Jaspers durch Trampeln huldigten, denn – wiederum «natürlich» – mußten die beiden Stars der Universität ihre Vorlesungen aus Bosheit zur gleichen Stunde ansetzen –, über Lukács schreibt Jaspers: «In Genf hatte ich 1946 mit Lukács eine öffentliche Diskussion. Er hat nachher gesagt: Heidegger sei wenigstens eine klare Erscheinung des Verfalls des Bürgertums, ich sei gar nichts ohne soziologischen Ort. Ich kannte ihn vor 1914. Die Verwandlung, die mit ihm vorgegangen ist, war schaurig zu sehen. Aus einem geistreichen, sprühenden Menschen war eine öde Maschinerie geworden. Seine Plattheit war erstaunlich. Weil man gern einen ‹Vertreter des Ostens› haben wollte, ertrug man es. –»

Schon 1921 hatte er an Heidegger geschrieben und wieder Philosoph in Anführungsstriche gesetzt: «Niemand von den jüngeren ‹Philosophen› interessiert mich mehr als Sie. Ihre Kritik kann mir wohltun.» Heidegger verfährt mit seinen Zeitgenossen nicht glimpflicher: «Die Philosophie, die Jaensch macht, ist selbst für Volksschullehrer noch zu primitiv. Und was jetzt für Hartmann, der nach Köln bestimmt annimmt, kommt, ist fraglich»: Also «was» – nicht: *wer* kommt! Neben ihm und Jaspers ist offenbar jeder andere ein Neutrum. Respekt bezeugt er eigentlich nur Ernst Cassirer und seinem eigenen Lehrer Husserl und seinem Schüler Löwith, für den er sogar – mit Jaspers – um ein Stipendium kämpft, denn «ich glaube, daß etwas aus ihm wird in gewissen Grenzen». Wenn Heidegger dann im gleichen Brief (17.11.26) Jaspers mitteilen muß, aus Marburg, daß der berühmte preußische Kultusminister Becker ihn als Nachfolger von Nicolai Hartmann zum zweitenmal abgelehnt habe, so mag diese Abfuhr schon ihren Anteil daran haben, daß wenige Jahre später, als sie durch Hitler beseitigt wurde, der Untergang der Weimarer Republik, deren weitaus namhaftester Minister für Kulturelles Becker ja gewesen war, nicht gerade Trauer in Heidegger aufkommen ließ – verständlicherweise! Sie hat ja, dieser erste deutsche Republik, nicht nur Rechte wie ihn, wie Jünger, wie Jaspers, wie Wilamowitz und Spengler und Weizsäcker nicht gerade zu ihren Getreuen zu machen vermocht – sondern die Linken ebensowenig: Grosz, Tucholsky, Piscator, Ossietzky waren ihre vehementesten Kritiker... Wird vielleicht die Demokratie als Staatsform schlechthin in Deutschland von den Intellektuellen als so banausisch, als so wissenschafts- und kultur-fremd empfunden wie – *sie es ist?* Dies nur als unangenehme wie leider unabweisbare Frage...

II

Wenn anfangs gesagt wurde, das Fehlen der fünfzehn Jaspers-Briefe sei «verdächtig» angesichts der Tatsache, daß Heideggers Archiv verlustlos durch den Hitlerkrieg kam, so auch wegen des gereizt formulierten Nachweises von Ortega y Gasset: «... aber ich muß erklären, daß ich diesem Autor zu sehr wenig Dank verpflichtet bin. Es gibt kaum einen oder zwei Begriffe bei Heidegger, die nicht auch in meinen Büchern, zuweilen mit einer Priorität von dreizehn Jahren, vorkämen. Zum Beispiel die Idee des Lebens als Unruhe, Sorge, Unsicherheit und der Kultur als Sicherheit und Sorge um Sicherheit findet sich wörtlich in meinem ersten, 1914 erschienenen Buch... Mehr noch, dort steht auch schon die erste Anwendung dieses Gedankens auf die Geschichte der Philosophie und der Kultur in dem speziellen, für den Fragenkreis so bedeutungsvollen Fall Platos... Zum Beispiel: ‹Leben heißt mit der Welt umgehen, sich ihr zuwenden, in ihr wirken›... wer sagt das? Heidegger im Jahre 1927 oder ich im Dezember 1924?» Da der Spanier diesen Vorwurf des Plagiats drei Seiten lang detailliert als Fußnote in jenes seiner Bücher einbaute, das neben ‹Aufstand der Massen› das in Deutschland meistverbreitete war, in seinen großartigen Goethe-Essay von 1932, so wollte er mit dieser geistigen Duell-Forderung offensichtlich Heidegger zur Stellungnahme zwingen, die – ausblieb! Jaspers hat (meines Wissens) nur an einer Stelle Heidegger des Plagiats verdächtigt, nicht bezichtigt – und doch diesen Verdacht sogleich wieder fallenlassen: Er legte in ‹Holzwege›, das Heidegger ihm am 12.12.49 «mit herzlichem Gruß» zugesandt hatte, einen Notiz-Zettel: «Merkwürdige Koinzidenz mit mir, ohne Einfluß, wenn H. diese Schriften nicht nach Lektüre meiner seit 45 ergänzt hat. Das Letztere ist doch unwahrscheinlich.» Hätte Jaspers das «unwahrscheinlich» auch *dann* genannt, würde er geahnt haben – der alle Briefe Heideggers sorgfältig aufbewahrte –, daß Heidegger immerhin den vierten Teil aller Jaspers-Briefe verschwinden lasse? Wer das tut – muß sich's gefallen lassen, daß Leser argwöhnen, er habe damit originale Gedanken des Briefpartners – wenn der ein doch so «originaler» Denker wie Jaspers ist – sich aneignen oder dessen politische Vorwürfe eskamotieren wollen. Dafür spricht auch, daß Jaspers einmal über ihn notiert: «Heidegger zitiert meist, was auf ihn gar nicht gerichtet wird, faktisch Beiläufiges, in Sein und Zeit Professoren – also ob sein Instinkt ablenken wollte von den wirklichen ihn Bestimmenden, z. B. Kierkegaard, Schelling –»

III

So findet in seinen ‹Notizen zu Heidegger› (jetzt als Taschenbuch in Serie Piper, Band 1048) jene radikale philosophische wie politische Auseinandersetzung statt, die man in diesem Briefband vergebens sucht – sofern man sie dort überhaupt erwartet hatte. Auch in diesem Buch kommt freilich in Glanzlichtern einiges davon an den Tag, aber doch nicht in den Briefen, sondern in den so gescheiten wie informativen Kommentaren der beiden Herausgeber, die aus den Archiven von Jaspers und Heidegger herausholen, was die allzu höflichen Antipoden sich gehütet haben einander zuzumuten. Denn die menschliche Rücksicht füreinander war der ständig anwesende Zensor, den jeder, während er dem anderen schrieb, im Nacken hatte – auch noch nach 1949, als mit Hilfe Hannah Arendts, Schülerin beider, der Briefwechsel nach dreizehnjähriger Unterbrechung wieder begonnen wurde, ohne doch eigentlich noch recht «in Gang» zu kommen: Zu viel Menschlichunwürdiges war seitens des Jüngeren geschehen, der ja vor Hitlers Machtantritt oft tagelang bei Jaspers in Heidelberg gewohnt – dann aber strikt das Haus gemieden, auch seit 1936 keinen Brief mehr dorthin geschickt hatte, denn Gertrud Jaspers war Jüdin. Und Jaspers hat deshalb 1937 mit seiner Zwangspensionierung sogar Publikationsverbot auferlegt bekommen: selbst diese äußerste Diskriminierung des großen Schriftstellers konnte Heidegger nicht veranlassen, ihm auch nur privat ein Wort des Mitgefühls zukommen zu lassen. Was jedoch Jaspers offenbar noch entscheidender gegen ihn aufbrachte, war Heideggers Feigheit nach Kriegsende: «Daß er nach 1945 einfach kniff, war doch das objektiv und das menschlich Unerträgliche», notierte Jaspers noch am 30. 10. 1966, anderthalb Jahre vor seinem Tode. Er hatte bei Kriegsende geschrieben: «So ist es unumgänglich, daß zur Verantwortung gezogen wird, wer mitgewirkt hat, den Nationalsozialismus in den Sattel zu setzen. Heidegger gehört zu den wenigen Professoren, die das getan haben.» Doch hat Jaspers stets darauf hingewiesen, daß auch Heidegger nicht geahnt haben *kann* – niemand hat das –, was Hitler anstellen werde. Und ist dafür eingetreten, auch gleich nach Kriegsende, daß Heidegger instand gesetzt werde, zwar nicht zu lehren, aber doch weiterhin zu publizieren... obgleich er mit dem Hitlergruß seine Vorlesungen noch in jenen Jahren «eröffnete», als das – etwa 1937 – schon nicht mehr «in Mode» war... Daß Jaspers sich dafür stark machte, den 1945 zwangspensionierten Heidegger so zu versorgen, daß er materiell freigestellt bleibe für die philosophische Produktion und publizieren dürfe, erstaunt fast, wenn man liest wie *endgültig* Jaspers Heideggers Denken verworfen hat: «Ich hätte ihn wahrscheinlich gründlicher gelesen, wenn ich ihn nicht persönlich gekannt hätte. Die ‹Sachverhalte› stießen mich ab... Es wirkte ungemein kunstvoll – aber gar nicht beschwingend für den philosophischen Gedanken. Fast immer hatte alles für mich alsbald eine falsche Stimmung. Objektive Erkenntnis fehlte. Ich lernte nichts. Philosophische Impulse waren nicht da... Ich kannte die Quellen besser und darin die Wahrheit, die hier verdünnt und verkehrt und konkretisiert schien: Kierkegaard, Schelling, Luther, Augustin... So blieb ich bei der Lektüre immer schnell stecken. Wo es schwierig wurde, lohnte es sich nicht – ganz anders bei Hegel oder Schelling oder Kant, wo das Schwierige... sich fruchtbar zu neuer Einsicht löste.»

Ebenso radikal hat Heidegger Jaspers verneint – aber öffentlich und sogar zu einer Zeit, als Jaspers «dank» der Nazis zum Schweigen gezwungen wurde, was es so unendlich verächtlich macht. Er dozierte im Wintersemester 1936/37: «... daß für Jaspers, um es in aller Schärfe zu sagen, überhaupt eine Philosophie unmöglich ist. Im Grunde ist sie eine ‹Illusion› zu Zwecken der sittlichen Persönlichkeit... Weil Jaspers im innersten Grund das philosophische Wissen nicht mehr ernst nimmt, gibt es kein wirkliches Fragen mehr. Philosophie wird zur moralisierenden Psychologie der Existenz... Das ist eine Haltung, der es... verwehrt bleiben muß, jemals in die Philosophie Nietzsches fragend-auseinandersetzend einzudringen.»

Also nicht einmal Nietzsche soll Jaspers begriffen haben! Wo doch Heidegger ihm am 16.5.36 geschrieben hat: «Großartig, wie Sie ein Werk nach dem anderen hinstellen... Im Februar dieses Jahres hatte ich eine Vorlesung über Nietzsches ‹Willen zur Macht› angekündigt... Nun Ihr Werk vorliegt, brauche ich diesen Versuch nicht zu machen... Ich kann in der nächsten Stunde einfach auf Ihr Werk, das zudem für die Studenten erschwinglich ist, hinweisen.»

Doch als dann die Nazis entdeckten, ein Philosoph dürfe nicht mehr Dozent sein, wenn er eine jüdische Frau habe – pünktlich auch Heideggers Entdeckung, Jaspers sei keiner. Und sagt das sogar öffentlich zu seinen Studenten! Und weiß: Jaspers, dem Publikations-Verbot unterworfen, darf sich nicht wehren: Er *muß* parieren, denn seine Frau ist vom KZ bedroht – ein verächtlicher Mensch, dieser Philosoph aus Meßkirch! Da ist kein Trost, daß schließlich jeder schon beobachtet hat, daß wir uns nie lächerlicher machen, als wenn wir über Berufskollegen urteilen. Bösartiger hat nie ein Sterblicher die «Gründe» formuliert als Goethe: «Lebt man denn, wenn andere leben?»

Umweltschmutz

Wale singen

«Bilanz: über zehntausend Delphine, Jahr für Jahr. Und sie sterben einen furchtbaren Tod: Die Netze sind für die Meeressäuger wie eine unsichtbare Wand im Wasser – sie verheddern sich in den Maschen und sterben langsam. Sogar große Wale. Allein 1988 erstickten vermutlich 40 der streng geschützten und vom Aussterben bedrohten Buckelwale.»

Greenpeace-Nachrichten, Februar 1990

Tierschutz-Gesetze
nicht gültig im Meer:
siebzig Kilometer die Netze,
Treib-Netze, beuteschwer...

«Dank» dieser Länge
geraten selbst Wale
in ihre Fänge!

Entnervend das Finale
ihrer Gesänge. Der Delphin
leidet länger als Menschen am Strang,
wenn sie die Netze zusammenziehn...

Befreiungs-Qual noch stundenlang.
Statt Tier-Elegien
Todesröcheln: sein Abgesang.

Pavianherz im Menschenkind

Das Herz haben, einem Affen sein Herz zu nehmen, um es in ein Kind zu verpflanzen, dessen Herz als Pumpe unzureichend ist: Wie plausibel, so dachte man als Laie, wie human! Doch dann erfährt man: Zum Zeitpunkt der Verpflanzung war durchaus ein Kinderherz vorhanden, das hätte übernommen werden können – nämlich das intakte Herz eines durch Verkehrsunfall Hirntoten! Und zusätzlich erfährt man: Den Herren Herztransplanteuren *muß* bekannt gewesen sein, daß dieses Pavianherz durchaus unzureichend für einen menschlichen Körper dann ist, wenn dieser Mensch ausgewachsen sein wird. Affenherzen haben die Kapazität, einen Affen – nicht aber einen erwachsenen Menschen am Leben zu erhalten. Also war bestenfalls Lust am Experiment – die ziemlich verständlich ist –, doch schlimmstenfalls Lust an Reklame für die eigene Person das Motiv der Pavian-Schlachtung?

Und doch, während man das tippt, spürt man: Die Menschheit wird nie mehr mit dieser zum Problem gewordenen Chance fertig werden, den Medizinern alles das zu erlauben, was sie können; und was sie noch können *werden*!

Wie überhaupt sollen Wissenschaftler daran gehindert werden, zu denken und – aus Versehen! – sogar ehrlich zu sprechen wie Robert Oppenheimer, als er 1945 den Abwurf seiner zwei Atombomben auf das bereits um Kapitulation bittende Japan mit dem ungeheuerlichen Satz «rechtfertigte»: «Wir wollten, daß es geschah, ehe der Krieg vorüber war und keine Gelegenheit mehr dazu sein würde!»

Und dieser Mensch starb im Bett – statt am Galgen!

Tiere, Menschen, Gott

Ein Freund bei Tisch, mir fällt auf: «Du ißt kein Fleisch? – Seit wann?»

Nicht nur, was den Teller betrifft, hatte ich nie das Gefühl, er sei Fleischverächter – im Gegenteil. Jetzt sagt er mir ganz überraschend: «Hast du dich mal dafür interessiert, wie es zugeht in Schlachthäusern? Und was Menschen überhaupt mit Tieren anstellen? Seit ich das weiß – lange genug hat's ja gedauert –, bring' ich keinen Bissen Fleisch mehr hinunter...» Drei Tage später sendet er mir das Buch – erschienen bei ‹Zweitausendeins› und nur dort erhältlich –, das Eva Kroth einfach ‹Das Tierbuch› nennt; sie schrieb es und stellte die – meist farbigen – Fotos zusammen auf Anregung des Filmers Viktor Schonfeld, der wiederum seinen Film auch ganz lapidar den ‹Tierfilm› genannt hat. Nicht anzusehen abends nach achtzehn Uhr: Auschwitz für Tiere – ist die unaussprechlich schreckliche Empfindung, blättert man diesen Band zum erstenmal durch. Es wird einem schlecht, ob man «nur» die Serienquälereien anschauen muß: also Tiere in «Farmen», dort, wo sie zum Beispiel lebenslänglich auf Eisenrosten stehen müssen, ohne je eine Handbreit Gras zu sehen. Oder ob man Fotos der individuell an Tiere verabreichten Sadismen angucken muß, also die durch Mediziner und Pharmakologen zu Tode gefolterten Lebewesen. Wer einen Funken Religion im Leibe hat – und das heißt: Gerechtigkeitsgefühl –, der kann nur folgern, wenn er kein Heuchler ist, daß die Menschheit als Ganzes, die das den Tieren seit Jahrzehnten antut, durchaus ihre Hinwegnahme durch die Wasserstoffbombe verdient hat, wobei die Tatsache, daß unverhältnismäßig mehr Schuldlose als Schuldige dabei umkämen, exakt dem entspricht, was der Mensch mit Tieren tut, die ja ebensowenig wie das Kind in der Wiege verdient haben, was der Mensch ihnen antut.

Philosoph

– ist der Mensch nur in dem Moment, in dem er das Licht der Welt erblickt: Er schreit! Als jemand dieser Meinung heftig widersprach, erläuterte einer den absurden Kreislauf des Daseins an der Milchwirtschaft: «Das ist doch wirklich zum Schreien: Aus Milch wird Butter gemacht. Die Butter wird – das ist teuer – in Kühlhäusern mit erheblichem Energieaufwand gelagert, denn sie ist unverkäuflich in der Menge, in der sie produziert wird. Verbilligen will man sie nicht, um den Bauern die Preise stabil zu erhalten. In der Bundesrepublik kostet das Kilo zwischen neun und zehn Mark, in der Schweiz zwischen fünfzehn und sechzehn Franken. Nach zwei Jahren, wenn sie nicht mehr lagerfähig ist, wird die Butter, die – bekanntlich – dadurch gewonnen wurde, daß man das Fett von der Milch trennte, wobei Molke entstand – wiederum mit Molke vermischt, um sie an Kälber zu verfüttern!» Butter an Arbeitslose oder an die Dritte Welt gratis abgeben will man nicht: Inder und Schwarze sind eben keine Kälber! Und «schenkt» man Arbeitslosen auch noch Butter, schimpft ein Bankdirektor, «*wollen* die erst recht nie mehr arbeiten!».

«Tag des Umweltschutzes»

– wie feierte den mit Pathos ein Schuldirektor? Er charterte sechs riesige Busse, die den Schwarzwald mit gewaltigen Wolken stinkender Auspuffgase besprayten, um dort seinen siebenhundert Schulkindern zu demonstrieren, Auspuffgase vernichteten den Wald…

Bundesbahn-Schelte

Die Zahllosen, die da schimpfen, die Eisenbahnen – aller Länder – könnten ohne Subventionen nicht fahren, sind immer Autobesitzer, die niemals darüber nachdenken, wer denn eigentlich *ihre* Fahrerei subventioniert. Denn Vernünftige unter den Autofahrern – die soll es geben – können ja nicht annehmen, ihre Steuern reichten aus, die Straßen zu bauen, die sie benötigen, und die Umweltverschmutzung samt Waldsterben, die sie verursachen, zu beheben. Tatsächlich zahlt jeder, der Eisenbahn fährt statt Auto, erstens *sehr* teure Fahrkarten; zweitens aber mit seinen Steuern auch dort Zuschüsse, wo er selber nichts davon hat, sondern nur die Autofahrer. Das Auto ist weit weniger ein Vehikel als eine Weltanschauung. Keinen Autofahrer hat der Tod eines Angehörigen so tief berührt wie während der Ölkrise die Verordnung, drei autofreie Sonntage einzuhalten. Wer alt wird, wird den Tag noch erleben, an dem der Gesetzgeber aus Not der Straßenüberfüllung – das sieht man heute schon in Rom – Einschränkungen individueller Willkür auferlegen *muß*... Oder er ließe zu, daß seine Metropolen unbewohnbar werden. Es scheint mehr als ein Vorsatz zu sein, daß die Stadt Athen künftig die Zahl ihrer Autofahrer halbieren will: Die mit ungeraden Zahlen sollen an diesem, die mit geraden Zahlen nur an jenem Tag fahren dürfen. Familien, die das können, werden also zwei Wagen halten, einen mit geradem, einen mit ungeradem Nummernschild. Der Boß der deutschen Polizeigewerkschaft sagte kürzlich: Wenn Terroristen zwei Menschen ermordeten, dann werde diskutiert, ob man die Gesetze ändern müsse; daß aber jährlich zwölftausend Deutsche im Straßenverkehr umkommen, das werde achselzuckend hingenommen als Preis unserer Mobilität. Der Mann sprach sich dafür aus, auch in Deutschland endlich – wie längst in allen anderen Ländern – die uneingeschränkte Raserei durch ein Tempolimit abzustoppen. Das Wunder: Er durfte das in der Tagesschau sagen, obgleich doch deren Redaktion absolut regierungsfromm ist – Hunde sind geflügelfromm, Tagesschau-Redakteure regierungsfromm. Und die Regierung, hörig den Lobbyisten der Autoindustrie – so viel Hörigkeit *kann* nur bar bezahlt worden sein – versichert, Tempolimit koste Arbeitsplätze... Unsere Demokratie hört auf, wo Industrie und Banken ihr Machtwort sprechen. Weil die Tagesschau-Redaktion sich zuweilen doch schämt, würdelos stets nur das zu sagen, was der Regierung schmeichelt – denn die Regierung entscheidet, wer diese Redaktion leitet –, so bleibt sie anonym: Niemand im Lande kennt auch nur die Namen derer, die allabendlich haftbar sind für die Bücklinge der Tagesschau-Redakteure vor dem Kabinett, während doch in jeder Zeitung steht, wer sie schreibt. Stehen *muß*, laut Gesetz.

Klonen

Der Mensch hat die Natur bekriegt,
als sei er nicht von ihr!
Bekämpft er Menschen, überwiegt
noch Angst die Lust... Das Tier

Jedoch, seit Kurzschwanz-Affen,
gekreuzt mit Schweinen,
Menschen wurden: Wie kann es Waffen
in einer *Greif*hand – nur mit Beinen,
mit Zähnen, Pranken widerstehen?

Wenn viele Arten selbst «die Krone
der Schöpfung» überlebten – gehen
sie jetzt kaputt, wenn nicht durch Klone
der Mensch als «Gottes Ebenbild»
(Selbstironie nicht seine Stärke)
die vielen Arten, die er killt,
«ersetzt» durch seine Repro-Werke...

Die Biologen, Mediziner,
die Menschen bald wie Mäuse klonen:
sie spielen Gott – statt als ihr Diener
die Schöpfung mit sich zu verschonen!

Frauen

Frauen im Alten Testament

I

Alt wie die Menschheit oder doch wie das Buch der Könige im Alten Testament ist der Krieg zweier Frauen um das gleiche Kind; zweier Mütter kann man nicht sagen, weil schon immer gerade auch solche Frauen, die nicht gebären konnten, mit der gleichen Liebeskraft wie leibliche Mütter um ein Kind gerungen haben: was ihm die *Natur* verweigert, nicht irgendeine Macht sonst, neidet der Mensch anderen am heftigsten. Und Neidgefühle sind so elementar, daß sie sogar Liebe kreieren können. Neid macht erfinderisch, kommt doch auch er aus der Not: wer Kinder hat, *kann* nicht ermessen, wie Menschen Not leiden, die keine kriegen, wenn sie eines wollen. Und übrigens ist Neid, der edlen Motiven entspringt, nicht anrüchig, solange er sich nicht gegen andere auslebt... Goethe geht sogar so weit: «Nur das Unzulängliche ist produktiv: was einer hat, warum sollte er darum ringen! Daß Frau John in Hauptmanns ‹Ratten› dem hilflosen Mädchen dessen uneheliches Kind abschwätzen will, um es sich und ihrem ahnungslosen Mann unterzuschieben, ist nicht amoralisch – wird aber mörderisch, weil sie die natürliche Mutter erschlagen läßt, da die nicht aufhören kann, ihr weggegebenes Kind immer wiedersehen zu wollen...

Eine biblische Legende, dieser Frauenkrieg um ein Kind, die der Genius der Mediziner durch die Erfindung des Embryo-Transfers zur heute fast monatlich wiederkehrenden Meldung unter ‹Gerichte› in der Tagespresse machte. Doch von allen Mythen, die in unserer Gegenwart ihre sozusagen tagesaktuelle Entsprechung finden, ist gewiß der Traum zu fliegen, der Mythos von Daidalos, jener, der dank der Technik fast problemlos und wie selbstverständlich in den Haushalt unserer Existenz hineinorganisiert wurde. So geriet die tragische Kehrseite der Medaille ganz und gar in Vergessenheit, so sehr, daß sie nicht einmal mehr verdrängt werden muß: der Absturz des Sohnes Ikaros. «Stürzend schrie Ikaros den Namen seines Vaters», heißt es im Mythos vorwurfsvoll gegen den Erfinder des Fliegens. Doch der Vater hatte den Sohn *gewarnt*, zu hoch zu steigen, der Glut der Sonne zu nahe zu kommen, die bekanntlich das Wachs zum Schmelzen brachte, das die Federn der Flügel, die der Sohn sich wie der Vater angelegt hatte, zusammenhielt... Übrigens kam auch diese Erfindung aus der Not, aus dem Neid der beiden im Labyrinth Eingesperrten: Allein dann, wenn sie fertigbrächten zu fliegen – würden sie ihre Freiheit zurückgewinnen!

Daß es die Technik sein werde, die jahrtausendalte Mythen so ganz spät im 20. Jahrhundert noch erdet, noch realisiert, das war vorauszusehen, da die griechischen Mythen am aufregendsten dort sind, wo sie schildern, wie den Göttern ihr Know-how zur Überlegenheit über den Menschen abgelistet wird. Doch die das tun, erleiden barbarische Strafen: Prometheus, weil er für den *homo faber* das Feuer der alleinigen Verfügungsgewalt der Götter entreißt; die Mißhandlung des genialen Schmiede-Gottes Hephaistos schon durch seine Mutter: sie wirft ihn aus dem Olymp, weil er häßlich ist, so daß er zeitlebens hinkt, doch er erfindet – bei Homer zu lesen – die ersten Roboter; dem Daidalos stürzt der Sohn ab ins Meer. Die Erkenntnis ist nicht zu haben, auch der technische Fortschritt nicht – es gibt *nur technischen*, nicht auch menschlich-moralischen Fortschritt –, ohne erschreckenden Preis! So dichtet Schiller in ‹Kassandra›:

Nur der Irrtum ist das Leben,
Und das Wissen ist der Tod...

Die Technik, von ihren Nutznießern, also von uns allen, ausnahmslos, in banaler Übereinstimmung stets denunziert – doch wie selten sind Erfinder haftbar für das, was später dann andere aus ihren Erfindungen machen –, hat denn auch dafür gesorgt, daß jeden Monat Amtsrichter genau *den* Streit schlichten sollen (eine

Unmöglichkeit!), den vor dreitausend Jahren König Salomo so entschieden hat, daß er als der Weise in die Geschichte einging: er fand vor Gericht im Ringen zweier Frauen um das gleiche Kind die Mutter heraus.

Dieses Drama – das die Bibel im Ersten Buch der Könige, 3, Vers 16, und das der chinesische Kreidekreis abhandelt – ist zu einer Alltags-Geschichte im letzten Viertel des 20. Jahrhunderts geworden: ob nun Mütter gegen die Leihmütter prozessieren, die das Kind nicht hergeben wollen, das nicht von ihnen stammt, sondern das sie nur ausgetragen haben; oder ob beide, gute Freundinnen geworden, gegen den Terror der Behörden und Gesetzgeber ihr Menschenrecht durch List verteidigen müssen, einander zu einem Kinde zu verhelfen, auf dem Wege über eine Leihmutterschaft, wenn es anders von Natur nicht möglich ist... Geistvoller als König Salomo, der von 965 bis 926 regiert hat, auch schlüssiger und natürlicher als der Israeli führt der Chinese die Gerichtsverhandlung, indem er einen Kreidekreis ziehen läßt, in den er den Knaben hineinstellt. Während der Sohn Davids und der Bathseba, Salomo, den primitiven Vorschlag macht, ein Schwert zu holen, das Kind mittendurch zu hauen und jeder der Frauen eine Hälfte zu geben. Ein Unfug ohne Beweiskraft. Denn man muß nicht die natürliche Mutter sein, um bei diesem Vorschlag aufzuschreien und das Kind der Rivalin zu überlassen. Während der Kreidekreis in China und die Aufforderung an zwei Frauen, das Kind bei der Hand zu nehmen und zu sich herüberzuzerren: ja immerhin nicht gleich das Leben des Kindes austilgen würde, so fanatisch die Frauen auch an ihm zerren könnten – ließe die wahre Mutter nicht los, um ihrem Sohn nicht weh zu tun. Klabund hat uns Deutschen mit seiner Nachdichtung dieses chinesische Stück geschenkt; Brecht, ohne des alsbald verstorbenen Mittlers mit einer Silbe zu gedenken – er war ein unbedenklicher Mann, zu habgierig als Freund –, nahm Klabunds Anregung auf. Bevor der totale Sieg des Christentums ebenso die antike Haltung zum Körper wie die des Alten Testaments verketzert, ja dem Feuertode überantwortet hat – denn der totale Sieg einer Ideologie ist das weitaus schlimmste Unheil, das Menschen treffen kann –, war das, was heute noch so heftig als moralisch oder unmoralisch bis hinauf zum Heiligen Vater alle lieblosen Eiferer loszetern läßt: etwas ganz Natürliches!

Cato, der Kriegsverbrecher, der die Verwandlung Karthagos in verbrannte Erde immer wieder im Senat gefordert hat, war als Privatmann liberal genug, seine Frau einem Freund zu leihen, der sich beklagte, seine bekomme keine Kinder – nachzulesen beim Mommsen-Schüler Kornemann. «Was hat aber die Gattin des Kinderlosen dazu gesagt?» wollte eine Frau von mir wissen, der ich Catos Großzügigkeit angepriesen habe.

In der Tat, erst die wochenlang sich hinziehenden Gerichtsverhandlungen: dieser Streit Mutter gegen Leihmutter, um den Besitz eines Kindes, immer ergebnislos, da unlösbar, haben Ende der achtziger Jahre des 20. Jahrhunderts den Leuten, die von Antike und Altem Testament nur wenig noch wissen und gar nichts empfinden, wieder verdeutlicht, daß *keine* andere Tragödie eine Frau existentiell derartig ins Zentrum trifft wie die, wenn Mutterschaft einer Frau von Natur vorenthalten – oder ihr vor-«exerziert» wird durch eine sofort als Rivalin empfundene «Nebenbuhlerin»! Ein Wort, das man als unmöglich obsolet empfand, bevor diese Prozesse seine immerwährende Aktualität aufs neue belegt haben. Ohne Machtkampf bis aufs Messer scheint überhaupt nur einmal die Leih-Mutterschaft mit Vernunft – demnach *auch* mit Humor praktiziert worden zu sein: als eine Frau ihrer verheirateten Tochter, die nicht austragen konnte, anbot, das für sie zu tun. Auch hier wieder die sofort mit lauernd hämischer Neugier durch eine Frau vorgebrachte Frage: «Wenn ihre Mutter das nicht getan hätte oder wäre tot gewesen: würde die Frau ein solches Angebot auch ihrer *Schwieger*mutter akzeptiert haben?» Flakes Lakonismus: «Um die Frauen zu kennen, muß man sie als Schwiegermütter erlebt haben» – ist hier zu ergänzen: Schwieger*töchter* werden auch die Eifersucht auf jene nie los, die ihre Männer zur Welt brachten. Männer, die natürlich im gleichen Maß wie Frauen durch Eifersucht verblödet werden, richten sie nicht gegen den Geschlechts-, sondern gegen den Berufsrivalen. Der Eros des Mannes lebt sich stärker im Beruf, der der Frau stärker in der Natur aus. Dies dürfte der Grund sein, warum Männer das Privatleben selten oder nie mit der gleichen Souveränität meistern wie die Frauen, die es zu ihrem Beruf machen: was jemand beruflich betreibt, darin ist er stärker als jener, der es nur als Dilettant lebt: Kommt der Mann heim, hat der Beruf ihn meist schon derart geschwächt, daß er zu Hause oft nur noch die Rolle des Untertans spielen kann... Keine anderen Bücher lehren wie Homer und Altes Testament die Männer, was sie von Frauen im Guten und Bösen zu erwarten haben; nicht einmal das Leben lehrt sie das, denn erstens hat unsere domestizierte, ja denaturierte Umwelt die Frauen ebenso wie die Männer darum gebracht, alle ihre von Natur ihnen gegebenen Möglichkeiten auszuleben; zweitens kann nicht *eines* Mannes Erleben – zu seinem Glück, da es höchstens dreißig Jahre währt, Frauen kennenzulernen bis zum Grunde – ihm demonstrieren, welche Urkraft in Frauen ist, die ja nicht zufällig fast stets länger leben als Männer, seit ihr Todfeind: die Müttersterblichkeit – besiegt wurde durch Mediziner. Selbst Frauen in der Schlacht, als Waffenträgerinnen – heute in unserer Gesellschaft das letzte Tabu: dürfen oder müssen auch Frauen wehrpflichtig sein? – ist schon in den griechischen und biblischen Mythen vorabgebildet... Endlich hat die Pille Frauen ebenso frei gemacht wie Männer frei sind; es wäre dem Selbstbewußtsein der Frauen zu wünschen gewesen, daß nicht Männer – sondern Frauen die Pille erfunden hätten... Die Leihmutter war für aufgeklärte Persönlichkeiten unter den Frauen des Alten Testaments eine so normale Erscheinung wie die Amme – das Notwendige wird das Normale: Hatte eine Frau nicht Milch genug, zu stillen – was war notwendiger und folglich auch normaler, als eine Amme zu bemühen, noch zu Zeiten unserer Großmütter? Die unsägliche Albernheit, mit der ab 1985 sogar Männer und selbst solche, die gelobt haben, nie eine Frau kennenzulernen, nämlich Priester bis hinauf zum Papst, Frauen verbieten wollen, Leihmütter zu werden oder eine zu gewinnen: ist so wirklichkeitsfeindlich, daß schon Juristen bemüht werden müssen, um diesen Unfug gesetzgeberisch abzusegnen. Was geht es irgendeinen Mann oder gar den «Vater» Staat an, welche Wege eine Frau einschlägt, zu einem Kind zu kommen, sofern sie es nicht einer anderen raubt?

Nur «Christen», die das Alte Testament verleugnen oder nicht kennen, können überhaupt dem Macht-Spleen des augenblicklichen Papstes folgen, Ehepaaren zu untersagen, sich durch Dritte zu einem Kinde verhelfen zu lassen – denn eine der ergreifendsten Geschichten im Alten Testament ist ja nun zweifellos jene der Hagar und ihres Sohnes Ismael, das heißt hebräisch: «Gott erhört». Was hat er erhört? Luther übersetzte:

«Sarai, Abrams Weib, gebar ihm kein Kind. Sie hatte aber eine ägyptische Magd, die hieß Hagar. Und sie sprach zu Abram: Siehe, der Herr hat mich verschlossen, daß ich nicht gebären kann. Gehe doch zu meiner Magd, ob ich vielleicht aus ihr mich aufbauen möge. Und Abram gehorchte der Stimme Sarais. Da nahm Sarai, Abrams Weib, ihre ägyptische Magd, Hagar, und gab sie Abram, ihrem Mann, zum Weibe, nachdem sie zehn Jahre im Lande Kanaan gewohnt hatten. Und er ging zu Hagar, die ward schwanger. Als sie nun sah, daß sie schwanger war, achtete sie ihre Frau gering gegen sich.

Da sprach Sarai zu Abram: Du tust unrecht an mir. Ich habe meine Magd dir in die Arme gegeben; nun sie aber sieht, daß sie schwanger geworden ist, muß ich gering sein in ihren Augen. Der Herr sei Richter zwischen mir und dir. Abram aber sprach zu Sarai: Siehe, deine Magd ist unter deiner Gewalt; tue mit ihr, wie dir's gefällt. Da sie nun Sarai wollte demütigen, floh sie von ihr.

Aber der Engel des Herrn fand sie bei einem Wasserbrunnen in der Wüste, nämlich bei dem Brunnen am Wege gen Sur. Der sprach zu ihr: Hagar, Sarais Magd, wo kommst du her, und wo willst du hin? Sie sprach: Ich bin von meiner Frau Sarai geflohen. Und der Engel des Herrn sprach zu ihr: Kehre um wieder zu deiner Frau und demütige dich unter ihre Hand. Und der Engel des Herrn sprach zu ihr: Ich will deinen Samen also mehren, daß er vor großer Menge nicht soll gezählt werden. Weiter sprach der Engel des Herrn zu ihr: Siehe, du bist schwanger worden und wirst einen Sohn gebären, des Namen sollst du Ismael heißen, darum daß der Herr dein Elend erhört hat... Und sie hieß den Namen des Herrn, der mit ihr redete: Du Gott siehest mich...

Und Hagar gebar Abram einen Sohn; und Abram hieß den Sohn, den ihm Hagar gebar, Ismael. Und Abram war sechsundachtzig Jahre alt, da ihm Hagar den Ismael gebar.»

Das traurige Ende: Daß Sarah selber noch, das Kind der Hagar stets um sich, endlich schwanger wird und deshalb Hagar in die Wüste verstößt samt ihrem Sohn Ismael – hat Lessing zu der so zynischen wie aufklärerisch wohlüberlegten Auslegung veranlaßt:

Nicht die Juden stammten von Abraham ab, sondern allein die Nachkommen Hagars, die Ismaeliten! Es lag Lessing daran, den Rassismus der Juden lächerlich zu machen; Juden missionieren ja nicht: Sie *wollen* nicht, daß jemand Jude wird, der nicht jüdischen Blutes ist, nicht als Jude, als Angehöriger des «auserwählten» Volkes geboren wurde! Doch der Dichter des ‹Nathan› wußte, wohin Rassismus führt und Auserwähltheitswahn... Wir haben viele Belege im Alten Testament, daß die Gattenwahl zu Hause, im *eigenen* Volk getroffen werden soll. So heirateten die männlichen Rothschilds generationenlang ausschließlich Jüdinnen; ihre Töchter aber, die weiblichen Nachkommen: verheirateten sie in den nichtjüdischen europäischen Hochadel: Hannah Arendt lachte, daß ich das nicht wußte... Politisch ebenso anspielungsreich und uns Überlebende des Hitlerkrieges betreffend ist natürlich die Geschichte der Eltern des weisen Königs Salomo, die Mordstory von Bathseba und David und ihrem Uriasbrief:

Jedermann kennt aus dem zweiten Buch Samuel im Alten Testament diese Ehebruchs- und politische Gangstergeschichte von David, Bathseba und Uria. Die bildende Kunst hat sich des Sujets sehr viel öfter angenommen als die Literatur, auch mit klassischen Resultaten. Das geglückteste mir bekannte Gemälde ist das des Cornelis Cornelisz aus dem Reichsmuseum Amsterdam, gemalt um 1600 und auch insofern höchst schön und bemerkenswert, als der Maler der badenden Frau des Uria eine nackte *schwarze* Begleiterin zuzugesellen wagte. Nun: König David sah die Badende, ließ sie kommen, deren Mann als Offizier an der Front weilte, schwängerte sie – ließ deshalb Uria beurlauben, damit er schlafe mit seiner Frau und sich für den Vater des zu erwartenden Kindes halte, damit auch alle Welt das glaubte, und kommandierte ihn schließlich, da dieser Uria sich nicht geneigt zeigte, seinem Chef zu Willen zu sein, auch Gold zurückwies, an einen Brennpunkt des Kampfes, wo Uria umkommen sollte und tatsächlich fiel. Er gab ihm den ‹Urias›-Brief mit an die Front, der die Weisung an seinen Kommandeur enthielt, Uria in der Schlacht so zu postieren, daß er falle. Und genau dies haben auch deutsche Offiziere Hitlers praktiziert – jene, die nach 1945 alle Verbrechen, gerade auch die *eigenen*, auf «den böhmischen Gefreiten» abzuwälzen suchten: So nannten sie verächtlich Hitler, nicht aber deshalb, weil der ein

Massenmörder war, sondern weil er von Herkunft dem Offizierskorps «nicht ebenbürtig» schien: Ihren vielgerühmten Widerstandsgeist gegen den Österreicher entdeckten sie genau in *dem* Moment, in dem sie entdeckten, er verliere *ihren* Krieg, den er ohne ihre enthusiastische Bereitschaft, ihn für Hitler zu gewinnen, gar nicht hätte entfesseln können... Sie schämten sich nicht, gegen alle preußische Tradition den Uriasbrief aus dem Alten Testament zu übernehmen: Erich Kuby, der das vermutlich wahrheitsgetreueste Buch eines deutschen «gemeinen» Soldaten: ‹Mein Krieg› – über die Jahre 1939/45 veröffentlicht hat – authentische Tagebücher –, hat diesen Uriasbrief, der ihm selber galt, mit Hilfe eines Kameraden aus dem Gepäck entfernt und durch einen anderen ersetzt. Der Uriasbrief der Nazioffiziere lief unter dem Kürzel: R. U. Das hieß: «Rückkehr unerwünscht»! Dem der Brief galt, der war – wie vor dreitausend Jahren – so einzusetzen, daß er fiel. ...König David ist sehr oft, zuerst in geistlichen Spielen des 15. Jahrhunderts, in den Mittelpunkt von Dramen gestellt worden, Hans Sachs hat sogar zwei Stücke über ihn und seinen Sündenfall geschrieben; Lion Feuchtwanger ist heute der namhafteste deutsche Autor, der die Tragödie des Paares schrieb, 1907; aber auch in England gibt es zahllose Bearbeitungen, auch Dissertationen, über sie. (Hans Henny Jahnn hat sich in seinem Drama ‹Spur des dunklen Engels› nicht für den Ehebrecher und Mörder David interessiert, sondern für das musikalische Genie, den Harfenspieler.)

Daß aus diesem Konflikt ein sozialpolitisch und wirtschaftlich hochbrisanter Zündstoff wurde, das verdanken wir keinem Geringeren als Adolf Hitler, der in seinem Krieg ein Gesetz erließ, das die sogenannten «Arbeitgeber» in kriegswirtschaftlich bedeutenden Firmen berechtigte, solche Angestellten und Arbeiter, die sie nachweislich in der Produktion nicht entbehren konnten, vom Militärdienst freizubekommen. Sie wurden, so lautete der Terminus technicus: «UK gestellt». *UK* war die Formel für unabkömmlich. Damit ist die alttestamentliche Situation wieder neu gegeben, daß hier ein beruflich hochgestellter Mann die Möglichkeit hat, entweder einen Nebenbuhler an die Front wegzuräumen – oder ihm das Geschenk zu machen, fern der Front daheim bleiben zu dürfen. Ich stelle mir unter dem David der Jahre 1943 und 1963 – denn mein Stück sollte über die alte Fabel hinaus die wirtschaftliche Situation in der Bundesrepublik, sofern die noch das Ergebnis der Wirtschaftspolitik Hitlers ist, darstellen – einen Großindustriellen vor, der den Verlust des Krieges für Deutschland voraussieht und damit auch die Tatsache, daß seine Produkte: Waffen und Munition, wertlos werden. Während die Frau eines seiner bestbefähigten Chemiker, des Uria, die Illusion pflegt, um ihrer selbst willen von David geliebt zu werden – was sie natürlich *auch* wird –, hat das hervorragende Interesse des David für sie und ihren Mann besonders auch einen wirtschaftlichen Antrieb: David sieht, daß der Kunststoff, den Uria, ein in sich zurückgezogener leidenschaftlicher Wissenschaftler, kein sehr aufmerksamer Ehemann, erfunden hat – den gesamten Friedensmarkt revolutionieren wird! Differenzen, die sich zwischen dem «Arbeitgeber» – so würde ich das Stück nennen – und seinem Angestellten Uria ergeben haben, machen es ganz unwahrscheinlich, daß bei Kriegsende Uria im Betrieb des David bleibt; vielmehr sagt Uria sogar, er werde sich mit seiner Erfindung, auf die er jeden Bankkredit erhalten wird, selbständig machen. Um der Erbe der genialen Erfindung des Uria zu werden und mit ihr in den Friedensmarkt umsteigen zu können – räumt David den Uria auf die Weise aus dem Wege, die wir aus der Bibel kennen. Aufgerollt wird das Gangsterstück zwanzig Jahre später von einer jungen Juristin im Werk des David, die sich für die Tochter des Uria hält und offiziell als Stieftochter des Chefs gilt, der die Witwe des Uria geheiratet hat: aber diese Tochter der Bathseba, die wir natürlich ländlich-deutsch Elisabeth nennen sollten, ist vermutlich die Tochter des David.

Exemplarisch für die Bundesrepublik scheint mir der Ausgang der Tragödie: Die Tochter – wessen auch immer – verliert in letzter Instanz in Karlsruhe vor dem Bundesgerichtshof den Prozeß, den sie bis zur höchsten Instanz angestrengt hat, um das Ergebnis einzuklagen, das die Auswertung der Erfindung des Uria dem Konzern erbracht hat: einige hundert Millionen Mark! In Übereinstimmung mit der inhumanen großkapitalistischen Auffassung hierzulande, die ja brutalster Wirtschafts-Darwinismus ist, argumentiert das Gericht, die Erfindung gehöre dem Werk, nicht dem Erbe des Erfinders, da Uria nachweislich die Laboratorien, Arbeitsräume, chemischen Hilfsmittel des Werkes benutzt hat, als er seiner Freizeitbeschäftigung nachging und den Kunststoff erfand.

(Ebenso urteilt die Schweiz: Geniale Chemiker werden *nicht* mehr – wie doch früher – an den oft die Milliarden erreichenden Umsätzen der von ihnen entwickelten Präparate beteiligt, sondern erhalten nur nach Spitzengehältern große Pensionen: die aber zu dem, was ihre Arbeit den Konzernen eingebracht hat, sich verhalten wie ein Korb Äpfel zu einem Obstgarten: purer Wirtschafts-Darwinismus also auch hier...) Der Erfinder des Nylons, ein Franzose, soll sich deshalb erhängt haben, weil ein amerikanisches Gericht ihn ausschloß vom sagenhaften Gewinn, den ein Konzern in den USA durch seine Erfindung erzielt hat.

David und Bathseba und wie sie Uria ermorden ist keine sympathische, aber eine mythos*fördernde* Geschichte: David ist interessanter, weil es sie gibt. Und nicht der Unschuldige überlebt Jahrtausende, sondern der Problematische: nicht wer einen Krieg verhindert, sondern wer ihn gewinnt.

Daß Bathseba Mitwisserin des Mordes ist, den ihr Liebhaber an ihrem total unschuldigen Ehemann begeht: macht sie nach meiner Auffassung, gerade weil das nicht zu beweisen ist, zur interessantesten der drei Figuren; dieses Drama ist natürlich deshalb – wie so viele Dramen – nur ein Schurkenstück, aber keine Tragödie, weil die Tragödie voraussetzt, was diesem Mord- und Liebesfall durchaus abgeht: die ungefähre *Gleichrangigkeit* der Personen und Mittel. (Denn nur gleich Starke haben auch ungefähr gleich starke Waffen.) Doch Uria bleibt immer nur ein armer Hund, da er ja nicht einmal *ahnen* kann, daß er kämpfen müßte, sogar um sein Leben, das er für den einsetzt, der ihm erst die Frau nahm – ihn dann ermordet: Betrogene machen meist – betrogene Krieger *immer* eine moralisch gute Figur! Dagegen stehen in der Tragödie sich Partner gegenüber, die wenigstens annähernd mit gleich langen Messern und bei vollem Bewußtsein, daß der andere ihr Todfeind ist, gegeneinander antreten... Doch um der Frau, um Bathseba willen – ist die Untat König Davids ein Stück wert. (Flake sagte von den Romanen Turgenjews, allein deren Frauengestalten sicherten das Überleben der Bücher.)

Wie anders, wie moralisch gerechtfertigt steht Jaël da – beinahe eine so lichte Gestalt wie Judith, die Holofernes köpft; warum nur beinahe? Weil es einen eminenten Unterschied macht, ob eine

Frau sich als Partisanin wie Judith ins Lager des Mörders ihrer Landsleute einschleicht, ja in sein Bett – und ihn dann in größter Lebensgefahr tötet: Wie leicht hätte sie selbst im Lager des Holofernes aufs bestialischste massakriert werden können; oder ob sie wie Jaël einen Flüchtling, wenn der auch ein bedeutender Mörder ist, aufnimmt, ihm scheinbar Gastfreundschaft anbietet, auch ihr Bett – und ihn dann doch ermordet. Hier ihre Geschichte, einer jener Gotteskrimis, die so poetisch wie grauenvoll sind:

«Aber die Kinder Israel taten fürder Übel vor dem Herrn, da Ehud gestorben war. Und der Herr verkaufte sie in die Hand Jabins, des Königs der Kanaaniter, der zu Hazor saß; und sein Feldhauptmann war Sisera, und er wohnte zu Haroseth der Heiden. Und die Kinder Israel schrien zum Herrn; denn er hatte neunhundert eiserne Wagen und zwang die Kinder Israel mit Gewalt zwanzig Jahre.

Zu der Zeit war Richterin in Israel die Prophetin Debora, das Weib Lapidoths. Und sie wohnte unter der Palme Deboras zwischen Rama und Beth-El auf dem Gebirge Ephraim. Und die Kinder Israel kamen zu ihr hinauf vor Gericht. Diese sandte hin und ließ rufen Barak, den Sohn Abinoams von Kedes-Naphtali, und ließ ihm sagen: Hat dir nicht der Herr, der Gott Israels, geboten: Gehe hin und zieh auf den Berg Thabor, und nimm zehntausend Mann mit dir von den Kindern Naphtali und Sebulon? Denn ich will Sisera, den Feldhauptmann Jabins, zu dir ziehen an das Wasser Kison mit seinen Wagen und mit seiner Menge und will ihn in deine Hände geben. Barak sprach zu ihr: Wenn du mit mir ziehst, so will ich ziehen; ziehst du aber nicht mit mir, so will ich nicht ziehen. Sie sprach: Ich will mit dir ziehen; aber der Preis wird nicht dein sein auf dieser Reise, die du tust, sondern der Herr wird Sisera in eines Weibes Hand übergeben. Also machte sich Debora auf und zog mit Barak gen Kedes. Da rief Barak Sebulon und Naphtali gen Kedes, und es zogen hinauf ihm nach zehntausend Mann. Debora zog auch mit ihm.

Da ward Sisera angesagt, daß Barak, der Sohn Abinoams, auf den Berg Thabor gezogen wäre. Und er rief alle seine Wagen zusammen, neunhundert eiserne Wagen, und alles Volk, das mit ihm war, von Haroseth der Heiden an das Wasser Kison. Debora aber sprach zu Barak: Auf! das ist der Tag, da dir der Herr den Sisera hat in deine Hand gegeben; denn der Herr wird vor dir her ausziehen. Also zog Barak von dem Berge Thabor herab und die zehntausend Mann ihm nach.

Aber der Herr erschreckte den Sisera samt allen seinen Wagen und ganzem Heer vor der Schärfe des Schwertes Baraks, daß Sisera von seinem Wagen sprang und floh zu Fuß. Barak aber jagte nach den Wagen und dem Heer bis gen Haroseth der Heiden. Und alles Heer Siseras fiel vor der Schärfe des Schwerts, daß nicht *einer* übrigblieb.

Sisera aber floh zu Fuß in die Hütte Jaëls, des Weibes Hebers, des Keniters. Denn der König Jabin zu Hazor und das Haus Hebers, des Keniters, standen miteinander im Frieden. Jaël aber ging heraus, Sisera entgegen, und sprach zu ihm: Weiche, mein Herr, weiche zu mir, und fürchte dich nicht! Und er wich zu ihr ein in ihre Hütte, und sie deckte ihn zu mit einer Decke.

Er aber sprach zu ihr: Gib mir doch ein wenig Wasser zu trinken, denn mich dürstet. Da tat sie auf einen Milchtopf und gab ihm zu trinken und deckte ihn zu. Und er sprach zu ihr: Tritt in der Hütte Tür, und wenn jemand kommt und fragt, ob jemand hier sei, so sprich: Niemand. Da nahm Jaël, das Weib Hebers, einen Nagel von der Hütte und einen Hammer in ihre Hand und ging leise zu ihm hinein und schlug ihm den Nagel durch seine Schläfe, daß er in die Erde drang. Er aber war entschlummert, ward ohnmächtig und starb.

Da aber Barak Sisera nachjagte, ging Jaël heraus, ihm entgegen, und sprach zu ihm: Gehe her! ich will dir den Mann zeigen, den du suchst. Und da er zu ihr hineinkam, lag Sisera tot, und der Nagel steckte in seiner Schläfe. Also dämpfte Gott zu der Zeit Jabin, der Kanaaniter König, vor den Kindern Israel. Und die Hand der Kinder Israel ward immer stärker wider Jabin, der Kanaaniter König, bis sie ihn ausrotteten.»

II

Als der Berliner Aufbau-Verlag 1968 eine Mappe mit Zeichnungen Richard Zieglers zu Heinrich Manns ‹Henri Quatre› herausgegeben hatte, Graphik aus den Jahren, als Hitler seinen Krieg vorbereitete, bat der Literaturvermittler Hein Kohn aus Hilversum in Holland den Verlag um Auskunft, wo der Nachlaß dieses bedeutenden Zeichners aufzufinden sei. Der Nachlaß? – fragte der Verlag zurück; Dr. Ziegler sei am Leben, Kohn möge sich nach Mallorca wenden, dort lebe der Siebenundsiebzigjährige in einem Dorf namens Selva. (Ziegler starb in Basel wenige Wochen vor seinem hundertsten Geburtstag.)

Das ist mehr als eine Pointe, ist eine zeitgeschichtlich aufschlußreiche Anekdote – so melancholisch stimmend wie jene, die uns erzählt, wie vor wenigen Jahren die Person des Expressionisten Meidner entdeckt wurde: Man eröffnete in der Bundesrepublik eine Ausstellung, in der zahlreiche Werke Meidners einen Schwerpunkt bildeten; als der Festredner den «Verstorbenen» zu deuten versuchte – stand der auf, ein alter Mann in einer der hinteren Reihen: «Ich bin Meidner.» Seltsamerweise hat ja die Heuss-Republik niemals an die von Hitler verfolgten Künstler, soweit die ihre Notjahre in der Fremde überlebt haben, offiziell eine Einladung zur Heimkehr nach Deutschland gerichtet: Weder an den Maler Max Beckmann noch an Hindemith, den Komponisten, noch an Piscator, den sein Freund Brecht den bedeutendsten Theaterrevolutionär seit Aristoteles genannt hat, noch an Brecht, der nach Ostberlin gehen mußte, noch an die Brüder Mann, noch an Remarque, den meistgelesenen Deutschen im 20. Jahrhundert, dessen Schwester Roland Freisler, Hitlers Präsident des «Volksgerichtshofes», enthauptet hat... alte Nazis kamen zu ihren alten Pfründen, an die aus Nazi-Deutschland Verjagten: dachte keiner in Bonn...

So kam Ziegler nicht aus London zurück – oder nur, um in Pforzheim, wo er 1891 geboren ist, den Bombenkrater anzusehen, der von seinem Vaterhaus geblieben war und der Zieglers nahezu gesamtes Werk «enthielt», soweit es vor 1933, dem Jahr der Emigration, gemalt worden war; auch kam Ziegler zweimal zu Ausstellungen, die Pforzheim für ihn veranstaltete; und er ging auch nach München, wo Wolfgang Gurlitt, der ihn bereits vor Hitlers Machtantritt in Berlin ausgestellt hatte, 1961 zu Zieglers siebzigstem Geburtstag eine repräsentative Übersicht über die zuerst auf der Insel Korcula (jugoslawische Adria), später in London geschaffene Graphik Zieglers vermittelte. Der Kunstverleger Woldemar Klein druckte Zieglers graphische Folge ‹Chaplin im Zirkus›. Bis jedoch der in Holland lebende Emigrant Kohn 1968 Ziegler «entdeckte», um dann – dank Karl Ludwig Leonhardts beispielhaft kunstsinnigem «Lesering» – jährlich ein Buch mit Illustrationen Zieglers herauszugeben, so Voltaires ‹Candide›, Zolas ‹Die Sünde des Abbé Mouret› und Zieglers politische Karikaturen, zusammen mit Sonetten, die Martin Beheim-Schwarzbach während des Krieges in London gegen Hitler schrieb – bis dahin kümmerte sich zu Hause kein Mensch um diesen Künstler, der mehrere illustrierte Bücher in renommiertesten Londoner Verlagen publiziert hat und dessen Werk heute wie kein anderes den Zugang zu jenen zwei Büchern neu eröffnet, aus denen alle unsere anderen Bücher entstanden sind: zum Homer und zum Alten Testament.

In seinem ‹Buch der Freunde› hält Hofmannsthal fest: «Gemalte Phantastereien sind nichts Mögliches; das legitime Objekt der höheren malerischen Phantasie ist der menschliche Körper.» Diese Notiz ist nicht datiert, Hofmannsthal starb 1929 – vermutlich war seine Maxime schon damals so zeitwidrig wie der ganze Mann, der sie aufschrieb. Sie könnte das Motto zu Zieglers Œuvre sein. Ich bin kein Fachmann, der hier einsteigen könnte in die Diskussion, die ungefähr damals Julius Meier-Graefe gegen Ortega y Gassets Forderung der «Vertreibung des Menschen aus der Kunst» anführte; sie hat sich auch erledigt, denn niemand hat Ortegas aufreizende Bemerkung rascher vom Tisch gefegt als Ortega selbst, der etwa gleichzeitig und mit pathetischem Nachdruck es geradezu «als die Aufgabe des europäischen Menschen» bezeichnete, «der gewaltigen Rehabilitierung des Körpers, der Auferstehung des Fleisches» sichtbaren Ausdruck zu geben als einem «Thema von unvergleichlicher Aktualität»! Goethe, im Alter, dekretierte diktatorisch: «Wir wissen von keiner Welt als im Bezug auf den Menschen; wir wollen keine Kunst, die nicht Abdruck dieses Bezugs ist.» Er hatte ja schon in ‹Wahlverwandtschaften› eine Szene, in der die Gesellschaft Pflanzen, ausgestopfte Tiere, Mineralien liebevoll betrachtet, dann doch schroff abbrechen lassen mit der Bemerkung: «Aber das eigentliche Studium des Menschen ist der Mensch.» Dem hat Ziegler gedient – niemand aber möge vermuten, dieser Künstler habe jemals mit seiner Vertiefung in den Mythos die Flucht aus seiner Epoche in eine kriegsverschonte «geistige Welt» vollzogen. Nicht nur äußerlich nicht: Der Ruf, den er sich bis 1933 in Berlin geschaffen hatte, galt ihm nichts – oder weniger als sein Wille, statt unter Hitler lieber namenlos und wirtschaftlich äußerst gefährdet und in seelisch schwer zu ertragender «Verinselung» in der Freiheit zu wirken. So wurde der Badener, der ohnehin im Reich «nicht tragbar» war als Ehemann einer Jüdin, zum mediterranen Menschen – bis der Krieg ihn auch von der Insel Korcula hinwegtrieb, wo abermals sein Werk, außer den transportablen Arbeiten, vorwiegend Pastellen und Zeichnungen, durch Plünderer hoffentlich nur gestohlen und nicht vernichtet wurde, jedenfalls aber verschwand. Ziegler ging nach London und trat als Graphiker, freilich unter anderem Namen – sonst hätte man seine Eltern aus Pforzheim ins KZ verschleppt – aktiv in den Kampf ein gegen die Nazi-Barbarei: Wöchentlich publizierte er in einer von Sebastian Haffner herausgegebenen Zeitung das Porträt des jeweils meistumschrienen Kriegers oder Politikers, von Churchill bis Gandhi. Diese Galerie namhafter Zeitgenossen, die sich als Ganzes nur erhalten hat, weil sie gleich nach Kriegsende der Londoner Verlag Dennis Dobson in einem dicken Taschenbuch: ‹Face behind the News› – zusammenfaßte, bestätigt Zieglers Rang als Bildnismaler (seine Haupterwerbsquelle während seiner fünfzehn englischen Jahre) vielleicht unmittelbarer als die Gemälde – die übrigens auch meist unzugänglich weitverstreut in britischem Privatbesitz hängen. Eines Tages bestellte den Deutschen, der sich damals Robert Ziller nennen mußte, der Seniorchef des großen Hauses Allen and Unwin in sein Office: Dr. Ziegler möge doch dem Verlag gestatten, jene erlesenen Karikaturen der Nazibonzen, die «Robert Ziller» in vielen britischen Tageszeitungen veröffentlichte, als Buch herauszugeben. So entstand das Sammelwerk: ‹We make History› – und schauerlich-komischer sind die Berliner apokalyptischen Leiter vom Oberanführer Hitler – der seine Hände stets sechs Zentimeter unter dem Koppelschloß hielt, gefaltet, damit er «den letzten Arbeitslosen verdeckte», wie der durchaus für die Guillotine «ausreichend» lebensgefährliche Witz über den Führer, der ja selber immer wieder sagte, «ihm sei keiner gewachsen», lautete – bis hinab zu dessen Hampelmännern am Rande der Völkerschlächterei wie «Reichsbischof» Müller, niemals erfaßt worden: ein Dokument der Zeitgeschichte dieses Buch, das belegt, welche furchtbare Waffe das Totlachen ist – aber auch daran erinnert, daß Humor oder jedenfalls Komik zu Gipfelleistungen nur dort führt, wo das Lachen der Bedrohung durch Fallbeil oder Strang abgewonnen wird. Harmlos und humorlos sind ja fast Synonyme. Tatsächlich haben wir Deutschen niemals wieder so hervorragende Witze gemacht wie damals, als ein Witz zuweilen den Kopf kostete...

Es ist bezeichnend, daß Richard Zieglers Lebenstraum, den er mit zweiundachtzig noch ebenso hegt wie einst als Zwanzigjähriger: nämlich Loseblatt-Graphik direkt unter die Leute zu bringen und sie dann zusammenzufassen zu preiswerten Sammelmappen, bis heute nur Erfüllung dort fand, wo der Graphiker als Zeitgenosse direkt politisch tätig wurde. «Marées erkannte, daß nichts so sehr die Kunst zum Niedergang trieb als der Mangel an einem zentralen Zweck», sagt einmal Meier-Graefe über diesen Maler, dem er von allen seinen deutschen Zeitgenossen den schärfsten Intellekt zugestand. Auch Ziegler hat das stets gespürt – ob aus eigener, ob aus angeeigneter Erfahrung, das ist unerheblich. So malte er Bildnisse, um zu leben – verschmähte aber durchaus, sich den Zufall zum Lotsen zu nehmen, der ihn von einem noch so interessanten Objekt oder Sujet zum anderen hätte treiben können auf seinen Reisen, meist im Süden. Sondern er blieb *dem* treu, was ihn bereits als jugendlichen Leser so exemplarischer Werke wie Schwabs Sagen oder ‹Robinson Crusoe› oder der Bibel fasziniert hatte, und kehrte immer wieder zu deren Themenkreisen zurück. Und dachte stets an «den zentralen Zweck» – an seinen Vorsatz nämlich, Bücher, Bilder-Bücher zu machen. So schrieb er einmal an Gurlitt: «Vor langen Jahren war mein Traum: ein leerer Bäckerladen im Quartier Latin; hinter dem Ladenfenster ein langer Tisch mit einer Handpresse, darauf täglich Flugblätter zu drucken wären – Tagesneuigkeiten, aktuelle Gassenlieder, Psalmen, Physiognomien des Alltags, biblische und andere Geschichten, Bilderbogen zur menschlichen Komödie... die Blätter würden, frisch von der Presse weg, im Schaufenster ausgehängt (billig zu haben); im Kabinett eines Sammlers würden sie sich nach und nach zu Heften und schließlich zu ‹Bibeln› ordnen.»

Nur drei solcher Mappen kamen, soweit sie unpolitisch sind, bisher an die Öffentlichkeit – aber natürlich in London: ‹Ballet Jooss›, ‹Analytisches zur Mode› und ‹Judith, The Widow of Bethulia›. Als ich etwa 1975 Zieglers ‹Judith›-Buch, hingerissen von der Kraft der Vergegenwärtigung dieser uralten Geschichte, zum Leiter des Basler Kupferstichkabinetts trug – empfahl der sofort seinem Stuttgarter Kollegen dieses Werk, in der naiven Annahme, einem (schwäbischen) Landsmann des Schwaben Ziegler, der den Beruf dazu hat und die staatlichen Mittel, müsse daran gelegen sein, für den alten Künstler etwas zu tun, vielleicht eine Ausstellung zu machen. Ergebnis: Der Mann in Stuttgart gab dem Schweizer niemals eine Antwort, sandte trotz Nachfragen nicht einmal das 1946 in London publizierte, heute als äußerste Rarität nicht mehr erhältliche Buch an den Basler Kollegen zurück: nur ein zusätzlicher Beleg, wie schnöde deutsche Kunstbeamte mit denen umspringen, für die sie leben sollten: *mit* deutschen Künstlern, statt – so viel besser als Künstler – *von* der Kunst zu leben.

III

In den Kriegsjahren, in denen ein anderer Deutscher, von Ziegler durch die Front getrennt, aber in der humanen Gesinnung ihm verbrüdert, täglich die Bibel las und in seinem Tagebuch kommentierte, der Besatzungshauptmann Ernst Jünger in Paris; und in denen in Santa Monica – Kalifornien – Thomas Mann Monat für Monat über die BBC seine deutschen Hörer mit alttestamentlichwürdevollen Haßaufrufen gegen die Nazis als Deutschlands und Europas Verderber anredete, während er seine biblische Romantetralogie ‹Joseph und seine Brüder› zu Ende dichtete, jenes humorgesättigte Menschheitslied, das ihn sechzehn Jahre gekostet hat und das «in siebzigtausend geruhig strömenden Zeilen... die Urvorkommnisse des Menschenlebens, Liebe und Haß, Segen und

Fluch, Bruderzwist und Vaterleid, Hoffart und Buße, Sturz und Erhebung kündend» dahintrug – schuf in London, im meistanvisierten Zielpunkt deutscher Bomben und Raketen, Richard Ziegler jene Arbeiten, die später einmal seinen Namen in der Kunstgeschichte verankern werden: die Zyklen ‹Biblische Weiber›, von denen bisher – außer einigen Gemälden – nur das Buch Judith publiziert ist.

Ernst Jüngers Bibel-Kommentare in seinem Kriegstagebuch wurden am Rande des persönlichen Bedrohtseins notiert, denn dieser Hauptmann gehörte zum Kreis jener Widerstandskämpfer um General von Stülpnagel, die meist nach dem 20. Juli 44 in Klaviersaiten erwürgt wurden. So haben sie anderen Bibel-Kommentaren mindestens *eins* voraus: Sie halten nur fest, was für uns Heutige noch aufschlußreich, noch existenzerhellend ist – und genau dieser Aspekt hat auch Richard Zieglers Interesse am Alten Testament aufgeweckt; und auch an der ‹Odyssee›, der er so häufig seine Motive entnahm. Jünger notierte in Rußland, als bereits der Kessel von Stalingrad sich geschlossen hatte – und da diese Worte von Ziegler notiert sein könnten, so lasen wir, während wir Zieglers Blätter und Zyklen betrachteten, zwischendurch stets in Jüngers ‹Strahlungen›: «Das Geheimnis der ‹Odyssee› und ihrer Wirkung liegt darin, daß sie ein Gleichnis des Lebensweges gibt. Hinter dem Bilde von Szylla und Charybdis verbirgt sich eine Urfigur. Der Mensch... steht in den Kesselschlachten zwischen dem Tod im Kampfe und dem in der Gefangenschaft... Wenn je ein großer Dichter in dieser Zeit so recht die Sehnsucht des an die Grenzen der Vernichtung geworfenen Menschen nach Ruhe zum Ausdruck bringen wollte, dann müßte er die ‹Odyssee› fortsetzen zu einem neuen Epos oder zu einer Idylle: ‹Odysseus bei Penelope›.»

Ziegler, Flüchtling aus Deutschland, Flüchtling aus dem Mittelmeer, Flüchtling endlich auch aus London, zurück zum Mittelmeer auf Mallorca – hat Hunderte von Blättern den Irrfahrten des Odysseus gewidmet; die schönsten den Ruhemomenten auf der Flucht, bei Kalypso, bei Nausikaa. Alexander Lernet-Holenia veröffentlichte 1931 sein größtes Gedicht, und 1937 schickte er es zum Abschied seinem Freund Carl Zuckmayer, der aus Österreich emigrieren mußte: ‹Die Weissagung des Teiresias›. Eines der Gedichte, die gewiß unser Jahrhundert überleben:

Glaubst du wirklich, ich sagte dir's,
was du zu hören liebst,
weil du uns vom Blut eines Tiers
etwas zu trinken gibst?
Hast du plötzlich keine Lust
mehr auf die Gefahr?
Bist du fort und hast nicht gewußt,
daß es für immer war?

Jahrelang überstandest du.
Plötzlich fällt dir ein
wiederzukehren? Ach, wozu!
Alles wird anders sein.
Wenn du auch krank vor Heimweh bist
und dein Herz verdorrt,
immer, wenn einer fortgeht, ist
er für immer fort.

Träumtest du auch vor dich hin
über dem Wellenschlag,
wie daheim die Wiese im
Sommernachmittag
weht, und daß der Birnbaum hoch
hängt darüber her,
auch, die Wiese ist ja doch
längst die Wiese nicht mehr,

ach, der Wald nicht der Wald mehr, ach,
nicht dein Haus mehr dein Haus!
Leise weinet nur der Bach,
Wind geht ein und aus,
und in dem, was dir gehört,
bist du ich weiß nicht wer, –
immer, wenn einer wiederkehrt,
kennt ihn keiner mehr.

Auch an dein Weib erinnerst du
dich nur nach und nach,
doch keine Stimme flüstert dir zu:
«Dies ist Telemach!»
Wär's nicht besser, du bliebest von dem
allen weiter getrennt?
Willst du zurück, bloß daß dich auf dem
Hof nur der Hund erkennt?

Alle deine Gefährten sind
tot und weiß Gott wo.
Dich nur landen sie einst, wie ein Kind
schlafend, und lassen dich so,
und dann wachst du auf, und es ist
Heimatland. *Und da*
wirst du nicht wissen, wo du bist,
Herr von Ithaka.

Versäumte auch Ziegler nie, Woche für Woche als politisch haftbarer Zeitgenosse der Niederringung des Faschismus seinen Tribut zu leisten: als zeichnender Publizist in England, so hat doch auch ihn, ebenso wie den klassischen Journalschreiber Jünger und nicht anders als den Epiker Mann, es danach verlangt, in Fremde und Krieg den Anschluß an seine Ursprünge nicht zu verlieren. Er sagt einmal von seinen Jugendjahren, als er zum Zeichner im Hauptberuf geworden war (Ziegler hat ja niemals eine Akademie besucht, nachdem er das Germanistik-Studium in Genf, Greifswald und Heidelberg mit einer Promotion über Mechthild von Magdeburg abgeschlossen hatte), es seien sogleich die Antike und die biblischen Bücher «die Achse» geworden, «darum mein Weltbild kreist».

Daß Ziegler trotz Krieg, *wegen* des Krieges beharrlich dabei blieb, übrigens auch ohne jede Aussicht auf einen finanziellen Ertrag dieser scheinbar so zeitfremden, jedenfalls modefeindlichen Arbeit – dem mag das gleiche Ur-Verlangen zugrunde gelegen haben, das Thomas Mann, den «raunenden Beschwörer des Imperfekts», an sein Epos fesselte: «Stütze und Stab... auf einem Wege, der oft durch so dunkle Täler führt – Zuflucht, Trost, Heimat, Symbol der Beständigkeit war es mir, Gewähr meines eigenen Beharrens im stürmischen Wechsel der Dinge.»

Ziegler ahnte vielleicht – wußte aber nicht, wie aktuell zum Beispiel im Jahre 1943 genau seine Judith-Zeichnungen waren: Ein namhafter Statthalter Hitlers, Kube, sein Satrap in Belorußland, wurde damals in seiner Minsker Residenz von einer Partisanin ermordet, die er ebenso in sein Haus genommen hatte wie einst Holofernes, der Feldherr des Königs Nebukadnezar, Judith, die schönste Witwe Israels. Jünger notierte in Paris am 19. April 43: «In der Bibel das Buch Judith beendet... die Schilderung des Holofernes führt in eines der Prunkgemächer des Babylonischen Turms; der Vorhang seines Bettes ist mit Edelsteinen durchwebt. Vor der Nacht, die Judith in seinem Zelt verbringt, wechselt Holofernes morgenländische Komplimente mit ihr. Der Rand des Kelches wird mit Zucker bestreut; auf seinem Grunde ruht tödliches Gift... Man spürt in diesem Buch die Macht der Schönheit; sie ist stärker als Feldheere. Dann der Triumphgesang über dem Haupt des Holofernes – ich möchte in meiner höheren Zoologie die Urfigur beschreiben, die ihm zugrunde liegt, in einem Kapitel über Siegestänze, das dem über das ‹Schwärmen› folgt.»

Zwei Jahre später, als Waffenstillstand war, aber kein Friede, las er das Buch noch einmal: «In ihrem Triumphlied preist Judith den Sieg der Schönheit über die Gewalt. Das ist ein ewiges Motiv... Judith wurde einhundertundfünf Jahre alt. ‹Und so lange sie lebte und dazu lange hernach wagte niemand, Israel zu überfallen.› Das ist ein Zeichen geistiger Wirkung, der Schönheit und Glanz der Jugend nur eine Waffe war.»

Schönheit als Waffe – niemand hat es gültiger, wehrloser, melancholischer gesagt als Platen in seinem ‹Tristan›:

> Wer die Schönheit angeschaut mit Augen
> ist dem Tode schon anheimgegeben...

Grillparzer schließt einen Seufzer in Gedichtform mit dem Rat: «Und wer da lebt, der hüte sich vor dir!» Er nennt das Gedicht ‹Verwünschung› – und beginnt:

Wärst du so gut, als schön du bist vor vielen,
Die Krone wärst du dessen, was man sieht.

Das Ewig-Weibliche ist nichts weniger als eine Metapher. Und selbst wenn einer dichtet, wie es geschah: «Das Ewig-Weibliche widert uns an» – so ist auch das kein Mittel, sich ihm zu entziehen. Es gibt keins. Nie hätten Figuren wie Judith oder auch nur idyllische wie Ruth oder Nausikaa überlebt – wären sie nichts als Symbolfiguren, würden nicht genau sie oder solche zwar nicht als alltägliche Erscheinungen, wohl aber als Frauen auch des Alltags, auch *dieser* Welt, die wir die bürgerliche nennen – was gar nichts besagt –, immer erneut sichtbar, stark wie das Schicksal, von dem auch jedermann meint, das gäbe es nicht mehr, bis es *da* ist! Bis es *ihn* trifft!

Wer Zieglers Zyklen gesehen hat, Bleistiftzeichnungen, manchmal sogar in Briefen, die er einem schrieb, insgesamt mehrere *tausend* Blätter, auch in Kohle oder Sepia oder Abdrucke von Wachs-Matrizen, ein von Ziegler selbst entwickeltes Verfahren (technisch äußerst billig: er zeichnet direkt auf jene Matrizen, die man kauft, um sie mit der Schreibmaschine zu betexten); wer in seinem Atelier in Deutschland, dem aus dem fünfzehnten Jahrhundert stammenden Steinhaus in Calw, oder in seinem spartanisch eingerichteten spanischen Bauernhaus auf Mallorca die von Ziegler zu «Büchern» gehefteten Lose-Blatt-Sammlungen betrachtet hat, der wird kaum mehr «die biblischen Weiber» anders zu sehen vermögen als mit Zieglers Blick, denn dieser Mann hat mit diesen Figuren gelebt – sechs Jahrzehnte; nichts anderes hat ihn annähernd so intensiv beschäftigt. Was für Menzel der König von Preußen wurde oder für George Grosz (der Ziegler in dessen Berliner Jahren stärker beeinflußt hat als jeder andere bildende Künstler) der von Heinrich Mann ins Wort «gefaßte» deutsche Untertan, nämlich die zwingenden Lebensthemen, deren sich weniger die Künstler – sondern die sich vielmehr der Künstler bemächtigen, um sie in ihren Diensten zu verwirklichen und zu verbrauchen: das wurden für Ziegler die Frauen des Alten Testaments. Psychoanalytiker mögen über Freuds Bemerkung hinaus, Kunst sei sublimierte Sexualität, hier noch spezifischere Beobachtungen machen – uns ist wichtig nicht der Ursprung, sondern das Resultat. Wer den Darsteller selbst zu verhören versuchte – «Warum *dieses* Thema? Warum das Vollkommene, sagen wir, diese Darstellung der Judith, durch sechs neue ergänzen?» –, der bekam von Ziegler solche Antworten, daß er es mit der Fragerei bald genug sein ließ und vielleicht an Goethes Maxime dachte: «Wenn Künstler von Natur sprechen, subintelligieren sie immer die Idee, ohne sich's deutlich bewußt zu sein.»

Goethe selber hat ja auch gewarnt: «Die Kunst ist eine Vermittlerin des Unaussprechlichen; darum scheint es eine Torheit, sie wieder durch Worte vermitteln zu wollen...» Er ermutigt dann doch dazu – lehnte aber schroff eine Kommentierung seines ‹Faust› ab, so wie Jünger sagte: «Wer sich kommentiert, geht unter sein Niveau.» Ziegler hat immer nur in seiner herrlich individualisierten Handschrift Luthers Nachdichtungen unter seine Zeichnungen geschrieben, zum Beispiel: «Aber der König Salomo liebte viel ausländischer Weiber: die Tochter Pharaos und moabitische, ammonitische, edomitische, sidonische und hethitische – von solchen Völkern, davon der Herr gesagt hatte den Kindern Israel: Gehet nicht zu ihnen und laßt sie nicht zu euch kommen; sie werden gewiß eure Herzen neigen ihren Göttern nach. An diesen hing Salomo mit Liebe...»

«Ausländische Weiber!»

Welches Dynamit steckt noch heute und steckte erst recht in den rassistisch verblödeten Nazijahren in einem solchen Satz, damals, als es Gesetze gab, welche nicht nur die Ehen mit Ausländern verwehrten, sondern schon die Liebe zu ihnen, jedenfalls zu den «Untermenschen» unter ihnen – als solche galten alle Menschen aus dem Osten – mit Tod oder KZ «ahndeten». (Bezeichnend für den Macho-Wahn Hitler-Deutschlands auch, daß «Fremdvölkische», die eine Deutsche liebten, aufgehängt wurden, die Deutsche ins KZ kam, daß aber keiner «Fremdvölkischen» etwas geschah, die einen Deutschen geliebt hatte – sowenig dem Deutschen ein Haar gekrümmt wurde, weil er diese «Untermenschin» beschlafen hatte.) Doch Fremdenhaß ist so zeitlos, daß man ihn sogar von Gott herleitete, und ist international – und er wächst, wir bemerken das an der Einstellung zu Gastarbeitern, in dem Maße, in dem man der Hilfe der Fremden bedarf. (So wie Touristen nirgendwo derart gehaßt werden wie in Landstrichen, die vom Tourismus leben.) Wenn es in ‹Maximen und Reflexionen› heißt: «Alles Gescheite ist schon gedacht worden, man muß nur versuchen, es noch einmal zu denken» – so ist von der Bibel zu sagen, daß es keine menschliche Regung oder Geschichte gibt, die nicht sie bereits enthält: Groß sind auch Zieglers Zeichnungen zu der furchtbaren und menschlich so anwidernden, hier schon nach Luther überlieferten Geschichte von Jaël und Sisera: «Aber der Preis wird nicht dein sein auf dieser Reise, die du tust, sondern der Herr wird Sisera in eines Weibes Hand übergeben...» Diese schaudervolle Verheißung, daß der Krieger vom Herrn selber einem Weibe ausgeliefert wird, findet sich in den alten Geschichten aller Kulturkreise; man denke nur an die Enthauptung des wehrlos gefesselten Hagen von Tronje durch Kriemhild von Burgund; der freilich zuvor ebenso feige den wehrlosen – an einer Quelle waffenlos trinkenden Siegfried hinterrücks ermordet hat: Frauen, sieht man auch hier, üben meisterlich *Rache*; doch Rache ist keine Aktion, sondern die Reaktion auf die männliche Untat, die ihr erst vorangehen mußte, bevor auch Kriemhild mordete... Die Alten und ohne Frage auch Ziegler hielten das weibliche für das stärkere Geschlecht, mindestens für das intelligentere. Und von einer Rachebegierde, die niemals vergibt. Als nun dem Feldherrn Sisera angesagt wird, daß Barak mit seiner Armee zum Berg Thabor ziehe, läßt er aufsitzen auf seinen «neunhundert eisernen Wagen» – Vergleich: Hitler zog nach Rußland mit nur dreitausendfünfhundertachtzig Panzern! Ziegler zeichnete Jaëls Bett, in dem sie Sisera nicht nur verbirgt, sondern auch müde macht. Und fahrlässig...

Simson und Delila haben Ziegler ebenso ergebnisreich beschäftigt. Tatsächlich ist die Erzählung voller Geschehnisse, die heute und immer nicht nur symbolisch verstanden werden können, sondern ganz konkret. So der Beginn: daß die Fremdherrschaft – vierzig Jahre gab der Herr die Kinder Israel in die Hände der Philister – nur *der* Mann brechen könne, dessen Herkunft dunkel ist oder halbgöttlich oder außerehelich oder jedenfalls himmelweit her... Und daß der Herr, der den Simson verfeinden will mit den Philistern, es darauf anlegt, daß der ein Weib nimmt aus ihrem Volke. Das ihn dann verrät. So daß Simson «sprach zu ihnen: wenn ihr nicht hättet mit meinem Kalb gepflügt, ihr hättet mein Rätsel nicht getroffen...» Als er dreißig Unschuldige ermordet, um ihnen das

Hemd zu rauben, wird das so begründet: «der Geist des Herrn geriet über ihn». Wo Gott der Gott *eines* Volkes ist, ist er immer der Teufel. Auch der sinnlose Racheakt der Philister am Schwiegervater und am Weibe des Simson, die sie verbrennen, hat in den heutigen Geiselverfahren seine genaue Entsprechung. Oder der Versuch derer von Juda, den Mann, der sie befreien soll von der Fremdherrschaft, an diese gefesselt auszuliefern; oder wie die Gaziter, als es Simson nach Gaza hineintrieb, um einer Hure beizuwohnen, deren Hütte umstellen: eine der zahllosen Warnungen des Alten Testaments – Ernst Jünger spricht einmal von dessen «unangenehm spermatischem» Charakter – sich nicht durch eine Frau zum Beuteobjekt des Gegners machen zu lassen. Und selbst jene Delila, die Simson «liebgewann am Bach Sorek» – wozu ist sie nicht bereit, als ihr der Philister Fürsten, «jeglicher elfhundert Silberlinge» versprechen? Rührend, wie ihr der Mann, da sie ihm das Geheimnis seiner Stärke entreißen will, ihn «zerplagend» mit Worten Tag und Nacht, endlich «sein ganzes Herz sagt». Doch als er dann «entschlafen in ihrem Schoß» liegt, da schert sie ihm die Locken und holt seine Feinde, daß ihm die Augen ausgestochen werden... ehe sie ihn hinwegschaffen, kerkerwärts.

Die Moabiter Ruth oder Rahel, um die Jakob zweimal sieben Jahre zu dienen hat bei Laban, dem listigsten der Herdenbesitzer; oder Esther, eine legitimierte Pompadour am Hofe des Xerxes, die es kraft ihrer konkurrenzlosen Schönheit fertigbringt – Esther heißt persisch: Stern –, daß des Königs erster Minister, der einen Anschlag auf das Leben ihres Volkes vorhat, gehenkt wird; ja daß ihre israelischen Landsleute (sie stammt von Benjamin ab, bei dessen Geburt Rahel starb) in einem wüsten Gemetzel fünfundsiebzigtausend Perser erschlagen können; oder Susanna, unschuldig, die wie durch ein Wunder der Hinrichtung entgeht: alle diese Vorgänge und mehr noch die Figuren sind mythische Modelle historischer, entzeitlichter, ja zuweilen sogar alltäglicher Dramen oder auch Idyllen! Wenn noch das neunzehnte Jahrhundert an der Frage herumwürgte, was von diesen Mythen (oder vom Trojanischen Krieg) «wahr» sei: uns ist dieser Streit gleichgültig geworden; Ziegler wäre ja niemals auf die Idee gekommen, seine biblischen Zyklen in ein historisches Kostüm einzukorsettieren. Wenn er zeichnet, wie Amnon seine Schwester Thamar verführt – sie «schwächt», wie die Alten sagten – und wie er dann auf Geheiß seines Bruders Absalom von Schafscherern erschlagen wird; und wie dann später König David, der Vater der beiden Brüder, den Ermordeten rächt, da sich Absalom selber seines Vaters Hauptstadt samt Frauen und Haremsfrauen bemächtigt hatte, so richtet Ziegler zwischen diesen Ur-Kunden und uns Heutigen nicht historische Gerüste auf – sondern reißt sie ein. Er zeichnet Mädchen in der Londoner U-Bahn oder in einem Café in Florenz – deren Antlitz, deren Leiber wir dann wiederfinden in den Zyklen zum Alten Testament. Er ergreift mit seiner Feder, was ihn ergriffen hat – und zeigt es uns, wie er es sah: als unser Zeitgenosse nicht weniger denn als Genosse der uns entrückten Zeiten. Seine Eva ist eine britische Telefonistin. Seiner Nausikaa gab er die Individualität einer Jugoslawin, die er irgendwo an der Adria traf. Auch mit Ironie, ohne die alle diese Bett- und Mord- und Inzestgeschichten leicht einen Richard-Wagner-Rausch bekämen. Daß der deutsche Bibel-Roman vom Ironiker unter den deutschen Epikern geschrieben wurde, macht ihn erst genießbar. Es gehört zu Zieglers Vorstellung von der Hexenküche, in die *jedes* Weib, wenn «Not am Mann ist», *seine* Küche zu verwandeln vermöchte, daß er dem so viel schwächeren Geschlecht, dem männlichen, als letzte Waffe den Witz läßt. Ziegler hält die «Bewältigung» gerade des Intimbereichs ohne eine Handvoll Zynismus nicht für möglich; da spürt man noch auf, warum ihn einst George Grosz so fasziniert hat. Doch merkwürdig, ihn bezeichnend ist, wodurch er sich von Grosz für immer unterschieden hat: Zieglers Bosheit macht anders als die von Grosz vor dem menschlichen Körper halt. Sowenig ihm Tabu ist, was der Mensch denkt oder anstellt – die äußere Erscheinung des Menschen, seine Gestalt, sein Gesicht, das, was die Natur ihm gab und wie sie ihn machte: bleibt tabuisiert, wird nicht verwundet durch Karikatur. (Nur die Nazis entstellte er – wenn auch bei weitem nicht so sehr, wie sie Europa entstellten.) Dem liegt, muß man vermuten, keine geistige, sondern eine ästhetisch-sinnliche Grenzziehung zugrunde.

IV

Lots Töchter und die Vernichtung Sodoms haben Ziegler lange beschäftigt; als er um 1943 seine Zeichnungen schuf zu den schauerlichen Sätzen: «Da ließ der Herr Schwefel und Feuer regnen vom Himmel herab auf Sodom und Gomorrha, und kehrte die Städte um und die ganze Gegend und alle Einwohner der Städte und was auf dem Lande gewachsen war» – gab die britische Royal Air Force im Juli, für die Phosphoreszierung der Hamburger Arbeiterviertel, das Kennwort «Gomorrha» aus. Und brachte in 70 Stunden 40000 Hamburger um. In dieser Geschichte sind an aktuellen Bezügen große Funde zu machen, schon ihr Beginn ist uns Zeitgenossen jener Verordnungen, welche die Beherbergung von Staatsfeinden mit dem Tode bestrafte, sehr vertraut: «Die zwei Engel kamen gen Sodom des Abends; Lot aber saß unter dem Tor. Und da er sie sah, stand er auf, ihnen entgegen... und sprach: Kehret doch ein zum Hause... und bleibet über Nacht... Aber ehe sie sich legten, kamen die Leute der Stadt und umgaben das Haus, jung und alt, das ganze Volk aus allen Enden und forderten Lot und sprachen zu ihm: Wo sind die Männer, die zu dir gekommen sind diese Nacht?»

Es ist ergreifend, wie der alte Mann den Häschern lieber seine beiden Töchter, da die «noch keinen Mann erkannt haben», anbietet – als sich zu der Schandtat überreden zu lassen, jene auszuliefern, die «eingegangen sind unter den Schatten meines Dachs». Wieder dann das Fremdenhaß-Motiv, denn der Pöbel schreit: «‹Du bist der einzige Fremdling hier und willst regieren? Wir wollen dich übler plagen denn jene!› Und sie drangen hart auf den Mann Lot.»

Und da Lot seinen Eidamen, die seine Töchter nehmen sollten, zuredet, die Stadt zu fliehen, da die Engel ihm sagten, der Herr werde sie vernichten: finden die das «lächerlich»! Es bleibt darüber nachzudenken, warum die Alten im Inzest ganz offenbar – man denke an die Geschwister-Ehen im ägyptischen Königshaus – zwar das Unerlaubte sahen, andererseits aber auch jene Sublimierung des Aktes, die erst den daraus hervorgegangenen Nachkommen die letzte Würde verleiht, etwa jene, Stammväter großer Völker zu werden. Denn als die Töchter von ihrem Vater, dem

Witwer, geschwängert sind, bringen sie Söhne zur Welt, von denen «die Moabiter herkommen bis auf den heutigen Tag und die Kinder Ammons bis auf den heutigen Tag». Jünger notiert in Paris einen Traum: «Mit einer Frau in einem Laden, in dem es eßbare Schlangen zu kaufen gab... Nach dem Erwachen zerbrach ich mir den Kopf darüber, wer denn die Frau gewesen war. Solche Erscheinungen sind unbestimmt vertraut; oft drängen mehrere Wesen wie Schwester, Frau und Mutter sich in ihnen zusammen wie unter einem Tuch – dem Urstoff der Weiblichkeit.» Ludwig Marcuse spricht in seinem genialen Selbstporträt ‹Nachruf auf Ludwig Marcuse› die Vermutung aus, daß auch heute, mindestens aber noch in den Jahren der Hochblüte des Bürgertums, als die Mädchen aus sogenannten guten Häusern für Jungen dieser Gesellschaftsschicht unerreichbar waren vor der Brautnacht, die Liebe oder wenigstens Petting zwischen Brüdern und Schwestern das übliche gewesen sei. In diesen Zusammenhang gehört Zieglers Darstellung ‹Juda und Thamar›; nicht Geschwisterliebe, doch die Beziehung einer Witwe zu ihrem Schwiegervater. Es gab Söhne, die im Zweiten Weltkrieg fielen, ohne zu ahnen, bei wem ihre Frauen Trost suchen würden – Streiflichter in jene Abgründe, die Jünger medeische nennt, «inmitten der vollen Bourgeoisie. So das Bild der Frau, die viele Jahre den Gatten ein Kind liebkosen sieht, das ihm nicht angehört... Übrigens sind die Frauen in dieser Hinsicht bedeutend heimlicher, oft wahre Gräber verflossener Liebschaften, und gibt es eine, von welcher der Gatte, der Geliebte, auch wenn sie ihm ganz fest im Arm liegt, denn alles weiß? Jeden, der einer alten Geliebten nach Jahren wiederbegegnete, hat diese Meisterschaft des Schweigens erschreckt. Töchter der Erde fürwahr. Es gibt furchtbare und einsame Wissenschaften, die sie im Busen hegen, wie die der Vaterschaft...»

Keine biblische Gestalt hat Ziegler so häufig variiert wie die große Unglückliche im 39. Kapitel des ersten Buches Mose, wie die Frau von Pharaos Kämmerer Potiphar; es ist Ziegler eigentümlich, den Joseph, der sich der Bitte: Schlafe bei mir! – entzieht, fast völlig in seinen Darstellungen wegzulassen; überhaupt ist in der ganzen Geschichte der Graphik vielleicht kein zweites Werk zu finden – höchstens das von Stuck –, das, so gestaltenreich wie das Zieglersche, so arm an Männerfiguren ist. Er hat nicht *eine* biblische Geschichte um eines Mannes willen als Zeichner bearbeitet.

Zwei der kostbarsten Blätter, die ihm glückten, sind Bleistiftskizzen – kaum mehr als Postkarten groß –, unter die er ‹Bathseba› schrieb, Frauen in Badetüchern. Die Studien haben eine Intimität, daß man beschämt fast wegsieht. Eine von ihnen wurde auch in einem großen Ölbild ausgeführt; die Frau hat die Augen niedergeschlagen, man ist versucht, sie zu fragen: *wußtest* du, daß dein Mann erschlagen werden würde dort, wohin dein Liebhaber ihn schickte? Sicherlich! Auch denkt man an die allmählich auftauchenden Inside-Stories der europäischen Geheimdienste während des Zweiten Weltkrieges und an die fast ebenso große Zahl der Frauen wie der Männer, die in diesem dämonenvollsten Gewerbe als Mitarbeiter zu Tode – oft zu ausgesucht martervollen Hinrichtungen – benutzt wurden. Es kamen dabei mehr Frauen um als Brieftauben; fraglos drängten die meisten sich freiwillig zu dieser Waffengattung, in der man keine Gnade gewährte und keine erwartete...

Mehrere Blätter, die mich denken ließen an Theodor Csokors verschollenes Meistergedicht gleichen Namens, heißen ‹Abisag›: sie ist der erlesene Teenager, der dem schon sterbenden König David, da der nicht mehr warm werden kann, ins Bett gelegt wird, so, wie sich der betagte König in Sanssouci seine Windhunde ins Bett holte, um ein wenig animalische Wärme zu haben – oder seelische. Mit den Hunden des Königs in Preußen war wenigstens keine Beschämung verbunden; mit der Jungfrau des Königs in Israel aber doch: Die Umgebung des Greises merkte doch, daß der König sie nicht mehr «erkennen» konnte; Csokor erspart ihm nicht, daß deshalb sein letztes Gefühl für das Mädchen – Haß ist. Muß man überhaupt noch hinzufügen – denn so selbstverständlich ist das: Am Sterbebett Davids lauert Bathseba, um dem Uralten noch vor Zeugen die Wiederholung seiner Zusage abzutrotzen, daß *ihr* Sohn Salomo Nachfolger wird, König – nicht aber Davids Sohn aus erster Ehe. So ist das immer; auch heute, in jeder großen Firma! Nur daß ganz entschlossene Frauen – etwa die Mutter Alexanders des Großen oder Livia, die schauerliche dritte Gattin des Kaisers Augustus – nicht vom Willen des Gatten abhängig machen, ob der auch noch schwach genug wird – fast alle Männer werden das, zu allen Zeiten –, seinen Erstgeborenen ums Erbe zu betrügen, zugunsten der Kinder aus der späteren Ehe; entschlossene Frauen *ermorden* Kinder ihres Mannes aus dessen erster Ehe... oder, so heute, prellen sie ums Erbe: Wie viele große Unternehmer im 20. Jahrhundert müssen angezeigt werden von ihren Kindern aus erster Ehe, weil sie entrechtet wurden, leer ausgingen, zugunsten der zweiten Frau oder (und) deren Kindern!

Keinen Zyklus, nur eine Rötelzeichnung, aber eine seiner schönsten, hat Ziegler der Rebekka gewidmet – und dieses eine Blatt erfaßt den ganzen Geist der Erzählung, die in Luthers Sprache eine der ausdrucksstärksten überhaupt wurde, die man auf deutsch lesen kann. Es rührt als Erfindung besonders an, daß der Knecht aus Kanaan, den Abraham – nicht ohne Fremdenhaß – aussendet, daß er für Isaak aus dem *Vater*lande eine Frau mitbringe, und er bringt dann die Nichte mit, daß sie ihren Vetter heirate –, daß er seinen zehn Kamelen und sich selber auch nicht am Brunnen vor dem Stadttor von Nahors in Mesopotamien von eigener Hand Wasser schöpft, sondern daß er als Fremder *wartet*, bis diese Kostbarkeit ihm von einheimischer Hand gespendet wird – eben aus Rebekkas Hand! Diesen Moment hält Ziegler fest: wie das Mädchen das Gesetz erfüllt, das in den Ländern und Inseln, die das Mittelmeer bespült, von allen am höchsten geachtet wird: das Gesetz der Gastfreundschaft. Luther schenkte uns mit seiner «Rebekka»-Nachdichtung zwei Seiten so großer Prosa, daß wir sie ungekürzt lesen wollen:

> «Abraham war alt und hochbetagt, und der Herr hatte ihn gesegnet allenthalben. Und er sprach zu dem ältesten Knecht seines Hauses, der allen seinen Gütern vorstand: Lege deine Hand unter meine Hüfte und schwöre mir bei dem Herrn, dem Gott des Himmels und der Erde, daß du meinem Sohn keine Frau nehmest von den Töchtern der Kanaaniter, unter denen ich wohne, sondern daß du ziehest in mein Vaterland und zu meiner Verwandtschaft und nehmest meinem Sohn Isaak dort eine Frau.
>
> Der Knecht sprach: Wie, wenn das Mädchen mir nicht fol-

gen wollte in dies Land, soll ich dann deinen Sohn zurückbringen in jenes Land, von dem du ausgezogen bist? Abraham sprach zu ihm: Davor hüte dich, daß du meinen Sohn wieder dahin bringest! Der Herr, der Gott des Himmels, der mich von meines Vaters Hause genommen hat und von meiner Heimat, der mir zugesagt und mich auch beschworen hat: Dies Land will ich deinen Nachkommen geben –, der wird seinen Engel vor dir her senden, daß du meinem Sohn dort eine Frau nehmest. Wenn aber das Mädchen dir nicht folgen will, so bist du dieses Eides ledig. Nur bringe meinen Sohn nicht wieder dorthin! Da legte der Knecht seine Hand unter die Hüfte Abrahams, seines Herrn, und schwor es ihm.

So nahm der Knecht zehn Kamele von den Kamelen seines Herrn und zog hin und hatte mit sich allerlei Güter seines Herrn und machte sich auf und zog nach Mesopotamien, zu der Stadt Nahors. Da ließ er die Kamele sich lagern draußen vor der Stadt bei dem Wasserbrunnen des Abends um die Zeit, da die Frauen pflegten herauszugehen und Wasser zu schöpfen. Und er sprach: Herr, du Gott Abrahams, meines Herrn, laß es mir heute gelingen und tu Barmherzigkeit an Abraham, meinem Herrn! Siehe, ich stehe hier bei dem Wasserbrunnen, und die Töchter der Leute in dieser Stadt werden herauskommen, um Wasser zu schöpfen. Wenn nun ein Mädchen kommt, zu dem ich spreche: Neige deinen Krug und laß mich trinken, und es sprechen wird: Trinke, ich will deine Kamele auch tränken –, das sei die, die du deinem Diener Isaak beschert hast, und daran werde ich erkennen, daß du Barmherzigkeit an meinem Herrn getan hast.

Und ehe er ausgeredet hatte, siehe, da kam heraus Rebekka, die Tochter Berthuëls, der ein Sohn der Milka war, die die Frau Nahors, des Bruders Abrahams, war, und trug einen Krug auf ihrer Schulter. Und das Mädchen war sehr schön von Angesicht, eine Jungfrau, die noch von keinem Manne wußte. Die stieg hinab zum Brunnen und füllte den Krug und stieg herauf. Da lief ihr der Knecht entgegen und sprach: Laß mich ein wenig Wasser aus deinem Kruge trinken. Und sie sprach: Trinke, mein Herr! Und eilends ließ sie den Krug hernieder auf ihre Hand und gab ihm zu trinken. Und als sie ihm zu trinken gegeben hatte, sprach sie: Ich will deinen Kamelen auch schöpfen, bis sie alle genug getrunken haben. Und eilte und goß den Krug aus in die Tränke und lief abermals zum Brunnen, um zu schöpfen, und schöpfte allen seinen Kamelen.

Der Mann aber betrachtete sie und schwieg still, bis er erkannt hätte, ob der Herr zu seiner Reise Gnade gegeben hätte oder nicht. Als nun die Kamele alle getrunken hatten, nahm er einen goldenen Stirnreif, sechs Gramm schwer, und zwei goldene Armreifen für ihre Hände, hundertzwanzig Gramm schwer, und sprach: Wessen Tochter bist du? Das sage mir doch! Haben wir auch Raum in deines Vaters Hause, um zu herbergen? Sie sprach zu ihm: Ich bin die Tochter Berthuëls, des Sohnes der Milka, den sie dem Nahor geboren hat. Und sagte weiter zu ihm: Es ist auch viel Stroh und Futter bei uns und Raum genug, um zu herbergen.

Da neigte sich der Mann und betete den Herrn an und sprach: Gelobt sei der Herr, der Gott Abrahams, meines Herrn, der seine Barmherzigkeit und seine Treue von meinem Herrn nicht hat weichen lassen; denn der Herr hat mich geradewegs geführt zum Hause des Bruders meines Herrn. Und das Mädchen lief und sagte dies alles in ihrer Mutter Hause.»

So treten Figuren, die uns durch Literatur vertraut sind und doch so entrückt wurden in der Zeit, daß wir sie für Symbole halten, täglich in unser Leben, wenn wir nur Ausschau halten nach ihnen. Wer mit ihnen lebt, den lehren sie Humanität – in einer Epoche, die an Menschlichkeit abnimmt im gleichen Tempo, in dem die Zahl der Menschen zunimmt.

Erotik – warum nur in Tagebüchern und Briefen?

– doch warum nicht auch im klassischen deutschen Roman der Moderne? Im Zeitraum von nur fünfzig Jahren sind sie alle geschrieben worden, zuerst 1895 erschienen: ‹Effi Briest›; die anderen, nach 1933 geschriebenen, durften meist – nicht alle – erst nach Hitlers Tod erscheinen. Doch seltsam: Musils ‹Mann ohne Eigenschaften› mit seiner aufregenden Geschwisterliebe wie zuvor in Leonhard Franks ‹Bruder und Schwester›; und ‹Der Fall Gouffé› von Joachim Maass sind fast die einzigen Romane, die aufwühlende erotische Momentaufnahmen einblenden. Doch der Sensationserfolg des britischen Imports ‹Lady Chatterley› – schon vor der Hitlerzeit 1930 ohne großen Widerhall in Deutschland zuerst gedruckt – bestätigte dann Ende der fünfziger Jahre, daß erst *er* brachte, was die Deutschen in ihren Romanen vermißten.

Und sogar in Tagebüchern vermissen mußten, selbst in dem Arthur Schnitzlers, das Erotik ins Zentrum rückt, aber doch immerhin «bedeckt». Da waren die Autoren und erst recht jene, die nicht den Beruf des Autors ausübten, in früheren Jahrhunderten ehrlicher. Wie drastisch kommt doch das uns alle Meistbedrängende zu Wort in jenem Journal, das ‹Kirchenfürsten und Intriganten› heißt; jedenfalls unter diesem Titel neulich wieder aufgelegt wurde bei Artemis: Hofnachrichten des päpstlichen Zeremonienmeisters von Alexander VI. Borgia, jenem Papst, der im Jahre der Entdekkung Amerikas, 1492, gewählt worden ist und die beiden später so berüchtigten Kinder Cesare Borgia und Lucrezia zeugte. Verfasser: Johannes Burcardus, der als Bischof 1506 in Rom gestorben ist. Er hinterließ nicht nur dieses sehr aufregende, hochdramatische Manuskript, sondern auch das einzige Haus im spätgotischen Stil, das heute in Rom noch existiert. Diese Familie Borgia, viel berüchtigter als berühmt – obgleich die Papsttochter Lucrezia als verheiratete Herzogin von Ferrara eine der kultiviertesten Frauen der Renaissance gewesen ist, Freundin großer Dichter –, wird in diesem Tagebuch so lebendig, daß es vielleicht das interessanteste überhaupt ist in der Geschichte des Vatikans. Hier nur *ein* Zitat aus dem Kapitel ‹Orgie im Vatikan›, das der Chronist am Abend des 31. Oktober 1501 in sein Tagebuch schrieb: «Gelage Cesare Borgias im Vatikan mit 50 ehrbaren Dirnen, Kurtisanen genannt, die nach dem Mahl mit den Dienern und den anderen Anwesenden tanzten, zuerst in ihren Kleidern, dann nackt. Nach dem Mahl wurden die Tischleuchter mit den brennenden Kerzen auf den Boden gestellt und ringsherum Kastanien gestreut, die die nackten Dirnen, auf Händen und Füßen zwischen den Leuchtern durchkriechend, aufsammelten, wobei der Papst, Cesare und seine Schwester Lucrezia zuschauten. Schließlich wurden Preise ausgesetzt, seidene Überröcke, Schuhe, Barette u. a., für die, welche mit den Dirnen am häufigsten den Akt vollziehen konnten. Das Schauspiel fand hier im Saal öffentlich statt, und nach dem Urteil der Anwesenden, die mitzählten, wurden an die Sieger die Preise verteilt...» Fontane, Flaubert, Tolstoi, Generationsgenossen: 1819, 1821, 1828 geboren, waren sie alle jung im terroristisch bigotten Biedermeier; der Geniale unter ihnen war Flaubert, da er der erste war: Schon vierzig (!) Jahre vor ‹Effi Briest› veröffentlichte er 1856 seine ‹Madame Bovary›; auch ‹Anna Karenina›, erst 1873 begonnen, wurde zwanzig Jahre später als die Pionier-Leistung des Franzosen gedruckt. Und nur Flaubert schrieb wenigstens in sein Journal, mit 28 Jahren, ehrlich, was er erlebt hatte. (Deutsch zu haben: ‹Reise in den Orient›.)

Welcher Deutsche hinterließ Tagebücher wie Flaubert aus den Jahren 1849/50? Also zu einer Zeit, als der immer spießer-bösartig verklemmte Hebbel sich «sittlich» darüber entrüstete, in *seinem* Tagebuch, daß der von ihm beneidete Kotzebue eine Komödie so beginnt, daß ein Gast eine Kellnerin fragt, ob sie nachts zu ihm komme. Das fand – in einer Komödie, da er selber keine Komödie konnte – Hebbel hell empörend! Flaubert hatte kurz zuvor auch die schönsten Liebesbriefe der Epoche an eine Autorin geschrieben, an Louise Colet. Nun, im Tagebuch seiner Nordafrika-Reise wunderbar mitzuerleben, wie ein Genie, das seine eigentliche Daseinsform – die des Romanciers – noch nicht gefunden hat, auf einer abenteuerlichen Reise (zuweilen wurde geschossen auf Orientreisende, so auch auf Flaubert) Notizen über Land und Menschen sammelt; vor allem aber auch über Abgründe in sich selber, über das, was ihn heute nur problematisiert, doch *deshalb* morgen produktiv machen wird. Dazu die – in deutscher Sprache zu jener Zeit nirgendwo – schriftlich fixierte Ehrlichkeit; allein der Solothurner Frank Buchser hat als Maler damals riskiert, ebenso hinreißende Afrikanerinnen-Akte festzuhalten: «Sie war soeben dem Bad entstiegen, ihre feste Brust duftete frisch, etwa wie der Duft von süßlichem Terpentin; als erstes rieb sie unsere Hände mit Rosenwasser ein... ein großes, prächtiges Geschöpf, hellhäutiger als eine Araberin... ihre Haut, besonders am Körper, ist leicht kaffeebraun. Wenn sie sich seitlich setzt, zeigen sich an ihren Hüften bronzene Polster. Ihre Augen sind schwarz und übergroß... Sie fragt uns, ob wir eine kleine Fantasia hören wollen... Ich habe einen solchen Tanz schon auf griechischen Vasen gesehen... Ruchiouk hat sich beim Tanzen entkleidet... eine Tasse wird auf den Boden gesetzt; sie stellt sich davor und tanzt, fällt dann auf die Knie und tanzt mit dem Rumpf weiter, wobei sie immer die Rasseln betätigt und in der Luft Bewegungen wie beim Schwimmen macht... nach und nach senkt sich der Kopf bis an den Rand der Tasse, die mit den Zähnen aufgehoben wird, und mit einem Satz stellt sie sich wieder auf die Beine... Wir gingen schlafen, sie wollte für sich den Rand des Bettes... Nach einer außerordentlich stürmischen Fickerei schläft sie ein... das schwache Licht drang bis zu uns herüber und zeichnete auf ihre schöne Stirn so etwas wie ein Dreieck aus fahlem Metall... ihr kleiner Hund schlief auf meiner Seidenjoppe. Ich spürte ihren Bauch auf meinen Hoden, ihr Möschen, wärmer als ihr Bauch, wärmte mich wie ein heißes Eisen... ich mußte an Judith und Holofernes denken, wie sie beieinander lagen. Um Viertel vor drei Erwachen voller Zärtlichkeit...»

Sollte Fontane fähig gewesen sein, ebenso natürlich zu empfinden – vermutlich nicht, er verurteilte vor seiner Frau aus Poetenneid Storms große Lyrik als «zu erotisch» –, geschrieben hat er es jedenfalls niemals! Erst dreißig Jahre später, aber nur in einem Brief, am 21.2.1889, verwahrte Fontane sich gegen «Urphilister, die... den höheren Sittlichkeitsgaul reiten». Vierfacher Vater in einer tapfer von seiner Frau und ihm durchgehaltenen Ehe – zeitlebens Geldsorgen, trotz abnormen Fleißes als Autor –, hatte Fontane, worüber er stets schwieg, auch zwei uneheliche Kinder. Trotzdem schrieb er objektiv, keineswegs nur zur Selbstrechtfertigung, über das Buch eines bösartigen Spießers: «Der kleine sächsisch-thüringische Stil kann einem nicht wundervoller demonstriert werden: sittliche Entrüstung (schon etwas Schreckliches) gepaart mit sensationsgieriger, durch einen Portier beglaubigter Topfguckerei… großartig kümmerlicher Eindruck. Vollständiger Krähwinkel. Und dabei mag ich die sittlichen Lebensläufe dieser Tugendtempelwächter nicht untersuchen… (Gottfried August) Bürger hatte zwei Frauen. Bei den Schlegels ging alles kreuzweis, bei Tieck dito. Bei den Humboldts wußte keiner mehr, ob er nicht sein eigener Großvater oder Enkel sei. Goethe, wenn Napoleon nicht kam, wäre im Konkubinat geblieben. Von Gleim, von Iffland, von Schack schweigt des Sängers Höflichkeit (der großen historischen Beispiele ganz zu geschweigen), und nun kommen diese Urphilister… Wenn ich so was lese, möcht' ich immer gleich nach Sodom ziehn…» Das sei denen zitiert, die unsere Epoche deshalb verdammen – so verdammenswert sie in vielem zweifellos ist –, weil sie mit der Pille die Promiskuität erfunden habe: hat sie nicht!

Sogar jene Queen Victoria, nach der die zweite Hälfte des 19. Jahrhunderts benannt worden ist, das angeblich ach so sittenstrenge Viktorianische Zeitalter, hatte als jung Witwe Gewordene bis ins höchste Alter sehr junge Liebhaber, den Schotten Brown, ihren Diener; nach dessen Tod einen Inderjungen. Und doch erfand man in dieser heuchlerischen Zeit Tischdecken bis zum Boden, weil ein «nacktes» Tischbein an Unaussprechbares hätte erinnern können. Apropos: nackt. Es gab in diesem Spießerjahrhundert nicht ein deutsches Gedicht – nicht *eines* –, das sich beschmutzt hätte durch das so unanständige Wort: nackt! Allein Goethe hat noch nach Ausbruch des schauderhaft kleinkarierten Biedermeier ungeniert – aber doch auch nicht für die Öffentlichkeit, man fand diese Texte erst im Nachlaß und publizierte sie achtzig Jahre später –, ganz ungeniert gereimt, als Notizen zu ‹Faust, zweiter Teil›:

> Und wenn auch die Böcke noch stinkiger wären,
> so kann doch die Ziege des Bocks nicht entbehren.

Oder, läßt er den Satan sagen:

Für euch sind zwei Dinge von köstlichem Glanz:
das leuchtende Gold und ein glänzender Schwanz.
Drum wißt euch, ihr Weiber,
am Gold zu ergötzen und mehr als das Gold noch
die Schwänze zu schätzen!

Und als ein Mädchen sagt, das verständen «wohl nur die Großen», erhält sie die Antwort:

Nein, liebes Kind, nur nicht geweint,
denn willst du wissen, was der Teufel meint,
so greife nur dem Nachbarn in die Hosen...
seid reinlich bei Tage
und säuisch bei Nacht,
so habt ihrs auf Erden
am weitsten gebracht!

Doch durchaus freigegeben für die sofortige Veröffentlichung nach seinem Tode hat Goethe den abgeschlossenen zweiten Teil des ‹Faust›, darin zum Beispiel: «Zwar sind auch wir von Herzen unanständig...» Ewig schade, daß die meisten seiner ‹Helena›-Skizzen Fragment blieben: «die männerwechselnde» nennt Goethe seine ‹Helena›... Zitiert wird immer als letztes Wort an die Frau:

Das Ewigweibliche zieht uns hinan.

Doch in den Nachlaßnotizen steht, irdisch-verständlicher und nicht weniger bedeutend:

Der leichte, hohe Geist
riß mich aus dieser Enge,
die Schönheit aus der Barbarei.

Die leidenschaftlichsten Liebesbriefe schrieb in deutscher Sprache George Grosz – und es sind Ehe-Briefe, Treukundgebungen – ja, heute gradezu als Propaganda für die Ehe zu verwendende Episteln, bedenkt man – doch wer bedenkt es! –, wie riskant durch

Aids «Fremdgehen» wieder g
draußen – gegessen wird zu Ha
Ehefrauen der Generation mein
unter Aids-Gefährdeten mit Pauke
gewonnen. Gab es auch immer Le
nicht, weiß keiner, auch sie selber ni
die intimsten Weinkenner seien jene, d
bevorzugten, so überwog doch stets die
wechslung so sehr ein Bedürfnis war, daß
liche Ehepartner gewesen sind. Denen seien d
Ehemannes empfohlen – die erotisch radikalste
die es gibt in deutscher Sprache: bei Rowohlt zu
steln, die der Maler George Grosz aus New York a
Mutter seiner beiden Söhne, nach Berlin schrieb.
weiser Voraussicht, daß die Nazis in der ersten Nac
sie an die Regierung gekommen seien, ihn totschlage
denn niemand hat ihre blutrünstigen Visagen so prophetisch gezeichnet wie Grosz, schon 1932 in die USA entwichen, um sich dort eine Professur zu suchen, dank der er dann tatsächlich seine später herübergeholte Familie ernähren konnte. Aus einem der vielen Liebesbriefe an seine Eva: «Ich bin ein wenig crazy about you – obwohl wir schon etlich lange verheiratet. Ich schreibe Dir kleine schweinige Briefchen, hinterher schäme ich mich – kaum zu glauben.» Und Grosz gibt der Gattin genaue Anweisungen, in welchen Stellungen sie sich – für Fotos, die noch heute kein Staatsanwalt zur Veröffentlichung freigäbe! – doch bitte, bitte fotografieren lassen solle. Und daß ja diese Bilder pünktlich zu seinem Geburtstag in New York eingetroffen sein sollen. Als sie da sind, dankt er der Gattin überschwenglich:

«...Als ich heute beim Frühstück Deinen Brief aufmachte, und wie ich dann die Fotos sah, stand mein Schwanz im Nu vor geilem plötzlichem Entzücken über Deine süßen fotografischen Nacktheiten. Oh süße Eva, Du wirst in Deinem common sense meine Geilheit nach Dir vielleicht gar nicht verstehen... vielleicht bist Du gar nicht so – sicher bist Du nicht nur geil, wie ich mir hier das immer lüstern ausmale – aber da ich keine andere Frau neben Dir seit undenklichen Zeiten gehabt habe, so sind eben meine stärksten letzten erotischen Exzesse und Erinnerungen mit Dir verknüpft –

und so lebst Du h… erotischen Liebesepisteln eben als: die süße dicke lä… kte Stute. Deine erotischen Fähigkeiten sind nämlich… – ob bewußt oder unbewußt –, mit Dir zu ficken und s… nisch zu amüsieren ist ein herrlicher Genuß. Abgesehen… daß Du die süßeste Leckerin bist. Ja süße Stute – ich sit… der Maschine, mein Schwanz steht – vor mir habe ich, … er Maschine, Deine süßen Fotos liegen – ich betrachte sie… zu, indem ich im Schreiben anhalte, ich muß mich beherr… um nicht zu wichsen – denn ein Blick auf Deinen großen… chen Frauenpopo ist aufregend. Alle schweinischen Spie… d lüsternen Fickvorspiele zwischen Dir und mir stelle ich … dabei vor – mein harter Schwanz juckt vor Geilheit. Ich sand… ir gerade vor zwei Tagen einen geilen Brief, da habe ich Dir … üßen Gruß die geile Rute porträtiert. Ich wünschte, ich könnte … ir kinomäßig zeigen, wie meine Rute plötzlich geil dick anschwillt, wenn ich Deine Bilder in die Hand nehme, wie mein Mund vo… Lüsternheit auf Deine Nacktheiten trocken wird, wie aller Saft in die Rute steigt, wenn ich Dich nackt sehe. Lieber Daun, Fickerin, süß-süße Schwanzleckerin – ich freue mich so aufs Wiedersehen mit Dir…»

Wie weit Eva Grosz sich so hatte fotografieren lassen, wie ihr Mann es von ihr erbeten hatte, wissen wir nicht, weil der 580-Seiten-Band die Fotos nicht enthält.

Grosz hatte erbeten: «die Fotos müßten recht ‹scharf› sein – auch in der Fotografie – und aufreizend, wie Marlene, dabei viel direkter. Sie müssen Dich geben, ganz hingegeben in Deiner süßen Stutigkeit und sehr frech. Du mußt Dich natürlich ein bißchen ‹zurechtmachen›. Mußt in ‹Stimmung› sein – vielleicht recht geil, damit Deine Braune schön in Saft kommt. Na, Du verstehst, denke Dir nur recht ‹aufregende› Posen aus…

Als erstes dachte ich mir Dich als Zofe angezogen – halbangezogen: als schweinisch-süße Fickzofe… Du müßtest von hinten aufgenommen werden, aber Dein geil-freches süßes Gesicht mit Häubchen müßte den Beschauer (mich) ansehen – so, als sähest Du Dich amüsiert um, nach dem steifen Schwanz, der Dir gerade verpaßt werden soll… Eventuell die eine Brust mit erigierter Warze dem Betrachter mit der rechten Hand zugewandt. Zwei: im schwarzen Abendkleid, darunter nichts, ausgezogene Höschen als

Stilleben nebenbei – schwarze Handschuhe – Strümpfe. So, als wärest Du gerade nach Hause gekommen von einer Gesellschaft, und sollst nun gevögelt werden – das Kleid frech und aufreizend hochgestreift, stehend. Beine breit, ein wenig nach vorne rüber gebückt, als ließest Du Dich eben mal schnell im Stehen ficken. Das Vötzchen muß aber auch geil sein, kannst mit der einen Hand das Kleid über den Popo halten, vielleicht mit der anderen an den Popo fassen, hier frechen Hut auf. Dann eine, mit Strümpfen und Strumpfbändern, sonst vollkommen nackt, nur mit breitem Gürtel um die Hüften fest eingeschnürt – auf Seite von hinten auf Hüfte liegend, Kopf zu mir gewandt. Hier soll Dein Popo wirken. Deine saftige Aprikose herausgedrückt. Eventuell auch süße Handschuhe, um das weiße Fleisch reizvoll zu betonen. Eine von vorn, stehend als Zofe, mit hochgeschnürten Brüsten; Brustwarzen müssen ‹stehen›, angeschminkt; die süße Braune eventuell frech mit der einen unbehandschuhten Hand nach vorne sichtbar machen. Beine ein wenig gespreizt, so, als zeigtest Du einem Anbeter Deine Süße. Dabei könntest Du die Zunge zeigen. Dann: Rock über den Kopf gezogen, darunter kurzes Hemdchen, als zögest Du Dich eben für ein schweinisches Intermezzo aus, von hinten, Hüften zum Betrachter, den Stutenpopo und mehr zu sehen. Eine, in Strümpfen, nackt, mit betontem Bauch, nach vorne herausgedrückt, geil gespreizten Schenkeln in der Luft dem Beschauer zu, Brüste mit Händen gehalten wie Äpfel – Dein Stutenloch erregt offen, mit steifem Kitzler, als hättest Du eben die ersten Fickstöße empfangen... müßtest überhaupt nebenbei immer ein wenig auf erregendes Stillebenarrangement achten: Bananen, Lippenstifte, Puderdose – so als wären es richtige Fickszenen. Wäsche, die ausgezogen unter Dir liegt, und so. Kannst auch bei einer Aufnahme, wo Du Deine Schlüpfrige zeigst, gerade eine abgezogene Banane wie einen Steifen im Munde haben (erregend). Posen müssen alle ‹sehr› scharf sein. Ein bis drei Großaufnahmen der Mösch, läufig-stehend... Je mehr Aufnahmen, je besser, ich bezahle alles. Die ganzen Bilder müssen ‹lustig-geil-exhibitionistisch› wirken. Dies sind nur ein paar Wunschfantasien... Es wäre meine *größte* und *heißeste* Geburtstagsfreude von Dir... Ich fürchte, dieser Brief kommt zu spät – es wäre jammerschade (wirklich). Angst wegen schicken habe nicht – klebe gut zu – eventuell zahle das höhere Porto – innen nochmals mit dünnerem Papier undurchsichtig zukleben. Das muß ankommen. Ich erwarte das Brieflein recht bald... Ich bin nun mal so ‹bildhungrig› nach Dir... Empfinde meine ‹Liebesbriefe› nicht als allzu verrückt – hatte Dir ja schon mal einen enorm langen getippt. Kam dann aus ‹Hemmungen› nie zum Vorlesen. Jetzt, wo ich hier allein bin, fällt das weg, und ich schreibe Dir frisch von der Leber (vom Schwanz) weg, alle Gedanken, die mich bewegen. Diese ‹Erotik› besitzt mich nach Dir hin zur Zeit sehr – es wird schon auch noch ‹kühlere› Strähnen geben – tröste Dich. Dann schreibe ich mehr von New York... Dann folgen wieder kühle Treubriefe... Dein Dir sehr hingegebener.»

Der Maler Paul Klee hat das anders gemeint – dennoch trifft seine bedeutende Maxime *besonders* auch zu auf die allerorts, allerzeiten verschwiegene, ja in der Öffentlichkeit *unterschlagene* Erotik: «Die Kunst gibt nicht das Sichtbare wieder, sondern sie macht sichtbar...»

Frauen gegen erotische Kunst?

Die ‹Faust›-Zeile: «So herrsche denn Eros, der alles begonnen» – dürfte auf den Ursprung der Künste nicht weniger als auf den des Lebens selbst zielen; so direkt wie die Gedichtzeile: «...ist das Naturell der Frauen doch der Kunst so nah verwandt...» Die Wechselwirkung zwischen Eros und Kunst könnte ja nur dem verborgen bleiben, der nie in einer Galerie, einer Oper oder bei der Lektüre eines Romans von erotischen Empfindungen überwältigt wurde. Daß selten bis nie öffentlich über diese intimste Beziehung zwischen Zeugen und Schaffen, über diesen gemeinsamen Wurzelgrund sowohl des Aktes wie der Künste gesprochen wird, spricht noch nicht gegen die Vermutung, daß es der genau gleiche Trieb ist – nur unterschiedlich stark in den einzelnen –, der uns zum Partner und der uns zur Kunst hinsteuert. Daher auch die alte Erfahrung: In der Liebe wird jeder zum Dichter.

Henry Miller hat aber in einem seiner letzten Aufsätze – Geleitwort zu einem Bildband erotischer Malerei dreier Jahrhunderte – die Frage aufgeworfen, warum es offenbar die Malerei so viel früher als die Literatur riskieren konnte, in der Darstellung des Erotischen deutlich und drastisch bis zur Lebensechtheit zu sein; auch diskutiert Miller in diesem Aufsatz die Frage, warum die Frauen, die doch in ihrer Kenntnis des Erotischen den Männern mindestens ebenbürtig sind, fast keinen oder jedenfalls nur einen gänzlich belanglosen Beitrag zur erotischen Kunst geleistet haben. (Sollte das in der Malerei stimmen? In der Lyrik nicht, man denke nur an Lasker-Schüler oder an das ‹Leda›-Gedicht der in Auschwitz vergasten Gertrud Kolmar!) Miller hegt den Verdacht, der freilich uns Männern, würde er sich bewahrheiten, ein jämmerliches Armutszeugnis ausstellte, daß die Frauen mindestens in der Kunst «Erotik als bloßen Ausdruck von männlichem Chauvinismus» verachten. Darüber sollte man streiten – mit Frauen! Übrigens hat auch hier die überwältigende unter den deutschen Künstlerinnen – so groß wie unter den deutschen Dichterinnen ihrer Epoche: Ricarda Huch –, hat auch hier Käthe Kollwitz sich keinem Tabu unterworfen, sondern hat erotische Skizzenblätter hinterlassen von radikalster Intimität: Koitierende. Und hat sogar *veröffentlicht*, was nicht einmal ein Mann seit Albrecht Dürer gewagt hat: Ihre Genitalien in ein Selbstbildnis einzubringen – ja fast allein die Genitalien außer dem Kopf... Während ihre erotischen «Mann-bei-Frau»-Skizzen erst im Nachlaß auftauchten... Offensichtlich aber hat Henry Miller – wie damals alle Welt – die Schwester Claudels gar nicht gekannt... von der es sogar heißt, nicht sie sei nur die Schülerin Rodins gewesen, sondern er auch *ihr* Schüler zuweilen, da einige ihrer frühen Plastiken, die sie in Rodins Atelier gemacht hat, *früher* entstanden seien als jene Arbeiten des «Meisters», an die sie am stärksten erinnern...

Doch in Bern werden, anscheinend zum erstenmal, mit Plastiken Auguste Rodins auch jene seiner Schülerin und «Geliebten» – wie hat er diese Frau mißhandelt, daher die Anführungsstriche – gemeinsam ausgestellt. Camille Claudel, Schwester des führenden katholischen Dramatikers der Neuzeit (‹Der seidene Schuh›), war Jahrgang 1864 und starb 1942 in der Psychiatrie, obgleich Arztzeugnisse vorliegen, die den Wunsch der Eingesperrten, zu ihrer Familie zurückzukehren, unterstützt haben: auch der berühmte Dichter-Bruder half verhindern, daß seine Schwester, die dreißig Jahre hospitalisiert war, jemals wieder in Freiheit gelangte. 1882 war Camille die Schülerin Rodins geworden. Nach fünf Jahren riß sie sich los von ihm, der offenbar – was zur damaligen Zeit für eine Frau gesellschaftlich vernichtend war – sich nie zur Ehe entschließen konnte, da er fast ein halbes Jahrhundert brauchte, um seine mit ihm lebende Gefährtin Rose Beuret zu heiraten, von der er einen – nie von ihm legitimierten – Sohn hatte. Tragisch, an den ab 1890 entstandenen Plastiken der Camille Claudel abzulesen, daß sie nie künstlerisch sich abnabeln konnte von dem Meister, an dessen Plastiken sie (heute nicht mehr bekannte) Teile ausgeführt hat. Das wirft wieder die furchtbare Frage auf, die noch nie beantwortet wurde, warum von allen Künstlerinnen, Schauspielerinnen *nicht* eingerechnet, allein Käthe Kollwitz einen absolut unverwechselbaren *eigenen* Stil gefunden hat – während in den Werken aller anderen, die man kennt, das Vorbild des männlichen Lehrers dominierend, zuweilen erdrückend weiterwirkt.

Mozarts Tod

Francis Carr, ein englischer Jurist, Biograph Iwans des Schrecklichen, hat Mozarts Tod durch Gift auf eine originelle Weise neu untersucht: ‹Mozart und Constanze›. Carr hat im Seebad Brighton die Zuhörer einer Mozart-Veranstaltung zu einem Tribunal zusammentreten lassen und hat ihnen die Frage vorgelegt – mit zahllosen neuen Fakten, die der Inhalt seines aufregenden Buches waren –, ob Mozart durch seinen Rivalen unter den Komponisten, Salieri, vergiftet worden sei; oder durch seinen Rivalen (im Bett Constanzes), seinen Schüler Süssmayr; oder ob ihm sein Logenbruder Franz Hofdemel Gift gab. Hofdemels Gattin war als namhafte Pianistin die sogenannte «Lieblingsschülerin» Mozarts und von ihm schwanger. Sie war auch eine der drei Frauen, die Mozarts

Sarg am 6. Dezember 1791 bis tausend Schritte vor das Massengrab – doch nicht bis zum Grabe hin – geleitet hatten. (Mozarts Witwe war keine der drei Begleiterinnen! Sie hat erst 17 Jahre später den Friedhof betreten, das Grab aber nicht mehr gefunden und ihrem Mann nie auch nur ein Holzkreuz gesetzt.)

Als Magdalena heimkam von der Beisetzung, versuchte ihr Mann, der im fünften Monat Schwangeren den Hals abzuschneiden – zeitlebens trug sie Schals, der Narben wegen. Da sie sich erfolgreich wehrte, schnitt Hofdemel sich selbst den Hals durch; sein Selbstmord wurde zunächst vertuscht. Kaiser Leopold hielt Mozarts Witwe dessen «stadtbekannte Ausschweifungen» vor, erlaubte jedoch, zur Tilgung der geringen Schulden das Requiem aus Mozarts Nachlaß aufzuführen. Beethoven hat sich noch Jahre später geweigert, Magdalena Hofdemel zu empfangen, die, wie er sagte, «mit Mozart die Geschichte hatte». Endlich spielte er doch der Pianistin vor, die seine Improvisationen mit denen Mozarts verglich.

In Brighton kamen die Geschworenen zu dem Urteil, weder Salieri noch Süssmayr, sondern Hofdemel habe Mozart ermordet. Constanze hat 1829 dem englischen Ehepaar Novello bestätigt – Novello war im 19. Jahrhundert Englands bedeutendster Musikverleger –, daß Mozart bereits ein halbes Jahr vor seinem Tod gesagt hat: «Ich weiß, ich muß sterben, jemand hat mir Aqua Tofana gegeben.» Das am 26. Juni 1791 von Constanze zur Welt gebrachte Kind konnte – wegen der Reisetermine Mozarts – nicht von ihm gewesen sein.

Humor bei Frauen

Ernst zu nehmen ist die Emanzipation – keineswegs nur der Frauen – erst dort, wo sie Humor freisetzt. Seit dem Tode der Erzählerin Irmgard Keun durfte man besorgt fragen, warum es keinen einzigen weiblichen Humoristen gibt – bis endlich Doris Dörrie mit ‹Männer, Männer› einen Film gemacht hat, der Zuschauer dadurch verärgert, daß sie auf die Frage, wie der Film sei, sagen: «Ich konnte ja nichts verstehen, weil alle dauernd lachen!» Auch die Franzosen haben in Claire Brétecher eine Humoristin, die sogar aus ihrem Erbarmen mit den Männern – sehr mutig für eine Feministin – keinen Hehl macht. Wir haben es alle nötig, das Erbarmen der Frauen, denn wie schockiert es, in der neuen großen Charles-Darwin-Biographie von Ronald Clark zu lesen: «Den drei Männern – Darwin, Einstein, Freud –, die das geistige Klima des 20. Jahrhunderts schufen, gelang es nicht, ihre Ehefrauen zu überzeugen.» Selbst *denen* nicht? Als Darwins Gegner, also die Kirchen ebenso wie alle politischen und juristischen Gesetzgeber, über ihn herfielen mit dem Geschrei, seine «Evolution» behaupte, daß es «keinen Adam, keinen Christus, keinen Bund mit Gott, kein Jenseits» gebe, so daß jetzt das Chaos des untergehenden Römischen Reiches bei uns beginnen werde: Da war Darwin von diesen Angriffen weniger betroffen als vom unerschütterbaren Festhalten seiner Frau an ihrem religiösen Weltbild. Sie fand die Theorie ihres Mannes, die größte geistige Revolution des 19. Jahrhunderts, nur «ermüdend»! Und Darwins Biograph muß hinzufügen: «Emmas Reaktion auf die ‹Entstehung der Arten› erinnert an Martha Freuds Weigerung, die Psychoanalyse ernst zu nehmen, und auch an die Unfähigkeit Elsa Einsteins, der zweiten Frau Albert Einsteins, die Relativität zu verstehen.» Daß man heute lacht über diese Reaktion der drei Gattinnen, macht noch nicht die Frage überflüssig, warum kluge Frauen ausgerechnet dann, wenn es ihr Ehemann ist, der ein Weltbild umstürzt, nicht «mitkommen»? Nicht der Verstand der Frauen ist unzulänglich, muß man vermuten. Sondern die Penetranz der täglich-nächtlichen Nähe zueinander hat ausgerechnet *diesen* Mann in den Augen ausgerechnet dieser Frau dermaßen «kleingekriegt», daß sie *ihm* nicht mehr zutraut, was sie anderen zubilligen würde: bedeutend zu sein. Sogar die Sixtinische Kapelle würde zur Banalität, wäre sie der Plafond eines ehelichen Schlafzimmers.

«Der Teufel stellt vor allem den Frauen nach»

‹Brückenbauer›, die auflagenstärkste Zeitung der Schweiz, auch die ‹Basler Zeitung› sind nicht als radikal verschrien. Auch nicht als unseriös. Demnach darf man glauben, was sie zitieren. So habe der Papst in diesem Herbst zu Pilgern gesagt, die ihn in seiner Sommerresidenz Castelgandolfo besuchten: «Der Teufel stellt vor allem den Frauen nach und mehrt so ihre Sünde!»

Deprimierender als die Tatsache, daß jemand, der aufgrund seiner Priesterweihe das Gelübde abgelegt hat, Frauen nicht kennenzulernen, solche dummdreisten Denunziationen gegen sie losläßt – steckt der Teufel wirklich mehr in Frauen als zum Beispiel in Rüstungsindustriellen? –, noch deprimierender ist es, daß eine Milliarde Frauen auf Erden sich diesen Schwachsinn gefallen läßt, statt ihrem Verleumder und seiner Firma ihre Mitgliedschaft aufzukündigen.

Der Schweizer Theologe Küng, dem die Kirche seinen Tübinger Lehrstuhl genommen hat, weil er nicht linientreu redet, beklagte öffentlich zu Madrid: Die Behandlung der Frauen durch die Kirche, speziell die Haltung des Papstes zur Geburtenkontrolle, zur Scheidung und zur Zulassung zum Priesteramt sei «skandalös». Er vertrat die Ansicht, in der Kirche «herrsche Angst vor dem Geschlechtlichen und vor der Frau». Küng warf der Kirche «inquisitorische Neigungen» vor. Man kann nur kommentieren: Reichlich spät hat dieser Priester-Gelehrte sie bemerkt, diese – wie er sanft formulierte – «Neigungen». Zwar hat Küng recht mit allem, was er kritisiert, aber hat er auch das Recht, zu kritisieren? Er kommt einem vor, wie jene Prager Kommunisten, die nach der Niederstiefelung des Prager Frühlings durch die Rote Armee und dem gewaltsam herbeigezwungenen Ende der befreienden Ära Dubček wehleidig über Gewaltanwendung klagten – ohne zu bedenken, daß sie selber zeitlebens zu denen hielten und gehörten (ebenso wie Küng), die diese Gewalt mit heraufbeschworen haben!

Denn *entweder* man dient einem totalitären System, dessen erklärtes Ziel die Alleinherrschaft ist, sei es über Seelen, sei es über

Völker – *oder* man klagt, daß der Terror des Einparteiensystems oder einer «alleinseligmachenden» Religion einen nunmehr auch selber hinwegfegt. Wer einem Tyrannen geholfen hat, andere (oder wenigstens andere Meinungen) zu verfolgen, der sollte nicht so naiv sein, zu beklagen, wenn auch *er* die Quittung dafür bekommt, einem System gedient zu haben, das Opposition unterdrückt...

Aids in Venedig

Spätere Ehepartner, die sich nicht im Beruf ausleben, doch zuweilen auch die – das kann aber nicht jeder –, werden mörderisch gegen die Kinder des früheren. Immer betrügen alte Männer mit jüngeren Frauen Kinder, die eine frühere ihnen geschenkt hat, ums Erbe – sogar dann, wenn die spätere Partnerin nicht (oder nicht ihnen) geboren hat. Frauen, wenn kein Beruf sie überfordert, sind genau um soviel erfolgreicher im Privatleben, wie die – beruflich überforderten – Männer es vernachlässigen, so daß ja die meisten Gatten, insbesondere als Väter, die Halbidioten in den Familien sind... So auch der schon sterbemüde, ja sterbende König David, dessen Endschwäche seine zweite Frau benutzte, *ihren* Sohn zum Erben des Reiches Israel zu machen, obgleich der König Söhne aus erster Ehe gehabt hat, denen die Thronfolge zugestanden hätte. Diese so berühmte Bathseba, die König David seinem Unterführer Urias geraubt hat, indem er den Ahnungslosen an der Front so postieren ließ, daß er fallen *mußte* – erlistete für ihren Sohn Salomo den Thron. Und dieser angeblich ach so weise König Salomo hat sich dann nicht damit begnügt, seinen älteren Halbbrüdern das Erbe zu stehlen, sondern hat sie auch noch – so ist das oft – ermordet! Nicht jede Frau nimmt aber hin, daß ihre Kinder zugunsten der späteren Ehegattin und deren Kindern entrechtet werden vom Vater: Gehört in San José, der Hauptstadt von Costa Rica, Mittelamerika, das höchst schockierende «Beispiel einer weiblichen Rache», wie eine klassische deutsche Erzählung genannt wird. Die von einem Millionär pausenlos betrogene Ehefrau, Mutter seiner zwei Söhne – er ließ dann die drei sitzen, erzwang die Scheidung und heiratete eine Neunzehnjährige, die rasch zwei Kinder zur Welt brachte –, weiß, daß sie an Krebs sterben wird; Ursache vermutlich psychosomatisch «dank» der Dauer-Demütigungen durch den Ehemann. Nun erfährt die immer noch Schöne, der es eher gut steht, daß Krebs sie abmagern ließ, daß der Mann auch noch ihre gemeinsamen Kinder weitestgehend um ihr Erbe betrügt, indem er durch Überschreibungen auf seine beiden Jüngsten aus der zweiten Ehe das gemeinsam mit dieser ersten Frau erworbene Vermögen so beiseite schafft, daß bei seinem Tode die Kinder aus erster Ehe vergleichsweise nur noch wenig vorfinden können.

Die Todkranke und ihre Söhne haben *einen* machtvollen Verbündeten, den Bruder der Frau, der einst Justizminister war und jetzt der gefürchtetste Anwalt im Lande ist; sie hat in die Scheidung eingewilligt unter der Bedingung, daß dieser Bruder – der einzige Mensch, den sein Schwager fürchtet – der Vormund der Söhne wurde, der Inhaber der sogenannten «elterlichen Gewalt»... Krebskrank macht nun die Geschiedene ihrem Ex-Mann ein – wie sie das nennt – «Friedensangebot», da sie vor ihrem Tode zugunsten der Söhne die beiden aussöhnen wolle mit ihrem Vater, wie sie ihm aus Venedig schreibt: er solle kommen, selbstverständlich ohne seine Frau, und ihr in einem neuen Vertrag garantieren, daß die Söhne nicht völlig enterbt würden; sie sei dann bereit, *ihm* die Vormundschaft und elterliche Gewalt zu übertragen... Der Mann kommt nach Venedig. Wie Früchte, die – innerlich schon total faul – im Gras liegend oft besonders leuchtend und stark in den Farben sind, ist auch diese Todgeweihte sehr schön.

Wie man es Tuberkulösen nachsagt, hat die Gewißheit, verloren zu sein, auch diese Costaricanerin noch sinnlicher gemacht, als sie es ohnehin stets war; daß sie schlank wurde – das war sie nie –, macht sie für den, der sie einst deflorierte, wieder höchst attraktiv, was sie übrigens einkalkuliert hat. Ihre letzte Hemmung, diesen Mann und seine «neue» Frau mitzunehmen in den Tod, fällt von ihr ab, als sie beim ersten Tischgespräch beiläufig auf eine der zwei seiner größten Kaffeeplantagen, vorwiegend von ihrer Mitgift gekauft, zu sprechen kommt und hören muß, *die* sei leider nicht mehr in seinem Besitze: *Die* habe er schon seiner Tochter und seinem Sohn («um Erbschaftsgerangel unter meinen vier Kindern später zu vermeiden») im Grundbuch überschrieben! Also den Kindern aus seiner zweiten Ehe! Sie läßt ihre siedende Empörung nicht merken, während er ausflüchtig quatscht: «Deine beiden Jungen fahren ja nicht schlechter – sie kriegen Zuckerrohr, das auch nicht renditeschwächer ist als Kaffee.»

Sie wird, was sie zum Sieden brachte – denn es ist glatter Betrug –, nach Tisch in ihrem Mittagsbeischlaf mit ihm «investieren». Sein Mitgefühl mit ihr steigert seine Lust an dem, was sie mit ausgepichtester Kennerschaft einbringt in jeden Akt. Sie hat unter dem Vorwand, ihr «Haus bestellen zu müssen», ihrem Hausarzt, der einst auch seiner war, erlaubt, ihm die Wahrheit über ihren Krebs zu sagen... aber dieser Arzt weiß auch nicht, daß sie seit sieben Monaten, um ihrem Sterben doch noch einen Sinn abzugewinnen, in der Nachbar-Hauptstadt Caracas (Venezuela) hoffnungslos Aids-Kranke gepflegt hat; vom Tode gezeichnet – sah sie keinen Grund, sich in dieser Fünf-Millionen-Metropole irgendeinem ihrer Pfleglinge zu verweigern. Ja, seit sie wußte, daß sie ihren Mann und ihre Rivalin umbringen will, nahm sie an Aids-Kranken, wen immer sie kriegen konnte. Sie zählte nicht, wie vielen sie das letzte Glück geschenkt hat – nun schenkt sie ihrem Peiniger den Tod. Und hofft: auch seiner Frau! Als sie nach acht Tagen aus dem ‹Danieli› abreisen, in dem sie das gemeinsame Bett so selten verlassen haben wie einst auf ihrer Hochzeitsreise, besitzt er die Vollmacht über die Söhne; diese Vollmacht zu befristen – hielt sie für «nicht mehr nötig».

Kerzenlicht

– war für kleine Leute auch schon ein Luxus in der nur sogenannten guten alten Zeit, die ja höchst brutal gewesen ist, nämlich asozial. Als ein Wachsoldat am Stadttor sich krank fühlte und ihm ein Kamerad anbot, er solle doch zwei Stunden früher heimgehen, der Hauptmann merke das nicht, schlich sich der Angekränkelte, ohne eine Kerze zu entzünden, ins Bett. Da seine Frau hochschreckte, fragte er sie, warum sie sein Bett nicht gemacht habe; sie sagte, sie habe sich gestern abend aus Zärtlichkeit und Sehnsucht in seines gelegt. Wieso er vor sechs nach Hause komme, wollte sie nun wissen. Und schickte ihn, kaum daß er sich ins ungemachte Bett gelegt hatte, in die Apotheke, denn auch sie fühlte sich krank, er solle ein Pulver gegen die gemeinsame Magenverstimmung kaufen. Also zog ihr Mann sich wieder an und – sah erst, als er zahlen wollte, daß er sein Portemonnaie nicht in der Hosentasche hatte. Und da in der Apotheke die Öllampe an war, sah er nun auch, daß er eine Hose anhatte, die nicht *ihm* gehörte! Als er das herausschreien wollte – besann er sich im letzten Moment, daß dann die ganze Stadt ihn auslachen werde, stammelte eine Entschuldigung und versprach, bei Tageslicht zu zahlen. Der Liebhaber, der aus dem Bett des Gehörnten unter dessen Bett gekrochen war, als er den Wachsoldaten hereinkommen hörte – hatte immerhin dessen Portemonnaie dagelassen, als er sich in des Ehemannes Hose davonmachte. Die Frau, wird glaubhaft versichert, habe derart leidenschaftlich behauptet, ihr Mann müsse bereits auf der Wache – wo er seine Hose natürlich überhaupt nicht ausgezogen hat – seine Hose mit der eines anderen vertauscht haben, daß sie nach nur vier Wochen sich selbst jedes Wort geglaubt hat: ja sie drohte, ihren Mann überall zum Gespött zu machen, wenn er nicht aufhöre, an ihrer Treue zu zweifeln. Und er hörte auf damit, denn wenn es die Ehe ist, die einen zum Philosophen macht, ist Wegguckenkönnen die Basis aller Weisheiten. Kürzlich hat denn auch die Bundestagsabgeordnete der Grünen, die vierundvierzigjährige Frau Waltraud Schoppe, festgestellt: «Jede zweite Ehefrau will oder muß fremdgehen.» Woher sie diese Zahl hat, weiß ich nicht – möglicherweise aus jener führenden medizinischen Zeitschrift, die neulich die Erfahrung westeuropäischer Gynäkologen veröffentlichte: mindestens fünfzehn Prozent aller auf dem Papier ehelichen Kinder – hätten einen außerehelichen Vater. Tröstlich, daß in einer Welt, die weitgehend vom Glauben verlassen ist, wenigstens die Ehemänner noch so unerschütterlich glauben, zwar auch nicht an Gott, aber doch an ihre Vaterschaft... Die Beweise ex silentio, also aus Verschwiegenheit, sind bei Ehebruch übrigens charakteristischer als handgreifliche. Als neulich eine Frau gefragt wurde, woher sie denn wissen wolle, daß ihr Mann nicht treu sei, antwortete sie: daß er nie die Scheidung erwäge, sei ihr Beweis genug…

Kontinuität

– lehrt Rom: Es gibt sie nicht?
Weil ein Imperium untergeht?
Und selbst den Marmor, noch im Licht
– auch Sterbe-Nähe schon umweht?

Nein! Der *Mensch* – nicht Stein
bemißt der Dinge Wert und Zeit!
Geh übers Forum nie allein:
nur mit dem Partner, nur zu zweit

Verdrängst du Alters-Angst,
die dich befällt.
Mitmenschen dankst
du, was dich hält.

*

Letzte Liebe: «Kontinuierliche!»
Love-Jargon, ihr allein bestimmt
– bis euch das Tierliche
im Akt auch die Sprache nimmt.

Nimmt mit der Abschieds-Angst,
wenn ihr entspannt seid, stumm;
wenn sie verlangt, du verlangst
– Kontinuum.

Dies Bett wird zur Bahre. In Trauer
– von Zunge, Zähnen, Lippen gerauht,
fröstelt im Sterbeschauer
schon unsre Gänsehaut.

Eine Madrider Wahrsagerin

– die selber ihrer Mörderin die Türe aufmachte, ist erschossen worden: die Behörden vermuten, aus Liebeskummer; sie hatte einen lebhaften Umgang mit Lesbierinnen. Ist es zynisch, zu fragen: wieviel Wert hatten die Voraussagen einer Frau – die waren sehr berühmt –, die sich ihre Mörderin in die Wohnung holte?

Gescheitert an Beichten

Bei Fulda bringt ein katholischer Priester sich um, weil er den Segen seiner Obrigkeit vermißt: Er hat in seiner Gemeinde die Ohrenbeichte als verwerflich abgeschafft und an deren Stelle die Generalbeichte gesetzt. Tatsächlich sind immer schon Priester gegen die Beichte in Opposition gegangen – am temperamentvollsten vermutlich jener Graf Hoensbroech, der seine Memoiren genannt hat: ‹14 Jahre Jesuit›. Es gibt zahllose Beispiele – viele haben Geschichte gemacht, weil Beicht-«Väter» auch ausplauderten, was ihnen Könige und Staatsmänner anvertraut hatten –, daß Beichtgeheimnisse nur dann gewahrt bleiben, wenn sie Banalitäten enthalten. Eine Geschichte: Wie auf einem Katholikentag ein Priester seine Kollegen bei Kaffee und Kuchen fragt, wie er eine Frau dazu bringen könne, ihm endlich zu sagen – als ginge das ihn *irgend* etwas an! –, wie der Vater ihres unehelichen Kindes heiße. Sie bereue ja, diese Frau, ihre «Todsünde», sei aber nicht bereit, den Erzeuger zu nennen... Da tritt an diese Kaffeetafel ein Kollege und erzählt, er wisse gar nicht, welche Sühne er einem auferlegen solle, der ihm heute gebeichtet habe, mit der leiblichen Tochter ein Kind gezeugt zu haben. Im Nu hat man kombiniert an diesem Tisch, daß dieser Vater zu jener Frau «gehört», die den Erzeuger nicht nennen will – die Obrigkeit mischt sich ein, die Katastrophe ist da, weil nun auch das Kind noch den «Makel» hat, in «Blutschande» gezeugt zu sein; sobald Gerichte sich einmischen, wird das Kind «natürlich» den strafbar gewordenen Eltern genommen.

Schweigen ist Gold – warum schwieg der Arzt nicht, neulich, der in England herausfand, ein Nierenkranker, der niemals zeugungsfähig war, halte drei Kinder für seine? Wahrheit ist lobenswert – doch wie teuer darf sie von Unschuldigen bezahlt werden? Hier von jenen drei Kindern, die nicht nur den «Vater» verlieren, den sie liebten, weil er sie liebte, sondern auch die Mutter, die natürlich sitzen muß, weil sie «Alimente» von einem erschwindelt hat, der nicht der Erzeuger war. Was geht in Kindern vor, die sich sagen müssen, ihre Mutter sei derart raffiniert?

«Halt's Maul, guck fern!»: Komödien-Notizen

«Halt's Maul, guck fern!» – Titelschutz-Anzeige im Buchhändler-Börsenblatt für eine tagtäglich überall gespielte, aber noch ungeschriebene Familienposse

Erasmus, der «Syphilitiker»

Grabschändung, getarnt – wie so viele Schandtaten –, als «Wissenschaft»: Wurde vor wenigen Jahren in Göttingen das Grab unseres geistvollsten und witzigsten Aphoristikers, Lichtenbergs, gestorben 1799, ausgehoben und dann ausposaunt, dieser bucklige, kleine Physikprofessor habe sich seine Verwachsungen durch ekelhafte Krankheit zugezogen, so wurde jetzt aus Basel ruchbar, anläßlich der Feiern zum 450. Todestag des Erasmus von Rotterdam, daß der Humanist – seine Porträts sind die Meisterwerke des jungen Holbein – durchaus *kein* Syphilitiker gewesen sei. Und warum mußte das eigens bekanntgegeben werden? Weil 1928, als man im Basler Münster Zentralheizung einbaute, das Grab eines von Syphilis zerfressenen Menschen aufgemacht wurde, den ein junger Privatdozent der Pathologie aus feiner Familie als den Erasmus «identifizierte», obgleich ältere Mediziner ihm widersprachen. Der Junge aber wurde aufgrund seiner «wissenschaftlichen» Meisterleistung Professor – und deshalb mußte *verschwiegen* werden, bis heute, daß man 1974 das Grab des *wahren* Erasmus, unmittelbar neben dem des Syphilitikers, aufgefunden hat – und daß den Knochen des großen Schriftstellers durchaus keine Spuren von Geschlechtskrankheit anhaften! Merkwürdig: Als habe ein Freund des Erasmus eine Vorahnung gehabt, entschloß er sich, anno 1536 eine Todsünde zu begehen: Er schob dem Gestorbenen, was streng verboten war, unters Totenhemd oder in die Hand eine Münze, die des Erasmus eigenes Porträt mit Inschrift aufweist – und die jetzt den letzten Zweifel an der Echtheit dieser Grabstätte beseitigte. Der Mensch sollte nach kirchlicher Auffassung «so nackt und arm der Muttererde wiedergegeben werden, wie er dem Mutterleib entsprungen» ist; doch der Freund des Erasmus kümmerte sich nicht um dieses Verbot; er tat etwas, das für alle Zeiten vorbildlich sein sollte: Nie ein Gesetz, ein Verbot respektieren, das erstens unserem Gefühl widerspricht und wenn zweitens seine Übertretung ein Freundesdienst ist: Der Staat wird viel zu sehr von uns allen mit allen seinen Narreteien, die er als Gesetze ausgibt, respektiert. Der Staat hat hier zum Beispiel verhindern wollen, daß man den «Entdecker» des Jahres 1928 auslacht – und lieber in Kauf genommen, einen großen Toten so lange als Syphilitiker auszugeben, bis niemand sich mehr darüber aufregte, den inzwischen auch verstorbenen Mediziner und Staatsbeamten dem Gelächter auszusetzen. Wieso dürfen überhaupt Gräber geöffnet werden, ohne daß Mordverdacht das rechtfertigt?

Intercity Hamburg–Basel

Wehgeschrei vor dem Einlaufen in Freiburg: Ein Ehepaar entdeckt, daß ein – natürlich unauffindbarer – Witzbold den Koffer dieser Leute, der im Gepäckständer an der gläsernen Eingangstür zum Großraumwaggon abgestellt war, mit einem Fahrradschloß (Stahldraht mit Plastiküberzug) an den stählernen Gepäckständer angeschlossen hat! Ich lese, aber da der Lärm, mit dem der rotbemützte Stationsvorsteher herbeigeschrien wird, der natürlich auch keine Zange bei sich hat, um den Koffer loszu«beißen», vermuten läßt, da sei mindestens ein Kind aus dem Zug gestürzt, gehe ich an den «Tatort»... Inzwischen schreit der Rotbemützte nach einem Eisenbahner mit Zange. Ich sage begütigend: «Immer noch besser, als sei Ihr Koffer gestohlen worden!» – das ist unbestreitbar, bringt mich aber in Verdacht – das spüre ich –, *der* gewesen zu sein, der das Verbrechen begangen hat. Und warum setzt mich das dem Verdacht aus? Ich überlege das später – und weiß es nun: Weil mein Gesicht vermutlich zu schlecht getarnt hat, daß ich innerlich lachen mußte über diese Untat, die ja auch mir hätte zustoßen können. Warum also mußte ich lachen? Das ist eine heikle Frage; ich fühle mich sonst ganz frei von der Neigung zur Schadenfreude –

und Schaden ist ja auch gar keiner entstanden, sondern nur sieben Minuten Verspätung. Es wird die uns allen im tiefsten eingefleischte Abneigung gegen die bürgerliche Ordnung sein, deren Nutznießer wir zwar alle Tage sind, die uns aber doch anödet, auf die Nerven fällt, ja aggressiv macht. In jedem rebelliert zuweilen, je zivilisierter er sich geben muß in seiner Gesellschaft, der unterdrückte Anarchist.

Das Weib, *der* Feminismus, *die* Männlichkeit

– so klagte der fließend deutsch (nebst vier anderen Sprachen, denn er war Geheimdienst-Chef) sprechende amerikanische Botschafter in Bonn: sei zu viel des Irrationalismus! Wie solle denn, wie könne auch nur ein Ausländer eine Sprache erlernen, die dermaßen antilogisch sei? Der Mann sagte das, um seine Angst – eine höchst berechtigte, wie leider wir Deutschen im 20. Jahrhundert die Welt gelehrt haben – vor dem Irrationalismus auch der deutschen *Politik* auszudrücken... Der deutsche Volksmund selber fand schon stets beunruhigend, daß wir sagen: *der* Milchmann, aber: *die* Eierfrau. Auch sagen wir: wohnhaft, doch mit Wohnung sollte ja Haft nichts zu tun haben! Wohnend in... würde genügen.

Auch seßhaft: wie schön wäre das, erinnerte nicht die zweite Silbe an jene, die dazu *gezwungen* sind. Ich schlage vor, sagte ich, aber meine Frau fiel mir ins Wort: «Müßt ihr Deutschen gleich *schlagen*, wenn ihr was vorhabt?» Es ist überlegenswert, warum wir selbst Friedlichstes oft so aggressiv umschreiben, zum Beispiel: es «herrscht» gutes Wetter. Oder zu einem sagen, den wir mögen: Ich habe Ihren Werdegang «verfolgt»! An unseren Wörtern sind wir zu erkennen, keineswegs, wie es heißt: An unseren Früchten. Denn wer von uns trägt schon Früchte! «Öffentlicher Personen-Nahverkehr»: wo dieses Wortgespann amtlichen Charakter hat, da ist Volk wie Obrigkeit ohne Ironie gegenüber der Sprache!

Komödien-Notizen

– lohnen aufgeschrieben zu werden nur dann, wenn sie Situationen festhalten, die – kaum zugespitzt – auch übertragbar wären in Tragödien: Sonst sind sie zu harmlos. Eifersucht, die zuschlägt, ist komisch nur so lange, wie es bei blauen Flecken bleibt oder bei ausgeschlagenen Zähnen; jedoch die Situation, die dazu führte, darf *an sich* keine harmlosere gewesen sein als jene in ‹Othello› – «hast du schon zur Nacht gebetet, Desdemona?» –, die eine irrtümlich Verdächtigte das Leben kostet. «Lustig» war die Empfehlung eines Bruders an seine eifersüchtige Schwester nur deshalb, weil sie *nicht* befolgt wurde: «Schick' der doch noch zweimal Rosen im Namen deines Mannes!» – nämlich der Freundin eines *mörderisch* – im Wortsinne – eifersüchtigen Sizilianers, der in Düsseldorf Amok laufen wollte, weil ein Geschäftspartner dieser Freundin Blumen geschickt hatte. Der Sizilianer schrie der Frau des Blumenspenders am Telefon derartige Morddrohungen gegen ihren Mann zu, daß endlich auch sie eifersüchtig wurde... bis sie sich sagen ließ, ihr Mann sei kaum so blöde, seinen Namen dazuzuschreiben, wenn er einer mit einem Sizilianer zusammenhausenden Deutschen Blumen sende, würde er nicht ein «reines» Gewissen, nämlich einen nur geschäftlichen Grund dazu gehabt haben! Doch der Rat an sich, dem Schreihals noch zweimal Blumen für seine Freundin in die Wohnung zu senden, hätte durchaus einen Mord auslösen können...

Ordnungstrieb...

– scheint in Kleinbürgern, wenn ihre Brunftzeit sich dem Ende nähert, an Stelle *aller* Triebe zu treten. Einer wäre, dieses Triebes wegen, an mir fast gestorben vor Aufregung, die ihn dem Schlaganfall nahebrachte: Ich parkte mein Velo, ein verschrammtes Damenrad, direkt neben dem schimmelweißen Rolls-Royce des

Herrn von Karajan am Intendanteneingang zum Salzburger Festspielhaus, als dort mein Hemingway-Monolog ‹Tod eines Jägers› durch Curd Jürgens uraufgeführt wurde. Bisher war an dieser Pforte allein der Wagen des Herrn von Karajan abgestellt worden... Der Portier, gerade noch geistesgegenwärtig genug, mich *nicht* zu ohrfeigen, wußte nicht in seinem Entsetzen, ob er argumentieren solle, hier dürfe überhaupt kein Mensch parken – denn sogar Herr von Karajan ist doch auch einer, ein Mensch – oder nur dieser eine dürfe hier parken: das hätte aber der Portier nicht «nachweisen» können, und was nicht schriftlich angeordnet ist, das glaubt er «natürlich» selber nicht... Es dauerte so lange wie die Ouvertüre zu ‹Tristan›, bis der Mann von seinesgleichen besänftigt, ja gezähmt worden war und in die Pförtnerloge zurückgeleitet werden konnte, ohne sich an mir oder wenigstens an meinem Fahrrad vergriffen zu haben. Er schrie und tobte, weil ich das Rad so angeschlossen hatte, daß er es nicht davontragen konnte: er zeterte wie Rumpelstilzchen, wenn es das Feuer umkreist, ehe es sich dann an beiden Füßen packt und in der Mitte selber durchreißt. Freund MacDonald als Zeuge sah seine historische Erfahrung bestätigt, daß jene Tyrannen die entsetzlichsten sind, die dem Kleinbürgertum entstammen, so Stalin, Hitler, Ulbricht – während jene, die nicht bereits als Kinder im «ordentlichen» Käfig eines Kleinbürgerhaushaltes oder (wie Stalin) eines Priesterseminars verkrüppelt worden sind, so Lenin oder Fidel Castro oder Franco oder Friedrich der Große, vergleichsweise human und großzügig werden – wenigstens verglichen mit zu Staatschefs aufgestiegenen Kleinbürgern.

Die Brücke über den Bosporus...

– die älteste der noch immer strahlend schönen Eisenbahnbrükken, gebaut schon im letzten Drittel des 19. Jahrhunderts, hat bekanntlich vor zwanzig Jahren ein türkischer «Abrißunternehmer» einem amerikanischen Milliardär gegen sehr hohe *Voraus-*

Zahlung verkauft. Als der Amerikaner, der seine Heimat mit dieser berühmten Eisenkonstruktion schmücken wollte, anreiste mit dem vielköpfigen Technikerteam, das die Brücke abbauen und nach den USA schaffen sollte – entging er mit knapper Not dem Irrenhaus: Die türkischen Richter argumentierten, entweder sei er verrückt, daß er versucht habe, die Brücke abzubauen, die er für sein Eigentum hielt – was er ja mit Brief und Siegel «belegen» konnte –, dann müsse er auch einsitzen im Irrenhaus. Oder er sei *nicht* verrückt – dann müsse er ins Zuchthaus wegen Diebstahls eines nationalen Status-Symbols. Von dem Türken, der ihm die Brücke «verkauft» hatte: wurde nie wieder eine Spur gesichtet...

Nach dem Beispiel des Türken hat neulich der hochgestellte Berliner Bauamt-Funktionär gehandelt – er bekam vier Jahre –, als er eine Straße erfand, für die er im Laufe der Jahre Laternen, Ahornbäume, «Begrünung» und Kanalreparaturen der Stadtkasse Berlin in Rechnung stellte: es hatte sich gelohnt, offenbar, Rechnungsformulare der «Lieferanten» zu drucken, denn immerhin konnten neben einem Sportwagen und einem sehr stattlichen Zweifamilienhaus noch 1,8 Millionen DM auf einem Konto sichergestellt werden, die ihm jene Straße eingebracht hatte, die nur in seiner Phantasie existierte. Merke: Wer ähnliches vorhat, soll nicht erzählen, diesen superteuren Sportwagen hätten reiche Verwandte ihm geschenkt. Wer ein bißchen von Familien versteht, der weiß, daß Freigebigkeit von Verwandten – solange die noch leben, jedenfalls – ihre Grenze hat. Auch muß einer, der Straßen und ähnliches erfindet, *den* kennen, der ihn im Amte vertritt, wenn er Urlaub macht: während sich dieser Berliner in einem fremden Kontinent sonnte, versuchte sein Vertreter die Straße zu finden...

«Besitzen Sie denn keinen Schirm?»...

– fragte ich den angeblich weltfremden Professor. «Nie einen gehabt», sagte er und ging raschen Schritts, weil es nun doch sehr stark regnete, über den Marktplatz ins ‹Mövenpick›. Aber nicht um zu speisen, sondern um der Garderobefrau zu sagen: «Ach bitte – mein Schirm! Haben Sie meinen Schirm gefunden, vorgestern – nein, Mittwoch muß ich den schon vergessen haben.» Und bevor noch die Frau fragen konnte, wie sein Schirm aussähe – was auch eine sehr dämliche Frage wäre, denn alle Herrenschirme, soweit sie keine ‹Knirpse› sind, gleichen einander wie Eier –, brachte sie einen Arm voller stehengelassener Schirme an, während der Professor den «seinen», also *alle* Schirme, beschrieb: «Schwarzer Griff, noch fast neu – ich glaube ohne... oder doch mit: weiß nicht mehr... das Futteral, das ihn zusammenhält... ja, danke: dieser! Ja, das ist er schon...» Und er hatte immerhin den Anstand, der Frau eine – bescheidene – Münze hinzuschieben. Im Hinausgehen sagte er: «Funktioniert immer – ist viel zuverlässiger als das blöde Sprichwort, sofern sich das auf eine Ehefrau bezieht, man kaufe doch auch keine Kuh, um Milch zu trinken. Das ist ein Unfug!» erklärte er nachdrücklich. Er wird es wissen: Er ist Junggeselle...

Nie intim werden...

– ein guter Rat – mit jemandem, der Haustiere liebt: Was bleibt für dich, wenn der 95 Prozent seiner Zuneigung an Katzen, Hunde, Pferde vergibt? Da sind doch Leute, die nur Auto- oder Garderobefans sind, umgänglicher... Am zärtlichsten auch zu den Mitmenschen sind passionierte Pflanzenzüchter. Allerdings ist der Liebe zu einem *Hund* auch die lustigste Ehegeschichte zu danken, von der ich je gehört habe: Zweimal war das Paar vor dem Scheidungsrichter – um dann doch auf die Scheidung zu verzichten, solange ihr Hund lebte; denn der Richter hatte nicht vermocht – wie hätte er das auch gekonnt –, zu entscheiden, ob der Hund dem Manne oder der Frau bei der Scheidung als Eigentum zugesprochen werden solle... So tierlieb sind natürlich nur Kinderlose.

Juristen und Ärzte

Einen Richter darf man nur anlügen, aber nie auslachen, das weiß jedermann! Wie schwierig aber mit Ärzten zu reden, die *immer* recht haben! Jeder Patient schaut zu ihnen auf: Aus ihrem Munde erfährt er das Todesurteil oder seine Freilassung auf Zeit; eines Tages dann liegt der Patient auf dem Rücken, drei in Kitteln, so weiß und «anheimelnd» wie die Weltraumkälte, umstehen sein Bett, reden in einem Vokabular, von dem der Betroffene zehn Prozent versteht – *jene* zehn, die gelogen sind: ob *das* erklärt, diese Macht, warum es so schwer ist, mit Ärzten zu diskutieren, sofern die einen überhaupt zu Wort kommen lassen?

Niveau

Fragt ein Kind, was relativ heiße, läßt sich antworten: Ein Haar in der Suppe sei relativ viel – ein Haar auf dem Kopf sei relativ wenig. Als der Zehnjährige seinen fünf Jahre älteren Bruder weiter fragte, was verhältnismäßig sei, bekam er die Antwort: Daß die Luise abends immer zum Georg geht, ist verhältnismäßig. Und was, fragte der jüngere Bruder, ist unverhältnismäßig. Der ältere macht obszön übertreibend den Dialekt einer (nur in seiner Phantasie existierenden) Frau Bomächl nach, die gesagt habe: «Ein Unglick hoab i schon bausenlos, am Mittwoch hoab ich erscht mein' Mann verloren – un nu verlier ich noch am Freitag mein' Klo-Schlüssel!» Das sei unverhältnismäßig. Endlich fragt der Jüngere: «Und was ist Niveau?»

Antwort des Bruders: «Was unser Papa nicht hat – das ist Niveau!» Dieser Papa war – ich.

Die zwei hier nicht näher zu Bezeichnenden...

– die eine sehr große Menge – immer wieder erworbenen – «Schwarz-Geldes» weiß waschen mußten, erzählten der Steuer-Verwaltung, sie hätten's auf der Spielbank «gemacht». Da das ein *sehr* alter Hut ist, weigerte sich die Steuer, ihnen das Märchen zu glauben – obwohl sie fleißig bemüht waren, sich nachweislich in berühmten Spielkasinos immer wieder sehen zu lassen... Sie gaben der Steuer an, gemeinsam zu gehen, dann aber getrennt zu setzen – und sich jedesmal brüderlich in Gewinn oder Verlust zu teilen. Noch immer glaubte ihnen die Steuer nicht – bis sie auf den Einfall kamen, gegeneinander zu prozessieren: A. behauptete, B. habe nicht brüderlich mit ihm geteilt – ein ganz und gar nicht zu durchschauender, zu beurteilender Rechtsstreit. Es kam ja auch gar nicht darauf an, wer vom Gericht, mit dem hier Blindekuh gespielt wurde, recht bekam. Es kam darauf an, daß endlich die Steuer den zweien glaubte, sie hätten das Geld aus der Spielbank. Und sie glaubt es nun...

Noch einen Landarzt gut gekannt zu haben...

– der *geritten* ist zu seinen Patienten; und der wie viele *geborene* Erzähler sich beharrlich weigerte, auch nur *ein* Wort aufzuschreiben, so bildkräftig er auch sprach: «Damals hatte ich – vom Pfluge weggekauft – ein Pferd, das ging übern Graben, als wenn man einen fahren läßt» –, das verbindet einen stärker mit den Großeltern-Zeiten als nur Bücher. Dr. med. Philipp – Philippos heißt bei den Griechen: Der Pferdefreund –, Philipp Huschenbett hieß der mir Unvergeßliche. Was immer er an Erlebnissen mir fünfundsechzig Jahre Jüngerem zum besten gab: Ich habe nie wieder die Fähigkeit so ausgeprägt gesehen wie bei diesem Arzt, so lakonisch wie lapidar in je *einem* Satz das Berichtete von Krankenbetten, Schlachtfeldern, Pferdeställen und Berliner Universitätsjahren zusammenzuraffen: Früh notierte ich, zuweilen, was er in oft aphoristischer Zuspitzung ganz krampflos in seine Monologe – denn was hätte ich als Teenager schon beisteuern können zum Gespräch – hineinorganisiert hat, ganz unkünstlich, im small talk: «Die Schweizer Armee ist die mutigste der Welt – die einzige, die riskiert, sogar Verheirateten das Gewehr mit heimzugeben!»

Als einmal gespenstweiß seine siebenundachtzigjährige – älter als er – Gebieterin, unwirsch die Türe einen Spalt öffnend, ihn anherrschte, wann er zum Abendessen komme, denn ich als junger Mann hatte keine Manieren und blieb immer viel zu lange bei ihm, da entschuldigte er sich bei mir, fast verlegen: «Heirate und werde zahm!» So will ich aus seinen Merksätzen einige auswählen, die er zum Thema Weib und Mann gesagt hat. So über eine junge Frau, die sich einem Lumpen ausgeliefert hat. «Ihr war nicht zu raten – Ratschläge, die unsre Vorlieben *bestätigen*, sind die einzigen, die wir befolgen!» Über den schon erwähnten Lumpen, der diese Frau um alles gebracht hatte: «Einer jener Fabelhaften, die nie im Leben etwas anderes erworben haben als den Führerschein und diese Frau!» Und fast bedrückt ergänzte er: «Habe mehrfach Männer gesehen, die zeitlebens nichts gewinnen konnten als eine Frau: dann aber immer eine extrem Schöne, nun aber gänzlich Verarmte.» Ihr Mann hatte stets jede Arbeit abgewiesen mit dem Satz: «Die stinkt mir einfach!» Huschenbett: «Das Geld seiner Frau stank ihm nie. Doch erst einmal ‹nein› sagen zu allem: damit kommt einer weit, hilft ihm eine Frau. Er hat stets alles bestritten, nur niemals seinen Lebensunterhalt!» Er sagte: «Armut ist die Ouvertüre zur Gemeinheit.» Arme behandelt dieser Mediziner stets gratis: «An den Armen lernen die Zahnarztstudenten.» An Verarmte auch sein Rat: «Wenn nichts in der Tasche, dann wenigstens einen Hut aufhaben!» Wirklich ist man ja so angesehen wie angezogen. Über Eigenbrötler: «Wer nicht unter die Leute geht, soll sich nicht einbilden, die redeten so wenig über ihn, wie sie über ihn wissen!» Und er fragte: «Wer geschieden wurde, empfiehlt das immer auch andern: Warum empfiehlt, außer Eltern, kein Verheirateter, zu heiraten?» Über einen, der Unglück mit einer Frau gehabt: «Der hat sich Witz gekauft – er sollte *reisen*! Überm Meer, hinterm Berge wohnen immer auch Menschen!» Einer miserablen Hausfrau sagte er nach: «Die fragt den Gast, ob sie ihm ein Huhn schlachten soll!» Über Ellenbogen-Karrieristen: «Schafe, die andere stoßen, haben den vollsten Bauch.» Über eine Geschiedene auf Mannjagd: «Alte Scheunen brennen nicht nur am raschesten – das ist klar –, sondern am längsten!»

Der Dieb...

– erzählte ohne Phrase, ohne Emotion, karg und anschaulich, wie meist Menschen der Tat sprechen. «Warum vertrauen Sie mir das an?» frage ich. – «Weil das vielleicht auch zu unserer Zeit gehört, ich aber kann nicht schreiben – und Sie werden ja klug genug sein, keinen Informanten preiszugeben!» Da ich nicke, beginnt er: «In der Pubertät, wie Sie wissen, kriegt man die entscheidenden seelischen Verwundungen: Ich habe diese Gesellschaft von früh auf gehaßt, weil meine Mutter von ihr deklassiert worden ist, denn da mein Vater nicht als aktiver, sondern ‹nur› als Reserveoffizier gefallen ist, bekam meine Mutter schändlicherweise keine Pension. Sie wurde samt mir und zwei Schwestern mit einer derart niederträchtigen Rente abgefertigt, daß sie – die als sogenannte höhere Tochter, wie damals üblich, keinen Beruf erlernt hatte – sich irgendwo als Hilfskraft verschleißen mußte. Also Klassenunterschiede selbst bei gefallenen Offizieren: nicht mit mir! Bei der Währungsreform waren immerhin noch fast hunderttausend Mark auf Sparbüchern: Die wurden von dieser ach so sozialen BRD ebenso brutal abgewertet wie bei solchen Familien, die zum Beispiel neben ihren Sparbüchern noch die Kruppwerke besaßen oder landkreisgroße Rittergüter oder Fabriken. Ich begriff die Welt nicht mehr: Einer Kriegerwitwe wurde der letzte Besitz, diese Konten, ebenso auf sieben Prozent abgewertet wie einem Multimillionär, der neben dem Geld auf der Bank noch ein Industrieimperium besaß. Am Grab der früh verkümmerten Mutter schwor ich: Solchen Spielregeln beuge ich mich nie! Denn wenn es schlimmere Staaten auch auf deutschem Boden schon zwei gab – einen so *verächtlichen* Staat wie diese BRD gab es niemals, der Ministern ‹ohne Geschäftsbereich› wie diesem de Maizière aus der DDR 1990 im Monat zweiunddreißigtausend Deutsche Mark zahlt, aber Kriegerwitwen und Müttern gefallener Söhne noch immer nur um tausend oder neunhundert Mark Rente! Da ich einen Beerdigungsanzug des Vetters geborgt hatte, sah ich so seriös aus, daß ich keinen Verdacht erregte, als ich mit einem nagelneuen Rennrad, soeben am Bahnhof ‹gefunden› – wir sprechen von Fundsachen, nicht von Diebstählen –, bei einem Velo- und Mofahändler vorfuhr und es ‹in Zahlung› gab gegen ein Mofa, das neu genug war, es sofort im anderen Stadtteil gegen einen gebrauchten schweren Brummer umzutauschen, das heißt: in Zahlung zu geben. Daß ich dieses stolze starke Ding überhaupt schon fahren durfte, verdankte ich des älteren Vetters Personalausweis, den ich in seinem Jackett gefunden hatte und ihm als verloren meldete – übrigens ohne Skrupel: Seine Mutter hatte von den Großeltern das wertbeständige Haus geerbt, während meine arme Mutter nur Bargeld geerbt hatte, das dann dieser miese Staat ihr entwendete bei der Währungsreform, wie er seinen Gründungsschwindel nannte. Ich lebe seither *stets* auch auf den Namen des mir ähnlichen Vetters, der natürlich nicht identisch mit meinem Namen ist... so habe ich den Paß auch eines kinderreichen Kirchenrates mit Doktortitel. Ich kann allen Lesern nur wärmstens empfehlen, sich in einer anderen Großstadt noch einen anderen Namen zuzulegen, das ist so preiswert und kann unendlich nützlich sein... Vettern und Cousinen, die einem gleichen, hat doch beinahe jeder Mensch; und es *muß* ja nicht ein Verwandter sein – bei mir bot sich das an. Und ich hasse alle Komplikationen...

Wie ich das leichte neue für das schwere gebrauchte Motorrad in Zahlung gegeben habe, so kam ich bald über einen verschrammten Volkswagen zu einem Porsche und alsbald zu einem Mercedes, der Mädchen heftiger anmacht als ein Heiratsantrag: denn *den* glaubte mir damals doch keine mit meinem Fallenstellergesicht, aber einen Mercedes ‹glaubt man›, sobald man drin sitzt. Der Status macht Statur. Die Schwestern halfen sehr, die Firma aufzubauen – und ich bin ja wirklich nur dieses eine Mal vor den Kadi gekommen und wurde *freigesprochen*: aber zum Entsetzen des Richters! Er wußte einfach nicht, was er gegen mich machen solle – denn strafbar ist diese Ratenzahlungs-Komödie nicht, sie ist aber auch nicht ‹rechtens›. Hilflosigkeit bei Richtern ist aber noch gefährlicher, als über sie zu lachen: Ich mache das nie wieder! Herrlich, die Justiz in Verlegenheit zu bringen, ohne daß sie zuschnappen kann. Herrlich, aber riskant: Ich habe ein Grauen vor Sitzenmüssen, und daß es niemals dazu kam – und niemals dazu kommen wird, wie ich Ihnen beim Augenlicht meiner Kinder schwöre –, verdanke ich der Mitarbeit erst der Schwestern, dann auch anderer verläßlicher Partnerinnen. Denn Frauen sind das ‹in der natürlichen Diplomatie generell intelligentere Geschlecht›, wie der Vater des Bundespräsidenten Weizsäcker in seinen Memoiren schreibt. Natürlich, eine Schwester zuerst, die ich als Lehrling in einem Schlüsselservice plazierte, hat mir erspart, jemals im Leben – Ehrenwort – einbrechen zu müssen: Ich habe, wie sich das gehört, immer *aufgeschlossen*, da sie ja wußte, in welche Haustüre welcher Sicherheitsschlüssel – alle numeriert – paßt. Deshalb konnte ja der Richter mich nicht in Verlegenheit bringen. Ich war überhaupt niemals so primitiv, Schlösser zu knacken. Zog ich ab mit der Beute, machte ich ein Fenster auf, damit nie einer dachte, ich hätte aufgeschlossen. So hatte ich meine Raten bezahlt. Die andere Schwester arbeitete beim Onkel, der in einer Landeshauptstadt das Kunstinstitut leitet, das die auch in Privatbesitz befindlichen Gemälde, Graphiken, Plastiken – die im staatlichen Besitz sowieso, aber Museen meiden wir stets wegen der Sicherheitsvorkehrungen – inventarisiert, auch amtlich schätzt. Und diese zuweilen doch erstklassige Kunst brachte ich in meiner Jugend dank des damals ganz groß aufblühenden Tourismus ins Ausland: Ich fing in Bussen als Fremdenführer an und habe als Reiseleiter mit Herz und Hand und auch noch einem dritten Werkzeug speziell bei Damenbetreuungen keine unerheblichen Zugewinne gemacht. Doch wissen Sie: Mit nahender Reife, wenn man eine Familie gründen will, dann *muß* man Beamter werden. Denn das Glück des geistigen Menschen – ich male – beginnt damit, einen Job zu haben, der ihn freistellt vom Streß, Gewinn machen zu müssen. Also geht man auf ein Amt, wo man dem Staat nur Unkosten verursacht, auch nicht viel verdient – aber doch eine vorzeigbare Existenz hat; den Gewinn macht man dann mit

Vergabe von Staatsaufträgen. *Ein* Prozent, wenn Sie ein Hallenbad in Auftrag geben, ist schon nicht nichts. Und eins ist das Minimum. Wirklich *leben* kann man freilich nur im Urlaub oder nachts – denn am Tage darf man halt nicht zeigen, wie weit man's gebracht hat: Solche Tölpel wie jene in Frankfurt am Main – hier steht's heute in der FAZ, deshalb kam ich drauf, Ihnen zu erzählen, daß nicht jeder so dumm ist wie diese Frankfurter Beamten –, solche Tölpel, die als Beamte dann plötzlich die teuersten Wagen fahren oder Häuser kaufen – das tue ich ja auch, aber doch nur vier Wochen im Jahr in der Fremde –, die fliegen natürlich auf. Ich habe das auch nie wie der Frankfurter mit dem Gartenbauamt der Stadt gemacht, denn da fällt allenfalls wie bei diesem hier genannten in langen Jahren eine Dreiviertelmillion ab. Nein, ich bin natürlich dort, wo Straßenbau, Brücken und dergleichen vergeben werden… schließen Sie nicht aus der Tatsache, daß ich *hier* aussteige, auf meinen Wohnsitz.»

Ich sagte, ich sei kein Denunziant, wolle aber doch wissen, warum er seine Lebensgeschichte mir anvertraut habe! «Ach, wissen Sie», sagte er, schon in Hut und Mantel, und nahm die Standardausrüstung der Schweizer Bankprokuristen, das schmale Handköfferchen in teuerstem Chevreau-Leder, farblich abgestimmt auf das Leder seiner Handschuhe, «jeder Mann hat doch das ganz natürliche Bedürfnis, beruflich anerkannt zu werden; wir Männer suchen die *berufliche* – die Frauen die auf ihrer Erscheinung beruhende Anerkennung. Und wann trifft man im Intercity schon mal einen Schriftsteller im Abteil – ich wollte nicht, daß gerade Sie mich nur für den Amtstrottel halten, der ich laut Paß bin: Obersenatsrat – dank eines Parteibuches – in einem Ministerium. Entschuldigen Sie meine Eitelkeit – Falschspieler ertragen es am wenigsten, *immer* falsch eingeschätzt zu werden. Guten Tag!»

Ich, weil ich das hoffe, antwortete: «Auf Wiedersehen!»

Punk

Er stand im Bus, ohne Mitfahrenden irgend etwas zuleide zu tun – und war doch ihr «Ärgernis», da er halt so aussah, wie sich «das nicht gehört»: Haare, soweit nicht geschoren, also nur an einer Seite: blaugrün. Große, goldene Sicherheitsnadel in einem Ohrläppchen. Lederarmbänder, silberbeschlagen. Lederzeug, faschistenschwarz, so eng, daß er vermutlich nur mit einem Schuhanzieher in die Hose gekommen war, so daß seine Mitte – sozusagen mundvoll-handgreiflich – dem Gesicht einer neben ihm sitzenden älteren Dame sehr nahe «stand». Das mag diese Busfahrerin auf eine nicht zu genau zu untersuchende Weise «empört», genauer: keineswegs empört, sondern zum Schwelgen in beseligenden Erinnerungen aufgeputscht haben. Jedenfalls fing sie nun an, laut zu stänkern. Sie sagte zwar nicht, der Punk müsse vergast werden – denn der Schauplatz war keine deutsche Stadt, sondern Genf. Aber sie zeterte, man müsse ihn einsperren, erst einmal waschen, ihn lehren, was Arbeiten heiße, auch seine Eltern gehörten vor Gericht, da sie einen solchen Sohn auf die Menschheit losließen. Und jede ihrer Verwünschungen begleitete die dort sitzende Terroristin im Tante-Emma-Look mit ausgestreckter, hochgehaltener Hand, den Fahrschein zwischen zwei Fingern bedrohlich gegen den ruhig Dastehenden ausgestreckt. Plötzlich hatte der – wie ein Hund schnappt, den man allzu lange gereizt hat – zugegriffen, der Frau ihren Fahrschein weggeschnappt und ihn aufgegessen! Denn er hatte hinter dem Rücken der Schimpfenden den Buskontrolleur zusteigen gesehen. Nun schrie sie, dieser Auswurf der Menschheit habe ihren Fahrschein verschluckt. Da mußten denn doch einige Mitfahrenden lachen; dieser Vorwurf ging ihnen zu weit! Der Junge, jetzt das Silberpapier in der Hand, aus dem er sich einen Kaugummi in den Mund gesteckt hatte, malte mit ostentativ hin- und hergeschobenem Kiefer wie ein verdauender Ochse, hielt dem Kontrolleur seinen Fahrschein hin und kaute seinen Gummi – während die Frau schrie: «Der hat meinen Fahrschein verschluckt!» Der würdige Schweizer Kontrollbeamte fühlte sich von ihr auf den Arm genommen wie nie zuvor in dreißig Dienstjahren; er sah sich um: Alle Mitfahrenden schienen ihm recht zu geben, es war «unglaublich», was die Frau dem schweigenden, nur kauenden Jungen vorwarf, der noch das Silberpapier – jetzt allen sichtbar – in der Hand hatte. Vierzig Schweizer Franken Buße wegen Busfahrens ohne Fahrschein: Es gab niemanden, der ohne Genugtuung zusah, wie hier – beim Kassieren – die Gerechtigkeit ihren Lauf nahm!

Klopapier

– vielleicht deshalb, weil man es an jenem Ort zur Hand hat, der nachzudenken zwingt, sogar solche Leute dazu zwingt, die sonst nie denken, sondern fernsehen oder Auto fahren –, Klopapier hat bedenkenswerte Aufdrucke: In der ehemaligen DDR stand auf der Banderole gedruckt: 360 Meter, Toleranz: 3 bis 4 Meter. Kommentar eines Bürgers: «Die einzige Stelle bei uns, wo Toleranz zugelassen ist!» In der Bundesrepublik meldet das Statistische Landesamt, der Verbrauch von Klopapier sei «pro Kopf» um soundsoviel gestiegen. Frage: Wieso «pro Kopf»? Das Klo war auch der Ort, auf dem die beste, die absolut klassische Antwort gefunden wurde, die jemals ein Künstler den Kritikern verpaßt hat. Der Komponist Max Reger schrieb einem: «Werter Herr, ich sitze auf dem stillsten Ort meines Hauses. Vor mir habe ich Ihre Kritik – gleich werde ich sie hinter mir haben!»

Macht die Ultraschallkanone von Ascot…

bereits Schule? Die ganze Welt hat gelesen über den Prozeß gegen jenen Londoner Autohändler James Laming, der trotz seiner neunundvierzig Jahre aussieht wie ein etwas zu rundlicher Zwanzigjähriger. Er ist der Erfinder eines Lärmgeschosses, das nur von Tier-Ohren wahrgenommen werden kann – aber Pferden, auch Hunden so furchterregend in die Ohren gellt, daß sie in Panik fliehen, wenn sie nicht vor Schreck einem Herzschlag erliegen! Wir zitieren: «Die Tonkanone sendet auf einer nur Tieren wahrnehmbaren so hohen Frequenz derartigen Lärm los, daß ein mit ihr angeschossenes Pferd zwangsläufig hysterisiert scheut. So hat zu Ascot das international sehr berühmte Rennpferd *Ile de Chypre*, dem auch diesmal der erste Preis schon sicher gewesen war, kurz vor dem Ziel plötzlich seinen Jockey abgeworfen, weil es, wie wahnsinnig geworden – es *war* wahnsinnig geworden –, bockte und nach links ausbrach, von der Bahn, vom Ziel weg. Konstrukteur der Ultraschallkanone ist der Londoner Autohändler Laming, dessen Verteidiger tatsächlich diese Kanone als Beweisstück mitbrachte vor Gericht. Sie ist getarnt als großes Fernglas – eine absolut perfekte Tarnung, da Hunderte, ja Tausende in Ascot ähnliche Ferngläser tragen, die hier so wenig auffallen, sondern vielmehr ‹dazugehören›, wie die grauen Zylinder und Cuts. In die Rohre der als Fernglas getarnten Schallkanone hatte Laming zwei starke Lautsprecher eingebaut, die von einem 22-Watt-Verstärker gespeist wurden. Der ausgestrahlte hochfrequente Ton ist mit dem Rückkopplungspfeifen eines Mikrofons zu vergleichen. Der Verteidiger brachte deshalb so bereitwillig seines Mandanten Waffe vor Gericht, weil das Gericht unterstellt, es sei Laming um mehr und anderes noch gegangen als um einen Hauptgewinn bei den Wetten in Ascot: Er habe vielmehr das so gewonnene Geld benützen wollen, um seine Erträge aus dem Rauschgifthandel ‹reinzuwaschen›. Der Verteidiger bestreitet bis heute, daß sein Mandant je mit Drogen gehandelt habe..., bestreitet aber nicht, daß er Besitzer und Reiter des herrlichen Rennpferds um den Sieg gebracht hat...»

Schon wird aus der Bundesrepublik ein höchst mysteriöser Reit-Unfall gemeldet, dem ein bisher «todsicher» reitender Vierundzwanzigjähriger zum Opfer fiel, der alle Aussichten gehabt habe, auf der nächsten Olympiade – «reitet für Deutschland» – besonders hervorragend abzuschneiden. Hier soll – er stürzte sich plötzlich zu Tode bei einem Geländeritt, weil sein sonst so verläßliches Pferd auf eine bisher nie dagewesene Weise «ausbrach», ohne daß irgendwer anzugeben vermöchte, was in dieses Tier «gefahren» ist –, hier soll aber keineswegs Geld, sondern Liebe im Spiel gewesen sein. Oder doch auch Geld: Die Braut des nunmehr toten, einst stolzen Reiters ist die Erbin eines Konzerns. Mehr darüber, wenn man mehr darüber weiß. Sofern man je mehr darüber wissen wird.

Hundegeschichten

– zählt man zum klassischen Repertoire jeder europäischen Nationalliteratur; alle haben sie *einen* bestimmten Hund, zuweilen auch zwei zum Thema. Wer aber spricht von jenen Hunderttausenden von Hunden, die nicht «nur» Opfer der Vivisektionen werden – diese gesetzlich zulässige, ja steuerlich geförderte Tierschinderei ist «natürlich» die furchtbarste –, sondern schon Opfer der brutalen Hundesteuer? Wie viele Rentner allein in Hamburg mußten ihr Tier, das doch zuweilen der «einzige Mensch» war, den sie noch zu betreuen hatten – und der Fürsorgetrieb für andere ist eine der *Voraussetzungen* des Lebenswillens sehr alter Einsamer –, wie viele mußten ihr Tier töten lassen, als die «Freie und Hansestadt», wie sie sich hochtrabend nennt, die Hundesteuer auf dreihundert Mark erhöht hat? Im ‹Herald Tribune› wird gemeldet, daß die Engländer einen Antrag im Parlament, die Hundesteuer zu erhöhen – sie beträgt seit 106 Jahren jährlich 37 Pence –, vermutlich zum Anlaß nehmen, die Hundesteuer völlig abzuschaffen. Ein Abgeordneter verlangte, wegen der durch Hunde erforderlichen Straßenreinigungen die Steuer auf jährlich zehn Pfund heraufzusetzen. (In Basel zahlt man einhundertzehn Franken, also immerhin über dreißig Pfund!) Durch die Parlamentsdebatte kam ans Licht, daß die Engländer jährlich dreieinhalb Millionen Pfund ausgeben, um die nur siebenhunderttausend Pfund einzutreiben und zu verwalten, die jährlich an Hundesteuer eingehen: so daß die Vernunft siegen, das heißt, die Abschaffung der Hundesteuer beschlossen werden wird. Die Engländer waren schon immer – was bereits Goethe feststellte – das praktischste aller Völker. Und das Praktischste ist gar nicht so selten auch das Humanste! Da soll noch ein Kontinentaler den Witz erzählen, in England müsse jeder, der eine vielbefahrene Autostraße überquere, einen Hund an die Leine nehmen, weil «kein Engländer einen Hund totfahren will»!

Von Syrakus aus: Churchill und Thukydides als Chronisten Siziliens

«An keinem Punkt der Erde ist mehr Wechsel der Macht, und unter geistigem Einfluß mehr Wechsel eines bewegten Lebens gewesen, wie im Raume des Mittelmeeres, was sich wohl auch niemals ändern wird.»

Alexander von Humboldt

I

Syrakus wählte der achtzigjährige Winston S. Churchill zum Standort, das letztemal Geschichte zu schreiben: kein Zufall! Der vermutlich meisterfahrene Lebende, soeben 1955 als Premierminister zurückgetreten und für seine zwölf Bände ‹Der Zweite Weltkrieg› mit dem Nobelpreis gekrönt, war nach Sizilien geflogen, um hier im ‹Grand Hotel Villa Politi, Siracusa, Via M. Politi Laudien, 2› seine fünf Bände ‹Die Geschichte der englischsprechenden Völker› zu vollenden, die er unredigiert zu Beginn des Krieges gegen Hitler, 1939, seinem Londoner Verleger ins Safe gelegt hatte – sechzehn Jahre zuvor. Churchill hatte nunmehr seine Chronik des zweiten Dreißigjährigen Krieges 1911–1946 publiziert; denn seinem frühen Hauptwerk ‹Weltkrise 1911 bis 1918› und einem Band über die «Zwischenkriegszeit», die aber mit den faschistischen Kriegen Spaniens und Italiens und mit der Machtergreifung Hitlers in Berlin, dann in Wien, dann in Prag, auch kriegerisch genug gewesen war – hatte nunmehr der unersättliche Epiker und Monologist Churchill die zwölf (!) Bände über den Hitlerkrieg hinzugefügt, mit dem Epilog ‹Der Eiserne Vorhang›.

Und nun war Churchill in Sizilien, um zurückzublicken auf alle englischsprechenden Völker, auch auf die Amerikaner – vor allem aber auf die Bewohner des Empires, das niemand in Gegenwart Churchills ‹Commonwealth› nennen durfte! Hatte doch dieser Krieger als der Noah seiner Nation – Noah heißt: der Mann der Ruhe – aus der Sintflut des europäischen wie des pazifischen Krieges das Empire so wohlerhalten errettet, wie er es am 10. Mai 1940, als Hitler seinen Einmarsch in Paris begann, zu führen übernommen hatte... Kein Dorf, keine Insel waren im Kriege «seinem» Empire abgerissen worden, ohne daß Churchill sie zurückerobert hätte. Wer handelt, reflektiert nicht. Geschichte wird geschrieben erst von denen, die keine mehr machen: so wollte Hegel sein gran-

dioses Bild verstanden wissen, die Eule der Minerva beginne erst in der Dämmerung ihren Flug. Nachdenken: schon das Wort bestätigt: *nach* der Tat – das Denken. Als der nun achtzigjährige Churchill das – wiederum – gewaltig dicke, man möchte genauer sagen: gewalt*tätig* dicke, denn es *überwältigen* seine Chroniken die Leser, reißen sie mit an der Seite des Autors – Manuskript der Geschichte der englischsprechenden Völker im Bett redigierte (er arbeitete bis mittags im Bett), da fragte ihn Lord Moran, sein Arzt: «Wollen Sie bis zur Gegenwart gehen?»

Churchill antwortete abwehrend, trauermatt: «Nein, nein. Ich höre mit der Regierungszeit Victorias auf. Ich könnte über das Trauerspiel des 20. Jahrhunderts nicht schreiben. Wir haben alle Prüfungen bestanden, aber es hat uns nichts genützt.» Sebastian Haffner kommentierte: «Und das ist die Wahrheit, eine paradoxe Wahrheit, über die man gar nicht genug nachdenken kann. England hat zwei Weltkriege gewonnen, aber das hat ihm nichts genützt. Der zweite Sieg war Churchills Sieg, und er hat ihn einer schon fast kompletten Niederlage abgezwungen, hat aus einem schon fast verlorenen Krieg den größten Sieg aller Zeiten gemacht – aber es hat ihm nichts genützt. Ihm selbst nicht und seinem Land nicht. Churchill wurde im Augenblick des Sieges gestürzt. England hat sich von diesem Sieg nie erholt...» Nun, bei aller Verehrung für Haffner: da ist zu widersprechen! Denn genützt hat Churchills Sieg insofern, als doch die Briten *frei* sind – statt einen Adolf-Hitler-Platz anstelle des Trafalgar-Squares zu haben. Und sie haben mehr geleistet als alle anderen, Europa westlich der Elbe freizukämpfen – und östlich der Elbe dafür zu sorgen, daß immerhin Staaten noch existieren, die zwar nicht frei sind im Sinne Englands, die aber doch befreit sind von jenen Deutschen, die sie sich «einverleiben» wollten. Ein gewaltiger Sieg! Dennoch hat Churchill, hat Haffner recht: Marschiert ist England, das ja von Hitler nicht angegriffen worden war, um das Gleichgewicht des Kontinents wiederherzustellen. Ergebnis: Der Kontinent hat *überhaupt kein Gewicht mehr* in den Händen seiner Moskauer und Washingtoner Vormundschaftsbehörden, denen er außenpolitisch-militärisch hörig ist, mag er auch wirtschaftlich, was nicht zählt in der Geschichte, ein Koloß sein... Das ist entsetzlich. Und mit welcher geschichtlichen Kategorie käme man dieser Tatsache bei, wenn man *nicht* die – so sehr schwammigen, so sehr unsympathischen – zwei Begriffe: Tragik und Verhängnis bemühte? Denn von *Schuld* Großbritanniens kann weiß Gott nicht gesprochen werden: Was also verschuldete das Absinken auch dieser Sieger-Insel zu einer Macht dritten Ranges?

Noch vor fünfzig Jahren – doch fünfzig Jahre haben in der Geschichte nur die «Dauer» eines Lidschlags –, noch 1938 notierte Joachim von Kürenberg, einer aus der politisch vielerfahrenen deutschen Familie von Bülow, als er Malta besucht hatte, die in Latein über dem Portal der Hauptwachen in La Valetta eingemeißelten Worte, hier deutsch: «Dem großen und unbesiegten britischen Reich übergibt die Liebe der Malteser und die Stimme Europas diese Inseln.» Denn großzügig wie Briten sind, hatten sie nebst Malta auch Gozzo, Comino und Cominotto sich kurzerhand angeeignet... und diese Annexion (so schreibt der Sieger Geschichte) «der Liebe» der wehrlosen Malteser-Ritter zugeschrieben...

II

Nicht hundert Kilometer trennen von Malta, der Insel, auf der heute sowjetrussische Kriegsschiffe ebenso – gegen Gebühr – die Trockendocks benützen dürfen wie britische, die Gestade Siziliens. Daß dort Syrakus dem afrikanischen Kontinent näher gelegen ist als jede andere Hafenstadt; und daß Syrakus auch den Griechen der Perikles- und Alkibiades-Epoche zur Lockung und zum Verhängnis wurde, macht diese Stadt, die nie wieder in der Neuzeit auch nur annähernd die gleich große Bevölkerungszahl erreicht hat wie im Altertum, zu jenem Ort auf Erden, der stärker als sogar Rom den Betrachter lehrt – sofern er belehrbar ist, doch sind das die wenigsten –, daß der «Zwang», in Wahrheit nur ein Wahn, Beute suchend nach fernen Küsten zu greifen, eines der unfehlbaren Mittel ist, den eigenen Staat zu ruinieren... Spengler zuerst hat ausgesprochen, daß Weltmächte sich «verausgaben» an ihre Eroberungen! Wie später Spanien sich ans «neue Indien» *verloren* hat, so das einst mächtige Athen an Sizilien, das zehnmal so groß ist wie Attika und dennoch vor dessen Beutemachersucht so wenig sicher war wie Rußland vor der Karls von Schweden, Napoleons, Wilhelms, Hitlers, die allemal ebenso schrecklich ihre Armeen dort ruiniert haben wie die Athener ihre Invasionsflotte in Syrakus...

Anders die Truppen Churchills, der 1943 *nicht* als Eroberer in Sizilien gelandet war. Sah nun der Achtzigjährige hinaus aufs Meer, das in Syrakus oft tintenblau-dunkel das Ufer leckt, weite Strecken des Strands haben fast schwarze Erde – sah Churchill in späten Nachmittagsstunden hinaus, denn in der zweiten Tageshälfte malte er, nur vormittags arbeitete er schreibend oder diktierend am Manuskript, so muß er oft des 10. Juli 1943 gedacht haben, zu dem er hier die bis dahin größte, das heißt: an Zahl der Beteiligten umfassendste Lande-Operation der Weltgeschichte befohlen hatte. Und durfte guten Gewissens zurückblicken...

Am ersten Tag schon setzten Briten und Amerikaner neun Divisionen auf Sizilien an den Strand und betraten dort erstmals wieder den europäischen Kontinent, von dem Hitler die Engländer im Spätsommer 1940 bei Dünkirchen verjagt hatte...

Es war ein halbes Jahr nach dem Sieg der Russen in Stalingrad, die Wende des Krieges für die Westmächte. Churchill schrieb: «Am ersten Sturmangriff waren annähernd dreitausend Schiffe und Landungsfahrzeuge beteiligt, die insgesamt 160000 Mann, 14000 Fahrzeuge, 600 Panzer und 1800 Geschütze beförderten. Diese Streitkräfte mußten... in weit verstreuten Ausgangsorten im Mittelmeer, in Großbritannien und den USA eingeschifft werden... der intensive Luftangriff gegen Sizilien begann am 3. Juli... in der Straße von Messina wurden vier von fünf Eisenbahnfähren versenkt... Zudem hatten unsere Täuschungsmanöver den Gegner bis zum letzten Moment in Ungewißheit gehalten... die militärischen Maßnahmen in Ägypten deuteten auf eine Invasion Griechenlands hin... Doch am Morgen des 9. trafen die großen Flotten aus West und Ost südlich Malta zusammen und nahmen Kurs auf Sizilien...» Churchill, der einzige Autobiograph der Weltliteratur, dessen Lebenschronik identisch wurde mit der Geschichte eines halben Jahrhunderts und zweier erdballumspannender Weltkriege, schildert dann, wie gegen alle Erwartungen um die Mittagsstunde kräftiger Nordwestwind aufkam und sich bis zum Abend steigerte, so daß der Seegang die Landung zu verhindern drohte; auch blieb bis zum

Morgengrauen am nordwestlichen Ufer die Dünung verhängnisvoll schwer – sonst aber hatte am 10. im Morgenlicht der Wind sich gelegt, die Invasion glückte. Doch «Mißgeschick traf die Luftlandetruppen. Über ein Drittel der unsere Luftlandebrigade befördernden Gleiter wurden von ihren amerikanischen Schleppflugzeugen zu früh abgekoppelt, und viele Insassen ertranken. Der Rest landete zerstreut in Südostsizilien ... von den acht Offizieren und 65 Mann, die sich der wichtigsten Brücke hatten bemächtigen sollen und sie dann tatsächlich auch zwölf Stunden bis zum Eintreffen der Verstärkung hielten, überlebten nur siebzehn. Es war eine stolze Waffentat auf verlorenem Posten.»

Gedenkt Churchill, gedenken *wir* dieser Gefallenen, die – auch für uns Deutsche – hier in dem uralten europäischen Kriegsgebiet Sizilien den ersten Schritt getan haben, um zu verhindern, daß allein die Rote Armee den Kontinent von Hitlertruppen freikämpfte?

III

Vierhundertfünfzehn bis vierhundertdreizehn: Athens Raubkrieg gegen die Kornkammer Sizilien ...

Tatsächlich war für die Großmacht Athen die Vernichtungsschlacht im Hafen von Syrakus das Ende: kein Athener kam in die Heimat zurück, schreibt der Althistoriker Theodor Birt, weil Thukydides sagt, von den griechischen Gefangenen «außer den Athenern und wenn aus Sizilien und Italien welche den Kriegszug mitgemacht hatten (wurden) alle übrigen verkauft»; verkauft nach siebzig Tagen aus dem Verließ heraus, dem fürchterlichen Steinbruch in Syrakus – heute noch zu besichtigen –, in den hinein die überfallenen Sizilier ihre Gefangenen geschleppt hatten, nachdem die zwei Feldherren der Griechen: Nikias und Demosthenes, hingerichtet worden waren. Also offenbar waren es keine Athener, die in Athen das Entsetzliche berichten konnten: in welcher völligen Vernichtung die «Heerfahrt nach Sizilien» geendet habe! Damit aber war auf Sizilien «das griechische Halbjahrtausend» für die Griechen so ruhmlos beendet worden – wie es ruhmvoll begonnen hatte durch Errichtung jener Tempelstädte und Theater, die uns noch heute in Küstennähe vielerorts auf Sizilien, übrigens auch in Süditalien, in Paestum (drei Tempelruinen, dorisch) so eindrucksvoll die Baukunst der Hellenen veranschaulichen wie sonst in ganz Europa keine Ruinen-Stätten außerhalb Griechenlands: in Taormina, hoch auf einem Felsen über dem Meer, *leuchtet* – bescheidener ist das nicht auszudrücken – das neben Epidaurus schönste Theater noch aus der Aischylos-Zeit, das überhaupt je auf der Welt errichtet wurde – auch von den Griechen! Und in Segesta, ganz allein auf einer Höhe – denn *nichts* mehr sonst ist da von der Stadt –, oberhalb der Reste des griechischen Theaters der schwerbeinige, korkbraune Dorer-Tempel, vermutlich aus der zweiten Hälfte des fünften Jahrhunderts v. Chr. Sechsunddreißig Säulen, noch unkanneliert, davon sechs auf den Schmal- und zwölf auf den Langseiten, tragen das Dachgestein, das 61 m lang und 26 m breit ist. Mussolini erbaute eigens einen sehr kleinen Bahnhof, zu dem jeden Morgen um sieben ab Palermo ein D-Zug abfährt, weil sonst die furchtbare, bedrückende Einsamkeit des Tempels, zu dem man vom Bahnhof nur zu Fuß steil zwei Kilometer hinansteigen muß, kaum jemanden verlocken könnte, sich «ihm zu stellen»: denn dem Anblick dieses gottleeren Heiligtums muß man gewachsen sein! Gerade weil dieser Tempel zu den am besten erhaltenen zählt, ist das absolute Verschwinden der Stadt um ihn herum, auch die sonnendurchflutete *Leere* seines großen Inneren, in das man über vier hohe Stufen eintritt – *das* Schockerlebnis der Nichtigkeit alles Irdischen, besonders auch der werten eigenen Person, der «Undauer», wie mein Lehrer Flake das nannte, allen Menschenwerks. Ich notierte in Segesta:

Tempel

Äcker, fast fruchtlos, der Pflug
lockert nur mühsam sie auf.
Kein Haus, weder Straße noch Grabmal
sind geblieben – ein Tempel allein,
dem mit den Betern auch Gott starb,
behaust nur von Sandwind
bezeichnet die Stadt noch:

Segesta

Geh weiter auch du – eh' sie dich
ansteckt, die Schwermut:
sie brütet auf entleerten Altären.
Wo Markt war, Theater und City,
sind Dünen. Wo Menschen lebten,
ist – nichts. Oder du – momentan;
auch so lange nur wie dein Schatten.

Die *Macht* der Griechen auf Sizilien oder, vorsichtiger gesagt: an den Küsten Siziliens, denn die Einwanderer siedelten allein dort, und eines ihrer Schiffe benötigte eine ganze Woche, diese größte Mittelmeer-Insel zu umschiffen, ihre Macht währte dreihundertfünfzig Jahre: von etwa 800 oder 750 bis zur Tragödie der Athener Armee und Flotte im Hafenbecken von Syrakus 413. Jedoch der *Geist* der Griechen, hatte er sich auch in ihrer unsterblichen Tempel- und Theater-Architektur schon manifestiert auf ewig, erlebte erst nach dem Absterben ihrer imperialistischen Gelüste seine Abschlußfeier: als Platon, geboren im vierten Jahre des Peloponnesischen Krieges, die erste seiner drei Sizilien-Reisen ein Jahr nach der Hinrichtung des Sokrates unternahm: 389 bis 387. Es war nicht Platons Schuld, es war Verhängnis, das immer und überall dem Geist höchstens die sehr bescheidene Diener-Rolle neben der Macht zuweist – «es liegt im Geist selber, daß er nicht zur Macht gelangen will», argwöhnte Karl Jaspers –, daß Platon auch auf Sizilien nicht vermochte, die Tyrannen von Syrakus mit den Idealen zu humanisieren, die der Philosoph ihnen zutrug aus eigenem und aus dem Geiste des Sokrates und dem der Athener Tragiker. Wie hätte ausgerechnet auch ein Grieche sehr überzeugen können: der Angehörige einer Nation, die fünfzehn Jahre zuvor einen durch nichts gerechtfertigten Raubkrieg nach Sizilien eingeschleppt hatte! Die Momente in der Geschichte, in denen Geister wie Aristoteles und Alexander, Voltaire und Friedrich, Ranke und Maximilian von Bayern einander das Wesentliche zu sagen haben, sind rar. Sprechen sie miteinander, Herrscher und Denker, so ist das schon ebenso viel, wie es selten ist. Doch auch noch einander zu bekehren, ja nur zu verstehen bis ins Tiefste, verwehrt ihnen die abgründige Verschiedenheit ihrer Weltsicht. (Man weiß von keinem *demokratischen* Herrscher seit Perikles, daß er mit Künstlern verkehrte!) So konnte die Tötung des Archimedes in Syrakus 212 durch einen römischen Soldaten, als Sizilien endgültig von Italien unterworfen wurde, Schiller zu dem sehr törichten Gedicht veranlassen:

Archimedes und der Schüler

Zu Archimedes kam ein wißbegieriger Jüngling.
«Weihe mich», sprach er zu ihm, «ein in die göttliche Kunst,
Die so herrliche Frucht dem Vaterlande getragen
Und die Mauern der Stadt vor der Sambuca beschützt!»

Sambuca war in der Antike, was die Neuzeit Artillerie nennt: eine mauerbrechende Steine-Schleuder. Archimedes soll – laut Schiller – dem Studenten erwidert haben:

«Göttlich nennst du die Kunst?...
Aber das war sie, mein Sohn, eh' sie dem Staat noch gedient!»

Daß ausgerechnet *dem* Wissenschaftler diese Aussage angedichtet wird, ist deshalb so komisch, weil ja Archimedes genau in dem Augenblick durch den Eroberer abgestochen oder geköpft wurde, als die von ihm konstruierten Waffen seine Vaterstadt Syrakus *nicht* mehr wie früher zu beschützen vermochten: Hätte Archimedes Waffen konstruiert, die den Italienern verwehrt hätten, Syrakus mordbrennerisch zu stürmen, er wäre *nicht* ermordet worden: das Ärgerliche an Pazifisten ist ihre Weigerung, Spenglers Mahnung zu beherzigen: «Verzicht auf Weltpolitik schützt nicht vor ihren Folgen!»

Cicero hat stolz für sich in Anspruch genommen, als er Anno 75 Quästor in Sizilien geworden war, das völlig unauffindbar überwucherte Grab des größten Mathematikers des Altertums wieder freigelegt zu haben, 137 Jahre nach der Beisetzung des Archimedes. Ich notierte:

Vergessenes Grab

– des Archimedes, an der Straße nach Agrigent:
Hundert Jahre überwuchert von Dornengestrüpp,
auffindbar dank Kugel, Zylinder auf kurzer Säule

Und verwitterter Jamben in Stein; mühsam entziffert
vom dreißigjährigen Cicero, Quästor auf Sizilien.
Fiel ihn, als er's entdeckte, ein Vorgefühl an

Einst werde auch er geköpft – wie 212
Archimedes: «Störe doch meine Kreise nicht!» –
durch einen der Krieger, die Syrakus erstürmt?

Als in der Not, vor allem der geistigen, des Hitlerkrieges der Altphilologe Heinrich Weinstock Tröstung suchte, übersetzte er das halbe Dutzend erhaltener Briefe nach Syrakus, die Platon schrieb, weil dessen Auseinandersetzung mit dem Tyrannen Dionysios II. auf Sizilien und mit Dion von Syrakus Weinstock der Beleg waren, daß *der* Philosoph, der zugleich – wie Platon – ein politischer Kopf ist, allein in den Krisen, die von Politik heraufbeschworen wurden, den Menschen beistehen kann. Wenn das eine Banalität ist – so eine, die sich schwerlich schon herumgesprochen hat in einem Volk, das noch immer glaubt, der Geist solle sich gefälligst abseits der Politik im Garten des Akademos halten. Platons Sizilien-Reisen, persönlich höchst gefahrvoll, wie man weiß, sind aber die Mahnung, daß gerade auch *der*, dem Athen die Gründung der Akademie verdankte, sich nicht zu gut war, in die Politik «herabzusteigen», wie noch heute dumme Intellektuelle «mit subalternem Hohn» (Thomas Mann) das denunzieren; und Zufall ist es gewiß nicht, daß Aristoteles, der Lehrer Alexanders des Mazedoniers, bis zu Platons Tod dessen Akademie angehört hat... Steht man vor den *Bergen* der Tempel-Trümmer von Selinunt – das größte Ruinenfeld der Antike überhaupt ist hier auf Sizilien –, so erfährt man angesichts des deprimierenden Unheils, daß nicht wenigstens *eines* der Monumente dort mehr *aufrecht* steht, doch eine gewisse – eine gewisse – Beruhigung in Platons Gegenwärtigkeit: daß *er* seine Grunderlebnisse, die ihn dann zum bedeutendsten Lehrer der Politik überhaupt gemacht haben, auf dieser Insel erfahren hat. Und daß wir von ihm *wissen*, während *die* gar nicht mehr *sind*, die aus den Tempeln diese Ruinen machten:

> Die Macht vergeht im Abschaum ihrer Tücken,
> indes ein Vers der Völker Träume baut,
> die sie der Niedrigkeit entrücken,
> Unsterblichkeit im Worte und im Laut.

So schrieb Benn. Ja, die Macht verging. Doch daß Aischylos ‹Die Perser› in Syrakus aufführte und Pindar hier wirkte: legt noch heute einen Glanz über die zum Städtchen verkommene antike Metropole, in der übrigens heute von uns August Graf von Platens Grab zu besuchen ist, so wie dort einst Cicero das Grab des Archimedes besucht hat...

Selinunt oder Selinus, groß und mächtig als Stadtstaat, um 628 v. Chr. erbaut auf einer Anhöhe zwischen den Flüssen Selinus (Modione) und Hypsas (Belice), hatte sich im wesentlichen durch Handel – der übrigens völker*verbindend* und kriegs*feindlich* ist, entgegen einem vulgären Irrtum von Marx – reich und schön gemacht, das heißt: hatte es vermocht, vermutlich durch Empedokles, weitverzweigte Kanalnetze anzulegen und herrliche Geschenke nach Delphi zu senden und in Olympia, wo seine Sportler viele Siege erfochten, einen Schatz aufzuhäufen: Hippolyt Haas verdanke ich diese Belehrungen. Politik schuf Bündnisse, zuweilen mit den Karthagern, dann mit Syrakus, weil Segesta Karthago gegen Selinunt gewonnen hatte – vermutlich aus Handelsneid, wer wüßte das noch! Uns hier bekümmert: Selinunt, auf zwei Hügeln gelegen, die getrennt sind – die Hügel gibt es ja noch, doch sonst nichts als Tempeltrümmer – durch eine den Hafen schaffende Schlucht, hatte auf der westlichen Höhe seine Akropolis mit der eigentlichen Stadt und mit fünf Tempeln; auf der östlichen drei weitere Heiligtümer. Vom Rang, von der Schönheit ihrer Plastiken gibt es Zeugnisse im Nationalmuseum Palermo; nie vergißt, wer davorstand, eine Metope aus dem Tempel E (Heraion) von Selinunt. ‹Hera entschleiert sich vor Zeus›. Der dem Apollo geweihte Tempel auf dem Osthügel hat eine Fläche von 6118 qm eingenommen. Vergleich: der Parthenon in Athen umfaßt 2462 qm. Diese Zahlen, sprachen sie einst von dem, was Menschen hier an Kunst geschaffen hatten – künden jetzt nur mehr, in welcher Radikalität seit jeher schon Menschen Kunst *vernichten* konnten, mögen auch Erdbeben ihnen geholfen haben beim Zerstören. Beschreiben kann nicht mehr, wer das sieht; vielleicht bedichten, so notierte ich:

Selinunt

Städte der Griechen
an den Ufern Siziliens
aus euren Gezeiten
aus euren Geschicken
spricht unsre Zukunft.

Siebenundzwanzig
Jahrhunderte vor uns
von Dorern gegründet,
westlichste Hauptstadt
griechischer Siedler: Selinunt
Einst Mare Africano.
Heute paradieren dort
Moskaus und Washingtons Flotten.

Kläglich nur noch
beklagenswert
die Steinschutt-Spuren
die nicht mehr erzählen
die nur mehr verschweigen
wie mit Schiffahrt und Reichtum
hier die Schöpferlust kam.

Amputiert durch «Geschichten»
benachbarter Krieger:
Trommeln von Säulen, Metopentrümmer
zerrissene Friese
verwaschne Reliefs: Erdbebenkrümel
vier leuchtender Tempel
einer Akropolis!

Darunter, was Stadt war:
ausgeschaufelt zwei Straßen von hundert.
Drei Häuser – «freigelegt»
... weniger als ein Knöchel von einem Bein!
Sträucher, Steine und Staub
Stille – die gleiche Decke
für Nekropole wie Großstadt

Was weiterlebt:
Flecken von Grün
zwischen Wust von Geröll,
Büschel der Petersilie,
die hier wild wächst
– sie gab Selinunt
ihren Namen.

Und das schaumdumme Meer
– unberührt wie ein Hai
den Schwimmenden wegreißt.
Siehst du es an, frontal
sticht es, Laserstrahl in der Sonne
das Auge dir aus.

IV

Wir haben als Motto deshalb das Wort von Humboldt genommen, weil es eine *Warnung* ist an uns *heute*: Denn wie irrig ist Humboldts Folgerung: «... was sich wohl auch niemals ändern wird» – erstaunlich! Erstaunlich, daß ausgerechnet dieser Weltreisende, der im Gegensatz zu seinem Berliner Mitbürger Hegel die Welt *gekannt* hat, bevor er über sie schrieb – Hegel kannte nur Bücher –, dennoch dem gleich aberwitzigen Trugschluß erliegen konnte, ein Zentrum der Geschichte, wie das Mittelmeer es während eines Jahrtausends gewesen ist – werde Zentrum *bleiben*! Gerade dies *nicht* – und das hätte sogar Humboldt bereits in Syrakus wissen und sehen und folgern können! War er doch Zeitgenosse Napoleons, dessen Untergang demonstriert hatte, daß schon zu Humboldts Zeiten nicht mehr auf Sizilien Weltgeschichte gemacht wurde, sondern in Nordeuropa zwischen London und Moskau. Die aberwitzigste Illusion, die je ein Europäer über die «Unsterblichkeit» der Vormacht Europas in der Welt schriftlich gab, stammt vom Alleswisser Hegel – und diese *eine* Formulierung reicht, zu erkennen, daß er kein Kopf ersten Ranges gewesen sein kann: «Die Welt ist umschifft und für die Europäer ein Rundes. Was noch nicht von ihnen beherrscht wird, ist entweder nicht der Mühe wert oder aber noch bestimmt, beherrscht zu werden...»

Diesen Unfug zu dozieren, obgleich die Untergänge der Hochkulturen Ägyptens, Chinas, Indiens, Griechenlands, Roms, Südamerikas ihm doch schon vor Augen gestanden haben müßten – haben sie aber offenbar nicht –, charakterisiert Hegel als einen aufs Europäisch-Christliche beschränkten Kopf. Wäre er je gereist, zum Beispiel nach Syrakus; hätte er auch nur die Tempel Segestas und Selinunts gesehen, erhaltene und zertrümmerte, aber doch – ob zerstört, ob erhalten, gleichviel – verlassen nicht nur von ihren Göttern, wie auch unsere Dome schon von Gott verlassen sind und zu Museen verwandelt, sondern auch von allen ihren Betern –, Hegel hätte sich selbst und sein hohenzollersches Berlin nicht für «ewig» gehalten! Nichts rückt unseren Größenwahn so zurecht wie eine Reise in die Weltstadt gewesene Ortschaft Syrakus...

Nachworte

Günther Rühle:

Der Bürger in Frageform

Rolf Hochhuth ist der Bürger in Frageform. Brav und gediegen mit Anzug und Krawatte, winterlich mit Pelzmütze, russisch-elegant, ein Schriftsteller mit anscheinend unzerstörbarem Renommee, auch durch keine Hinrichtung schärfster Rezensenten zu treffen, auch nicht durch sich selbst. Kurz: er ist ein haltbarer Kerl. Die Geheuerlichkeit, die ihn prädestiniert hat, selbst mit höchsten Staatsorganen auf repräsentative Reisen zu gehen, steht Hochhuth im Gesicht, die Ungeheuerlichkeit ist sein stiller Begleiter.

Keiner von unseren Schriftstellern hat zu den Lebzeiten unserer Leser so weltweit wirkende Fragen gestellt wie er. Seine Biographie ist ausgeleuchtet durch Namen wie Pius XII., dem er im Drama «Der Stellvertreter» die Frage stellte, was er gegen die Judenvernichtung der Nazis unternommen habe. Weiterhin durch Namen wie den des polnischen Marschalls Sikorski, des Bomber-Harris und Winston Churchill, durch den Namen Filbinger, der durch Hochhuths Fingerstreich ins Stürzen kam.

Seine neuesten Fragen hat er in Sachen deutsche Vereinigung, Treuhand und Okkupation von Ost durch West gestellt, verbunden mit dem Namen des ermordeten Treuhand-Chefs Detlef Rohwedder. Gestern abend war die Uraufführung des Stücks, «Wessis in Weimar» genannt, im Berliner Ensemble. Hochhuth war nicht dabei und doch ganz anwesend. Er, der gegen viele Zustände protestiert und aus dem Protest seine dramatischen Untersuchungen ableitet, hat gegen seine eigene Uraufführung protestiert. So will er das Theater nicht, wie Einar Schleef es ihm anhand von Hochhuth vorführt.

Im Fragenstellen fortschrittlich, in der Form ganz konservativ:

subversiv im Denken, aber unter der Pelzmütze, das ist sein Verhältnis zur szenischen Kunst, die ihm die beste Plattform für seine dramatischen Fragen abgibt. Schon nun genau dreißig Jahre lang! Von allen, die Anfang der sechziger Jahre mit ihm antraten, also Martin Walser, Heinar Kipphardt, Peter Weiss, und das Dokumentarische Drama als die erste Spielform des sich formierenden Politischen Theaters begründeten – von allen ist er der wirklich Überlebende.

Kurz: der Vielangegriffene und anscheinend Unermüdliche vertritt heute fast allein die rar gewordene Spezies aus dem Vermächtnis Erwin Piscators, der ihn am 20. Februar 1963 in der Freien Volksbühne Berlin ins Licht hob. Verständlich also ist sein wieder erhobener Ruf nach mehr politischer Fragestellung auf dem Theater. Der piscatorinfizierte Hochhuth weiß: Wenn Theater nur Sinnenvergnügung wird, bleibt nichts mehr dran. Es braucht die öffentliche Erregung, die Reibung, die Wirklichkeit, die sich an ihm zu erkennen gibt.

Er hat diese Erregung mit seinen «Wessis in Weimar» abermals geschafft. Zu Hochhuths theatralischen Streichen gehört immer das Theater vor- und nachher. Auch diese Aufführung wird Folgen haben wie der «Stellvertreter», gegen den von Frankfurt bis nach Basel katholische Bürger auf die Straße gingen, weil sie verhindern wollten, daß passierte, was schon passiert war: daß der bis dahin sakrosankte Papst kritisierbar wurde. Noch unser derzeitiger Kanzler hat sich bei Papst Wojtyla wegen der Spätfolgen dafür entschuldigt.

Die Treuhandanstalt hat nun Klage angekündigt gegen ihren Kläger Hochhuth. Man wird sehen, ob das noch das Nachspiel wird. Mit dem Vorspiel waren ja schon der Bundeskanzler Helmut Kohl, Frau Rita Süssmuth und andere, auch von Hochhuth ohne genauere Lektüre leicht erregbare Persönlichkeiten tätig, als wollten sie um keinen Preis vergessen machen, daß es sich bei Hochhuth eben um jenen «Pinscher» handelt, der schon vor dreißig Jahren als solcher an den Kunstpranger der CDU gestellt wurde. Seit dem Mittelalter ist es eine alte Weisheit: Wer einen an den Pranger bringen will, hat selbst mit dem Pranger zu tun.

Der Tagesspiegel, am 11.2.1993

Toni Meissner:

Rolf Hochhuth als Erzähler und Journalist

I
Unerhört wahre Begebenheiten

Prosa vom Dramatiker, neben drei bereits erschienenen Erzählungen, darunter die klassisch zu nennende, meisterhafte «Berliner Antigone», acht neue Lesestücke von Rolf Hochhuth unter dem Titel «Atlantik-Novelle» (Rowohlt, 34 Mark).

Der Kantons-Polizeichef von St. Gallen, Paul Grüninger, der zwei- bis dreitausend Flüchtlinge illegal in die Schweiz hatte einreisen lassen, wurde 1941 mit Schimpf und Schande aus dem Dienst gejagt. Noch in hohem Alter mußte Grüninger, dem man in zwei Prozessen (dem zweiten 1970) die Pension verweigert hatte, sich als Hilfslehrer durchschlagen. Bis zu seinem Tode (1972) wurde er nicht rehabilitiert.

Seine Geschichte erzählt ein Schweizer Anwalt einer deutschen Jüdin, die vergebens versucht, einen Schweizer Ex-Diplomaten vor Gericht zu bringen, einen mörderischen Denunzianten, der während der Nazizeit in Berlin ein Vermögen machte:

Er versprach Juden Einreisevisa unter der Bedingung, daß sie zunächst alles Geld, das sie hatten, von ihm in die Schweiz überweisen ließen. War das geschehen, denunzierte er seine «Geldgeber» bei der Gestapo.

Alle schaurigen Einzelheiten dieser Episode sind nachzulesen in der «Grüninger-Novelle» (die, strenggenommen, ebensowenig eine «Novelle» im literaturkundlichen Sinn ist wie die «Atlantik-Novelle»). Im gleichen Zusammenhang bekommt auch Hermann Hesse (1877–1962) eins auf seinen berühmten Strohhut.

Der Autor des «Steppenwolfs» hat nach dem Krieg einem Deutschen, der ihm schrieb, er habe «mit einem Bein im KZ gelebt», geantwortet: «Warum nicht mit beiden Beinen?» Was Hochhuth zu dem Kommentar veranlaßt:

«Man muß sich das vorstellen, da sitzt dieser Schwabe (Hesse) so sicher vor den Nazis im Tessin wie der Schweizer Bankverein, sagt niemals ein Wort gegen Hitler, damit ja der Verkauf seiner Bücher in Berlin weitergeht... – und dann nimmt er seinen Landsleuten übel, daß sie nicht ins KZ gegangen sind. Widerwärtig...»

Hochhuths Erzählungen sind eine so aufregende Lektüre, weil sie durchweg ebenso unerhörte wie wahre Begebenheiten mitteilen.

Zwar bietet der Band auch reine Fiction, zum Beispiel die bereits 1959 preisgekrönte Erzählung «Resignation...», die wesentliche Substanz dieser Prosa ist jedoch wahr und wirklich, erlebte, erlittene Realität, am individuellen Schicksal exemplifizierte Zeitgeschichte.

Was den Autor und seinen Verlag veranlaßt hat, von «Novellen» zu reden, sind jene durchweg «unerhörten Begebenheiten», von denen berichtet wird: da «guillotiniert» die als Truppentransporter eingesetzte «Queen Mary» den sie eskortierenden Flakkreuzer. Da wird das mit viel Glück seinen Verfolgern entkommene Schlachtschiff «Bismarck» doch noch erwischt und versenkt, weil eine allzu einflußreiche Mutter wissen wollte, wo denn und wann ihr geliebter Sohn zurückzuerwarten sei. Ein entschlüsselter Funkspruch kostete zwar nicht diesem Sohn – doch 2000 seiner Kameraden das Leben.

Nicht nur Hochhuths moralische Positionen, seine Urteile und Klagen über die von Mächtigen oder ihren Helfershelfern begangenen Abscheulichkeiten heben diese Prosastücke weit über Erzählungen herkömmlicher Art hinaus, sondern vor allem auch ihr Faktenreichtum und ihre Gedankentiefe.

Ein Meisterstück zum Beispiel die «Anekdote» (aus der Hebamme), in der über ein philosophisches Gespräch mit dem damals schon steinalten Wilhelm von Scholz berichtet wird – ein Exkurs über Zufall und Notwendigkeit in der Geschichte.

Des Dramatikers Hochhuth Prosastücke sind auf beeindruckende Weise «dramatisch», indem sie vom apokalyptischen Schrecken des Lebens und der Welt erzählen. Und sie sind im klassischen Sinn «moralisch», weil sie Furcht und Mitleid mit der geschundenen Kreatur erwecken.

Abendzeitung, München, am 25. 10. 1981

II
«Von Syrakus aus»: Journalistisches

Der Ostberliner Verlag Volk & Welt präsentiert Texte und (einige wenige) Gedichte Rolf Hochhuths unter dem Titel «Von Syrakus aus» (32 Mark), eine Sammlung vorwiegend journalistischer Arbeiten der letzten zehn Jahre. Die wahrhaft bunte, rundum interessante Mischung zeigt den Dramatiker und Moralisten von einer anderen guten Seite, als Polemiker, Plauderer, Kommentator, Glossist – aber stets im Koordinatensystem seiner weltanschaulichen Grundposition: als unerbittlichen Verteidiger der Menschenwürde.

Als im Jahr 1757 ein gewisser Damiens ein Attentat auf Ludwig XV. von Frankreich verübte, wurde nicht nur der Täter, sondern auch ein Kaufmann aus Lyon verhaftet. Der brave Mann hatte sich nichts anderes zuschulden kommen lassen, als dem Polizeiminister des Königs den Attentatsplan Damiens', den er in einem Landgasthof belauscht hatte, zu melden. Da der Minister den Bericht nicht ernst genommen hatte und um seinen Posten fürchtete, ließ er den Kaufmann kurzerhand in die Bastille werfen und 18 Jahre lang unschuldig schmachten...

Der Geschichtsarchäologe Hochhuth berichtet in insgesamt 73 kürzeren oder längeren Beiträgen spannende, verblüffende, todtraurige, aber auch erheiternde Geschichten. «Fehler und Söhne I und II» etwa, ein Text über das Generationenproblem, transzendiert das Verhältnis von Vater und Söhnen vom Komischen bis zur Tragik des Vater- oder Kindermords. In «Kennedy und Lincoln» erzählt er Merkwürdiges über die beiden ermordeten Präsidenten: Beide hatten einen Vizepräsidenten, der Johnson hieß. Der Sekretär Lincolns hieß Kennedy und der Kennedys Lincoln. «Und am kuriosesten: Das Theater, in dem Lincoln erschossen wurde, hieß Ford-Theater, das Auto Kennedys, in dem er seinen Genickschuß erhielt, war ein Ford vom Typ Lincoln.»

In der Sammlung enthalten ist auch jener vehemente, fast verzweifelt polemisch klingende «offene Brief an Golo Mann», in dem er den Fall Filbingers nochmals kommentiert. «En passant», eine Reihe von (editorisch schlecht organisierten) «Kalendergeschichten», enthält den schier unglaublichen Bericht einer Engländerin, aus dem hervorgeht, daß die Japaner 1945 (über russische, schwedische und spanische Kanäle) längst schon und geradezu verzweifelt versucht hatten, zu kapitulieren, die Amerikaner sich aber taub stellten: «Sie wollten zuerst noch die Atombombe... an zwei Großstädten ‹ausprobieren›.» Einer der berühmtesten Journalisten dieser Zeit (der ungenannt bleibt) hätte 300000 Zivilisten retten können – er schwieg aus Feigheit.

Hochhuth, man weiß es und bewundert oder fürchtet ihn deshalb, ist ein Wissensmonster mit Vorliebe für Geschichte. Diese Sammlung seiner journalistischen Arbeiten, schnell geschrieben und häufig formal nicht geschliffen (schliefen die Lektoren?), macht seine moralischen Positionen deutlich. Wer es immer noch nicht begriffen haben sollte: Es geht dem Mann nicht darum, zu skandalisieren, sondern um die Menschen, die unter Skandalen zu leiden haben...

Abendzeitung, München, am 10. 6. 1992

Alfons Kaiser:

«Angry Old Man»

...der Gegenwartsliteratur: Rolf Hochhuth las im DAI

Viele Schriftsteller sind noch ganz jung und doch schon alt. Politik ist für sie eine Generationenfrage. Wer jung ist, klar, ist links. Wer älter wird, na ja, der driftet halt ein bißchen. Auf die anschwellenden Lockgesänge alter Herren fallen viele herein, doch einer garantiert nicht: Rolf Hochhuth. Der alte Hochhuth ist jung geblieben.

Das stellte er einmal mehr bei seinem Besuch im Heidelberger Deutsch-Amerikanischen Institut unter Beweis. Statt sich schöngeistigen Schwärmereien hinzugeben, wenn er die Episode um Philemon und Baucis aus Goethes «Faust II» zitiert, wird Hochhuth ganz konkret. Das Trauerspiel um ein altes Paar, das nach einem langen Leben gemeinsam sterben will und schließlich gewaltsam sterben muß, deutet Hochhuth vielsagend um. Auch das alte Bauernpaar aus der Nähe von Leipzig, das zu Wendezeiten seinen Bauernhof verkauft, «gehorcht willig der Gewalt». Und stirbt.

Die teuflische Gewalt ist in Hochhuths Stück «Wessis in Weimar», aus dem der Autor las, die Gewalt der Treuhand. 10000 Mark bekommt das alte Paar für den Hof: «Selbst die Nazis», so Hochhuth, «haben sich nicht derart an Eigentum – außer dem jüdischen – vergangen wie die Treuhand.» Herbert Seydel, der alte Bauer, wird denn auch depressiv, wenn er an die acht Pfennig denkt, die er pro Quadratmeter Land bekommen hat: Für einen Kaminfeger im neuen Deutschland muß er acht Mark bezahlen. Macht 100 Quadratmeter Land.

Hochhuth breitet diese unglaublichen Rechnungen mit dem sicheren Sinn für Pointen aus. Zehntausend Mark, rechnet Bäuerin Käthe Seydel, das verdient die Treuhand-Chefin in zweieinhalb Tagen. So mancher Zuhörer im DAI sah die symbolischen Zahlenspielereien schon mit dem Autor durchgehen: Als das Ehepaar tief in Selbstmordgedanken sitzt, kommt ein Brief ins Haus geflattert.

Ihre zukünftige Garage, die zur zugewiesenen Zwei-Zimmer-Plattenbauwohnung in der Stadt gehört, können die beiden Alten nicht mieten, müssen sie kaufen. Der Preis? Natürlich 10000 Mark. Wie in einem schlechten Drama.

Doch wer den Autor hier mal wieder eines holzschnittartigen, plumpen, also gänzlich unliterarischen Vorgehens überführen wollte, war schief gewickelt. «An diesem Tag», so Hochhuth mit Nachdruck, «haben die Seydels genau diesen Betrag mitgeteilt bekommen.» Wo für die meisten Literaten die Fiktion beginnt, bleibt Hochhuth bei den Fakten. Unglaublich, aber wahr ist das, was er berichtet. Wie im Leben.

Das rettet ihn seit seinem Skandalstück «Der Stellvertreter», mit dem er vor über dreißig Jahren weltweit bekannt wurde, vor dem Kitsch. Der Autor erregt sich durch seine Figuren sehr direkt über den «Treuhand-Terror», die «Staatsgangster». Oder darüber, daß man im Brockhaus oder Meyer spaltenweise mit Nazi-Größen versorgt wird, aber Johann Georg Elser, einer der wenigen Hitler-Attentäter, mit keinem Buchstaben erwähnt wird.

Der «Angry Old Man» der deutschen Gegenwartsliteratur fällt jedoch angesichts zahlloser Beispiele solcher Güteklasse nicht in Larmoyanz. Von der Tragödie wechselt er schnell zur Anekdote, einem Genre, das er stilsicher zu bedienen weiß. Mit Mozart, Churchill und Adenauer steht Hochhuth auf du und du. Kein Winkel der neueren deutschen Geschichte, aus dem der Polyhistor nicht zu erzählen wüßte. Solch populäre Geschichtsvermittlung macht ihm außer Rudolf Augstein so leicht keiner nach.

Hochhuths Themen nehmen der Frage nach der «Literatur» das Recht. Freilich sind manche Dialoge holprig, wird manchmal mit groben Rastern gearbeitet. Doch was, wenn es das Leben so will? Die Spannung, die Hochhuth den Zuhörern im DAI vermittelte, zeigt deutlich: Das Leben ist oft viel erschütternder, aufreibender, ehrlicher als die «Literatur». Und es hält jung.

Rhein-Neckar Zeitung, Heidelberg, am 6.2.1995

Dietrich Simon:

Hochhuth-Brevier

«Syrakus wählte der achtzigjährige Winston S. Churchill zum Standort, das letztemal Geschichte zu schreiben: kein Zufall!» So beginnt die Titelgeschichte des vorliegenden Bandes. Alle die Erzählungen, Essays, Aufsätze, Feuilletons und Aphorismen aus mehr als zehn Jahren, die hier versammelt sind, beziehen sich auf Syrakus als Sinnbild.

Rolf Hochhuth ist durchdrungen davon, daß das Recht jedes einzelnen auf *sein* Leben verwirklicht werden muß, wenn schon die Geschichte als Ganzes kein Ziel, keine Erlösung bereitzuhalten scheint. Das motiviert ihn, sich einzumischen, als Stückeschreiber wie als Prosaist oder Lyriker. Er hält jene schlicht für Schurken, «die sich nur zu gern einreden lassen», ihre Opfer hätten kein Gesicht mehr, sie seien nur Stimmvieh. Ihnen will er auf die Schliche kommen, andere bewundert er, und überaus fein gestimmt ist sein Ohr für die Töne des Alltags: für die bösen und schrillen, die geifernden und eifernden, aber auch für die gütigen, heiteren, komischen und einfach alltäglichen. Aufgegriffen wird Zeitgenössisches und Geschichtliches; bis zu König Salomo und den furchtlosen Frauen des Alten Testaments steigt Rolf Hochhuth hinab. Manchmal wird ein Witz nacherzählt, oft ein Gespräch, ein Erlebnis in der Eisenbahn festgehalten (Hochhuth ist leidenschaftlicher Bahnfahrer), Familiärem wird nachgegangen und der konfliktreichen Beziehung zwischen Frau und Mann. Bücher regen an, auch Bilder, Nachrichten und immer wieder einzelne Menschen. Viele Texte verlangen nicht einmal fünf Minuten Gehör, manche zwingen zu nachdenklichster Aufmerksamkeit.

Kurzum: Das Hochhuth-Buch, das von seinem Syrakus aus entstand, ist bunt wie das Leben selbst.

Rolf Hochhuth

Rolf Hochhuths erstes Theaterstück «Der Stellvertreter» sorgte 1963 für weltweites Aufsehen. Seine Erzählung «Eine Liebe in Deutschland», von Andrzej Wajda mit Hanna Schygulla verfilmt, führte zum Rücktritt Filbingers. **Rolf Hochhuth**, Jahrgang 1931, gelernter Buchhändler und Verlagslektor, ist ein politischer Schriftsteller, ein Aufklärer. Von keiner Partei abhängig, aber entschieden Partei ergreifend.
«Ich finde Hochhuths Fragestellung, seinen unerschütterlichen Glauben an das Moralische, einfach großartig.» *Karl Jaspers*

Der Stellvertreter *Ein christliches Trauerspiel*
(rororo 997)

Ärztinnen *Fünf Akte*
(rororo 5703)

Die Hebamme *Komödie*
(rororo 1670)

Judith *Trauerspiel*
(rororo 5866)

Juristen *Drei Akte für sieben Schauspieler*
(rororo 5192)

Eine Liebe in Deutschland
(rororo 5090)

Schwarze Segel *Essays und Gedichte*
(rororo 5776)

Panik im Mai *Sämtliche Gedichte und Erzählungen*
(rororo 13001)

rororo Literatur

Täter und Denker *Profile und Probleme von Cäsar bis Ernst Jünger*
(rororo sachbuch 8547)

Tod eines Jägers
(das neue buch 68)

Im Rowohlt Verlag sind u.a. erschienen:

Alle Dramen *Kassette mit 2 Bänden*
3056 Seiten. Gebunden.

Sommer 14 *Ein Totentanz*
400 Seiten. Broschiert und als rororo 13069

Alan Turing *Erzählung*
192 Seiten. Gebunden.

Tell 38 *Dankrede für den Basler Kunstpreis 1976 am 2. Dezember in der Aula des Alten Museums. Anmerkungen. Dokumente*
160 Seiten. Broschiert

Unbefleckte Empfängnis *Ein Kreidekreis*
216 Seiten. Broschiert

Heinar Kipphardt

Aufgabe des Schriftstellers ist es, «einige Wahrheiten zu verbreiten». So lapidar und engagiert bestimmte **Heinar Kipphardt** (1922-1982) seine eigene Arbeit. Seine Theaterstücke wie «Bruder Eichmann» über den Prozeß gegen den SS-Massenmörder oder «In der Sache J.R.Oppenheimer» zur Schuld der Physiker an der Atombombe reden von solchen Wahrheiten – auch wenn es den Mächtigen in Ost und West nicht paßte.
Kipphardt stammte aus Schlesien. Sein Vater, ein Sozialdemokrat, wurde von den Nazis ins KZ Buchenwald gesperrt. Anfangs studierte er Medizin, 1949 zog er nach Ost-Berlin und wurde Dramaturg am Deutschen Theater, wo sein erstes Theaterstück «Shakespeare dringend gesucht» 1953 Furore machte. 1959 siedelte er in die Bundesrepublik über. Sein eindringlicher Roman «März», die Geschichte über das Schweigen und Verstummen eines Dichters in der Psychiatrie, machte ihn auch hierzulande bekannt.
Kipphardt starb am 18.November 1982.

Bruder Eichmann *Schauspiel und Materialien*
(rororo 5716)

In der Sache J.Robert Oppenheimer *Ein Stück und seine Geschichte*
(rororo 12111)

Joel Brand und andere Theaterstücke
(rororo 12194)

März *Roman und Materialien*
(rororo 5877)

Schreibt die Wahrheit *Essays, Briefe, Entwürfe. Band 1: 1949-1964*
(rororo 12571)

Ruckediguh, Blut ist im Schuh *Essays, Briefe, Entwürfe. Band 2: 1964-1982*
(rororo 12572)

Shakespeare dringend gesucht und andere Theaterstücke
(rororo 12193)

Traumprotokolle
(rororo 5818)

Die Tugend der Kannibalen *Gesammelte Prosa*
(rororo 12702)

Umgang mit Paradiesen *Gesammelte Gedichte*
(rororo 12805)

Gesammelte Werke *10 Taschenbücher in einer Kassette*
(rororo 34012)

rororo Literatur

3245/1

Otto F. Walter

Wo andere sich in die neue Innerlichkeit und Resignation zurückgezogen haben, gibt es in seinen Büchern noch Aufbruch, Widerstand, Hoffnung, Utopie. Geboren wurde **Otto F. Walter** 1928 in der Schweiz. Nach einer Buchhändlerlehre und Tätigkeit als Verlagslektor lebt er seit 1973 als freier Schriftsteller.
«Eigentlich gehört Otto F. Walter von seinem ganzen Wesen her eher zu den Stillen im Land. Er ist kein Barrikadenkämpfer und kein Volkstribun und doch in seiner leisen Hartnäckigkeit einer der wichtigsten, der wirkungsmächtigsten Schriftsteller in der deutschen Schweiz: literarisch ebenso wie gesellschaftlich und politisch.» *Frankfurter Allgemeine Zeitung*

Herr Tourel *Roman*
(rororo 1847)
«Ein Roman, der zur Weltliteratur gehören wird.» *Walter Widmer*

Das Staunen der Schlafwandler am Ende der Nacht *Roman*
(rororo 5780)
Eine Liebesgeschichte und eine Auseinandersetzung mit der Zerstörung unserer Welt.

Der Stumme *Roman*
(rororo 12639)
Im Mittelpunkt steht die Frage des stummen Sohns, ob der Vater mit der Schuld leben kann, eine Familie zerstört zu haben.

Die Verwilderung *Roman*
(rororo 4871)
Otto F. Walter erzählt in einem Montageroman von dem Journalisten Blumer, der die Bilanz seiner gescheiterten politischen Hoffnungen zieht.

3282/2

rororo Literatur

Wie wird Beton zu Gras *Fast eine Liebesgeschichte*
(rororo 5060)
«Ich kenne keinen Schriftsteller, der das Lebensgefühl der jungen Generation so ernst nimmt und so in Bilder zu übersetzen versteht wie Otto F. Walter.» *Lothar Baier, Süddeutsche Zeitung*

Zeit des Fasans *Roman*
(rororo 12940 und gebunden)
Die Familiensaga eines großbürgerlichen Clans, eine Chronik des fragwürdigen Verhaltens der Schweiz von 1933 bis in die fünfziger Jahre und ein bewegender Liebesroman.

Im Rowohlt Verlag ist außerdem erschienen:

Die ersten Unruhen *Ein Konzept*
204 Seiten. Gebunden.